LEE ROWAN

SÉRIE ROYAL NAVY, TOME 2

LEE ROWAN

SÉRIE ROYAL NAVY, TOME 2

Publié par
DREAMSPINNER PRESS

5032 Capital Circle SW, Suite 2, PMB# 279, Tallahassee, FL 32305-7886 USA
http://www.dreamspinnerpress.com/

Édition e-book en français : 978-1-63477-435-2
Édition imprimée en français : 978-1-63477-434-5
Première édition française : février 2016
v 1.0

Édité aux Etats-Unis d'Amérique.

En mémoire de Bill Mitchell et Cynthia Colvin,
enseignants, prophètes et amis.

REMERCIEMENTS

Mille mercis à Ann pour ses renseignements sur la géographie française et à Marie pour le hunier de la goélette.

UN VENT DE CHANGEMENT

I

Portsmouth, 1801
L'Angleterre est en guerre.

TOUT ÉTAIT prêt.

La vieille caisse métallique remplie de livres de mathématiques était restée pendant des mois dans la cale pour ne pas se trouver dans le passage. Le commissaire du bord avait permis qu'elle soit conservée sous clé dans une cabine où étaient entreposés d'autres objets de valeur. Les lieutenants William Marshall (de seconde classe) et David Archer (de troisième classe) avaient le droit d'y fouiller, car ils s'étaient portés volontaires pour former un de leurs camarades sur la *Calypso*, frégate de Sa Majesté. L'aspirant Wilcoxon, jeune officier plein de promesses, avait besoin de peaufiner ses connaissances théoriques pour espérer passer l'examen de lieutenant, et ses deux amis tenaient beaucoup à le voir réussir.

Une lanterne éclairée d'une simple bougie était posée sur le sol, sa flamme un peu étouffée par cette chute, apparemment accidentelle. Si quelqu'un entrait à l'improviste, les deux hommes avaient de quoi justifier leur présence, et même une excuse pour expliquer le léger désordre de leur tenue.

À condition qu'ils ne se fassent pas prendre par surprise. À condition qu'ils aient le temps de se rhabiller et de dissimuler ce qui les avait conduits dans cet endroit discret.

William se raidit en entendant des pas approcher, puis se détendit quand on gratta sur le panneau de bois, le signal dont il était convenu avec David. Il entrouvrit à peine pour laisser entrer son amant, puis referma la porte et la bloqua avec un tonneau, une précaution qui leur donnerait un délai supplémentaire en cas de nécessité. Il posa les fesses sur le baril et attira Davy sur ses genoux. Dans l'obscurité, il n'y eut plus que le bruissement de gestes à l'urgence frénétique, le bruit d'ardents baisers, celui des boutons de culotte qui sautaient. Une main plongea à l'intérieur, avide de s'emparer d'une verge chaude et rigide qui tressaillit à son contact. Après un bref moment d'activité intense, mais silencieuse, Davy s'effondra contre Will,

1

tout frémissant, étouffant de son mieux les gémissements que le plaisir lui soutirait. Il mit un long moment à retrouver son souffle.

Les deux hommes restèrent ensuite silencieux, l'oreille tendue pour savoir s'il y avait le moindre bruit dans l'escalier ou la coursive. Mais non, il n'y avait autour d'eux que bruit constant de la houle en mer. Ils ne risquaient rien.

Will entendit Davy tâtonner pour rectifier sa tenue, puis quitter ses genoux, se remettant debout après un dernier baiser lancé à l'aveuglette. Il s'agenouilla devant lui et ses doigts habiles glissèrent le long de son corps, déboutonnant et cherchant son sexe. Des lèvres d'une douceur presque insupportable se refermèrent sur lui, une langue si brûlante que William eut du mal, malgré son self-control, à garder le silence exigé. Il ravala son cri d'extase en trouvant la jouissance, exquise après plusieurs semaines de chasteté forcée.

Il demeura assis, le souffle court, incapable de bouger, en caressant la tête blonde posée sur ses genoux. Mais il n'osait pas s'attarder et son amant non plus. David se redressa pour l'embrasser, puis, toujours en silence, les deux hommes récupérèrent la lanterne, en ranimèrent la flamme et trouvèrent le grimoire susceptible de les aider à expliquer à l'aspirant Wilcoxon les arcanes de la géométrie de navigation. Ils prirent ensuite le temps d'une dernière accolade, suivie d'une rapide inspection afin de s'assurer que leur rencontre secrète et illicite ne laissait sur leurs personnes aucune trace visible.

Dans la coursive déserte, Davy s'arrêta un instant.

— Will, le capitaine a convoqué dans sa cabine tous les lieutenants et sous-officiers du bord au prochain changement de quart. Apparemment, les rumeurs ne mentaient pas.

— Dans ce cas, nous apprendrons enfin ce qui nous attend.

Il leur était impossible, car les mots ne suffisaient pas, d'exprimer la terreur qu'ils ressentaient tous les deux. Il y avait du changement dans l'air. Les rumeurs circulaient même avant l'entrée de la *Calypso* au port de Portsmouth. Si le capitaine Smith était transféré, comme les bruits l'annonçaient, leurs existences s'apprêtaient à changer de manière drastique.

— Si ce qu'on dit est vrai…

David Archer se mordit la lèvre avant de continuer :

— … si l'Amirauté est réellement pressée… toi et moi risquons d'être embarqués sur des navires différents et nous retrouver déjà en mer, demain à cette heure-ci.

Will ne put se résoudre à l'admettre à haute voix, mais il savait que l'année écoulée avait été un cadeau inespéré, sur lequel David et lui ne comptaient pas au départ. Il n'avait accepté cette entrevue risquée que parce qu'il s'agissait peut-être de leur dernier moment à passer ensemble, comme amants et compagnons de bord. Si David et lui recevaient de nouveaux postes à la réunion annoncée, peut-être ne se reverraient-ils jamais. Et cela, Will ne voulait pas l'énoncer, il ne le *pouvait* pas.

Pour cacher son trouble, il tenta courageusement d'esquisser un sourire.

— Faisons confiance au destin, Davy.

Le beau visage de David s'assombrit.

— Will, n'oublie pas que le destin est une arme à double tranchant. Dame Fortune n'est pas toujours gentille, loin de là. Il lui arrive d'être une bête féroce qui dévore ses petits.

LORSQUE LA cloche du navire, sur le gaillard avant, sonna le changement de quart, tous les officiers de la *Calypso* se tenaient à leur place habituelle autour de la table de conférence, dans l'élégante cabine du capitaine. Au cours des années, certains officiers de la *Calypso* étaient morts, d'autres s'étaient vus transférés, de nouveaux venus les avaient remplacés. Profitant de ces changements, Will et David s'étaient furtivement déplacés autour de la table, jusqu'à ce qu'ils se retrouvent assis côte à côte. En général, David Archer appréciait ces moments d'intimité volée, mais aujourd'hui, il le trouvait particulièrement éprouvant, alors que planait sur eux le risque d'être à jamais séparés.

Le capitaine, Sir Paul Edward Smith, un homme qui pendant les quatre dernières années avait exercé son commandement avec une remarquable efficacité, apparut à la porte. Du regard, il fit le tour de ses officiers réunis, puis les invita à s'asseoir. Ses yeux s'attardèrent sur chacun de ses hommes, comme s'il leur faisait des adieux muets.

David se trouva assourdi par le battement de son cœur qui résonnait dans ses oreilles. Tout irait très vite, à présent. Il bougea légèrement le pied pour effleurer celui de Will, sous la table. Il aurait volontiers prié, mais il avait peu d'espoir d'être entendu par le ciel.

— Messieurs, dit enfin le capitaine, je sais que ces derniers temps les rumeurs allaient bon train. J'ai le regret de vous informer que, pour une fois, elles sont authentiques.

David retint son souffle tandis qu'un murmure de protestations discrètes faisait le tour de la table.

— Oui, confirma Smith, j'ai l'insigne honneur d'avoir reçu le commandement du *Vaillant*, un navire de rang trois qui porte soixante-quatorze canons.

Y avait-il une trace d'ironie dans la façon dont il avait prononcé 'l'insigne honneur' ? C'était difficile à dire, mais quel marin, fut-il moussaillon, matelot, officier ou capitaine, choisirait de son plein gré de quitter une frégate aussi belle et chanceuse que la *Calypso* ? David était certain que le capitaine Smith n'avait ni demandé ni souhaité sa promotion. D'un autre côté, un capitaine renommé pouvait s'attendre à monter dans la hiérarchie, à avoir sous son commandement des navires de plus en plus importants en taille et en nombre d'hommes. Le *Vaillant* était probablement le summum de la carrière de Sir Paul, tout en restant un bâtiment manœuvrable : les navires de rang deux n'étaient utilisés qu'au cœur du combat. Quant aux rares colosses de rang un, seul un amiral pouvait espérer les obtenir.

— Cet après-midi même, reprit le capitaine, je partirai pour Londres où je suis convoqué à une réunion à l'Amirauté. À mon retour, je ne serai plus capitaine de la *Calypso*.

Il fit à nouveau le tour de la table des yeux avant d'ajouter :

— Certains d'entre vous, messieurs, devront également dire adieu à cette bonne vieille frégate.

Sous la table, un genou se pressa contre celui de David, comme si ce contact avait le pouvoir de les garder ensemble. Pourtant, le visage de Will n'exprimait rien d'autre qu'un vif intérêt, sentiment attendu d'un lieutenant anxieux de suivre son capitaine au combat. David espérait de tout cœur arborer une expression aussi impénétrable.

Le capitaine Smith enchaîna :

— Je vais suivre autant que possible la tradition et dépouiller la *Calypso* de ses meilleurs éléments en quittant son bord. Pour commencer, M. Marshall, M. Archer, quand je reviendrai de Londres, dans une semaine, je compte vous voir tous les deux à bord du *Vaillant*.

Tous les deux. Tous les deux… David osa à nouveau respirer. En même temps que Will, il se leva et remercia le capitaine. Il sentit son amant se détendre à ses côtés, au même rythme que lui perdait aussi sa tension. Avec un peu de chance, ils auraient un congé à terre avant d'embarquer, mais même si ce n'était pas le cas... Ils étaient transférés sur le même navire ! Ils resteraient ensemble !

Dieu merci !

— Nous avons connu des jours de gloire sur cette frégate, messieurs, reprit le capitaine. Il est temps que nous passions à d'autres tâches. M. Drinkwater...

Smith se tourna vers son premier lieutenant, un homme solide et fiable dont l'intelligence et le courage leur avaient à tous les trois sauvé la vie, un an plus tôt [1]

— ... j'ai confiance dans l'avenir de la *Calypso*, car je dois vous laisser à bord.

L'honnête visage du lieutenant Drinkwater se crispa de déception. Il y avait déjà plusieurs mois qu'il avait reçu la promesse d'une promotion, aussi attendait-il le commandement d'un petit navire. Au moins espérait-il avoir l'honneur de suivre son capitaine sur un bâtiment plus prestigieux. Malheureusement, rien n'était jamais garanti au service de Sa Majesté. Drinkwater, officier fidèle et discipliné, n'était pas du genre à désobéir aux ordres reçus. Il se contenta d'acquiescer sobrement.

— Très bien, monsieur.

— Vous êtes le nouveau capitaine de la *Calypso*, monsieur, termina Smith avec un grand sourire.

Drinkwater resta bouche bée, incapable de parler. Le souffle court, il finit par haleter :

— Mais, capitaine... monsieur, la *Calypso* est une frégate !

— En effet, monsieur, une frégate dont vous êtes désormais le capitaine en titre. Permettez-moi d'être le premier à vous féliciter de ce rare honneur.

En vérité, c'était une promotion exceptionnelle. En règle générale, un lieutenant ayant de bons états de service et les qualifications nécessaires commençait par commander un sloop, un brick ou une corvette. Recevoir comme premier commandement une frégate – un navire de rang cinq ! – comme la *Calypso* était d'une rareté inouïe.

L'air hébété, Drinkwater secoua la tête.

— Merci, capitaine ! s'exclama-t-il avec chaleur. Mais comment...

---

1 Voir *La Rançon*, le tome 1 de la série Royal Navy, même auteur, même éditeur

5

— Vous auriez dû recevoir un navire à commander depuis des mois, monsieur. Malheureusement, aucun n'était disponible. Or j'étais justement en position de réclamer une faveur à l'Amirauté… conclut Smith, avec un sourire énigmatique.

Sans plus insister sur le sujet, il revint aux formalités du transfert de son commandement, une tâche facilitée par le fait que Drinkwater connaissait presque aussi bien que lui-même la routine de la *Calypso*.

Smith désigna ensuite les hommes qui seraient transférés avec lui. En écoutant la liste des noms, David réalisa que tous avaient été impliqués dans la poursuite du renégat, l'année précédente, quand le capitaine, Will et lui-même aient été faits prisonniers contre rançon – et sauvé au dernier moment par la *Calypso*. Ces hommes n'étaient pas nombreux, moins d'une douzaine, dont Barrow, le barreur de la chaloupe privée du capitaine Smith, et Klingler, qui, depuis une grave blessure à l'épaule au cours d'un abordage, quelques mois plus tôt, avait été réaffecté de l'artillerie au service d'intendance du capitaine. Le capitaine Smith emmenait également plusieurs aspirants montés à bord du *Calypso* pour être sous sa tutelle, des jeunes garçons que lui avaient confiés personnellement leurs parents anxieux. Le seul sous-officier transféré était le navigateur du bord, M. West, car le *Vaillant* avait perdu le sien au cours d'un accident bizarre en revenant des Indes Occidentales. Drinkwater se retrouvait avec un équipage réduit, ce qui lui donnait le privilège de choisir ses propres lieutenants.

Avant de rompre cette dernière réunion avec ses officiers, le capitaine Smith demanda à Klingler d'apporter une bouteille de vin de Bordeaux. Tous portèrent un toast à la santé du roi et à la réussite du nouveau capitaine Drinkwater.

Au milieu des félicitations et de la joviale animation, Will se tourna brièvement vers David pour lui offrir un sourire radieux – pour lequel le jeune lieutenant aurait été prêt à mourir. Grâce au ciel, pensa-t-il, la brève rencontre dans la cale, un peu plus tôt, l'avait partiellement assouvi ! Car l'excitation et la joie qui brillaient dans les yeux sombres de Will, sur son visage lumineux encadré d'une noire tignasse gitan, donnaient à David envie de lui sauter dessus, ici, tout de suite. Ce qui serait non seulement une grave erreur, mais également la dernière qu'il aurait l'occasion d'accomplir.

Et quel dommage vraiment, alors qu'un si merveilleux à venir s'ouvrait devant lui !

II

La semaine suivante s'avéra être l'un de ces moments bénis où tout se passe comme prévu. Même le temps se montra coopératif, un agréable soleil automnal brillait dans un ciel pur au lieu de la bruine habituelle, grise et glacée. Le capitaine Drinkwater passa sa première journée à bord, à écrire et à envoyer des lettres fébriles tout en faisant les préparatifs nécessaires pour reprendre le commandement de la *Calypso*. Le lendemain, sa femme et sa famille arrivèrent, aussi les rejoignit-il à terre pour passer trois jours en leur compagnie, laissant à Will et à David le commandement temporaire du navire.

Les deux amis furent ravis d'avoir la *Calypso* rien que pour eux – même si ce n'était qu'une figure de style, avec les quelque trois cents marins qui se trouvaient avec eux à bord. Ils tombèrent d'accord sur le fait que leur ancien premier lieutenant méritait bien un congé et un peu d'intimité avec sa famille. Une fois officiellement capitaine, Drinkwater aurait le devoir de dormir à bord de son navire. Au cours de leur dernière virée, ils étaient restés en mer pendant six mois, aussi était-il impossible de savoir quand Drinkwater aurait à nouveau la chance de passer une nuit avec sa femme.

À l'heure convenue, le nouveau capitaine remonta à bord de la *Calypso*, reposé et joyeux, avec son fils de quatre ans assis sur son épaule. Sa femme, une jeune rousse rayonnante de fierté, l'écouta lire à haute voix un long texte et accomplir diverses autres formalités le désignant comme capitaine de la *Calypso*. Quand Drinkwater eut terminé, une acclamation spontanée jaillit de l'équipage.

Tout sourire, Drinkwater se tourna vers les deux lieutenants et demanda :

— Rien à signaler, messieurs ?

— Non, monsieur, tout est calme, répondit Will. Les commandes ont été livrées à bord, y compris la poudre que vous avez réclamée. La rotation des congés de l'équipage à terre se déroule sans souci. Enfin, le maître charpentier du port nous a promis de remplacer sous peu le mât perroquet, mais je pense qu'il nous faudra y retourner pour l'inciter à tenir ses délais.

Sinon, tout est en ordre. Auriez-vous d'autres instructions à nous donner, capitaine ?

Drinkwater, qui recevait ce titre pour la première fois, eut un sourire radieux.

— J'attends cet après-midi l'arrivée d'un ancien camarade de bord, Keith Washburn, à qui je compte demander d'être mon premier lieutenant. J'aurais bien sûr aimé vous voir dans cette position, M. Marshall. En attendant que M. Wilcoxon passe son examen, je le nomme sous-lieutenant. Et puisque tout paraît calme, je vous offre à tous les deux un congé à terre pour les trois prochains jours. J'ai entendu dire que le *Vaillant* se trouvait retardé à Plymouth pour une raison quelconque, aussi je vous conseille de profiter de votre liberté pendant que vous en avez l'occasion.

David sourit.

— Merci, capitaine.

De toute façon, les deux amis n'avaient plus rien à accomplir à bord de la *Calypso*, leurs affaires étaient déjà rangées dans leurs malles, prêtes à être embarquées sur le *Vaillant* quand ce dernier se déciderait à paraître.

Avant de prendre une chaloupe qui les emmènerait à terre, ils vinrent faire leurs adieux à Drinkwater – car la *Calypso* pouvait très bien recevoir l'ordre de prendre la mer à la prochaine marée. Le capitaine leur donna un dernier conseil :

— Profitez bien de votre permission, messieurs.

Les deux lieutenants s'inclinèrent. À peine avaient-ils fait quelques pas sur la passerelle que le capitaine, penché sur la rambarde, ajoutait :

— Quand vous serez à terre, arrêtez-vous sur les docks et rappelez au charpentier que nous attendons toujours notre mât.

— *Aye-aye, sir.*

Will dissimula son sourire en se mettant au garde-à-vous pour saluer le capitaine. Drinkwater était de nature affable, il ne deviendrait sans doute jamais un de ces exigeants despotes que tout marin redoutait, mais il avait déjà changé, c'était évident et sa nouvelle maîtresse de bois et de voile occupait déjà toutes ses pensées. Marshall regrettait presque que Davy et lui ne puissent rester à bord de la *Calypso*. Un plus grand navire signifiait plus de responsabilités, plus de prestige… D'accord, très bien, mais de tous les marins qui naviguaient au service de Sa Majesté, seuls les amiraux préféraient un gros navire poussif plutôt à une frégate, légère, polyvalente, et aussi rapide qu'un espadon ! D'ailleurs, en y réfléchissant, Will était pratiquement certain que la moitié au moins des amiraux serait du même avis que lui, si le choix leur était donné. Pourtant, même s'il devait monter sur un mastodonte de rang trois, Davy serait à ses côtés, aussi Will ne comptait-il pas se plaindre.

Au moment où la chaloupe frotta sur le gravier de Port Sally, Davy demanda :

— Alors, que faisons-nous en premier, manger ou louer une chambre ?

— Trouver une blanchisseuse, répondit Will. Si le capitaine Smith revient plus tôt que prévu, je veux que mes sous-vêtements soient dessalés.

De tous les petits conforts auxquels les terriens étaient accoutumés, un de ceux que les marins appréciaient le plus était de pouvoir donner leur linge à une blanchisseuse pour être lavé et rincé à l'eau douce, puis repassé et amidonné.

Davy acquiesça volontiers. Une fois soulagés de leurs sacs de linge, des deux amis se rendirent sur les docks à l'endroit où travaillait le charpentier du port. Grâce à des pièces de monnaie judicieusement dépensées et leur implacable détermination, ils obtinrent le résultat espéré. Ils ne s'éloignèrent qu'une fois le perroquet qu'attendait le capitaine Drinkwater dûment embarqué en direction de la *Calypso*. Leur devoir accompli, ils étaient libres et affamés, de nourriture certes, mais aussi de sexe.

Trois jours de liberté. Trois jours… et trois nuits ! Bien entendu, il n'était pas question qu'ils relâchent leur vigilance ou manquent de discrétion, car la sodomie était autant interdite et punie dans toute l'Angleterre que dans la Marine. D'ailleurs, la ville de Portsmouth pouvait pratiquement être considérée comme une extension terrestre de la Marine. Les amants comptaient cependant profiter d'un moment d'intimité, car nul ne s'étonnerait que deux jeunes lieutenants cherchent à faire des économies en partageant leur chambre – dans un établissement bien moins respectable que *Le Keppel*, où résidait la famille de Drinkwater.

Ils eurent de la chance. La taverne *l'Ancre* était presque vide durant ce temps d'accalmie entre le dîner et le souper. Ils ne reconnurent personne parmi les quelques clients qui buvaient au bar. Ils commandèrent un repas simple, des saucisses et de la purée, accompagné de bière maison.

Une fois servi, Davy, plantant sa fourchette dans sa saucisse, s'y attaqua de manière si scandaleuse que Will, écarlate, lui envoya des coups de pied sous la table. Il n'aurait pas été si brutal s'il n'avait craint de faire exploser son pantalon sous l'émotion que provoquait en lui la performance de son amant.

9

— Pour l'amour de Dieu, Davy, dépêchez-vous de terminer cette maudite saucisse ! grogna-t-il.

— Mais, Will, c'est notre premier repas à terre ! Vous ne voudriez tout de même pas que je gâche ma digestion en mangeant trop vite, n'est-ce pas ?

Sur ce, l'air innocent, il passa sa langue sur ses lèvres.

Ils étaient assis dans un coin de la salle, hors de vue des autres clients et le gros homme à la mine morose qui se trouvait derrière le bar ne leur prêtait aucune attention. D'ailleurs, David tournait le dos à la pièce et Marshall était assis en face de lui. Étonné de son audace, Will sortit le pied de sa chaussure et planta ses orteils dans l'entrejambe David, pas assez fort pour que ce soit douloureux, mais suffisamment pour qu'il enflamme l'excitation de son amant.

Davy s'étrangla avec ce qu'il avait dans la bouche.

— Vous aurez l'occasion de manger à bord, déclara Will. Je suis pressé !

Il laissa un moment de plus son pied en position, savourant la réaction qu'il obtenait, puis il reprit une attitude plus décente. Quand Davy retrouva ses esprits, il termina son assiette et vida son gobelet.

— Vous avez absolument raison ! s'écria-t-il. C'est incroyable, Will, je n'aurais jamais cru que les bernacles de Portsmouth soient aussi féroces ! Je jurerais que l'une d'entre elles cherchait à s'attaquer à mon beaupré.

— Craignez plutôt les tarets [2], répondit Will. Si vous ne faites pas attention, ils sont capables de s'enfoncer dans votre soubassement.

— J'aimerais bien, marmonna Davy entre ses dents.

Marshall se contenta de secouer la tête. Il se félicita d'avoir remporté son manteau pour se protéger du fort vent d'automne qui soufflait ce jour-là. Quand il lui faudrait se relever, il pourrait plier le vêtement sur son bras et dissimuler son état embarrassant.

Après ce qui leur parut durer une éternité, ils se retrouvèrent enfin dans leur chambre, à l'étage, la porte verrouillée et le trou de serrure bouché. Depuis cette semaine idyllique passée à voyager ensemble, l'année précédente, peu après qu'ils soient devenus amants, c'était seulement la seconde fois qu'ils bénéficiaient d'une telle intimité.

---

2 Mollusques bivalves à corps très allongé, vermiforme, qui s'attaquent aux bois immergés dans l'eau de mer.

Davy se jeta dans ses bras comme la *Calypso* entrant dans le port, toutes voiles dehors. Will trouva presque enivrante la sensation de ce long corps pressé contre le sien, cette chaleur, ce parfum. Quelle merveille d'avoir l'opportunité de serrer ainsi Davy sur son cœur !

Davy glissa les mains sous le velours de la veste qu'il portait.

— Je ne sais ce que j'aurais fait s'ils nous avaient séparés, chuchota-t-il. Et pas seulement à cause de ceci...

Will s'écarta un peu pour déboutonner la veste de son amant.

— C'est pourtant bien agréable, tu dois le reconnaître. Je n'aurais jamais espéré que nous obtenions trois jours entiers.

— Et trois nuits !

— Encore mieux !

Le prenant par la nuque, Davy réclama sa bouche. À partir de là, la conversation s'interrompit, car échanger caresses et baisers, et se déshabiller occupaient toute leur attention. Peu après, Will se retrouva assis sur le bord du lit avec Davy sur les genoux. Pour une raison quelconque, Davy désirait l'embrasser avidement et Will ne voyait pas d'objection à lui faire plaisir. Il finit cependant par se laisser tomber en arrière sur le lit, Davy serré contre lui, qui déposait une pluie de baisers sur sa gorge, sa poitrine...

Il referma les dents sur un mamelon et pinça l'autre entre deux doigts.

— Les bernacles attaquent la coque, déclara-t-il.

— Si tu continues, grogna Will d'une voix éraillée, je t'assure que les tarets te sonderont bientôt le fondement.

— Mmm ?

— Dès que j'ai... Oooh !

Will oublia ce qu'il s'apprêtait à dire quand une bernache particulièrement vorace se fixa au bout de son beaupré, ce qui l'empêcha purement et simplement de réfléchir davantage. Il tenta de prendre Davy sous les aisselles pour le faire remonter, mais son amant refusa de se laisser faire. Aussi, Will n'insista pas, restant allongé pendant qu'il savourait ces délicieuses attentions. Selon lui, c'était un voluptueux péché que regarder Davy lécher goulûment tous les côtés de son sexe, le regard fixé sur lui, avant d'engloutir l'organe érigé jusqu'à la racine. Will tenta de s'accrocher à son self-control, mais Davy, toujours plus aventureux que lui au lit, refusa de lui accorder le moindre répit.

— Écoute... Si tu... si tu as toujours faim, tu peux avoir une deuxième saucisse ! haleta Will avec difficulté.

— Mmm.

Ce marmonnement qui vibrait autour de son sexe était un coup bas. Will décolla du lit, perdant le peu de maîtrise qui lui restait. Il trouva l'orgasme trop tôt, trop vite, mais Davy éprouvait un tel plaisir à le faire basculer qu'il cessa tout effort pour se retenir.

Quand ses frissons extatiques cessèrent enfin, Davy lui sourit joyeusement.

— Alors, tu te sens mieux ? demanda-t-il.

— Mmm. Viens ici, diablotin tentateur !

— Je préfère rester là et voir ce qui va suivre.

— Serait-ce de l'insubordination, M. Archer ?

— Absolument, M. Marshall.

Mais, toujours contrariant, Davy quitta tout en parlant sa position accroupie et se coucha contre Will sur le grand lit, le visage niché dans son cou. Il se mit à lui caresser la poitrine et l'épaule, comme s'il ne pouvait cesser de le toucher.

— Mon Dieu, comme je t'aime ! chuchota-t-il.

Si Will reçut cet aveu en plein cœur, il en fut aussi terriblement embarrassé.

— Je comprends mal les raisons qui te… et non, ne m'en parle pas !

En désespoir de cause, il embrassa Davy pour l'empêcher de parler davantage – une tâche agréable, surtout quand cette bouche venait de lui offrir un plaisir aussi orgasmique. Pressé contre son amant, il sentit le sexe qui appuyait avec insistance contre son ventre. Il glissa la main entre leurs deux corps et referma les doigts dessus.

— Que veux-tu que je fasse ? demanda-t-il.

Pour mieux s'enfoncer dans son poing, Davy se cambra et sa tête blonde creusa l'oreiller de plume sur lequel elle était posée.

— Si tu as un peu de gras à portée de main… quand tu auras récupéré…

Will s'écarta pour fouiller dans son sac ouvert et posé à côté du lit.

— Je n'ai pas de gras… Si le cuistot m'avait surpris à chiper du saindoux, tu sais très bien qu'il m'aurait demandé ce que je comptais en faire. Et je ne sais pas mentir. Par contre…

Il trouva ce qu'il cherchait, un petit pot de la pommade dont les marins se servaient pour apaiser les brûlures du vent en mer – et autres. Il réussit à en ouvrir le bouchon d'une seule main.

— Cela fait trop longtemps, chuchota Davy. Je te veux en moi.

S'il arrivait aux deux amants de rompre parfois la chasteté exigée à bord pour trouver à la sauvette un bref et rapide soulagement, jamais encore ils n'avaient sauté le dernier pas, même si tous deux en rêvaient désespérément. Des ébats de ce genre laissaient des traces physiques, des preuves irrévocables, et Will avait vu plus d'un homme être pendu suite au témoignage du médecin du bord.

— Il te faudra attendre encore un moment, chuchota-t-il. Si c'est *cela* que tu voulais…

Il illustra ses paroles en introduisant un doigt huilé entre les fesses de son amant.

— … pourquoi diable t'es-tu obstiné à me faire jouir, hmm ?

Davy poussa un cri inarticulé, ce qui n'avait rien d'étonnant, car Will le caressait de tous les côtés à la fois, la bouche refermée sur lui, les doigts enfoncés en lui. En voyant cette excitation flagrante, ces gémissements, ces joues empourprées, ces lèvres que le plaisir gonflait, Will sentit son sexe à nouveau s'ériger. D'ici peu de temps, le canon serait rechargé et prêt à tirer.

Il sourit de sa métaphore, puis glissa le long du corps de Davy, déposant des baisers en chemin. Il lécha et mordit les mamelons roses et durcis, les titillant jusqu'à ce que Davy gémisse éperdument, les doigts emmêlés dans ses cheveux bruns ébouriffés. Will pensait toujours aux images que son amant et lui utilisaient durant leurs rencontres : sortir les canons, toucher le fond de cale, et récemment, à table, cette nouvelle évocation concernant bernaches et tarets. Même au cours de leurs ébats les plus débridés, jamais Will n'envisageait ce qui se passait entre eux en termes anatomiques.

Ce n'était pas qu'il ignorait ces mots-là – tout marin vivant à bord d'un bateau enrichissait très vite son vocabulaire concernant le sexe. La différence, décida-t-il, c'était les sentiments qui existaient entre David et lui. Quand il s'agenouilla entre les cuisses ouvertes, passa les longues jambes par-dessus ses épaules et pénétra l'étroit conduit, quand Davy referma les bras sur lui et se souleva pour mieux s'empaler, quelque chose de merveilleux flamba entre eux, quelque chose qui dépassait la simple union physique de deux corps – quelque chose qui connectait aussi leurs âmes.

Mais la jouissance intense annihila vite sa capacité de réflexion, et pendant un moment, plus rien n'exista pour Will que l'incendie qui les ravageait, la danse sensuelle de l'amour et l'odeur musquée qui émanait du corps excité de Davy.

Après son premier orgasme, Will se sentait plus endurant, ce que son astucieux amant avait sans doute prémédité. Il avait la sensation de grimper une haute montagne, s'approchant un peu plus du sommet à chaque coup de reins. Et Davy l'y aidait en resserrant sur lui l'étau brûlant de sa coursive intime. Tout d'un coup, Will bascula dans le vide et tomba en tourbillonnant. Il lui resta juste assez de contrôle pour étouffer son cri rauque contre l'épaule de Davy.

Il voulut ensuite rouler sur le côté, mais Davy l'en empêcha en s'accrochant à lui.

— Reste, s'il te plaît.

Will céda, décalant simplement son corps pour ne pas faire supporter à son amant la totalité de son poids. Il aimait être couché sur Davy, dont il appréciait la chaleur alors que l'air glacé de la chambre refroidissait déjà son dos nu mouillé de sueur.

La première fois, Will s'était inquiété d'écraser Davy, mais ce dernier avait vite réussi à le convaincre qu'il aimait sa proximité. Et Will avait apprécié l'expérience – à dire vrai, jamais il n'avait rien connu de plus glorieux ! Outre le plaisir, il y avait l'intimité, la présence contre lui d'un homme beau et charmant, et l'étonnante réalité que celui-ci puisse l'aimer lui, William… qui avait encore du mal à tout absorber. Quelle chance avaient-ils eu, tous les deux, de s'être rencontrés ! Et quel incroyable bonheur d'avoir été transférés ensemble !

Je ne sais ce que j'aurais fait s'ils nous avaient séparés. L'inquiétant écho des paroles de Davy résonnait toujours dans sa mémoire. Will s'interrogea brièvement – qu'aurait-il fait ? Il l'ignorait.

Sans réaliser ses intenses réflexions, Davy remonta la couverture pour en recouvrir Will et se blottit sous lui.

— Quand tu obtiendras le commandement d'un bateau, murmura-t-il à son oreille, tu me prendras comme premier lieutenant. Même si nous n'aurons pas l'option de quitter le bord en même temps, nous serons ensemble.

Bien au chaud, le corps repu et satisfait, Will, déjà à moitié endormi, était plus que prêt à abandonner ses sombres pensées.

— Oh, oui ! répondit-il. Toujours.

— Je t'accorde que je ne suis pas toujours le parfait subordonné, déclara Davy, dont la tonalité annonçait qu'il plaisantait, mais j'adore sentir le poids de ton… autorité.

Will le mordit.

III

CINQ JOURS plus tard, le lit, la chambre, et même la ville de Portsmouth se trouvaient loin derrière eux. Toutes voiles gonflées par le vent qui soufflait sur la Manche, le *Vaillant* quittait Spithead Harbor, en route pour Lands End où il devait retrouver le convoi de bateaux marchands qu'il avait reçu la mission d'escorter. Pour un tel mastodonte, le navire fendait l'eau avec aisance, mais bien plus lourdement que la *Calypso*, si souple et agile. À son récent retour des Antilles, la coque du *Vaillant* avait été grattée et débarrassée de ses parasites, il répondait donc parfaitement à la barre. À Plymouth, il avait été nettoyé de fond en comble et soigneusement inspecté, d'où son retard à arriver à Portsmouth. L'équipage semblait discipliné, décida Will. Il ne connaissait ses hommes que depuis quelques heures à peine et ne pouvait encore prétendre les distinguer, à part la poignée de marins qui venaient de la *Calypso*. Tous les anciens officiers du *Vaillant* avaient été transférés sur d'autres navires.

William Marshall et David Archer apprendraient bientôt qu'il ne s'agissait ni d'un hasard ni d'une coïncidence. En même temps, ils découvriraient que l'actuelle mission du *Vaillant* était bien plus dangereuse qu'une simple escorte.

À la fin de leur congé, ils s'étaient présentés à bord de la *Calypso*, pour apprendre que le capitaine Smith les attendait le jour même à l'auberge Spice Island, près de port Sally. Au début, ils n'en furent pas surpris, car il leur était fréquemment arrivé de prendre un repas à terre, en compagnie du capitaine ou d'autres officiers.

En arrivant à l'auberge, ils notèrent vite la différence. Le capitaine, dont l'expression était en général composée, sinon affable, paraissait aujourd'hui plus menaçant qu'un ouragan tropical.

— Messieurs, j'ai réservé un salon privé. Si vous voulez bien me suivre.

Au cours du repas, la conversation fut animée, agréable, mais sans portée particulière. Ce fut seulement après avoir terminé le pudding et ouvert une bouteille de porto que le capitaine oublia les mondanités pour en venir au sujet qui le préoccupait. Il énonça sans attendre la cause de son mécontentement – qui avait peu à voir avec le fait d'avoir dû abandonner sa bienaimée frégate.

Le *Vaillant* était un bâtiment à problèmes. Il ne s'agissait pas d'une mutinerie intestine, ce que tout capitaine redoutait, mais d'une série suspecte de petits incidents, de gravité variable, mais si nombreux que certains membres de l'équipage commençaient à parler de malédiction.

— Au départ, on pouvait croire à de simples négligences, c'est certain, déclara Smith. Par exemple, avec la poudre déversée dans une coursive où elle n'aurait jamais dû se trouver, les épissures dénouées, les boulons qui lâchaient sur les fers retenant les canons des ponts inférieurs. Par contre, d'autres incidents sont manifestement délibérés, et donc fort inquiétants. Un demi-baril de farine a été déversé dans un casier de mousquetons, puis mouillé d'eau, la pâte ainsi formée a encrassé les armes en les rendant inutilisables.

— Mais dans quel but, monsieur ? demanda Archer. Le capitaine Venner est-il un homme susceptible de pousser ses hommes à bout ? Je n'ai entendu de lui que du bien.

— Je suis d'accord avec vous. Le problème, c'est que Venner est souffrant, il a eu une crise de paludisme pendant son séjour aux Indes occidentales. En revenant en Angleterre, il s'est trouvé si affaibli qu'il a choisi de retourner à terre. Malade ces derniers temps, sans doute n'a-t-il pas surveillé son équipage avec la rigueur nécessaire. Messieurs, vous savez comme moi qu'il faut une solide constitution pour rester aux commandes d'un bateau. En principe, dans des circonstances normales, son premier lieutenant aurait dû être capable de maintenir l'ordre. Ce qui n'a pas été le cas. Aussi l'Amirauté s'inquiète-t-elle – avec raison, selon moi – qu'il s'agisse d'actes de sabotage.

Will fronça les sourcils.

— Capitaine, le navire courait-il un danger ?

— Pas vraiment, c'est justement ce qui rend ces incidents si déroutants au premier abord. En général, les moments ont été délibérément choisis afin de ne pas risquer de catastrophe. Un artilleur a eu la jambe cassée lorsqu'un canon s'est libéré pendant un exercice de tir, la poudre renversée a été balayée par un mousse, les armes abîmées ont été découvertes par les marins quand ils ont voulu s'en servir. Et il ne s'agit là que d'exemples. La liste complète des incidents contient une bonne vingtaine d'entrées.

— Et personne n'a rien remarqué, monsieur ?

16

— Personne. Pourtant, quand on y réfléchit, cela aurait dû être découvert plus tôt. À mon avis, les officiers du bord se sont montrés des plus laxistes.

— Monsieur… est-ce la raison pour laquelle ils ont tous été transférés ?

À cette question, le capitaine adressa à David un sourire approbateur.

— Exactement. Le *Vaillant* naviguait aux Antilles ces derniers temps. Sa dernière action d'envergure, au cours du voyage retour, a été de défendre un convoi hindou attaqué par des Français supérieurs en force et en nombre. Durant la bataille, le *Vaillant* a perdu deux lieutenants et plus de cent marins – à cause des grappins et des chaînes sur le pont.

Les deux lieutenants acquiescèrent. Français et corsaires en quête de butin évitaient, en général, de tirer au canon sur les navires qu'ils convoitaient, craignant qu'un trou dans la coque ne gâche la précieuse cargaison du bord. Ils préféraient donc mitrailler le pont de petit plomb et de maillons de chaîne, ce qui détruisait le gréement et provoquait d'innombrables morts parmi l'équipage. Quand tous les hommes à bord se joignaient au combat, il arrivait que les victimes se comptent par centaines.

— Après le retour du convoi, enchaîna Smith, le *Vaillant* a reçu un nouveau contingent d'hommes – un quart environ de matelots qualifiés, le reste constitué de volontaires, de 'pressés' [3] et de forçats – en tout cent cinquante pour remplacer les hommes perdus au cours de l'année précédente. Et ce fut après leur arrivée à bord que les incidents commencèrent. Au début, les officiers ont pensé à des erreurs de marins inexpérimentés, mais loin de s'améliorer au fil du temps, comme on aurait pu l'espérer, la situation n'a fait que s'aggraver.

Will devina ce que le capitaine sous-entendait.

— Si je vous comprends bien, monsieur, l'Amirauté vous a chargé d'identifier le saboteur ?

— Elle *nous* en a chargés, M. Marshall. Car vous avez été cités nommément, M. Archer et vous. Ils craignent qu'il s'agisse d'un problème lié à la collaboration des nationalistes irlandais avec les Français. Ils soupçonnent que ces actes sont un galop d'essai destiné à vérifier si un sabotage lent et délibéré est susceptible d'anéantir l'efficacité d'un navire de guerre.

---

3 La 'presse' était un système de recrutement forcé qui consistait, en temps de guerre, à enrôler sans préavis dans la Royal Navy des marins enlevés à bord de navires marchands, ou de simples passants dans les rues.

Will se mordit la langue. Ce n'était pas à lui de suggérer que l'Amirauté hasardait là une hypothèse hautement fantasque. Le capitaine perçut sans doute sa réticence, car il sourit d'un air entendu.

— L'Amirauté possède des sources d'informations dont nous ignorons tout, M. Marshall. D'autres indicateurs de troubles visent spécifiquement la Royal Navy. Je n'ai reçu que peu de détails, aussi ai-je autant de mal que vous, messieurs, à comprendre leurs raisonnements et conclusions. Toutefois, oubliez un moment l'identité du coupable et la nature de ses motivations, pour réfléchir à ceci : l'incident des armes engluées de farine a fait perdre de nombreuses heures de nettoyage, mais dans le contexte, cela a également fourni l'occasion de former les terriens chargés de cette tâche. Par contre, imaginez le chaos qui résulterait d'une telle découverte au cœur du combat !

Les deux lieutenants n'eurent pas besoin de répondre. Ils avaient tous deux l'expérience de la bataille et une excellente imagination : l'image était terrible !

— Et si vous vous demandez pourquoi nous avons été choisis pour cette mission, messieurs, enchaîna le capitaine, il semblerait que le Lord amiral ait été impressionné par notre façon de gérer la situation l'an passé, quand nous avons organisé une spectaculaire évasion après notre enlèvement. Nous n'avons pu compter que sur nous-mêmes, je vous le rappelle.

— C'est très… très gratifiant, monsieur, dit Will.

— Oui, c'est également ce que j'ai répondu à Sa Seigneurie, reconnut Smith. Et je suis certain que nous apprécions tous de voir notre efficience ainsi récompensée.

Will remarqua que David haussait les sourcils, l'air sceptique. Il intervint rapidement :

— En effet, monsieur.

Davy toussa, étouffant ainsi la remarque sarcastique qu'il avait sans doute sur le bout de la langue.

— Dans cette affaire, enchaîna Smith, je prévois d'utiliser au maximum nos marins de la *Calypso*. Je nommerai Barrow maître d'équipage du *Vaillant*. Je l'ai déjà informé du laxisme inadmissible de son prédécesseur, qui n'a pas suffisamment veillé à garder le navire prêt à combattre. J'ai laissé Barrow libre de choisir les hommes de notre bonne vieille *Calypso* qu'il estime dignes de confiance et de les transférer à bord du *Vaillant*. Nous aurons donc au moins une équipe sur laquelle nous sommes sûrs de pouvoir compter. Nous ne resterons au port que le temps nécessaire de charger ce qu'il nous faut. Initialement, le *Vaillant* devait rester à proximité des côtes anglaises, mais cela faciliterait trop la tâche de notre saboteur – et de ses complices éventuels. Pour mieux le ou les isoler, nous retournerons aux Indes occidentales.

— Mais, monsieur, le *Vaillant* vient juste d'arriver au port, n'est-ce pas ? demanda Will. Il me semble l'avoir vu tout à l'heure.

— En effet. Il a jeté l'ancre quand j'arrivais. Nous prenons la mer dans trois jours, messieurs. Je vous attends demain, à bord, à huit heures, au moment où j'ouvrirai mes ordres de mission. Ensuite, nous lancerons ensemble cette intéressante enquête. En attendant, puisque nous ne pouvons rien faire de plus pour le moment, je vous suggère de profiter de vos dernières heures à terre. Que diriez-vous d'une partie de whist ? Il me semble avoir vu en bas un vieil ami qui ferait volontiers le quatrième à notre table.

Après une heure agréable passée à jouer, les deux lieutenants purent s'excuser, car deux officiers de haut rang, de l'âge du capitaine Smith, firent leur apparition dans la salle commune. Ils acceptèrent volontiers de remplacer au jeu William et David, qui prétextèrent devoir se reposer pour partir tôt le lendemain.

En vérité, une fois de retour dans leur petite chambre de l'*Ancre*, ils jouèrent à deux une partie intime qui dura bien après minuit. Cela n'empêcha en rien les lieutenants Marshall et Archer de monter à bord du HMS [4] *Vaillant* à sept heures le lendemain matin, lavés et rasés de frais, en uniforme amidonné, prêts à accomplir leur devoir. Ils se présentèrent au premier lieutenant sortant, M. Gillette, qui les informa que le capitaine Venner, alité et grièvement malade, ne pourrait les recevoir.

En passant devant la cabine du capitaine, ils virent en sortir le chirurgien du bord, que Gillette leur présenta comme étant le docteur Curran.

— Quand doit arriver le capitaine Smith ? demanda le médecin.

— Il nous a dit qu'il serait à bord à la huitième cloche, monsieur, répondit Will.

— J'espère qu'il est ponctuel !

Le médecin était petit, avec un visage rond et sérieux. Il jeta un coup d'œil sur la porte qu'il venait de refermer et hésita.

---

4 *Her/His Majesty's Ship (UK)*

— Sans trahir le secret médical, reprit-il, je dois préciser qu'il faudrait transférer à terre le capitaine Venner le plus tôt possible.

— Oui, monsieur, déclara David, nous savons qu'il est malade. Je vous certifie que le capitaine Smith est d'une parfaite ponctualité. En vérité, il est probable qu'il sera à bord bien avant l'heure annoncée.

— Tant mieux ! Ce bateau a suffisamment connu la malchance, nous espérons tous un vent de changement quand Sir Paul sera à la barre.

C'était encourageant. Will et Davy s'excusèrent auprès du médecin, car ils tenaient à s'assurer que leurs malles avaient bien été montées à bord. Ils étaient délibérément arrivés en avance pour avoir le temps d'inspecter leurs nouveaux quartiers. Les cabines s'avérèrent moins spacieuses que celles dont ils avaient bénéficié sur la *Calypso*, alors que *Vaillant* était un bâtiment bien plus important en taille. William et David n'en furent pas surpris d'ailleurs. Ils savaient à quoi s'attendre ! Tous les navires de guerre avaient les mêmes consignes, les structures internes ne cessaient de changer et les coursives disparaissaient pour donner le plus de place possible aux artilleurs.

Sur la *Calypso,* les officiers avaient droit à une cabine, petite, mais particulière, séparée des autres par de fines cloisons de bois et une porte. Ici, le dortoir était cloisonné de toile épaisse, tendue pour former des stalles autour du carré des officiers, les 'portes' n'étaient que de simples rideaux attachés par des liens de cuir. Bien sûr, Sa Majesté n'envisageait pas que ses officiers désirent ou espèrent de la privauté. De plus, la place récupérée agrandissait l'espace communautaire : le carré avait une table et plusieurs sièges, suffisamment nombreux afin que puissent se réunir les quatre lieutenants, les sous-officiers du bord et même quelques invités occasionnels. Il y avait aussi la place de se déplacer dans la pièce, bien éclairée par la lumière du jour qui filtrait à travers les parois de toile.

Davy souleva le rideau de sa cabine avec un sourire ironique.

— Quel luxe sur un vaisseau de rang trois ! Une élégance spartiate, de la luminosité – quand le sabord est ouvert – et j'ai même un canon de trente-six livres à côté de mon lit. Que demander de plus ?

Il disparut, laissant la toile retomber derrière lui.

— On dirait que nos affaires sont bien arrivées, remarqua-t-il. Avez-vous également votre malle, William ?

Will jeta un coup d'œil dans ses quartiers, un espace d'un mètre vingt sur un mètre quatre-vingts, identique à celui de David, dont l'ombre se profilait à travers. En bout de rangée, il bénéficiait d'un peu plus de place. Côté gauche, sa toile tombait contre le canon de David et, à droite, le prochain canon se trouvait dans le carré. Sa couchette n'était qu'à quelques centimètres de celle de Davy. Will l'examina avec dédain. À ses yeux, ce n'était qu'un cadre de bois qui paraissait peu confortable, même s'il était censé être mieux que le hamac où Will dormait sur la *Calypso*. Il s'y ferait sans doute… avec le temps. Sinon, il lui resterait l'option de demander un hamac au commissaire du bord et de revenir à ses anciennes habitudes. Sa malle était glissée sous son lit, pour économiser l'espace.

— Oui. J'ignore qui est le marin qui s'occupe de nous, mais pour le moment, il est dans ses petits souliers.

— Et nous aussi, répondit Davy.

Sa voix, à travers la toile, était parfaitement audible. Will leva les yeux et vit que Davy avait placé la main à plat contre le tissu. Il pressa la sienne au même endroit. La chaleur du contact le rassura. Le rideau du devoir – matérialisé par cette toile dressée entre eux – les séparait à nouveau, mais au moins, ils étaient toujours ensemble.

— Bien sûr.

— Ne perdons pas de temps. À mon avis, le capitaine ne va pas tarder, nous devrions remonter sur le pont.

Le reste de la journée ne fut qu'un tourbillon de nouveautés : informations, impressions et visages. Tout commença à l'arrivée du capitaine Smith quand le capitaine Venner quitta son bord – le pauvre vieillard tremblait tellement qu'il dut être évacué dans le siège du maître d'équipage. Le discours d'introduction de Smith fut suivi d'un rassemblement de l'équipage, William et David eurent un premier aperçu des six cent cinquante hommes qui seraient leurs compagnons de bord dans un futur proche.

Trouver un traître dans cette botte de foin humaine serait un véritable défi !

Les sous-officiers, outre Simon West, le navigateur de la *Calypso* qui avait été transféré avec eux, étaient le docteur Ian Curran, qu'ils avaient récemment rencontré, Thomas Dowling, le commissaire de bord, et James Adams, le capitaine des gardes. Quant aux aspirants, ils formaient une meute à laquelle s'étaient ajoutés les trois que le capitaine Smith avait transférés avec lui : treize jeunes diables, de dix à dix-huit ans. Will espérait que les plus âgés soient des garçons sensés, mais faire plus ample connaissance avec eux n'était pas sa priorité à l'heure actuelle.

Les deux autres lieutenants qui complétaient l'équipage du *Vaillant*, Humberstone et Carter, n'étaient pas tout à fait les hommes auxquels Will se serait attendu. Nigel Humberstone était bien plus âgé que la normale – en tous cas, d'après les critères de la *Calypso* – une bonne trentaine d'années au moins, et il venait à peine de réussir son examen. Il se trouvait au rang le plus bas, quatrième lieutenant, tandis que Will et David étaient nommés respectivement premier et deuxième. Le troisième, Ezekiel Carter, avait leur âge, mais lui aussi avait mis du temps à réussir ses épreuves. Il plaisanta en disant avoir eu la mauvaise chance de passer deux fois l'examen avec un aréopage de capitaines qui lui avaient posé les mauvaises questions. Bien sûr, il arrivait à un lieutenant de devoir repasser son examen avant d'être nommé lieutenant, mais Will ne put s'empêcher de se demander si deux officiers malchanceux avaient délibérément été affectés sur le *Vaillant*, pour leur donner, à Davy et à lui, un rôle prépondérant à bord, directement sous les ordres du capitaine Smith. Si c'était le cas, il l'appréciait grandement. Il leur serait déjà suffisamment difficile d'espionner le navire sur lequel ils servaient, mieux valait ne pas devoir en plus justifier leurs actes 'suspects' à un officier supérieur.

LE *VAILLANT* ne perdit pas de temps à atteindre l'extrême cap des îles britanniques, non loin de Lizard Point, où l'attendait le convoi des marchands de Plymouth. Ils y retrouvèrent également le commandant Edwards et son *Terrier*, fidèle sloop de combat de dix-huit canons, dont l'assistance donnait à Sir Paul une vitesse et une manœuvrabilité que ne lui permettait pas son mastodonte.

Après une réunion avec Edwards et les capitaines marchands, le capitaine Smith monta avec Humberstone en haut du mât d'artimon jusqu'à la hune. Peu après, le lieutenant redescendit seul, le visage écarlate, le souffle court.

— M. Marshall, haleta-t-il, le capitaine vous demande de le rejoindre, ainsi que M. Archer, pour observer d'en haut la disposition du convoi.

— Merci, monsieur, répondit Will.

Il jeta à Davy un œil interrogateur, qui reçut d'abord en réponse un haussement d'épaules. Puis Archer ajouta avec ironie :

— Je présume que le capitaine Venner ne quittait jamais le gaillard. Et M. Humberstone non plus.

— Il va devoir s'adapter rapidement !

Certes, de nombreux capitaines abandonnaient tout effort physique une fois au poste de commandement. Et d'autres, trop âgés, ne pouvaient monter sur les gréements sans risquer leur vie. Pour de nombreux marins cependant, dont Will faisait partie, se trouver en altitude représentait l'une des grandes joies de la vie en mer. Là-haut, il existait un autre monde, dangereux par mauvais temps, mais quand le ciel, comme aujourd'hui, n'était que légèrement couvert, l'univers tout entier s'étalait devant soi comme une scintillante couverture marine. Smith était un vrai casse-cou. Comme Pellew [5] et Aubrey, il n'hésitait pas à monter sur la gabie dans les pires conditions météorologiques. Encouragés par son exemple, ses hommes n'hésitaient jamais à le suivre.

Peu après, Will et Davy rejoignaient la hune d'où Smith surveillait la douzaine de bateaux qui filaient autour d'eux, toutes voiles dehors.

— Bonjour, messieurs, les accueillit le capitaine. Vous voyez notre convoi ?

Il attendit leur acquiescement pour poursuivre :

— Parfait, si je vous ai convié à un entretien ici, c'est pour être certain que nos propos ne seront pas surpris. Je dois vous prévenir d'un nouvel élément concernant notre mission.

Il fusilla d'un regard meurtrier les inoffensifs marchands et baissa encore la voix pour continuer :

— Nous avons à bord un officier du Renseignement, messieurs. Envoyé pour nous *assister* durant notre enquête. Je lui transmettrai chacune des informations que vous découvrirez et je vous rapporterai en retour ses éventuelles consignes.

Il paraissait très contrarié.

— Ne pouvez-vous nous indiquer qui est cet agent, capitaine ? demanda David.

— Non, il préfère garder l'incognito, répondit Smith, la mine sombre.

Il n'avait pas besoin d'énoncer son irritation à l'idée qu'un intrus avait reçu la direction de *son* enquête sur *son* navire. Will se demanda quel inconscient du service du Renseignement avait omis d'informer à l'avance le capitaine de cette 'coopération'. En fait, peut-être était-ce délibéré. Après tout, un capitaine était en droit de refuser une mission, même si cela risquait de mettre un terme à sa carrière. Will connaissait suffisamment le capitaine

---

5 Liste des personnages historiques en fin de roman.

Smith pour le croire capable de courir ce risque s'il avait appris plus tôt que son enquête serait supervisée par un officier d'un rang inférieur au sien.

Suivant l'exemple de Smith, Will s'exprima à mots couverts :

— Monsieur, peut-être pourriez-vous suggérer à cet officier que s'il révélait son identité, nous pourrions au moins éliminer un suspect de notre liste.

— Je lui transmettrai votre message, M. Marshall. En attendant, auriez-vous déjà, l'un ou l'autre, observé un élément intéressant ?

David hocha la tête.

— C'est sans doute sans importance, monsieur, ou cela peut au contraire confirmer les dires de M. Marshall. Notre mystérieux agent sera peut-être intéressé d'apprendre que notre nouveau camarade, M. Humberstone, nous pose un léger problème. Il semble encourager les commérages, en particulier chez les sous-officiers. Nous nous interrogions concernant sa discrétion. À moins que…

Le visage innocent, Davy leva un sourcil. Le capitaine gloussa.

— Messieurs, notez bien que, conformément à la demande de l'agent en question, je ne vous ai pas trahi son incognito. Cependant, je vous certifie que vous n'avez pas à vous méfier de M. Humberstone.

David se tapa la narine du bout du doigt.

— Je vois, monsieur. Je vous remercie.

— Rien d'autre, messieurs ?

Will secoua la tête.

— Non, monsieur, je suis désolé, mais nous n'avons rien remarqué de suspect. Selon vos ordres, nous avons ordonné des inspections régulières. Pour le moment, si notre saboteur est toujours à bord, nous n'avons rien découvert d'anormal.

— Ce serait une honte que l'un des précédents officiers du *Vaillant* ait été le traître que nous recherchions, fit remarquer Smith. D'un autre côté, je ne verrais aucun inconvénient à ce que cette traversée se passe sans incident. Tiens, à propos, j'ai appris une information – une simple rumeur, à dire vrai, probablement exagérée – mais il semblerait qu'un des lieutenants transférés ait eu une liaison illicite avec un membre de l'équipage, ce qui l'aurait soumis à un chantage. J'ignore si sa complicité était d'ordre actif ou passif, mais bon nombre des incidents ont eu lieu dans les zones dont cet officier était responsable.

— Puisque cet officier a disparu, le saboteur a de bonnes chances d'être prudent à présent, une nouvelle tentative risquant de l'exposer, fit remarquer David.

— Oui. Et justement, l'agent de renseignements suggère… Eh bien, que vous vous comportiez tous les deux de façon inappropriée.

Sidéré, Will cligna des yeux. Il se tut, car il n'était pas conseillé de répondre à un officier supérieur par un violent : 'auriez-vous perdu la tête ?' Privé de la seule réplique qui lui venait à l'esprit, Will ne put que rester bouche bée.

David retrouva ses sens le premier.

— Capitaine, sauriez-vous si ce monsieur est au courant des bruits qui ont couru l'an dernier, après notre… notre enlèvement ?

— Je l'ignore, rétorqua Smith. Tout ce que je sais, c'est que ce gentleman quittera mon bord dès que nous aurons atteint les Indes occidentales.

— C'est…

Will avait encore du mal à trouver ses mots.

— Capitaine, c'est… impossible ! Je ne comprends pas un ordre pareil ! Se comporter d'une manière qui encourt la disgrâce et la mort va au-delà du devoir d'un officier, surtout après ce que M. Archer a déjà dû endurer !

Il jeta un coup d'œil à Davy, en espérant que son allusion discrète ne serait pas mal perçue. Au contraire, son ami semblait plutôt amusé.

Williams s'enflamma :

— Quel intérêt de toute façon ? Si nous nous comportons en dévergondés pour attirer l'attention du saboteur, nos réputations seraient en lambeaux et nos révélations devant un tribunal n'auraient aucun poids. Pire encore, notre homme se retournerait contre nous pour nous accuser !

— D'un autre côté, intervint David, cette diversion serait certainement une manœuvre efficace. Et le traître, s'il a échappé si longtemps à la détection, est un homme habile et méfiant.

— Je suis d'accord, déclara Smith. J'ai répondu à notre agent du Renseignement que je ne donnerai jamais un tel ordre à un de mes officiers. Cependant, vu les antécédents de cette histoire, il a sans doute raison et l'éventualité d'un chantage est le seul appât susceptible d'attirer notre saboteur. Et puisque vous n'avez pas de représailles à craindre, vous seriez en mesure de le confronter et de l'identifier. Que cet homme soit intercepté et arrêté est vital pour la Royal Navy !

— Oui, monsieur, répondirent les deux lieutenants à l'unisson.

— Je reconnais que ce plan est potentiellement efficace, monsieur, reprit Will, mais si – à Dieu ne plaise ! – vous-même et... eh bien, M. Incognito êtes blessés ou tués, qu'adviendra-t-il de nous ? Je ne crains pas la mort au combat, monsieur, mais si l'équipage répand déjà des ragots sur un des précédents officiers, il n'hésitera pas à recommencer, et je ne tiens pas à risquer ma réputation et celle de M. Archer sur les conjectures d'un étranger.

Était-ce sa culpabilité latente qui le poussait à protester avec tant de vigueur ? se demanda-t-il. Peut-être. Pourtant, ce plan ridicule tombait trop près de la vérité, et le risque encouru existait bel et bien.

— Vos remarques sont pleines de bon sens, M. Marshall, mais je maintiens trouver valide le plan de l'agent du Renseignement. Par conséquent, si vous êtes prêt à modifier légèrement votre comportement, seul un esprit dévié en tirera des conclusions erronées. De plus, je vous remettrai des ordres écrits et signés par moi, confirmant que c'est à ma demande que vous vous êtes comportés en violation de l'article 29. J'expliquerai aussi la raison de ces instructions.

Le capitaine fronça les sourcils en fixant une masse de nuages qui apparaissait à l'horizon. Will réalisa alors que le vent avait forci : il faisait de plus en plus froid sur la hune.

— Qu'attendez-vous de nous, monsieur ?

— Rien de trop flagrant, bien entendu, en plein jour, à la vue de tous, sur le pont avant. Si vous perdiez le respect de l'équipage, les dégâts pour le *Vaillant* seraient presque pires encore que les sabotages de ce maudit espion. Nos matelots de la *Calypso* connaissent l'amitié particulière existant entre vous et M. Archer, de sorte qu'ils en parleront à leurs nouveaux camarades de bord. Soyez subtils. Trouvez des excuses pour passer davantage de temps ensemble, en tête-à-tête, inventez des tâches qui justifient des descentes à la cale, bref...

Il haussa les épaules, manifestement mal à l'aise. Il reprit ensuite :

— Vous réalisez, j'espère, à quel point je trouve ces instructions offensantes. Pour rien au monde je ne vous donnerai l'ordre de suivre ce plan dangereux !

— Merci, monsieur, dit David. Puisqu'il ne s'agit pas d'un ordre, je me porte volontaire. Et vous, M. Marshall ?

Will acquiesça à contrecœur.

— J'ai un mauvais pressentiment, reconnut-il, mais je n'ai rien de mieux à suggérer.

— À titre de précaution, ajouta David, nous pourrions réclamer que le document que nous a promis le capitaine soit contresigné par l'agent du Renseignement. C'est son idée, après tout.

Le capitaine Smith eut un rire sans humour.

— Vous avez raison. S'il refuse de signer, le projet avortera dans l'œuf.

— Je me demandais, monsieur… Concernant l'officier qui a été transféré ? Serait-il possible que son amant soit encore à bord ? Si c'est le cas, il est également en position de subir un chantage, ne croyez-vous pas ?

Smith réfléchit, le front plissé.

— Pour le moment, seule une vague rumeur évoque cette liaison. De plus, en raison du nombre important des incidents malveillants, je crains que le saboteur n'ait des complices à bord. Avec un équipage de plus de six cents cinquante marins, il a besoin d'au moins un guetteur pour ne pas être repéré.

— Autre chose, monsieur, reprit Will. Et si l'agent refuse de signer sous prétexte que son incognito ne sera pas respecté ?

Le capitaine sourit, le genre de rictus qu'il affichait en mesurant du regard un ennemi français.

— Ne vous inquiétez pas, messieurs. J'indiquerai à ce gentleman que vous l'aviez déjà repéré, son comportement ayant éveillé vos soupçons. À ce point, son refus de révéler son identité ne pouvait que compliquer votre enquête. Je vous retrouverai plus tard, sur le pont.

Il se redressa et s'accrocha aux haubans.

— Nous allons pouvoir tester l'équipage, ajouta-t-il. L'orage sera sur nous d'ici une demi-heure.

Il disparut peu après en descendant le long du mât. Will l'entendit crier des ordres aux gabiers.

LE PLAN annoncé dut attendre vingt-quatre heures avant de prendre effet. La tempête qu'avait annoncée le capitaine Smith arriva violemment, mais les gabiers réagirent à temps et le *Vaillant* fut prêt à la recevoir. Quand le vent et la pluie s'abattirent sur le pont, cherchant à déchirer les voiles détrempées, les haubans étaient prêts, les nœuds bien serrés, et seules demeuraient tendues les voiles nécessaires au navire pour avancer. Tous les hommes étaient sur le pont. Chacun fut trempé, mais le *Vaillant* s'en tira sans dommage. Quant aux blessures de l'équipage, elles étaient d'ordre mineur. Deux des bateaux marchands du convoi eurent moins de chance. Le *Vaillant* dut envoyer à leurs bords le chirurgien, ainsi que le charpentier et ses aides.

Will fut soulagé de constater que, malgré le traître à bord, l'équipage travaillait bien en cas d'urgence. Les hommes s'étaient également montrés performants durant un exercice au tir. Il ne restait plus qu'à vérifier comment réagirait l'équipage quand le capitaine ferait tirer les canons, ce qui ne devrait plus tarder. Sir Paul Andrew Smith était bien connu pour ne jamais mener un navire au combat avant d'avoir testé son équipage dans des exercices à balles et à boulets réels, une des raisons qui expliquaient le succès de sa carrière. Le capitaine Smith savait toujours ce qu'il pouvait espérer de son bateau, de son armement, et des hommes sous ses ordres.

Les problèmes du *Vaillant*, avec un saboteur inconnu tapi parmi l'équipage, représentaient bien davantage pour lui qu'une énigme à résoudre. Connaissant Smith, Will savait que l'affaire lui était devenue d'ordre personnel.

Le capitaine ne prendrait pas de repos avant d'avoir trouvé le coupable.

IV

DAVID ARCHER approuvait la suggestion du capitaine Smith : Will et lui devaient trouver un endroit discret pour se rencontrer en secret. Le *Vaillant* avait, en fond de cale, une large coursive qui courait tout le long de la coque, avec assez d'espace pour qu'un charpentier puisse manier un marteau ou un des autres outils nécessaires à réparer rapidement une fuite éventuelle sous la ligne de flottaison. L'endroit était peu fréquenté. Toujours dans l'ombre, bien évidemment, ce n'était qu'un simple couloir entre les deux épaisseurs de bois du navire, les coques intérieure et extérieure, chacune constituée de grosses planches en chêne, de plusieurs centimètres d'épaisseur, ce qui bloquait complètement la lumière émanant des rares ouvertures.

En outre, les deux hommes se trouvaient actuellement à bâbord, là où étaient rangées les chaînes des ancres. Comme le navire naviguait toutes voiles au vent, ancres remontées le long de la coque, personne n'était censé venir les déranger.

David baissa la flamme de sa lanterne.

— Écoute, dit-il. Il y a un écho.

Ils gardèrent tous les deux le silence, l'oreille tendue. Avec le battement régulier de l'eau contre la coque du *Vaillant*, ils avaient presque la sensation d'être dans un autre monde.

— Tu as pris une lanterne sourde ? demanda Will.

— Oui pourquoi ?

— Ferme un moment l'obturateur, s'il te plaît.

David obtempéra et tout devint noir autour d'eux, un néant qui paraissait infini. Dans l'obscurité, David sentit la chaleur d'un souffle, des lèvres qui frôlaient son visage. Il tourna la tête pour répondre à cette bouche quémandeuse et les deux amants échangèrent un rapide et silencieux baiser.

Quand ce fut terminé, David ne put retenir son sourire. Dire qu'ils s'embrassaient pour obéir aux ordres du capitaine ! Dommage qu'ils n'aient pas l'opportunité de faire davantage, mais s'ils pouvaient partager un baiser, il n'était pas question qu'ils tentent une folie pure et simple.

Il devina que Will reculait d'un pas et l'entendit clairement se racler la gorge.

— Tu peux rallumer, Davy. Je me demandais juste si cela ferait le même effet que sur le pont, par une nuit sans lune.

— Je dirais que oui, si la nuit était réellement étouffante. Les planches semblent très serrées, tu ne trouves pas ? Parfois, un peu d'eau les traverse, quand la mer est agitée ou furieuse, mais je parierais qu'il n'y a pas plus de trente centimètres en fond de cale, et encore !

— Oui. C'est une bonne coque, solide et bien étanche, éprouvée par la mer.

Une telle inspection était sensée. D'ailleurs, le capitaine finirait probablement par s'en charger aussi, en personne, à un moment ou à un autre. Techniquement, c'était David que Smith avait chargé de vérifier la coque. Et Will, ayant un moment de liberté, avait décidé de l'accompagner. Rien ne l'en empêchait, après tout. D'un autre côté, rien ne l'y contraignait.

— Je n'ai vu personne nous porter un intérêt particulier quand nous avons quitté le pont, chuchota David. Mais nous n'avons pas à chercher à cacher notre destination.

— C'est encore trop tôt, répondit Will. Même si notre espion a des soupçons à notre égard, il ne commettra pas la stupidité de sauter à des conclusions trop hâtives dès le premier tour que nous faisons ensemble. As-tu gardé cette comédie française que t'a envoyée ta cousine ?

— *L'École des Maris* [6] ? Oui, pourquoi ?

— Je me suis dit que nous pourrions la traduire… nous prétendrions vouloir améliorer notre français, mais cela nous donnerait surtout l'excuse de passer du temps ensemble dans l'une de nos cabines… La tienne de préférence, qui est plus isolée, coincée entre la cloison d'un côté, le canon de l'autre.

— Et que fais-tu des murs de toile ?

— Nous serons assis l'un contre l'autre sur ta malle. Ce sera très romantique, je pense. Et nous pourrions même nous tenir la main.

Dans la lumière trop faible, Davy ne distinguait pas le sourire de Will, mais il l'entendait dans sa voix. Il leur arrivait d'avoir ce genre de distraction, qui leur permettait de s'asseoir ensemble. Ainsi, de nombreuses soirées durant, avaient-ils lu à haute voix une pièce de Shakespeare, en se répartissant les rôles.

---

6 En français dans le texte – ce qui sera toujours signalé par des italiques dans la suite du texte

— Très romantique, en effet, dit David. Et si nous découvrons le coupable avant Noël, nous pourrions convaincre certains des membres de l'équipage de participer à une représentation amicale du *Songe d'une nuit d'été*.

— Dommage que nous n'ayons pas nos classiques sous la main ! Nous pourrions traduire du grec ancien et faire d'une pierre deux coups. Impossible de demander aux hommes de jouer du Molière.

— Non, bien sûr que non. C'est pourtant une pièce plus contemporaine et je suis certain que nous pourrions la traduire avec des dialogues plus faciles à apprendre, mais nos marins britanniques sont très patriotiques, ils refuseraient de tenir un rôle écrit par un mangeur de grenouilles.

— Ce qui ne me plairait pas davantage, reconnut Will. Tu choisiras d'être Puck [7], je présume ?

— Comment l'as-tu deviné ? J'y tiens beaucoup, Will. Ce rôle est essentiel et j'avoue ne pas espérer beaucoup des comédiens amateurs que nous trouverons dans l'équipage. Si c'était à toi de distribuer les rôles, tu préférerais sans doute me voir comme Bottom [8].

Will grogna.

— Et que tu t'exhibes sur scène ? Voyons, M. Archer, je vous rappelle que le capitaine nous a donné l'ordre d'être subtils.

LES JOURS se suivirent, selon la routine de bord d'un vaisseau de la Royal Navy. Marshall regrettait un peu l'ambiance chaleureuse qui soudait jadis l'équipage plus réduit de la *Calypso*, mais il reconnaissait que le capitaine Venner et son premier lieutenant Gillette avaient correctement mené leur navire. Le *Vaillant* ne montrait aucun signe de négligence. Les gabiers connaissaient leur travail, les ponts étaient dégagés et lavés chaque matin, les marins se montraient en général respectueux, sans être serviles. En peu de temps, Will s'était habitué à ses nouvelles tâches, et même à sa minuscule couchette. Dès que le temps s'était amélioré, en avançant vers le sud, les sabords restèrent le plus souvent ouverts pour ventiler les cabines.

---

7 Créature féerique du folklore celtique ayant inspiré le personnage homonyme dans *Le Songe d'une nuit d'été*.

8 Tisserand de Shakespeare (ou Bobine), jeu de mot intraduisible en français, car *bottom* = derrière

Et Will profitait parfois de la vision enchanteresse du corps de Davy silhouetté sur la toile qui les séparait, le soir, quand son amant se déshabillait. Tous deux suivaient toujours les ordres du capitaine – avec discrétion – mais il leur était difficile de dire si quelqu'un leur prêtait attention.

Jusqu'à un certain après-midi.

Davy avait eu quelques heures de liberté après son quart de garde et Will ne retournerait prendre son poste qu'à la prochaine cloche. Tous deux venaient de dîner avec le capitaine, qui invitait régulièrement ses lieutenants, sous-officiers et aspirants à partager sa table. Ce jour-là, le jeune aspirant présent avait été Jack Justin, un robuste garçon de quatorze ans dont la voix commençait à muer. Il se trouvait à bord du *Vaillant* depuis déjà cinq ans. Comme tout garçon en pleine croissance, il était capable d'avaler une prodigieuse quantité de nourriture.

En principe, sa présence empêchait le capitaine et les deux lieutenants de discuter de l'enquête en cours, pourtant, Sir Paul avait habilement dirigé la conversation de façon à glaner plusieurs informations intéressantes sur la dernière traversée du Vaillant, sans pour autant jouer les inquisiteurs espagnols. Au moment où fut servi le pudding qui terminait le repas, Justin avait relaté plusieurs des incidents suspects. Il les attribuait à la malchance que subissait le navire depuis la maladie du capitaine Venner.

— Je suis chez les canonniers, monsieur, et ils ne veulent plus évoquer ces histoires. C'est de la superstition, voilà ce que je leur ai dit !

Puis, sans souci de logique, il ajouta avec allégresse :

— De toute façon, notre chance va certainement changer, à présent.

— Vous avez raison de ne pas encourager la superstition, M. Justin, déclara Smith. La chance est une notion bien inconstante. Personnellement, j'ai appris le métier sous les ordres d'un capitaine qui croyait fermement que la chance de chaque opportunité s'améliorait nettement si elle était assortie d'un travail acharné et d'une constante attention aux détails. Vous voyez ce que je veux dire ?

— Oui, monsieur.

— Voulez-vous vous resservir ?

M. Justin accepta sans cacher son enthousiasme et engloutit sa seconde assiettée avec une étonnante rapidité. Il se leva ensuite, s'excusa et quitta la cabine. La porte se referma sur lui.

— Tout va bien ? demanda le capitaine à mi-voix.

Davy hocha la tête.

— Oui, monsieur, touchons du bois.

32

— Oui, monsieur, fit écho William. Nous avons inspecté la totalité du navire, qui semble bien entretenu. Nous n'avons trouvé aucun signe de négligence susceptible de créer des difficultés.

— Voilà qui confirme mes premières impressions, répondit Smith. Et votre traduction littéraire… avance-t-elle ?

— Oui, monsieur. Nous avons l'intention d'y travailler pendant une heure au cours de l'après-midi.

— Parfait ! Ma femme, qui a eu l'occasion de voir jouer cette comédie en version originale, m'affirmait qu'elle était des plus amusantes. Il est vrai qu'elle manie mieux que moi le français. J'aimerais lire votre texte une fois que vous l'aurez terminé.

— Volontiers, monsieur, répondit Davy, mais je crains que vous y retrouviez peu des paroles originelles de Molière.

— Je suis certain que votre manuscrit me sera en tout cas plus intelligible, répondit Smith. J'ai du mal à lire une pièce ou un roman en langue étrangère. Si je passe mon temps à traduire, je perds vite le fil de l'intrigue. Je préfère lire en anglais.

Au moment où les deux lieutenants s'apprêtèrent à quitter sa cabine, le capitaine les rappela.

— Messieurs, j'oubliais presque de vous en informer… La personne au-dessus de tout soupçon dont nous nous sommes entretenus l'autre jour m'a gracieusement autorisé à vous confirmer sa réelle identité, tout en refusant que le sujet soit évoqué entre vous. Aussi, si vous devez lui adresser la parole, n'oubliez pas qu'il est censé n'être qu'un officier subalterne. Il ne veut pas d'autre contact.

— Je me conformerai d'autant plus facilement à sa requête qu'elle correspond à mes désirs, répondit Davy.

Will marqua son approbation d'un énergique signe de tête.

Smith eut un sourire.

— Cela ne me surprend pas.

Fouillant dans sa poche intérieure il en sortit deux petits paquets qui avaient l'aspect de documents officiels dûment pliés et scellés.

— Je l'ai vu moi-même écrire ces attestations, reprit-il. Je les ai signées en tant que témoin et refermées moi-même. Le sceau doit rester intact, sauf si vous avez besoin de les utiliser pour vous défendre contre une accusation.

Will eut la sensation qu'un grand poids lui était enlevé des épaules.

— Merci, monsieur !

— C'est une précaution qui me paraît tout à fait sensée, déclara Sir Paul. Tenez-moi informé de l'avancement de votre enquête, messieurs.

AINSI, AVEC la bénédiction de leur capitaine – sinon sur son ordre – William et David se rendirent dans la cabine de ce dernier, muni de la pièce de Molière et de feuillets vierges. Davy comprenait mieux le français que Will, c'était donc lui qui lisait à haute voix. Quand ils se mettaient d'accord sur une traduction, Will l'écrivait au crayon. Une fois leur travail terminé, ils feraient copier le manuscrit à l'encre, et d'une jolie plume.

De l'autre côté du rideau de toile, le carré des officiers était pour le moment désert, les autres lieutenants étant de service. Les deux amis profitaient donc d'une totale et paisible intimité…

— … *mis dans une boîte dans ma chambre*, lut Davy, avec… *une lettre à l'intérieur, scellée… comme un poulet.*

— Il ne parle certainement pas d'une volaille ! protesta Will.

— Si, je vous assure. Regardez. *Comme un poulet*, cher monsieur le sceptique.

— Celui qui a recopié ceci était peut-être ivre. Je vais ajouter un point d'interrogation pour vérification ultérieure.

— Peut-être devrais-je écrire à ma sœur et lui demander…

Davy se tut et releva les yeux, croisant le regard de Will. Tous deux avaient entendu la même chose. La porte du carré venait de grincer, très légèrement, avant de s'arrêter… comme si l'intrus avait cessé de bouger. Avec le battement constant de la mer, impossible de savoir si quelqu'un se trouvait ou pas dans la pièce voisine.

— En fait, reprit Davy d'une voix plus forte, je demanderai à ma sœur de nous trouver une traduction déjà publiée de cette fichue pièce !

— Je vois mal en quoi cela nous aidera à pratiquer notre français, rétorqua Will, la tête penchée.

Il tendait l'oreille et percevait de légers bruits derrière le rideau, dans le carré. Mais comment les identifier ? Ce pouvait être quelqu'un, ou un rat étonnamment audacieux. Il eut du mal à se retenir de bondir pour vérifier quand il entendit un léger bruissement – un frottement de tissu sur du tissu – juste devant sa cabine, de l'autre côté du canon sur lequel David et lui étaient assis face à face.

— Je ne parlais pas de cesser notre traduction, élabora Davy pour combler le silence. Après tout, ce n'est qu'un exercice ayant l'avantage d'être plus intéressant que de répéter éternellement *un, deux, trois* ou bien *lundi, mardi, mercredi*. Mais si nous avions une traduction correcte… un jour – car vous savez très bien que, quelle que soit la diligence d'Amelia, nous ne recevrons son courrier qu'à notre retour à terre – eh bien, nous pourrons au moins vérifier pourquoi l'auteur appelait sa lettre 'un poulet'. Qu'en pensez-vous ?

— Où est le lexique ?

Will se releva et jeta ses feuillets sur la couchette de Davy. Aussitôt, le bruit extérieur cessa net.

— Je l'ai probablement laissé dans ma cabine, enchaîna-t-il. Ne bougez pas, Davy, je n'en ai que pour une minute.

Il traversa la pièce lentement pour donner à l'intrus, s'il existait, le temps de disparaître. Il n'avait pas encore soulevé le rideau qu'il entendait quelqu'un s'enfuir en courant. Puis la porte du carré grinça une fois de plus avant de claquer. Will s'élança, mais quand il ouvrit la porte, la coursive était déserte. Sur sa gauche, il y avait deux portes closes, l'une était celle de la cabine du commissaire de bord, l'autre celle d'un cagibi où étaient stockés les biens précieux. Les deux portes étaient verrouillées.

— Est-il parti ? demanda Davy dans son dos.

— Il a disparu comme un fantôme, répondit Will. Tant mieux, d'ailleurs, qu'aurions-nous fait de lui si nous l'avions attrapé ? J'espérais cependant l'apercevoir.

En retournant vers la cabine, ils remarquèrent que les liens de cuir qui fermait la porte de toile avaient été détachés.

— Eh bien, au moins, nous intéressons quelqu'un, remarqua Davy. Ou bien un de nos camarades admire beaucoup Molière – en étant de nature timide.

— En tout cas, il est parti à présent, rétorqua Will. Et avant que nous reprenions notre tâche…

D'un signe, il attira Davy dans sa cabine, referma le rideau en nouant les liens et s'assura d'être dans un coin assombri sans effet de contre-jour. Ensuite seulement, il attira son amant dans ses bras, le serra contre lui et oublia sa tension dans un long baiser passionné. Il aurait voulu pouvoir faire plus, mais il prenait ce qu'il pouvait.

Quand David retrouva son souffle, il chuchota :

— Il nous faudra être plus prudents avec cette traduction française. Elle semble vous faire de l'effet !

35

Will se contenta de hausser les épaules. Quelque chose avait certainement de l'effet sur lui, mais il ne pouvait l'exprimer. Pour des raisons qu'il n'arrivait pas définir – un mauvais pressentiment, une terreur irraisonnée sans doute – il lui fallait constamment se rassurer que Davy était toujours là, à ses côtés, avec lui.

— Revenons à Molière, indiqua-t-il. Peut-être cela ramènera-t-il son mystérieux admirateur.

LE LENDEMAIN, un message fut déposé sur le lit de David, écrit au crayon sur le grossier papier que le commissaire de bord vendait aux matelots pour les rares courriers qu'ils envoyaient parfois chez eux. '*Je sais ce que vous faites. Voulez-vous que je garde votre secret ?*' lut David.

Il monta jusqu'à la hune pour montrer le message à Will.

— Nous devrions être satisfaits du résultat de nos efforts, je présume, déclara ce dernier.

— Accepteriez-vous de transmettre ceci au capitaine ? Je préférerais éviter de le rencontrer, je crains d'afficher un air coupable.

— Très bien, je le lui donnerai tout à l'heure, quand je lui ferai mon rapport au changement de quart. Avant cela, je dois passer en revue les journaux de bord des aspirants et leur asséner un sermon sur les devoirs d'un officier. Apparemment, ces jeunes paresseux ont décidé de se simplifier la tâche : un seul d'entre eux, à tour de rôle, tient la plume et les autres recopient son compte-rendu.

— Et alors ? Les rapports de navigation sont tous les mêmes – en tout cas, ce devrait être le cas. Ce n'est pas comme s'il y avait plusieurs façons de dire : 'aujourd'hui, nous avons fait cent cinquante miles marins'.

— Ils doivent apprendre à remplir un journal de bord pour s'habituer à le tenir correctement le jour où ils deviendront officiers, trancha Marshall, d'un ton cassant, même à ses propres oreilles. Il faut également qu'ils s'exercent à écrire lisiblement, ce qui est loin d'être gagné, je vous l'assure. C'est une question de principe, M. Archer !

David sourit.

— Je n'en doute pas, M. Marshall.

Will lui rendit son sourire. Pourtant, il était inquiet : seul David avait reçu des menaces anonymes.

— Sois prudent.

— Bien sûr. À mon avis, nous devrions nous éviter ostensiblement pendant un jour ou deux – et oublier les lettres françaises [9]. Même en travaux pratiques…

— C'est d'un goût !

— *Merci, mon cher*, répondit David en français.

Sur ce, il redescendit les haubans.

---

9 Jeu de mots : Lettres françaises (French letters) signifie également 'capotes anglaises'.

V

COMME SI la supercherie n'était pas suffisamment absorbante, en plus de leurs tâches habituelles et de la formation des aspirants, David commençait à avoir l'impression d'être épié. Pourtant, il savait qu'il ne s'agissait pas du fantôme du carré, car l'indiscret n'était ni discret ni habile. Ni même invisible !

Il s'agissait d'un des aspirants, un garçon du nom de Dickie Gannon, qui paraissait obsédé. David passait rarement une heure entière sans tomber sur cet échalas excité, dont les yeux libidineux ne le quittaient pas.

Il exprima à Will sa frustration alors que tous deux arpentaient la coursive en fond de cale, le long de la coque côté tribord. Marshall parut s'amuser de l'anecdote.

— Peut-être admire-t-il tes talents de marin.

— S'il admire quelque chose, c'est sur ma personne, grogna David, la mine sombre.

— S'agirait-il de ton élégante façon de nouer une cravate ? Tu es un bel exemple d'officier de la Royal Navy, tu sais.

Il parlait avec sincérité, sans intention de flatter son ami. Même dans la lumière diffuse que dispensait la lanterne sourde, Davy avait une silhouette élégante et souple, et des épaules carrées que sa veste d'uniforme mettait en valeur. Will regrettait juste que les pans cachent les délicieuses rondeurs des reins.

— Nous avions bien besoin de cela en plus ! ajouta-t-il, goguenard. Un jeune aspirant en rut !

— Will, cela n'a rien d'une plaisanterie !

Davy s'arrêta net et leva la lanterne pour inspecter la coursive.

— Toi et moi, chuchota-t-il, avons toujours été extrêmement discrets, peut-être même plus que nécessaire, mais cela nous a permis d'éviter les soupçons. Et vois la réaction qui se produit dès que nous nous comportons de façon ambiguë ! Je crains que nous n'ayons malencontreusement induit...

William l'interrompit :

— Penses-tu réellement que nous en soyons responsables ? Nous n'avons pratiquement rien fait !

— Tu crois, Will ? Vois où nous sommes en ce moment même. Aurions-nous risqué de nous rencontrer de cette façon dans d'autres circonstances ?

— Non, probablement pas. Cela ne nous est arrivé qu'une ou deux fois au cours de l'année écoulée.

— Exactement. Alors voir ce gamin me courir après… me fait penser aux chiens de mon père. La meute se comportait bien – sauf si passait une chienne en chaleur qui devenait tout à coup le centre de leur attention. Notre dresseur les surveillait sans arrêt pour éviter ce genre d'incident. Le problème, c'est qu'il était bien plus difficile à un humain de repérer une chienne dans cet état.

— Mais, Davy, nous n'avons rien fait ! répéta Will, éberlué.

David réalisa alors à quel point son amant était ignorant – ou peut-être 'innocent' était-il un terme plus exact.

— Will, chuchota-t-il gentiment, tu ne comprends pas comment se passe l'approche entre les hommes qui préfèrent les hommes. Une franche proposition est extrêmement rare, car bien trop dangereuse. Aussi, il faut en passer par les regards significatifs, ou mentionner certains poètes… Si un homme te demande un jour si tu connais la poésie de Barnfield, par pitié, réponds que non.

— Je le ferai, d'autant plus que c'est la vérité, déclara Will. Écrivait-il de façon suggestive ?

— Il s'exprime sans vergogne – et merveilleusement, je dois le dire. Dans de meilleures circonstances, je te réciterai son onzième sonnet. Mais dis-moi, m'aurais-tu jeté le même regard que Gannon si nous n'avions pas été enlevés par un pirate et emprisonnés quinze jours dans la même cabine, ce qui nous a poussés à devenir amants ? Ce garçon est un limier sur ma piste, Will. Sans doute a-t-il été attiré par cette mascarade que nous jouons pour appâter un plus gros poisson.

Will garda un moment le silence.

— Je vois le problème, dit-il finalement.

— Tant mieux. Je me demande juste si Gannon est un idiot inconscient, ou un complice du saboteur. Si j'étais certain qu'il agisse délibérément, je pourrais sans doute régler la question en parlant au capitaine. Par contre, si cet excité n'est que jeune et maladroit, je m'en voudrais de le dénoncer pour un péché que je commets aussi.

— En effet. Tu ne peux agir avant qu'il n'ait commis une bêtise. Et même dans ce cas, tu pourrais te contenter de le repousser en lui faisant bien comprendre qu'il a intérêt à ne pas recommencer. Il ne t'intéresse pas, j'espère ?

Il y avait dans sa voix une telle inquiétude que David ne put retenir son rire.

— Absolument pas ! Je le repousserais avec la plus grande épée que je trouverais, je t'assure. Je suis de nature monogame, M. Marshall. Ayant trouvé le désir de mon cœur, je ne suis pas assez fou pour échanger un diamant contre un galet.

— Davy… Pourrais-tu recouvrir la lanterne un moment, s'il te plaît ?

AU FIL des jours, le convoi progressa dans les eaux tropicales et le soleil devint plus chaud, plus lumineux. Quant à l'enquête, elle avançait avec lenteur. Quelques incidents se produisirent, sans grande importance, sans soulever les soupçons. Un tonneau de vin se transforma en vinaigre, six drapeaux de signalisation disparurent – étrangeté qui souleva bien des questions, mais ce fût sous la garde d'Humberstone, qui ignorait ce qui avait bien pu se passer. Et Klingler affirmait que le vin était déjà du vinaigre lors de son chargement à bord. Sans doute avait-il raison, car le second tonneau fourni par le même marchand était décidément infect. Le vol des drapeaux aurait pu être dangereux au cœur du combat, mais tel n'était pas le cas, et, l'après-midi même, de nouveaux furent cousus. Si le saboteur ne pouvait rien faire de mieux, la rigueur de Sir Paul et ses inspections régulières devaient l'avoir perturbé.

Le second message fut déposé dans la cabine de David au milieu de la nuit, pendant sa garde, alors que Will dormait de l'autre côté de la toile. Comme le premier était apparu pendant la journée, les deux amis ne s'attendaient pas à une visite nocturne.

Je veux la clé du casier des armes. Mettez-la sous votre coffre, à minuit, après-demain.

— C'EST ABSURDE ! s'exclama le capitaine. Aucun de vous deux ne possède cette clé.

— Effectivement, monsieur.

Une fois de plus, Will s'était chargé de délivrer au capitaine le message – et cette exigence ridicule – en même temps qu'il faisait son rapport sur la tenue des journaux de bord des jeunes aspirants.

— Comme je vous le disais, reprit-il, depuis cette intrusion de la semaine passée, nous n'avons pas eu d'autres perturbations.

— Je ne peux modifier les gardes des armes sans alerter le saboteur, qui devinerait que vous m'avez communiqué sa demande, déclara Sir Paul. Par contre, j'en discuterai avec Adams, le capitaine des gardes. Nous avons servi ensemble autrefois. J'ai en lui une totale confiance. Il veillera à affecter ses meilleurs hommes à la tâche.

— Monsieur... à votre avis, que fera notre saboteur quand M. Archer ne pourra pas lui remettre cette clé ?

— Il serait stupide de réagir. Il doit bien savoir que ses exigences sont impossibles.

— Oui, monsieur. Justement, je me demande pourquoi il a fait cette demande.

— Soit il est idiot, mais j'en doute vu ce que nous savons déjà de lui, soit c'est une feinte, pour cacher son réel objectif. Nous devrions atteindre les Îles-sous-le-Vent d'ici quelques jours. Je pense que l'équipage a bien besoin d'un autre entraînement au tir.

— Monsieur, M. Archer proposait de laisser un message-réponse sur sa couchette en expliquant pourquoi il ne pourrait pas fournir cette clé.

— Très bien. Laissez-le faire, nous verrons ce que cela donnera. Au fait, M. Marshall, envoyez-moi le charpentier. Ces rideaux de toile qui protègent les cabines de mes officiers améliorent probablement la circulation d'air, mais j'aimerais savoir si nous avons quelques bonnes portes de bois entreposées dans la soute. S'il faut une clé pour entrer au carré, cela réduirait le nombre de nos suspects.

— Oui, monsieur.

LES REPAS en commun pris entre officiers dans l'armurerie étaient une routine agréable, mais David avait vite découvert que ses soupçons l'empêchaient de profiter de ces réunions. Il connaissait déjà Simon West, le navigateur, un ancien de la *Calypso*, homme sérieux et consciencieux qui écrivait des vers atroces et adorait jouer aux cartes. Il connaissait peu le docteur Ian Curran, mais il l'appréciait beaucoup et n'avait pas envie de le suspecter, même si, en toute objectivité, le chirurgien avait un accès privilégié à l'équipage, tout en représentant une forte autorité, car il était le seul à pouvoir déclarer un capitaine inapte à accomplir son service. Le capitaine des gardes, James Adams, avait reçu l'aval de Sir Paul Andrew

Smith, aussi David l'avait-il rayé de sa liste. Il ne lui restait plus que le commissaire du bord, le maître-canonnier et le charpentier, respectivement, Dowling, Cox, et Michaels. Chacun d'eux paraissait tout à fait normal. Pourtant, un sous-officier pouvait se déplacer à travers le navire sans qu'on lui pose de questions intempestives, même en le voyant sortir de la cabine d'un officier supérieur.

Si leur fantôme était capable de cacher sa vilenie sous un sourire, David avait bien l'intention de siéger à table et d'accomplir son devoir. En cours de repas, il suggéra, comme convenu, de monter à Noël un spectacle pour distraire l'équipage et évoqua *le Songe d'une nuit d'été,* du moins autant de scènes que les acteurs seraient capables d'en mémoriser. Le titre était bien choisi, d'ailleurs, car le *Vaillant* serait sous les tropiques aux fêtes de fin d'année. M. West accepta aussitôt de participer et le capitaine Adams exprima l'admiration qu'il ressentait pour les œuvres du Barde [10], mais les autres restèrent sur leur quant-à-soi.

Étrangement, la conversation évolua de là sur les différences entre les jeux de cartes et de hasard. Le commissaire de bord révéla sa passion pour le crib et M. West le défia sur le champ d'honneur – ou dans ce cas particulier, sur le plateau de jeu. Ils convinrent de s'affronter dans le carré, une fois le dessert pris, pour savoir les deux meilleurs jeux des trois encore en lice.

— *Passez le premier, MacDuff* [11], déclara Dowling, *et maudit soit le premier qui s'écrie…*

— N'est-ce pas plutôt *après vous, MacDuff* ? demanda le capitaine Adams.

— Si, je crois que vous avez raison, intervint David.

— Non, non, pas du tout, insista le commissaire. 'Passez le premier', c'est plus combatif, vous voyez ?

— Si je me souviens bien, reprit David, c'est Macbeth qui s'exprime en s'adressant à MacDuff.

Dowling fronça les sourcils.

— Non, je suis certain que… eh bien, pourquoi ne pas vérifier. M. Archer, ne disiez-vous pas avoir les œuvres complètes de Shakespeare ?

---

10 Surnom de Shakespeare

11 *Lead on Macduff*, paraphrase de *Lay on MacDuff*, Macbeth, Shakespeare,, acte V, scène 8

42

— C'est exact. Je serai heureux de vous prouver votre erreur. Je serai de retour avant le pudding.

David se releva d'un bond et retourna à sa cabine où il gardait son recueil de Shakespeare, un de ses trésors les plus précieux. Le carré était vide, naturellement, car ceux qui n'assistaient pas au dîner étaient de service, sur le pont. David se figea en voyant que les liens de sa porte étaient détachés et ouverts. Et n'y avait-il pas une ombre à l'intérieur de sa cabine ?

En silence, il sortit son pistolet et l'arma. De la main gauche, il releva très lentement le rideau...

Et poussa un juron, à mi-voix, mais avec ferveur. Sur sa malle était étalé l'odieux aspirant Dickie Gannon, le pantalon déboutonné, son triste membre à la main. Lui au moins était au garde-à-vous, à défaut de son propriétaire.

— M. Archer ! J'espérais votre retour !

— Misérable petite vermine ! cracha David.

Il tremblait de colère en reconnaissant là un joli petit piège destiné à le faire chanter. Restant bien à l'écart, il désarma son pistolet avec soin et le rangea dans sa ceinture.

— Rajustez-vous, bâtard inconscient, et disparaissez instantanément de ma cabine !

— Mais monsieur... monsieur, je sais que vous voulez...

Un nouvel accès de fureur aveugle enflamma David.

— Vous ne comprendriez pas ce que je veux même si vous deveniez centenaire – ce qui, à l'heure actuelle, est hautement improbable, puisque vous exhibez non seulement bien plus de votre répugnante personne que je ne souhaitais en voir, mais également un niveau de stupidité qui me paraît irrémédiable !

— M. Archer, je meurs de désir pour vous !

— Dans ce cas, allez mourir ailleurs et soyez damné ! Vous êtes trop bête pour continuer à vivre !

Le petit bâtard ne bougeait pas, n'esquissait aucun geste pour se rhabiller ou s'en aller. Il se contenta de bouder. David aurait voulu l'empoigner par la nuque et le fond de sa culotte, et le jeter dehors, mais il n'était pas question qu'il mette le pied dans sa cabine.

— M. Gannon, notre navigateur vient de défier le commissaire de bord à une partie de crib. D'ici peu, le carré sera rempli. Si vous n'avez pas quitté cette cabine dans les trente secondes, je préviens le bosco pour qu'il vous en éjecte manu militari et vous mette aux arrêts. Vous répondrez ensuite de vos actes devant le capitaine.

— Mais, monsieur…

— Plus un mot, sinistre imbécile ! Dehors ! Tout de suite ! Je vous laisse cette unique chance de vous en sortir, mais c'est bien la dernière. Ne vous avisez jamais de revenir dans ma cabine !

Il pointa la porte du carré d'un doigt féroce et s'écarta pour inciter l'intrus à s'en aller. Gannon, le visage renfrogné, se décida enfin à reboutonner son pantalon.

— Oui, monsieur, marmonna-t-il.

— Vous irez sur le pont, vous monterez jusqu'à la gabie et vous y resterez jusqu'à votre prochain service. Pour passer le temps, je vous conseille de réviser les articles du règlement de la Royal Navy et les sanctions qui attendent les contrevenants.

— Oui, monsieur.

En regardant le jeune homme éconduit s'en aller, tout penaud, David se sentit un peu mal à l'aise d'être un tel hypocrite. Mais 'un peu' seulement. Sans doute violait-il avec Will l'article 29, mais au moins avait-il le bon sens de ne pas faire de propositions inconvenantes à des supérieurs qui ne s'intéressaient nullement à lui ! Il secoua la tête en évoquant la monumentale stupidité de l'aspirant, puis ouvrit rapidement son coffre, récupéra son Shakespeare et retourna à l'armurerie.

À ce moment-là, il réussit à se calmer et à retrouver le passage en question dans *Macbeth*. M. Dowling reconnut de bonne grâce son erreur alors que le dessert arrivait. Quand il fut consommé, les officiers descendirent tous au carré pour leur tournoi de crib.

David s'excusa auprès d'eux et se rendit sur le pont. Pour commencer, il vérifia que M. Gannon était bien sur la hune. C'était le cas. Il se trouvait en haut du grand mât et, d'après sa posture, il était plutôt abattu.

Mais quand même… S'agissait-il d'un piège délibéré ou de la folie d'un inconscient surexcité ? Gannon faisait-il partie du complot ou avait-il écouté un menteur diabolique qui lui avait susurré à l'oreille que M. Archer s'intéressait à lui ? Il y avait des jours que le garçon le suivait d'un regard enamouré. David ne se prenait certainement pas pour un Adonis, mais il arrivait qu'un garçon s'attache parfois contre toute raison. Dans ce cas-là, le bon sens n'avait plus voix au chapitre. David le savait d'expérience. S'il n'avait pas été naturellement prudent, peut-être aurait-il envisagé le même genre de folie au cours de ses longues et douloureuses années à aimer de loin William Marshall, son supérieur, qui ignorait alors que l'amour était possible entre deux hommes, et encore plus qu'il pourrait s'y intéresser. Mais jamais David n'avait fait allusion à ses désirs secrets, sans même parler de tenter d'accoster son officier. Il avait plutôt passé ses journées à lutter contre ses sentiments – et ses nuits à fantasmer sans espoir, ce qui avait été un véritable supplice de Tantale !

Mourir de désir, vraiment ? Essaie un peu d'être couché dans le hamac voisin du plus bel homme qui existe sur terre, nuit après nuit, certain qu'il te tuerait d'un coup de pistolet au moindre geste déplacé ! Ne me dis pas que tu meurs de désir, petit écervelé inconscient. Personne n'est jamais mort d'un amour unilatéral.

Et pourtant, Dieu sait combien l'ont souhaité !

VI

— PARDON ? QU'A-T-IL *osé* faire ?

— Doucement, Will. Pas si fort !

David regarda autour d'eux, mais ils se trouvaient sur la hune et le vent qui soufflait aujourd'hui était calme, aussi les gabiers se trouvaient-ils sur le pont avec les marins en repos. Smith dormait sans doute dans sa cabine, après avoir confié le navire à son premier lieutenant, William Marshall.

— Nous devons le dire au capitaine, décida Will. Je me suis trompé, c'est toi qui avais raison, mais ceci va bien au-delà d'un béguin.

— Will, pour l'amour du ciel…

— Écoute, cela me paraît évident : c'était un piège pour te mettre en position indéfendable. Par chance, tu as gardé ton sang-froid et ta réaction rapide t'a permis de sauver la situation. Si les officiers de l'armurerie étaient revenus au carré un peu plus tôt, ils auraient pu te trouver avec lui, croire à un flagrant délit et…

— Je ne suis pas sûr qu'il ait voulu me piéger !

— Vraiment, alors qu'il avait sorti son mousquet, prêt à tirer ? Si vous vous posez encore des questions quant à ses intentions, M. Archer, je serai heureux de vous démontrer ce que vous me paraissez avoir oublié, mais… Oh, mon Dieu, Davy, si tu m'aimes, je t'en prie, protège tes arrières ! Pense à nous, parles-en au capitaine. Et écris cet incident dans ton journal de bord. Plus tard, tu pourras déchirer cette page et la brûler, si tu veux, ou s'il est prouvé que je me faisais des idées insensées, mais note bien ce qui s'est passé, cela peut te protéger d'une éventuelle accusation.

David soupira. Jamais encore il n'avait vu William aussi agité. Connaissant son amant, il savait que son bouleversement n'était pas seulement dû à la jalousie. D'un autre côté, Will ne pouvait pas tout comprendre de la situation, car lui n'avait pris conscience de son désir charnel pour un homme que juste avant de le satisfaire. Il n'avait pas connu le désespoir et l'inassouvissement ni passé des années à s'interroger sur lui-même, à se demander en quoi il avait mérité une telle malédiction : éprouver un désir interdit pour un camarade de bord.

— Est-il vraiment nécessaire d'en parler au capitaine ?

Will serra les dents, la mâchoire en avant.

— Oui. Et vous feriez mieux de le faire, M. Archer, sinon, je m'en chargerai. D'ailleurs, le mieux serait que nous allions le voir ensemble.

— Et si ce jeune excité n'est qu'un inconscient ?

Will haussa les épaules.

— Dans ce cas, il mérite d'être renvoyé du service et de retourner à terre. Sinon, un jour, il fera pendre un malheureux qu'il aura compromis pour satisfaire ses appétits. À l'heure actuelle, il n'a encore rien commis de réellement répréhensible – à part des propositions impures – donc, il ne passera pas en jugement. Et même si notre mission était juste d'escorter un convoi marchand, il serait dangereux de garder à bord un aspirant susceptible de se comporter aussi indignement.

David, de plus en plus angoissé, sentait bien que Will ne se trompait pas. Il avait toujours su, de façon abstraite, qu'ils risquaient un jour de se trouver dans cette position bancale : devoir juger un autre pour un péché qu'ils commettaient en cachette. La réalité s'avérait pire que tout ce qu'il avait craint, et plus difficile encore. David avait beau haïr l'odieux Gannon, il ne pouvait prétendre que seul l'intérêt de la Royal Navy lui tenait à cœur.

— Mais enfin, Will, il n'est pas le seul à éprouver des désirs, des envies…

Son amant l'interrompit, ses yeux noirs devenus sévères et inflexibles.

— Ne t'avise pas de continuer ! Ce n'est pas pareil, Davy. Tu le sais très bien. C'est une question de self-control, d'autodiscipline. Nous pratiquons une stricte restriction tous les jours de notre vie, pas lui. Et cette différence constitue une faiblesse intolérable. Même si cet aspirant n'est pas le saboteur que nous recherchons, il finira par provoquer la mort d'un homme à bord. Et je ne veux pas qu'il s'agisse de toi.

— Tu as raison, je présume.

Will cligna des yeux.

— Je ne veux pas paraître prétentieux, mais dans ce cas particulier, j'en suis certain. Il s'agit d'une enquête très grave, David, nous cherchons un saboteur, un espion peut-être, ou même un traître. Le comportement de M. Gannon s'avère des plus suspects. Notre devoir est d'informer immédiatement le capitaine de ce que nous savons.

David eut le sentiment que s'il n'acceptait pas cette 'suggestion', Will ne tarderait pas à lui donner un ordre formel, comme il en avait d'ailleurs le droit et le devoir. Et David préférait éviter de mettre une telle tension sur le lien qui les unissait.

— Très bien, céda-t-il.

Il vacilla presque de soulagement en sentant un poids énorme quitter ses épaules.

— Très bien, répéta-t-il. J'en parlerai au capitaine.

Will soupira et sa posture se détendit.

— Je vous remercie, monsieur, dit-il avec raideur.

— Non, Will, tu as raison. C'est mon devoir. C'est simplement que j'ai un peu pitié de ce pauvre petit bâtard.

David n'eut pas à éprouver sa commisération, du moins pas pendant un certain temps. Une fois au courant, le capitaine Smith évalua brièvement la situation et décida de consulter M. Humberstone. Ensemble, ils décidèrent de ne rien faire pour le moment, tout en surveillant Gannon de près. Le comportement de l'aspirant prouverait rapidement s'il était coupable ou innocent des graves soupçons pesant sur lui. Quant à sa tentative de violer l'article 29 du règlement de la Royal Navy... eh bien, cela leur donnerait un moyen de pression si Gannon était bien le complice d'un agent des Français. Placé devant le choix entre un jugement pour trahison et un renvoi pour turpitude, il préférerait certainement dénoncer son supérieur qu'être pendu. En vérité, la stupidité de l'aspirant inclinait le capitaine Smith à douter de son implication dans le complot. Au pire, il n'était qu'un pion inconscient, car il n'avait pas l'intelligence d'avoir tout organisé.

COMME SI le ciel reflétait la morosité de David, les conditions météorologiques se détériorèrent dès le lendemain. Ce n'était pas la saison des ouragans, pourtant, des vents très violents couvrirent le ciel de nuages menaçants annonçant la pluie. Le *Vaillant* et le *Terrier* se préparèrent du mieux possible à affronter les intempéries. Sir Paul fit réduire la toile, arrimer sur le pont les mâts principaux, fermer tous les sabords de la coque. Les bateaux marchands du convoi prirent de semblables précautions – ayant l'habitude de cette traversée, ils connaissaient sans doute mieux que le *Vaillant* ce qui les attendait.

Pourtant, il était toujours difficile de prévoir les dégâts qu'un orage aussi violent pouvait causer à un bâtiment. Tout l'équipage fut sur le pont, avec six hommes à la roue pour la maintenir au plus stable et exécuter les ordres de navigation du capitaine. Pendant des heures, ce fut une lutte permanente contre le vent – rien que traverser le pont était périlleux, malgré les filins de sécurité qui avaient été installés pour aider les marins à s'orienter. Le soleil se coucha, sans apporter de changement particulier. Les rafales ne cessaient d'asperger le navire de grandes giclées d'eau de mer, l'orage grondait, l'air devenait tellement humide qu'il était difficile de voir ce qui se passait dans le gréement. La nuit fut longue et trempée, les hommes avaient froid, un froid rendu plus terrible encore par le vent qui soufflait contre eux, si fort et de toutes les directions à la fois. David passa une grande partie de son temps à transmettre les ordres du capitaine Smith, car même sa voix de stentor ne portait pas à travers les rugissements de la tempête. Les heures semblèrent durer incommensurablement. L'équipage ne reçut pour se sustenter qu'un biscuit de mer et une gorgée de rhum – par un temps pareil, il n'était pas question d'allumer les fourneaux de la cambuse.

La tempête finit par s'essouffler d'elle-même, le vent hurlant se calma, les nuages s'éclaircirent et les étoiles réapparurent, très haut au-dessus du navire. En apercevant au sud un fin croissant de lune pâle, quelques degrés sur l'horizon, David, surpris, réalisa que l'aube n'allait pas tarder.

Le capitaine Smith donna encore quelques ordres, puis il descendit dans sa cabine prendre une tasse de café et revêtir des vêtements secs – il avait passé toute la nuit sur le pont. Le *Vaillant* retrouva sa routine. Le cuistot et ses aides se rendirent dans la cambuse pour allumer les feux ; les marins, à grands coups de serpillière, s'occupèrent d'évacuer l'eau qui stagnait sur le pont. Il ne serait pas nécessaire de le laver le lendemain matin, la mer s'en était chargée au cours de la nuit. Peu après, M. West, navigateur, apparut sur le gaillard avec son sextant pour déterminer leur position précise. Il faudrait attendre le lever du soleil pour découvrir – avec la grâce de Dieu ! – où se trouvait le reste du convoi. En attendant, les taches ne manquaient pas.

David empoigna une lanterne et commença à donner des ordres aux hommes qu'il commandait.

— Un des navires au moins a réussi à rester avec nous, déclara Will, qui passait derrière lui. Regardez, M. Archer, à tribord du gaillard d'avant.

L'obscurité étant profonde, David plissa les yeux avant de percevoir une lueur à distance. C'était un navire, sans aucun doute, qui commençait à rallumer ses feux de signalisation comme le faisait le *Vaillant*. D'ici quelques minutes, l'officier responsable enverrait des signaux et un message codé, demandant probablement à ce que tous les navires à proximité signalent leur position et condition. Le capitaine, qui ne tarderait pas à revenir sur le pont, exigerait autant d'informations que possible.

Le jour était bien avancé quand ils purent enfin décompter tous les navires du convoi, dont certains avaient été déportés à plus de trente lieues du *Vaillant*. La plupart avaient bien supporté la tempête, du moins étaient-ils en mesure de procéder aux réparations nécessaires. Le *Terrier,* justifiant le nom qu'il portait, passait avec vitesse et énergie de l'un à l'autre des bâtiments, comme un fidèle chien de berger regroupant son troupeau dispersé.

QUAND LE convoi fut enfin réuni, à une vingtaine de lieues de l'endroit où la tempête les avaient frappé, le docteur Curran dut se rendre à bord de plusieurs bateaux plus petits, pour soigner les mêmes blessures qu'il avait déjà rencontrées toute la nuit sur le *Vaillant* : fractures, entorses et commotions. Il procéda également à l'amputation d'un pied écrasé par la chute d'un mât. En cas de coup dur, il y avait souvent des accidents, aussi le capitaine tenait-il, dans la mesure du possible, à avoir à bord un médecin qui soit également chirurgien. Certains des bateaux du convoi avaient leur propre médecin, mais tous étaient moins compétents que le docteur Curran, aussi avaient-ils vite pris l'habitude de le consulter sur leurs patients les plus grièvement atteints.

En regardant Curran traiter les blessés de l'équipage, en voyant la façon dont il se portait toujours volontaire pour aller aider les autres navires, David était de plus en plus porté à l'exempter du soupçon d'être le saboteur. Il savait que c'était prématuré, voire insensé, mais il éprouvait pour le praticien une confiance innée, presque une amitié. Par contre, il ne réussissait pas encore à évaluer les autres sous-officiers ou hommes en position de commander une bordée. Le commissaire de bord, le maître-canonnier, le quartier-maître, les trois maîtres artisans – charpentier, calfat, voilier – le cuistot, etc. Tous paraissaient de bons marins, efficaces et consciencieux… D'ailleurs, pourquoi supposer que le saboteur avait une position importante dans l'équipage ? Il pouvait très bien n'être qu'un simple matelot, un 'pressé' par exemple, qui éprouvait un ressentiment compréhensible après avoir été enrôlé de force, ou même l'un des aspirants… sinon plusieurs d'entre eux.

Après avoir renvoyé ses hommes à leur tâche, David décida que la situation était sous contrôle. Libéré de ses fonctions, il pouvait enfin profiter d'un moment de repos bien mérité, se retirer dans sa cabine et récupérer quelques heures de sommeil.

Alors qu'il s'endormait, une idée dérangeante vint le troubler. Peu après le lever du jour, le capitaine Smith l'avait envoyé au mess des aspirants s'assurer que les jeunes avaient survécu à la nuit sans trop de dégâts – ce qui s'avéra être le cas, pour la plupart d'entre eux ; un seul était alité, le bras en écharpe. Il manquait cependant les trois aînés du groupe. En remontant sur pont, David avait vu Laird et Hatfield, qui vérifiaient l'état des armes avec les canonniers. Il les avait interrogés, mais tous deux ignoraient où se trouvait Gannon.

Malgré ses recherches, il n'avait pas trouvé trace de Dickie Gannon. D'un côté, il préférait ne pas le revoir, mais il se demandait tout de même où était passé le garçon. Pour le moment, le lieutenant Carter était de garde, un homme fiable et expérimenté. Gannon devrait se présenter à lui en prenant son service.

Soulagé, David tira sa couverture sur sa tête encore humide et accorda enfin du repos à son corps épuisé. *Le petit bâtard finirait par réapparaître*, se dit-il. Après tout, il était forcément quelque part... sur le navire.

VII

LE SURLENDEMAIN de la tempête, au lever du soleil, William Marshall était de service. Il admirait les magnifiques couleurs du ciel et ses reflets sur la mer. Le *Vaillant* ne tarderait pas à atteindre les Indes occidentales, le soleil était brûlant et la brise si chaude qu'il était difficile d'imaginer le froid et l'humidité dont l'équipage avait souffert, l'autre nuit.

— Voile à bâbord !

Elle apparut brièvement alors que le soleil jaillissait à l'horizon. Jusqu'ici, ses rayons avaient dissimulé l'approche de cet étranger qui disparut d'ailleurs presque aussitôt.

Will, penché au-dessus de la hune, envoya un marin prévenir le capitaine. Peu après, Smith le rejoignait, étudiait le vent et les courants, et décidait de ne pas poursuivre le navire inconnu. Il donna cependant l'ordre au commandant Edwards de laisser le *Terrier* en arrière garde, relativement éloigné du reste du convoi. Dans ces eaux, l'étranger pouvait être britannique, français, espagnol, américain, ou même un négrier. S'il ne cherchait pas à s'approcher, il ne représentait aucune menace pour le convoi, ni même pour le brick hollandais qui avait perdu la moitié de son grand mât durant la tempête et avançait avec lenteur. Seul un capitaine inconscient détournerait de sa route un bâtiment de l'importance du *Vaillant*, et ses soixante-quatorze canons, pour courir derrière un bateau plus petit, et donc plus rapide, abandonnant ce faisant en situation inconnue, sinon périlleuse, le convoi qu'il était chargé d'escorter. Or, Sir Paul n'avait rien d'un inconscient.

Pourtant, quelqu'un devait croire le contraire, car la voile mystérieuse réapparut peu avant le coucher du soleil et disparut aussitôt, comme pour inciter la poursuite. Le *Vaillant* approchait des Îles-sous-le-Vent, endroit où un petit navire rapide pourrait indéfiniment jouer à cache-cache.

Le navire inconnu n'était pas le seul à se cacher. À la huitième cloche, Davy prit sa garde et rejoignit Will qui s'appuyait au bastingage de la dunette arrière. 'Notre brebis égarée a-t-elle été retrouvée ?', furent ses premiers mots.

— Non, répondit Will. Tous ceux que j'ai interrogés n'ont pas revu Gannon depuis la nuit de la tempête.

Quand l'aspirant ne s'était pas présenté la veille pour prendre son service, le capitaine Smith avait fait fouiller tout le navire. En vain.

Davy fronça les sourcils.

— Voilà déjà deux jours qu'il a disparu, fit-il remarquer. Que dit le capitaine ?

— Pas grand-chose. Gannon se cache peut-être, avec l'intention de quitter le navire à Kingston.

— Il peut être déjà mort.

— Oui, c'est possible.

Will regretta ses paroles à peine les avait-il prononcées : la terrible culpabilité qui s'afficha sur le visage de Davy était douloureuse à voir.

— Nous ne tarderons pas à toucher terre, d'ici une semaine au plus, si le beau temps se maintient. Avec une bouteille d'eau et un sac de biscuits, Gannon ne manque pas d'endroits où se cacher à bord.

— Mais pourquoi le ferait-il, Will ? Puisque le capitaine ne l'a pas convoqué sur-le-champ, il n'avait aucune raison de craindre que je le dénonce.

Will n'eut aucune réponse à cet argument.

LE LENDEMAIN matin, l'inconnu qui jusqu'ici les suivait à distance se montra plus audacieux. Dès que le soleil fut assez haut pour éclairer l'ensemble du convoi, le navire se rapprocha rapidement du bâtiment le plus lent, le brick endommagé qui, comme chaque nuit, avait pris du retard sur les autres. L'étranger ne cherchant plus à se cacher, les hommes du *Vaillant* constatèrent qu'il s'agissait d'une frégate française de trente-six canons. Le *Terrier,* en position d'interception, était deux fois moins armé.

Le capitaine Smith se trouvait sur le pont, par chance – ou par prémonition, car Marshall s'attendait lui aussi à une attaque de ce genre. Dès que les canonniers et artilleurs furent leur poste, Smith donna l'ordre au *Vaillant* de virer de bord pour affronter l'ennemi. Le Français eut alors une réaction étonnante : loin d'abandonner le combat, seule conduite raisonnable devant une telle puissance de feu, il laissa le *Vaillant* approcher. Puis la frégate maintint le *Terrier* à distance en déchargeant sur lui une partie de ses canons avant d'envoyer rapidement une rafale de drapeaux, qui montaient de tous ses mâts – des signaux codés que Will ne parvint pas à déchiffrer. Ensuite, abandonnant le *Terrier* paralysé par sa grand-voile déchiquetée, le Français s'enfuit vent arrière, laissant loin derrière lui le formidable, mais poussif *Vaillant*.

Le capitaine Smith se tourna vers les quatre lieutenants qui se tenaient à ses côtés sur le gaillard avant.

— À présent, nous ne le reverrons pas, déclara-t-il. Agissons vite, messieurs, pendant que nous avons encore ces mystérieux signaux bien à l'esprit. Je les veux par écrit.

— Vous avez raison, monsieur, déclara Humberstone. Chaque information peut se révéler utile.

— Tout particulièrement quand nous verrons ce qui arrivera au cours des prochains jours, riposta Smith. Nous n'avons peut-être pas compris le message, mais je suis certain qu'il était destiné à un homme du bord.

— Nombreux sont ceux qui n'ont pu voir les drapeaux, déclara Davy qui se trouvait près de Will. Le docteur Curran, ses assistants, les hommes de l'armurerie...

— ... et les canonniers du pont inférieur, compléta Humberstone. Seuls les hommes qui se trouvaient sur le pont les ont certainement aperçus.

Le capitaine se pencha et surveilla la centaine d'hommes, sinon plus, qui se trouvait en dessous.

— Parfait ! s'exclama-t-il, sarcastique. À ce rythme-là, il nous faudra aller jusqu'au cap Horn pour éliminer tous les suspects !

Marshall fut soulagé de constater qu'il n'était pas le seul à être frustré de la lenteur à laquelle avançait leur enquête.

— WILL ? AURIEZ-VOUS un instant à m'accorder, s'il vous plaît ?

Les mots étaient ordinaires, mais le ton ne s'y accordait pas, pas plus que la dureté qui figeait les traits de David Archer. Marshall rassembla son matériel – pour se distraire, il avait fait le point de leur position à l'aide de son sextant – et suivit son amant jusqu'à leurs cabines.

— Encore un message ?

— Oui. Et je me trouvais là quand a sonné la dernière cloche, donc, le démon a disposé de quinze minutes à peine. Regarde.

Le document se trouvait sur la couchette de Davy, écrit sur le même papier grossier. Cette fois-ci, un crâne et des os croisés avaient été grossièrement dessinés, assortis d'une menace plus sérieuse : *La clé du casier des armes, sinon, je révélerais où vous avez caché le cadavre.*

Avec un frisson, Will posa la main sur l'épaule de Davy. Il avait besoin de le toucher, même s'il n'osait rien faire de plus.

— Cela a assez duré, déclara David.

— Il doit être fou !

David posa la main sur celle de Will.

— Non, seulement résolu et impitoyable. Tu avais raison. C'est une sacrée chance que nous ayons été francs envers le capitaine. Et merci de ne pas me rappeler que j'avais tort !

— Si je suis inquiet, ce n'est pas de te prouver que j'avais raison !

Davy eut un rire amer.

— Je sais, pourtant, tu nous as sauvé la mise. Je suis heureux de t'avoir écouté.

Il plia le message en deux.

— Allons inspecter la coque, suggéra-t-il. Il nous faut discuter tranquillement, sans avoir à craindre d'être surpris.

— Oui.

Will souhaitait désespérément se trouver seul avec Davy, même quelques minutes.

— Cependant, ajouta-t-il, je tiens à ce que nous agissions différemment cette fois-ci. Tu descendras par la trappe avant et moi, par celle de derrière. Nous nous retrouverons en bas, au milieu de la coursive. J'aimerais vérifier si quelqu'un te suit.

— Très bien. Je prends une lanterne, inutile que nous ayons chacun la nôtre. Tu descendras dans l'obscurité. Si quelqu'un me suit, suis-le et nous le coincerons entre nous deux. Ton pistolet est-il chargé ?

— Oui, depuis le premier message que tu as reçu. Et j'aimerais beaucoup avoir l'opportunité de l'utiliser.

Malheureusement, lorsqu'ils retournèrent sur le pont, Will ne put savoir si quelqu'un surveillait Davy ou pas. Il inspecta le ciel et s'entretint avec quelques-uns des marins de service. Il y avait bien trop de monde sur le pont, des hommes ayant parfaitement le droit de se trouver là. Le docteur Curran, par exemple, occupé à extraire une écharde que le commissaire de bord s'était plantée dans le pouce, la lumière étant bien meilleure en plein air que dans son infirmerie. Cinq ou six des jeunes aspirants se prélassaient en haut du gréement ; les gardes habituels tenaient leur poste devant l'échelle qui montait au gaillard arrière ; le maître-voilier surveillait la réparation du perroquet qui, de façon inexplicable, avait reçu un coup de sabre pendant la tempête – la déchirure avait été découverte quand les hommes avaient voulu remonter la voile, une fois le calme revenu…

William soupira. Le fantôme pouvait être un de ces hommes – ou pas. Il attendit deux minutes après que Davy ait quitté le pont, puis emprunta la première trappe qu'il trouva à la poupe. Il suivit sans peine le dédale d'escaliers et couloirs qui le menèrent jusqu'à l'étroite coursive en fond de cale. Il pénétra dans le gouffre obscur avec prudence, une main posée sur la paroi de bois. Il n'entendait que le bruit habituel des vagues qui battaient contre la coque. Peu après, il vit devant lui la lueur sourde de Davy.

— Ohé, camarade ! appela-t-il à mi-voix.

Davy leva sa lanterne, ce qui alluma des reflets d'or dans ses cheveux.

— Alors ? As-tu remarqué quelque chose ?

— Non. Il y a six cents cinquante marins à bord… même si nous avons innocenté la moitié d'entre eux environ, les suspects sont encore trop nombreux. Je jurerais presque que personne ne t'a suivi, mais…

— Chut !

D'un geste preste, Davy baissa les volets de la lanterne qu'il cacha derrière son corps. Respirant à peine, les deux amis se tournèrent vers l'endroit d'où Will était venu, l'oreille aux aguets pour percevoir le moindre son. Voilà ! Un grattement, un bruit de pas – puis une lueur qui approchait peu à peu.

David ralluma sa lanterne.

— M. Marshall, êtes-vous là ? souffla une voix.

— Klingler ?

— Oui, monsieur.

L'intendant du capitaine approcha d'un pas hésitant, son honnête visage tanné par le soleil tout plissé d'inquiétude. Lui aussi leva sa lanterne. De tous les hommes du bord, Klingler et Barrow, qui venaient de la *Calypso*, étaient au-dessus de tout soupçon.

— Que diable faites-vous là ? demanda Marshall.

— Eh bien, monsieur, j'ai remarqué que vous vous éclipsiez comme si vous vous méfiez. Alors, vu que le capitaine m'a demandé de rester vigilant et de vous apporter tout le secours que je pouvais, j'ai pensé que vous auriez peut-être besoin de moi. Donc, me voilà.

Will croisa le regard de Davy.

— Je vois. Je vous remercie de votre excellente intention. M. Archer et moi-même faisons comme vous, également selon les ordres du capitaine Smith. Nous cherchons à trouver le vandale coupable d'avoir déchiré notre perroquet. Nous espérions qu'il allait nous suivre. Nous ne nous attendions pas à tomber sur un allié. Puisque vous êtes là, Klingler, auriez-vous par hasard noté des comportements suspects au cours des derniers jours ?

— Pas chez les gradés, monsieur, vraiment pas. Et pour le reste, non plus, sauf si vous trouvez les maladroits suspects. Les deux aides qu'on a attribués à notre pauvre bosco ont vraiment de la sciure de bois dans la tête ! Il aurait mieux valu les laisser à terre, franchement, des bons à rien pareils !

— Oui, je vois ce que vous voulez dire, reconnut Davy. Mais ne vous inquiétez pas, nous finirons par en faire des marins.

— Oui, monsieur, répondit l'intendant, peu convaincu.

Manifestement, il tenait compte du grade de son lieutenant… tout en le prenant pour un optimiste impénitent.

Will jeta un coup d'œil à la sombre coursive d'où l'intendant était arrivé. Il ajouta à voix basse :

— En tout cas, vous venez de nous prouver quelque chose, Klingler, personne ne m'a suivi. Pourriez-vous me rendre un service, je vous prie ? Reprenez votre lanterne et continuez jusqu'à l'autre bout de la coursive. Si vous croisez quelqu'un, appelez sans vous cacher et demandez après nous, comme si vous nous cherchiez… et retenez bien le nom de ce curieux.

— Oui, monsieur. Et si je ne vois personne ?

— Montez la garde auprès de la trappe, si vous le pouvez sans trop attirer l'attention. Et si vous voyez quelqu'un faire mine de descendre, arrangez-vous pour faire du bruit. J'aimerais savoir si le fantôme qui hante notre navire à l'intention de nous rendre visite. M. Archer et moi-même allons retourner vers la poupe et rester à l'affût.

Le marin acquiesça, toucha son front pour saluer les deux officiers et s'éloigna. Une fois de plus, Davy ferma les volets de sa lanterne, ce qui les plongea dans une obscurité presque totale. En moins d'une minute, la lumière de Klingler s'atténua, seule une vague lueur se reflétait encore sur le bois de la coque, avant de disparaître à son tour.

— Davy, chuchota Will, pourrais-tu poser un moment ta lanterne ?

Il entendit le sourd claquement métallique indiquant que Davy avait obéi.

— Combien de temps comptes-tu attendre ici ? souffla David.

— Pas longtemps, répondit Will sur le même ton. Je veux juste te tenir dans mes bras.

— Quoi ? Will, c'est de la folie ! Nous…

57

Sa protestation fut étouffée par des lèvres fermes. David céda et répondit avidement au baiser, refermant les bras sur Will dans une étreinte féroce. C'était de la folie, sans aucun doute. L'endroit n'était pas sûr. Mais aucun ne l'était sur ce maudit navire. Ici, au moins, les deux amants entendraient un intrus approcher, ce qui leur donnerait le temps nécessaire pour se reprendre. Et s'ils se faisaient surprendre, ils pourraient toujours prétendre avoir essayé d'attirer le saboteur.

Mais là n'était pas la véritable motivation de Marshall. En apprenant que cette pute de Gannon s'était exhibée devant son amant, il avait été pris d'une rage incendiaire. Il bouillonnait littéralement de jalousie depuis que Davy lui avait relaté l'incident – et l'offre éhontée qui lui avait été faite ! Même savoir le coupable sans doute déjà mort ne suffisait pas à l'apaiser. Will avait désespérément besoin de se rassurer, de savoir que Davy était toujours à lui, rien qu'à lui. Et pour cela, il voulait goûter cette belle bouche et sentir leurs deux corps fusionner.

Dans l'obscurité, avec la mer qui battait juste derrière le bois de la coque, William Marshall épingla David Archer contre la paroi.

Au début, Davy résista, mais très vite, il empoigna les reins de Will, les malaxa et, à travers leurs vêtements, frotta désespérément leurs sexes érigés l'un contre l'autre. Cela dura un moment… d'éternité.

Ensuite, il se raidit et chuchota :

— Will, nous ne pouvons pas… Cela se verrait… et si Klingler nous attend quand nous…

— Chut.

Will s'agenouilla, consterné par son imprudence même alors qu'il déboutonnait la culotte de Davy. C'était stupide… stupide et dangereux, mais Davy tremblait de façon si tentante qu'il n'hésita plus à le lécher et le sucer, lui offrant un soulagement rapide, intense et silencieux. Ensuite, il s'attarda quelques secondes, le visage pressé contre une cuisse chaude et nue.

Il se redressa et serra à nouveau son amant dans ses bras.

— Will, bredouilla David d'une voix tenue, veux-tu… que je…

— Non. Tu as raison. C'était insensé. Je… je ne sais pas ce qui m'a pris. Attache ton pantalon, Davy. Je réglerai plus tard mon petit problème.

Aller plus loin serait inconscient. De plus, Will estimait mériter de souffrir pour avoir fait courir à Davy un tel danger. Il le garda contre lui jusqu'à ce que tous deux retrouvent leur souffle – le temps de convaincre son organe frustré de se calmer. Une chance qu'ils portent leur uniforme du bord, dont le pantalon sombre était moins serré que la culotte blanche de cérémonie !

Après un dernier baiser, Davy se pencha pour ramasser sa lanterne.

— M. Marshall, jamais je ne vous aurais cru capable de commettre une folie pareille ! Au nom du ciel, où est passé votre bon sens ?

Will secoua la tête, déconcerté par son imprudence.

— Je n'en sais trop rien. En tout cas, je ne recommencerai pas, je te le promets.

— Pas dans ces circonstances, en tout cas, mais… j'espère que tu ne comptes pas rompre définitivement ?

— Bien sûr que non !

Will était écartelé ; d'un côté, il regrettait son comportement inconscient, de l'autre… pas du tout. Ce dilemme était pour lui une nouveauté, des plus pénibles d'ailleurs. Il espéra qu'en expliquant à Davy ses motivations, il les comprendrait mieux.

— Tant qu'à faire à être pendu, autant l'être pour un bœuf que pour œuf, ne crois-tu pas ? Je trouve difficile de faire tous ces efforts pour donner le change, sans que rien ne se concrétise. Et notre ennemi inconnu te menace en t'accusant de délits que nous ne commettons pas, alors…

Il haussa les épaules, comme si les mots étaient incapables d'exprimer son malaise.

— C'est peut-être un excès de confiance, ajouta-t-il, sarcastique. Après tout, Davy, même si le fantôme nous surprenait en flagrant délit, penses-tu réellement que le capitaine croirait à ces accusations… dans ce contexte particulier ?

— Oh, pour l'amour de Dieu ! s'exclama Davy.

LONGTEMPS APRÈS le souper – en fait, il était près de minuit – un des plus jeunes mousses approcha en courant de David, qui s'apprêtait à terminer son service.

— M. Archer, haleta-t-il, le capitaine demande à vous voir dès que cela vous sera possible.

Ce qui signifiait 'immédiatement', bien entendu. Une convocation du capitaine était toujours prioritaire. Pourtant, Sir Paul formulait toujours ses ordres avec la plus grande courtoisie – sauf au cœur du combat. David vérifia son uniforme et se présenta peu après à la cabine du capitaine.

Will s'y trouvait déjà. David se fit la réflexion qu'il n'avait jamais vu chez son ami de mine plus sombre.

— M. Archer, déclara le capitaine. Je voulais m'entretenir avec vous deux. Veuillez vous asseoir, je vous prie.

Smith les conduisit dans le coin de sa cabine, loin du hublot et hors de portée d'oreilles de l'indiscret le plus déterminé. Il récupéra sur un petit bureau un message plié, écrit sur un papier que David n'eut aucun mal à reconnaître.

— Klingler a trouvé ceci scellé dans un morceau de toile à voile. Ce message m'était adressé avec la mention : 'personnel et confidentiel'. Il a été laissé dans mon casier, derrière votre carré.

— Notre fantôme n'a pas perdu de temps ! remarqua David.

Il ouvrit le message, l'approcha d'une des lanternes suspendues et le lut. Il sentit le sang se drainer de son visage. *Le second lieutenant Archer fornique avec le premier lieutenant Marshall.*

David était encore sous le choc quand le capitaine reprit la parole :

— Je dois vous féliciter, messieurs, sur la qualité de votre performance. Et détendez-vous, je vous en prie. Je ne vous ai certainement pas convoqués pour vous rappeler le règlement de la Royal Navy.

David déglutit et tenta de retrouver sa voix. Il n'osait pas regarder Will.

— Merci, monsieur.

Sir Paul récupéra le message.

— Je crois qu'il est désormais prouvé que notre fantôme possède une imagination débridée. À part vos fréquentes inspections en fond de cale, je n'ai rien remarqué d'inhabituel à votre comportement. De plus, ces tournées me paraissent tout à fait justifiées pour des officiers tenant à se familiariser avec un nouveau navire. Sans l'étonnante exhibition du Français, l'autre matin, et ses messages frénétiques, je commencerais même à me demander si notre saboteur ne souffre pas d'aliénation mentale.

— Un de nos aspirants a disparu, monsieur.

— En effet. Quand nous serons à Kingston, je ferai fouiller le navire de fond en comble. Par une telle chaleur, un cadavre ne tardera pas à se révéler de lui-même. Si le malheureux a été assassiné, je présume que son corps est caché en fond de cale et je préfère qu'il ne soit pas découvert avant notre arrivée au port, ce qui risquerait de troubler l'équipage. Mieux vaut les laisser croire que Gannon a été emporté durant la tempête.

— Le dernier message que j'ai reçu menaçait de vous révéler l'endroit où le corps était caché, monsieur.

— Oh, balivernes ! À mon avis, ce n'était qu'une vaine menace. Vous savez ne pas avoir tué ce garçon, alors pourquoi craindriez-vous une accusation anonyme ? Les menaces ne sont effectives que sur les coupables qui tiennent à garder leur secret, ce qui n'est pas votre cas. De plus, pour étayer une accusation d'une telle gravité, le traître devrait se découvrir, ou trouver un complice prêt à le faire à sa place. Quant à ce torchon…

Il récupéra le message et, au grand soulagement de David, le froissa et le présenta à la flamme de la lanterne. Il jeta ensuite le papier enflammé dans un bol en étain, posé sur son bureau et rempli de sable. Quelques secondes plus tard, Sir Paul écrasait les cendres noircies jusqu'à ce qu'il n'en reste rien.

— Je demanderai à Klingler de me changer ce sable, dit-il comme s'il se parlait à lui-même. Je détesterais qu'en séchant une de mes lettres à ma femme, j'y laisse des traces de cendres.

— Merci, monsieur, dit David, soulagé au point qu'il en vacillait.

Le capitaine eut un reniflement de mépris.

— Ce reptile me connaît bien peu s'il espérait me faire croire à une accusation contre un de mes officiers écrite d'une plume empoisonnée et anonyme. Je ne pendrais même pas un chien sur une 'preuve' de ce genre ! À présent, comme cette missive n'existe plus, j'estime qu'il sera inutile d'en parler à M. Humberstone. Vos précédents messages l'ont déjà amplement convaincu du succès de son stratagème.

Une fois de plus, David remercia son capitaine. Will émergea enfin du silence pour demander :

— Capitaine, que voulez-vous que nous fassions à présent ? Le saboteur réclame toujours la clé du casier des armes.

— Donnez-la-lui.

— Pardon, monsieur ? s'exclamèrent à l'unisson les deux lieutenants, avec la même intonation stupéfaite.

— Lundi, j'ai l'intention, à titre d'entraînement, de faire tirer les canons du pont supérieur à la première heure, dès que la lumière sera suffisante. Dans l'après-midi, ce sera au tour des ponts inférieurs. Une fois le pont dégagé pour l'exercice, vous aurez bien entendu à récupérer la clé, aussi le traître fouillera-t-il certainement votre cabine pendant la matinée. Cependant, mardi, dès l'aube, je demanderai au charpentier et à toute son équipe d'installer dans le carré des officiers des cloisons de bois et de véritables portes. Ce n'est pas réglementaire, mais notre situation actuelle ne l'est pas davantage et je ne supporterais pas plus longtemps que les cabines de mes officiers soient ouvertes aux intrusions. Quand ce sera terminé, l'armurier posera sur chaque porte des serrures dont il n'y aura qu'une seule clé. Donc, M. Archer, quand vous prendrez votre service lundi matin, vous pourrez mettre ceci sous votre malle.

Le capitaine sortit de sa poche une clé qu'il remit à David.

— Cette clé ne servira pas longtemps à notre traître. Pendant que l'armurier fabriquera les serrures de vos portes, il en fera également de nouvelles pour chacun des casiers sécurisés de ce navire, et je veillerai personnellement à n'en distribuer les clés qu'aux responsables des endroits en question. Ainsi, si une clé change de main, nous aurons immédiatement d'où elle provient.

Sir Paul changea de ton pour ajouter :

— À présent, messieurs, voulez-vous vous joindre à moi pour un repas léger ?

LE LENDEMAIN était un dimanche.

Comme d'habitude, une église de fortune fut établie à bord, grâce à une voile tendue sur le gaillard d'arrière. Tout l'équipage, lavé de frais, s'y présenta dans ses plus beaux atours. Le *Vaillant* n'avait pas d'aumônier attitré, aussi le capitaine Smith faisait-il les lectures dominicales. Peut-être ressentait-il une légère culpabilité, car au lieu de se contenter d'un des articles de l'Église anglicane, il choisit une page d'un recueil de sermons qu'il gardait avec lui en complément du *Livre de la prière commune* [12].

Le texte commençait par ces termes : *Nul ne peut servir deux maîtres* [13]…

---

12 Livre fondamental décrivant l'ensemble des prières, formules et pratiques du culte anglican, depuis la réforme protestante en Angleterre au XVIe siècle

13 *Évangile selon Matthieu 6:24*

VIII

LUNDI MATIN, quatre jours avant l'arrivée prévue à Kingston, le *Vaillant*, sous bon vent et par temps clair, naviguait entre de minuscules îles qui semblaient désertes. M. West, le navigateur, et son apprenti avaient été dispensés de l'exercice de tir, tous deux étant entièrement absorbés par la tâche de diriger le navire dans le labyrinthe des étroits passages entre les rochers. Le *Terrier* était sous le vent, en arrière garde, surveillant le bon ordre des bateaux marchands. Le Vaillant étant le plus important bâtiment du convoi, c'est-à-dire celui dont la quille plongeait le plus profondément, tous les autres passeraient sans problème dans son sillage.

Les gabiers, en haut du mât de misaine, ne prêtaient guère d'attention à la progression du navire. Depuis que le capitaine avait annoncé que l'équipage tout entier participerait aux tirs d'entraînement, les marins ne parlaient plus que de l'événement à venir. Il ne s'agissait pas d'un simple exercice de routine, comme ceux qui avaient lieu une heure durant un jour sur deux, mais d'un entraînement complet, qui engagerait deux bordées du navire – et réclamerait un travail bien plus exigeant. Malgré le danger accru, tous les hommes étaient surexcités, se délectant à l'avance de découvrir la force de frappe des nombreux canons du colosse crachant boulets et fracas tonitruant.

Will inspecta le pont, déjà nettoyé, frotté, et dégagé pour l'exercice. Pour la première fois depuis son transfert sur le *Vaillant*, il commençait à apprécier le poussif pacha. Il était également satisfait de ses hommes : quelques jours plus tôt, l'intervention des Français avait poussé l'équipage à se remettre en question. Tous étaient à présent mieux préparés et désireux de faire leurs preuves devant leur nouveau capitaine. Les hamacs avaient été roulés et rangés dans le filet ; les canonniers et artilleurs se tenaient à leur poste, leur matériel d'allumage à la main ; même les mousses chargés de transporter la poudre, dont certains paraissaient à peine avoir dépassé six ans, avaient les yeux brillants et attentifs.

— Nous aurons trois séries de trois avant la fin du service du matin, annonça Smith.

Comme tous les capitaines, il espérait voir ses canons tirer 'trois fois en moins de cinq minutes', une formule pratiquement devenue proverbiale. Au cours d'un combat, un navire capable de recharger et de faire feu au plus vite, et avec le plus de précision possible, avait en général un avantage notable.

— Double ration de rhum à la première équipe qui réussira à tirer trois fois en cinq minutes ! ajouta le capitaine.

Les premiers tirs firent éclater le silence du matin. Très vite, la brise légère emporta au loin les nuages de fumée qui s'élevaient du *Vaillant*. Après s'être consultés, les aspirants donnèrent leur verdict : aucun canonnier n'avait atteint l'objectif réclamé. Côté positif, cependant, il n'y avait eu aucun blessé, car les bordées avaient tiré avec une minutieuse coordination.

Les mousses couraient déjà dans la cale pour chercher la poudre nécessaire au prochain tir. Mais pourquoi ne remontaient-ils pas ? Après un long retard inexpliqué, un des gamins resurgit et s'approcha de Barrow pour chuchoter à son oreille. Quand le maître d'équipage se redressa, il jeta un regard anxieux autour de lui et repéra Marshall, sur la dunette la plus proche, accoudé au bastingage.

— M. Marshall, nous avons comme qui dirait un souci dans la poudrière.

Will chercha des yeux le capitaine, mais Smith s'entretenait avec M. West : le *Vaillant* s'apprêtait à passer un passage particulièrement étroit entre la haute falaise rocheuse d'un îlot et des écueils un peu trop proches de la surface pour être rassurants. Durant les prochaines minutes au moins, l'attention du capitaine Smith se concentrerait sur la navigation.

Sans le déranger, Will rejoignit le maître d'équipage sur le pont.

DAVID ARCHER compta les secondes qui séparait les tirs de la première salve. Il sourit en constatant que le meilleur temps était de cinq minutes et quarante-cinq secondes. Il était prêt à parier qu'après ce premier échec, une des bordées, au second tour, ne tarderait pas à passer sous le cap des cinq minutes. Il espérait que le sous-lieutenant Hatfield, le plus âgé des aspirants – et un homme sous ses ordres – ait été chargé de diriger les canonniers.

Techniquement, David était de service lorsqu'il glissa la clé du casier des armes sous le coffre de sa cabine, comme le traître l'avait exigé. Il avait surveillé ses hommes avant l'exercice. Ensuite, suivant les instructions données par le capitaine au cours de leur réunion secrète de la nuit de samedi à dimanche, il s'était éclipsé pour se cacher dans la cabine du lieutenant Humberstone, qui se trouvait juste en face de la sienne.

David savait que, pour le moment, la clé était toujours dans sa cabine. Cependant, il paraissait logique que le saboteur profite du bruit et de l'agitation sur le pont pour tenter de la subtiliser. Humberstone possédait une petite table entre sa malle et la porte. Assis derrière, le dos plaqué à la paroi, David était invisible, sauf si quelqu'un soulevait le rideau pour regarder à l'intérieur. Et comme tout l'équipage se trouvait sur le pont, le carré était en principe désert.

Sauf que… Perplexe, David fronça les sourcils. Pourquoi un tel silence sur le pont ? Sir Paul aurait-il interrompu l'exercice ? Non, c'était peu probable. Même si un homme avait été blessé – brûlé par la poudre ou renversé par le recul d'un canon – de tels accidents n'avaient rien d'inhabituel et les autres canonniers auraient continué leur tâche. Donc, il s'était passé autre chose, un incident assez grave pour interrompre les tirs.

David hésita. Ne devrait-il pas se trouver sur le pont au lieu de jouer à cache-cache avec un traître ? Après tout, cette éventualité aussi avait été envisagée : il était censé récupérer la clé, dont il se servirait plus tard pour tendre un nouveau piège.

Il se redressa et s'étira, les jambes courbaturées de sa longue attente. Puis la porte du carré grinça et David se figea.

— C'EST DE l'eau de mer, monsieur. Elle a été versée sur les cartouches de poudre.

C'était un sabotage de premier ordre, une véritable catastrophe si cela était arrivé durant un combat. La découverte avait eu lieu juste après le crime, car la veille au soir, en prévision de l'exercice du lendemain, les canonniers avaient monté sur le pont supérieur le matériel nécessaire. De gros sacs de toile de jute remplis de poudre formaient des amorces calibrées, exactement de la taille et de la forme à en bourrer les canonnières. Quand les mousses avaient ouvert le coffre pour prendre des recharges, ils l'avaient trouvé inondé de trente bons centimètres d'eau de mer, la toile des sacs était complètement détrempée. L'assistant du canonnier avait immédiatement refermé le coffre et envoyé un mousse prévenir le charpentier, pour réclamer de la sciure de bois afin d'éponger cette humidité.

Cox, le maître-canonnier, paraissait très inquiet, ce qui était tout à fait normal. La poudrière était bien calfeutrée, avec une double paroi, afin que la poudre ne risque pas de s'enflammer. L'eau de mer ne pouvait y entrer : l'inondation ne pouvait pas être accidentelle.

— J'ai envoyé des hommes dans la cale chercher une autre caisse, monsieur, expliqua-t-il. Je ne comprends pas ce qui s'est passé, mais je peux vous jurer qu'aucun de mes hommes n'est responsable.

— Ne vous inquiétez pas, répondit Will. J'en suis certain.

Il n'osait imaginer la réaction du capitaine. Pourtant, d'une certaine façon, ce sabotage n'avait rien de surprenant. Durant leur entretien du samedi précédent, ils avaient envisagé l'éventualité que leur saboteur exige la clé du casier des armes comme un leurre, pour détourner l'attention d'un autre point vulnérable du navire. À présent, au moins, ils savaient ce que visait le traître.

— Et la poudrière de la cale, est-elle intacte ? demanda-t-il.

— Oui, monsieur. J'ai envoyé mon assistant en faire l'inspection dès que nous avons découvert l'eau dans le coffre. Tous les barils sont scellés.

— Très bien. Dès que vous aurez les nouveaux sacs, faites-les remplir le plus vite possible. Et envoyez ensuite les garçons les porter sur le pont.

Il ne pouvait rien faire de plus. Il remonta donc l'échelle de la coursive. Chacun des gros canons avait encore suffisamment de poudre pour trois autres tirs. Rien de plus. Et un navire avec soixante-quatorze canons sans poudre pour les charger n'était plus qu'une cible flottante. Will se demanda tout à coup si la frégate française avait réellement abandonné la poursuite après ses signaux codés. Le moment était idéal pour une attaque ennemie... Les Français étaient-ils au courant de leur vulnérabilité ? Il aurait bien voulu le savoir.

Le capitaine Smith apprit la nouvelle sans manifester la surprise à laquelle Will s'attendait. Il approuva d'un signe de tête les ordres de son premier lieutenant concernant la poudrière et, d'une voix tonnante, réclama le silence sur le pont. En quelques mots nets et précis, il expliqua aux hommes ce qui s'était passé, et ce qui était fait pour rectifier la situation. Ensuite, il envoya environ le quart des canonniers dans la cale pour aider à transporter la poudre et à reconstituer les amorces.

— Je sais, continua le capitaine de toute la force de ses poumons, que vous êtes tous conscients des problèmes qu'a connus récemment ce navire. J'avais espéré que nous avions abandonné ces sournois sabotages derrière nous à Plymouth, mais, malheureusement, ce n'est pas le cas. À partir de dorénavant, je veux que chaque homme veille non seulement sur lui-même, mais aussi sur ses camarades de bord. Restez attentif, regardez qui se trouve autour de vous, repérez quiconque ne devant pas être à un endroit précis.

Il marqua une courte pause.

— C'est bien triste, continua-t-il, que des marins fidèles à Sa Majesté doivent ainsi se surveiller mutuellement, mais jusqu'à ce que cette vipère soit arrachée de l'équipage de ce navire, nos vies sont en danger. Il se trouve à bord un homme indigne qui n'a pas sa place parmi nous – qui ne la mérite pas. Soyez vigilants, utilisez à bon escient les sens que le Seigneur vous a donnés. Si vous avez le moindre doute, parlez-en à vos officiers supérieurs.

Will dévisagea les hommes de sa bordée. Aucun ne semblait inquiet. Au contraire, plusieurs hochaient la tête pour approuver les consignes du capitaine. Il pensa même entendre quelques murmures : 'c'est pas trop tôt !'

— Une dernière chose, matelots…

Le capitaine s'interrompit, car deux mousses venaient de jaillir de la trappe, un seau rempli d'amorces dans chaque main. Ils furent suivis avec quelques secondes de retard par un troisième. Très vite, les gamins s'activèrent à leur tâche et coururent sur le pont, ignorant le silence qui figeait les hommes autour d'eux.

— Une dernière chose, répéta Sir Paul. C'est à moi de trouver et d'arrêter ce saboteur, mais je compte transférer à chacun d'entre vous une partie de ma responsabilité. Je vous informe donc qu'il n'y aura aucun congé pour l'équipage avant que nous ayons découvert et appréhendé le traître qui sabote un vaisseau appartenant à la Royal Navy, mettant ainsi en danger les hommes qui se trouvent à bord et la mission que nous a confiée Sa Majesté.

Quand il cessa de parler, il affronta du regard les hommes qui se trouvaient sur pont.

Le *Vaillant* quittait enfin le délicat détroit et retrouvait la pleine mer derrière une longue avancée de terre inhabitée.

Un violent sifflement résonna tout à coup. Le bruit d'un boulet de canon arrivant à toute vitesse arracha l'équipage à sa transe juste avant que le projectile creuse un trou dans la grand-voile d'étai. Le 'boum' de l'explosion retentit avec un léger décalage, faisant tinter toutes les oreilles à bord.

Will leva les yeux et suivit la ligne de la trajectoire du canon. Il réalisa que l'ennemi avait dû débarquer sur l'île désertique. On leur tirait dessus du haut de la falaise, bien au-delà de la portée des canons du *Vaillant*.

Tout à coup, trois bateaux français, une frégate et deux corvettes, émergèrent de leur cachette, derrière l'île, et foncèrent sur le *Vaillant*, vent arrière. Chacun était plus petit que le pachyderme britannique et ses soixante-quatorze canons, mais ensemble, ils représentaient un véritable danger, surtout s'ils encadraient le gros navire et le mitraillaient de tous les côtés.

— Branlebas de combat ! hurla le capitaine.

IX

DAVID RETINT son souffle, écoutant la porte s'ouvrir avec précaution. Il ôta ses chaussures, mais n'esquissa aucun geste en direction de la porte. Même si le soleil était à bâbord, la lumière tropicale restait assez forte pour projeter son ombre sur la toile. De sa cachette, il entendit des mouvements furtifs, des pas qui semblaient remonter le carré le long des cabines, s'arrêtant juste en face de lui. Quand le silence retomba, David attendit cinq secondes avant de bouger. En deux longues enjambées silencieuses, il fut devant le rideau, l'œil plaqué à l'entrebâillement et...

L'enfer se déchaîna. Un boulet de canon s'écrasa à distance, presque aussitôt suivi par une fuite éperdue. Manifestement, la discrétion n'était plus de mise. Abandonnant ses chaussures, David repoussa le rideau et se dirigea vers sa cabine. Plusieurs mains pressées poussaient déjà la porte du carré. Peu après, les toiles tendues furent arrachées pour dégager les canons.

Une silhouette émergea de sa cabine, mais comme d'autres hommes cherchaient à y entrer, l'intrus – le traître – fut bloqué par la marée humaine. Il portait l'uniforme d'un sous-officier, mais David n'arrivait pas à distinguer son visage. Plutôt que de hurler des ordres qui risquaient d'ajouter à la confusion générale, il contourna le pilier au centre du carré et se retrouva face à...

Thomas Dowling, le commissaire de bord !

L'homme releva les yeux, sans cacher la haine qu'il ressentait

— Bien sûr ! remarqua David à voix haute.

Bien sûr ! Les messages étaient écrits sur le papier que vendait le commissaire de bord ; et c'était lui qui s'était délibérément trompé sur une citation de Shakespeare pour envoyer David vérifier au carré... et ainsi tomber sur Gannon – avec lequel il avait bien failli se faire surprendre dans une situation compromettante par les joueurs de crib. De plus, la cabine de Dowling était adjacente au carré des officiers, la première porte dans la coursive, ce qui lui permettait de se glisser discrètement à l'intérieur ou de disparaître à peine sorti. Oui, il était le coupable le plus évident.

Il y eut un choc sur la coque à bâbord, un 'bang' qui fit trembler tout le bâtiment, mais sans traverser le bois. Une fraction de seconde après l'impact, Dowling se glissa entre deux hommes d'équipage et s'enfuit.

David joua des coudes pour traverser la foule. Au-dessus de sa tête, les armes du *Vaillant* commençaient à tonner une contrattaque. En arrivant dans la coursive, David vit Dowling monter l'échelle de bâbord : il semblait vouloir retourner sur le pont... Aurait-il l'intention de sauter à la mer pour tenter de rejoindre à la nage l'ennemi – quel qu'il soit – qui attaquait en ce moment même ? Le traître courait si vite que David, qui le pourchassait d'un couloir à l'autre, ne voyait parfois que ses pieds. Quel dommage que Dowling ait compris qu'il était découvert ! D'un autre côté, la supercherie était enfin terminée, William et lui n'auraient plus à simuler ni à se cacher, avec la constante sensation d'être épiés.

Quand David émergea de la trappe tribord sur le pont, il tomba sur le chaos organisé d'un navire en pleine bataille et fut immédiatement assourdi par le tonnerre de l'artillerie lourde. À travers la fumée, il aperçut deux bâtiments au large, sur bâbord, tandis qu'un troisième s'était lancé à la poursuite du *Terrier*. Pour ce faire, la corvette française n'hésita pas de passer à portée de tir du convoi. Les marchands avaient peu de canons, certes, mais ils n'en étaient pas pour autant démunis.

Où diable avait disparu Dowling ?

Quelle importance, après tout ? David devait de toute urgence prévenir le capitaine Smith de l'identité du traître. Il s'écarta pour laisser passer les mousses qui couraient d'un canonnier à l'autre en portant de la poudre, un seau dans chaque main. Il se dirigeait vers le gaillard quand il entendit son nom :

— M. Archer !

Il pivota et vit l'éclair d'un pistolet qui se déchargeait, juste avant le choc violent qui le prit au ventre. Il tomba à la renverse.

Il ne souffrait pas... il ne ressentait qu'un étrange engourdissement, une sensation qui lui semblait appartenir à un autre. Étendu, assommé, il entendit une voix lointaine marmonner : 'encore un foutu sodomite de moins !'.

Puis la voix de Dowling reprit, bien plus fort :

— Monsieur ! Capitaine ! Par ici. M. Archer a été abattu !

WILL PIVOTA en entendant crier. Au début, il ne vit rien à travers la meute des corps pressés les uns contre les autres, puis Klingler dégagea le passage pour récupérer Davy, soulevant le corps inerte par les épaules tandis qu'un autre marin le prenait aux pieds. David avait son gilet blanc et son pantalon couverts de sang – bien trop de sang ! – mais il était vivant, se rassura Will, puisqu'ils emmenaient à l'infirmerie, au lieu de simplement repousser son cadavre du chemin. Il n'eut guère le temps d'y réfléchir, car le *Vaillant*, s'il était presque hors de portée du canon débarqué sur l'île, restait menacé par les deux navires français. Will avait un devoir à accomplir, même s'il mourait d'envie de descendre vérifier ce qui était arrivé à son amant. Après tout, si le *Vaillant* coulait ou était capturé, David mourait certainement, n'est-ce pas ? Pour éviter cette catastrophe, William Marshall devait tenir son poste et gagner la bataille.

Il tint bon, par la force de l'habitude. Le *Terrier* et les navires marchands vinrent à bout d'une des corvettes. Quelques jolis coups du maître-canonnier du *Vaillant* détruisirent le gréement de la seconde. Quand la frégate, déjà bien délabrée, se vit privée de ses deux alliées, elle préféra rompre le combat et fuir.

Étrangement, ce fut après la bataille que la situation de Will empira.

Une heure après le dernier coup de canon, épuisé et terrifié, il était sur le pont de l'*Espoir*, à regarder le *Vaillant* s'éloigner vers Kingston, le convoi s'étirant derrière lui. Lui gardait une partie de l'équipage sur la corvette capturée pour la remettre en état. Sans même attendre la disparition du *Vaillant* à l'horizon, Will se chargea d'évaluer les dégâts, de donner des ordres et de faire tout ce qui était en son pouvoir pour rendre le plus vite possible son nouveau bâtiment opérationnel.

Davy, vivant, mais inconscient, était sur le *Vaillant*, une balle de pistolet dans les entrailles. Son sang coulait lentement, mais continuellement, aussi Curran avait-il décidé que la seule chance qu'avait son patient de survivre était d'enlever chirurgicalement la balle. Le chirurgien, conscient de la difficulté d'une extraction à un endroit pareil, ne tenait pas à opérer sur un navire soumis au roulis. Il avait fermement recommandé d'évacuer le blessé sur la terre ferme. Kingston se trouvant à moins de deux jours de navigation, le capitaine Smith s'y rendait toutes voiles dehors. Il avait certes regretté d'abandonner son premier lieutenant et une partie de l'équipage sur le vaisseau capturé aux Français, mais l'*Espoir* était un bâtiment trop important pour être confié à un aspirant. Et, pour une raison quelconque, Smith ne proposa pas le poste au lieutenant Humberstone. En son for intérieur, Will soupçonnait le capitaine de douter des capacités de marin de l'agent secret, car lui-même partageait ces réticences. Si Carter n'avait pas eu la jambe cassée…

Ah, les 'si' ne servaient à rien ! Il ne restait à Will que l'option de travailler vite et d'espérer.

L'*Espoir*. Littéralement parlant, il irait à Kingston porter les ailes – les voiles – de l'espoir. L'espoir, pas la prière. N'étant pas hypocrite, il n'attendait pas d'un Dieu, auquel il n'était même plus certain de croire, de lui accorder la vie d'un amant dont l'existence même offensait la religion dans laquelle son père l'avait élevé. Le révérend Marshall n'avait certainement pas été de ces fanatiques qui ne cessent de menacer leurs ouailles des feux de l'enfer. Bien au contraire, il s'était montré tolérant, peu enclin à juger son prochain. Will se demanda ce qu'il aurait dit du sentiment qu'éprouvait son fils pour un autre homme. Idée stupide ! Même si le révérend avait été encore en vie, jamais ils n'auraient abordé un tel sujet. Pourtant, Will pensait que son père aurait apprécié Davy. Comment aurait-il pu faire autrement ? Presque tout le monde appréciait Davy.

Sauf, bien entendu, celui qui avait tiré sur lui.

Will espérait que le capitaine des gardes, James Adams, choisirait pour veiller le blessé ses hommes les plus dignes de confiance. Aucun des trois navires français ne s'était jamais suffisamment approché du *Vaillant* pour tirer un coup de pistolet sur le pont. Davy avait donc été abattu par un des hommes du bord, sans doute le fantôme qu'ils cherchaient à découvrir. Donc, il avait surpris le saboteur et serait capable de l'identifier. Et le bâtard le savait !

Dans ce cas, à moins que le traître n'ait été tué pendant le combat, il se trouvait toujours à bord – Seigneur, par pitié ! Et Davy était le seul à connaître son nom.

Will repoussa l'image qui lui venait à l'esprit : Davy immobile, le visage blême, comme il l'avait vu avant de devoir s'en aller. Davy vivrait certainement. Il vivrait, car il le fallait. Dans le cas contraire, toute cette stupide supercherie n'aurait servi à rien !

D'un autre côté, combien de morts stupides, insensées Will avait-il déjà constatées depuis son engagement dans la Royal Navy ? Mieux valait ne pas y penser. Mieux valait se concentrer sur le fait de ramener en vitesse à Kingston cette maudite barcasse française.

Repoussant une fois de plus ses soucis, il se tourna vers l'homme qui faisait office de sous-officier sur le navire capturé.

— Korthals, faites remonter les drisses et les écoutes. Je veux un yard de voile supplémentaire, nous continuerons les réparations tout en naviguant. Mettez quelques prisonniers à pomper, sous bonne garde. À mon avis, ils ne tiennent pas plus que nous à ce que le navire coule. Je serai dans la cabine du capitaine, je tiens à regarder les documents qui y sont conservés.

Il comptait effectivement parcourir les journaux de bord, au cas où une entrée désigne l'espion français se trouvant à bord du *Vaillant* – ou donne des renseignements susceptibles de l'identifier. Il n'y croyait pas réellement, car cette information qui, si elle existait, serait certainement codée. Il lui fallait cependant faire quelque chose sous peine de devenir fou.

À PEINE trois jours plus tard, Marshall arrivait à Kingston à bord de l'*Espoir*. Le convoi marchand était à l'ancre dans le port. Du nid-de-pie dans lequel il se trouvait, au sommet du grand mât de la corvette, Will repéra le *Terrier*, où l'équipage travaillait repeindre la coque, les charpentiers ayant manifestement terminé les réparations nécessaires. Derrière lui se trouvait le *Vaillant*, mais quelque chose n'allait pas au niveau des mâts, et ce n'était pas dû aux dégâts causés par le combat.

Pourquoi avaient-ils… ?

— Oh, non, gémit Will à voix haute. Non !

Les vergues du *Vaillant* étaient en berne et pendaient à des angles anormaux le long des mâts. Du coup, le navire paraissait déséquilibré. Il ne s'agissait pas d'une négligence. C'était un acte délibéré, équivalent au pan de crêpe noir qu'une famille accrochait au-dessus de sa porte d'entrée pour annoncer la mort d'un membre de la famille.

Le *Vaillant* portait le deuil.

X

AU COURS des heures qui suivirent, le comportement frénétique de William Marshall convainquit sans doute les hommes du port de Kingston que le premier lieutenant du *Vaillant* était fou furieux. Cependant, Will garda suffisamment de self-control pour remplir son devoir. Il renvoya à bord du *Vaillant* l'équipage momentanément emprunté, enregistra l'*Espoir* au bureau de l'Amirauté et signa tous les formulaires qu'on lui présenta. Ensuite seulement, il partit rejoindre le capitaine Smith, à l'endroit que lui indiqua l'affable commis qu'il interrogea.

Il retrouva Sir Paul et la plupart des officiers du *Vaillant* réunis dans un petit cimetière en périphérie de la ville. La distance n'était pas longue, mais la chaleur tropicale rendit la marche épuisante. Will arriva juste à temps pour se mettre au garde-à-vous avec les autres, son bicorne sur son cœur, tandis que les gardes du *Vaillant* tiraient en l'air les vingt et un coup de pistolet qui honoraient traditionnellement la mort au combat d'un l'officier du bord.

Will ignora combien de temps il resta planté là, à regarder la terre fraîchement bêchée qui marquait la tombe de Davy. Un instant, une éternité ? Pour lui, le temps avait cessé d'exister, ou d'avoir un sens. Engourdi par le deuil, le chagrin et l'épuisement, il avait du mal à réfléchir de façon cohérente. Une seule idée l'obsédait : il n'avait même pas fait ses adieux à son amant !

La gorge serrée par la douleur, Will vacilla et tomba à genoux devant la tombe. Comment cela avait-il pu arriver ? Davy si vivant, chaleureux et passionné, dans ses bras, quelques jours plus tôt... qu'il soit actuellement mort, étendu dans ce sol étranger était impensable. C'était trop atroce. Il devait y avoir une erreur...

Une main se posa sur son épaule.

— Lieutenant, j'aurais un mot à vous dire.

Le capitaine Smith. Will savait qu'il était censé se redresser et prêter attention. À moitié aveuglé par les larmes, il se remit debout, les jambes aussi instables que celle d'un poulain nouveau-né. Le capitaine le stabilisa d'un bras paternel autour des épaules et l'écarta du rectangle de terre couvert de gerbes superbes.

Will commença à claquer des dents. Il frissonnait, glacé jusqu'à la moelle, alors que l'après-midi était chaud et moite.

— Allons-nous-en, M. Marshall, déclara Smith toujours à ses côtés. Venez avec moi.

Will se laissa entraîner avec reconnaissance, soulagé de ce répit. Barrow était là, lui aussi, ainsi que d'autres hommes qu'il connaissait, tous formant une sorte de garde d'honneur autour d'eux pendant qu'ils quittaient le cimetière. Will se sentait agressé par l'éclat du soleil tropical et étouffé par cette chaleur humide auquel il n'était pas habitué, ce qui sapait le peu de force qui lui restait. Une atroce migraine se mit à battre derrière ses orbites.

Sans qu'il en ait réellement conscience, le petit groupe avança dans les rues animées, où s'activaient des indigènes à la peau foncée qui portait des vêtements d'un blanc immaculé. Le capitaine Smith le conduisit dans une auberge, à peu de distance de l'Amirauté, l'installa dans une chambre et disparut peu après.

Marshall resta un long moment assis dans le fauteuil qui lui avait été indiqué, les yeux fixés sur la fenêtre. Il regardait un ciel bleu, sans nuages, sans réellement le voir… se souvenant plutôt d'une journée à Portsmouth, fraîche et pluvieuse, et du navire qui se profilait derrière le jeune aspirant en uniforme qui l'avait accueilli à sa montée à bord. Le sourire de David Archer était pure lumière. 'Bienvenue sur le *Titan*, M. Marshall !'

Le premier sanglot éclata, le secouant tout entier, comme la toux d'un phtisique en phase terminale. Puis le barrage céda et libéra les grandes eaux. Will pleura de façon incoercible. Accroché au bord de la table, il se leva péniblement et s'écroula sur le lit, où il se roula en boule, au comble du désespoir. *Ce n'est pas juste, j'aurais préféré que ce soit moi !* Pourquoi survivait-il alors que disparaissaient autour de lui tous ceux auxquels il tenait ? Il revit les hommes qui avaient servi à ses côtés, ou sous ses ordres, marins aguerris ou aspirants trop jeunes encore pour se raser, tous ceux qui avaient perdu la vie tandis que lui s'en sortait indemne. Et maintenant David, cet être unique, spécial, qui était devenu sa raison de vivre ? *Ce n'est pas possible. Comment continuer sans lui ? Pourquoi suis-je encore vivant ?*

Puis il cessa de penser. Et le temps s'arrêta.

À moitié asphyxié, Will aspira péniblement, se ranimant juste assez pour que son chagrin lui revienne ravivé. Il avait si mal qu'il se sentait l'âme déchirée en deux. Il sanglotait toujours, le nez bouché, les yeux brûlants, la gorge à vif ; il semblait avoir une réserve inépuisable de larmes. Il n'avait pas pleuré à la mort de sa mère. Il n'avait pas versé une larme et tout le monde l'avait félicité d'être un petit bonhomme si courageux. Mais à présent qu'il avait commencé, il craignait de ne plus jamais pouvoir s'arrêter. Comment une blessure aussi atroce pouvait-elle un jour cicatriser ?

Tout aurait été différent s'il avait été là, s'il avait au moins pu tenir la main de Davy, lui dire au revoir... Sans doute, lui aurait-il alors été plus facile d'accepter la disparition de Davy, n'est-ce pas ? Il avait beau chercher à s'en persuader, il savait que c'était faux. D'où venaient les larmes qu'il versait encore ? N'y avait-il pas une quantité d'eau limitée dans un corps humain ? Sa taie d'oreiller était déjà inondée.

Finalement, vaincu par l'épuisement, il finit par sombrer dans un sommeil erratique.

IL SE réveilla en sursaut pour trouver Barrow debout à côté du lit.

— Monsieur ?

Vous avez un devoir envers vos hommes, M. Marshall.

— Oui...

Il fit l'effort de se redresser et toussa. Barrow lui tendit un verre d'eau.

— Que Dieu vous bénisse, Barrow ! souffla Marshall

L'eau fraîche apaisa un peu sa gorge irritée.

— Oui, Barrow, que se passe-t-il ? demanda-t-il ensuite.

Le regard du bosco était assombri. Aujourd'hui, pour la première fois, son visage, qui paraissait d'ordinaire sans âge, était celui d'un vieillard.

— C'est Lord St John, monsieur. Le cousin de... de M. Archer. Il demande à vous voir...

— Non !

Jusque-là, Will avait complètement oublié que Davy lui avait raconté, à peine embarqué sur le *Vaillant*, avoir un cousin qui exploitait une plantation de canne à sucre en Jamaïque – qu'ils verraient peut-être en arrivant aux Antilles. Will avait déjà rencontré Lord St John – ou le baron Guilford, pour lui attribuer son titre. Une première fois quand le baron et sa fiancée avaient été secourus par la *Calypso*, une seconde à la naissance de leur fille. Davy, peu après avoir été promu lieutenant, avait entraîné son ami – et amant – à une grande réunion familiale Archer et St John. Le baron était charmant et sa femme, une belle et adorable Française. Le problème était que les deux cousins se ressemblaient terriblement.

Will ne se sentait pas capable de revoir ces traits familiers alors que...

Je ne peux pas. Je ne peux pas.

— Barrow... Je vous en prie...

Sa voix se cassa.

Il inspira profondément et fit l'effort de s'exprimer plus calmement :

— Je vous prie de transmettre à Sa Seigneurie mes plus sincères condoléances. Il m'est impossible de le recevoir à l'heure actuelle, je suis... indisposé.

— Il dit que c'est urgent, monsieur.

— À mes yeux, plus rien ne l'est, Barrow, répondit Will à mi-voix, presque comme s'il se parlait à lui-même.

Même si toute l'île est en feu, cela ne me concerne pas. Par pitié, laissez-moi tranquille !

— Je compte de rester ici un moment, ajouta-t-il. Sauf si je reçois l'ordre de prendre la mer. Veuillez transmettre mes regrets à... Il me semble vous l'avoir déjà dit, n'est-ce pas ?

— Oui, monsieur.

Barrow, mal à l'aise, fit passer le poids de son corps d'un pied sur l'autre.

— M. Marshall, reprit-il à mi-voix, Klingler et moi tenons à vous exprimer notre chagrin que...

D'une main levée, Will lui coupa la parole. Il ne se pensait pas capable d'entendre prononcer le nom de David.

— Oui. Oui, je sais. Merci beaucoup, Barrow. Maintenant... Je vous en prie, j'ai besoin d'être seul.

Il fut mortifié d'entendre sa voix trembler, mais le maître d'équipage fit semblant de ne rien avoir remarqué. Il se contenta d'acquiescer avant de prendre congé. Marshall ressentit envers lui un élan de reconnaissance, mais il le repoussa instantanément. Non ! Barrow était un brave homme, rien de plus. Mieux valait ne pas penser à lui comme à un ami. C'était bien trop dangereux. Pour eux deux !

Tous ceux auxquels je tiens meurent. Il avait la solution idéale pour régler ce problème : il ferait son devoir envers ses hommes, les traiterait avec décence et équité, agirait de manière à ce qu'ils n'hésitent pas à le suivre au combat. Par contre, pour les protéger, il garderait ses distances. C'était nécessaire, pour qu'il reste sain d'esprit. Il décida de ne plus s'attacher.

Jamais. À personne. Perdre un être aimé était trop atroce. Pas de sentiment équivalait à pas de souffrance, non ? Sans doute se protégeait-on ainsi du deuil ? Cela lui parut tout à fait sensé.

Il est parti.

Il ne s'agissait pas d'une absence, plus ou moins longue, non, Davy avait disparu. À jamais. Il n'y aurait plus de plaisanteries échangées à double sens qu'ils étaient seuls à comprendre. Plus de lectures à voix haute des textes de Shakespeare pendant leurs moments de congé. Plus de Davy pour protéger ses arrières quand Will aurait besoin d'un homme de confiance. Plus de bonne humeur irrésistible pour l'arracher aux tourbières de sa morosité innée.

Davy était parti.

Il était mort.

Il ne reviendrait jamais.

Marshall ne croyait guère à la vie après la mort ni à la résurrection des âmes malgré les promesses du *Livre de la prière commune*. Peut-être Dieu existait-il, peut-être y avait-il un paradis quelque part – et dans ce cas, Davy y serait certainement, à l'endroit où les anges se réunissaient. *Mais moi, je n'y serai pas.* Si Will méritait d'être puni pour son excès de confiance, pour avoir pris ce risque stupide avec Davy dans la coursive de la cale, le châtiment n'était-il pas parfait ?

Jamais Davy n'aurait dû se trouver dans la terre glacée. Il ne méritait pas de mourir.

Il est parti. Je ne le reverrai jamais.

Il se remit à pleurer, avec la sensation d'avoir eu le cœur arraché sans pour autant mourir, ce qui semblait inconcevable. Il ne pouvait même pas se tuer… à cause de ses responsabilités envers ses hommes, son navire… et la mémoire de Davy.

On frappa doucement à la porte. *Oh, par pitié, pourquoi ne pas m'oublier ?* Il s'essuya le visage avec son mouchoir trempé.

— Entrez.

C'était le capitaine Smith.

— Ah, vous voilà, M. Marshall.

Sans faire de commentaire sur l'état dans lequel il trouvait son lieutenant, le capitaine récupéra une serviette près du bassin, sur la table de toilette, et y versa un peu d'eau. Ensuite, comme s'il n'était qu'un simple garçon de cabine, il la tendit à Marshall.

— Merci, monsieur, répondit Will d'un ton distrait.

Il se nettoya le visage du mieux possible et essaya de prêter attention à son visiteur.

— M. Marshall, je voudrais que vous m'accompagniez.

Oh, non ! Will n'avait aucun désir de quitter sa chambre. Non qu'il y soit tellement attaché, à dire vrai, mais il haïssait la simple idée de bouger, ou de réfléchir.

— Puis-je… puis-je vous demander où nous allons, monsieur ?

— Vous pouvez, certainement. Mais je serai incapable de vous répondre.

Les sourcils foncés, Sir Paul examina William Marshall, ses vêtements froissés, son visage défait. Sans un mot, il sortit de sa poche un mouchoir propre et le tendit.

— Nous partons immédiatement, M. Marshall. Suivez-moi.

— Oui, monsieur.

Il obéit comme un épagneul suivant son maître. Le capitaine Smith passa le premier, descendit l'escalier, traversa l'auberge et se retrouva dans la rue, écrasée sous un soleil impitoyable. Une voiture à baldaquin attendait. Un cocher à la peau sombre les emmena à l'extérieur de la ville. Par chance, le capitaine ne chercha pas à entamer la conversation.

Marshall réussissait à contenir l'essentiel de son chagrin, mais cela lui prenait toute son attention. Il n'aurait pas pu parler. Il pleurait toujours, ce qu'il trouvait embarrassant. D'un autre côté, il avait entendu dire que Nelson s'émouvait quand ses hommes, morts au combat, étaient jetés à la mer, cousus dans leur hamac, un boulet au pied. Si le grand amiral ne cachait pas ses larmes en perdant un marin, sans doute un simple lieutenant avait-il le droit de pleurer l'amour de sa vie, n'est-ce pas ?

La voiture s'arrêta enfin sur un rond-point, devant une somptueuse demeure. Le cocher descendit leur ouvrir la portière. À peine les passagers étaient-ils descendus que les chevaux s'éloignaient déjà. Le capitaine prit Will par le coude et lui fit monter les marches jusqu'à la porte d'entrée, où un majordome en livrée les accueillit et les conduisit au salon.

Marshall, très mal à l'aise, prit place sur le bord d'un fauteuil tapissé de brocart et attendit. La curiosité finit par le pousser à demander.

— Où sommes-nous, monsieur ?

— Chez Lord St John, M. Marshall. Le baron Guilford nous a invités à résider chez lui…

— Non !

Sans même réfléchir, il se releva d'un bond et fit un pas vers la porte. Smith le rattrapa par le bras.

— M. Marshall ! Veuillez retrouver vos esprits, je vous prie !

William réagit d'instinct à l'autorité de cette voix. Même inconscient, il aurait sans doute obéi à un ordre de son capitaine.

— Oui, monsieur.

Il reprit sa place et resta parfaitement immobile. Il ignorait pourquoi le capitaine le tourmentait ainsi, mais la réponse à cette question ne l'intéressait pas. Pas vraiment. Sans doute méritait-il d'être puni…

Le baron risquait de le trouver de compagnie bien sinistre.

— Veuillez m'excuser, messieurs. Nous avons eu bien des soucis.

Lord Christopher St John, baron Guilford, venait de les rejoindre, vêtu d'un costume clair conçu pour les tropiques. Vu de près, il n'était pas David, c'était évident. Ses cheveux, qui lui arrivaient aux épaules, étaient plus châtain clair que blond platine sous l'effet du soleil et de l'air marin. Et sa démarche était celle d'un terrien. Par contre, son visage offrait une ressemblance troublante avec celui de son cousin, les yeux, en particulier …

En acceptant la main que lui tendait St John, Marshall garda le regard fixé sur un des boutons de la veste de son hôte, au centre de la poitrine. Il marmonna quelques mots courtois et insignifiants. Puis il se leva sans discuter et suivit le mouvement quand Sa Seigneurie les entraîna sans leur indiquer où ils allaient.

Will tenta de prêter attention aux paroles échangées tout en montant l'escalier principal.

— Lieutenant Marshall, j'aurais préféré que nous nous retrouvions dans de meilleures conditions. Zoe est actuellement à Londres avec les enfants, elle garde de vous un excellent souvenir.

Devait-il répondre ? se demanda Will. St John ne semblait pas s'y attendre, car il poursuivit d'une voix calme :

— Je voulais vous présenter mon cousin, récemment arrivé du Canada. Il a été blessé au cours d'un terrible combat avec les corsaires, aussi se trouve-t-il en ce moment chez moi pour recouvrer la santé.

Marshall acquiesça, tête baissée. Il ne tenait pas à revoir un visage qui lui rappelait trop l'amant dont il serait dorénavant privé. Que prenait-il à cet idiot de baron trop bavard ? Ou au capitaine Smith ? Ne comprenaient-ils rien, tous les deux ? Au nom du ciel, Davy était mort – *mort !* Pourquoi choisir ce temps de deuil pour accueillir un Canadien, fut-il blessé ?

Mais Will n'avait pas vraiment la force de se mettre en colère. Quelle différence cela aurait-il fait ? St John avait offert à Davy les funérailles d'un héros, c'était une raison suffisante pour céder à son caprice. *Très bien. Présentez-moi votre cousin. Présentez-moi aussi vos chevaux, votre chien, votre pot de chambre… tout ce que vous voulez. Par contre, je vous en prie, ne me demandez pas de vous regarder, car je ne peux supporter votre vue.*

Il suivit donc St John et le capitaine Smith le long d'un couloir aux murs lambrissés de bois précieux, les yeux fixés sur l'élégant tapis turc. Ils entrèrent dans un boudoir, qu'ils traversèrent jusqu'à une chambre d'ami. Au chevet du blessé, cachant le lit, se trouvait un petit homme rondouillard, qui portait l'uniforme bleu d'un chirurgien de la Royal Navy.

Le médecin se retourna en entendant la porte s'ouvrir. Marshall, sidéré, le reconnut.

— Docteur Curran ?

— À votre service, monsieur !

Il paraissait très content de lui, remarqua Marshall un peu distraitement.

— Comment va votre cœur, M. Marshall ? Aucun souci de ce côté ?

Mon cœur est brisé, docteur. Pourquoi ?

— Non, je vous remercie, répondit-il machinalement. J'ai le cœur solide.

— Tant mieux ! répondit le cousin de St John depuis son lit. Je craignais de vous provoquer des palpitations, Will.

Marshall entendit la voix – mais sans y croire. Puis le chirurgien s'écarta découvrant un homme aux cheveux blonds ébouriffés. Les traits étaient tirés, le teint blafard, mais il ne s'agissait ni d'un fantôme ni d'une hallucination.

— Davy ?

— St John, monsieur. David St John, je viens d'arriver des colonies, du Canada, pour être plus précis. Je présume que vous êtes M. Marshall ?

Davy eut son sourire familier, si gai et lumineux… Mais Will ne voyait plus rien. Les yeux noyés de larmes, il sombra dans un brouillard gris, puis dans le gouffre du néant.

XI

QUAND MARSHALL reprit connaissance, il se découvrit installé dans un fauteuil, au chevet de Davy.

Le docteur Curran se répandait en excuses :

— M. Archer m'avait assuré que vous aviez le cœur solide, monsieur. Je suis terriblement désolé…

— C'est de ma faute, Will… Quel imbécile je suis ! Je n'ai pu résister à cette résurrection spectaculaire !

Davy tendit la main, un geste qui le fit grimacer de douleur. Will fit l'effort de bouger et de saisir cette main tendue. Il secoua la tête, pratiquement convaincu qu'il était devenu fou.

— Davy. Mon Dieu ! Comment… Je vous en prie, ne vous méprenez pas … mais comment est-il possible que… ?

— J'ai surpris notre traître quand il est venu récupérer la clé. Juste après, le combat a commencé. Alors, je suis remonté sur le pont et…

Essoufflé, il dut s'interrompre. Il se tourna vers le capitaine Smith et demanda :

— Puis-je vous laisser le soin de tout lui expliquer, monsieur ?

— Certainement, répondit Sir Paul. M. Marshall, le traître est le commissaire du bord du *Vaillant*, Thomas Dowling. Profitant de la confusion du combat, il a tiré à bout portant sur M. Archer et le croit mort.

— Comment ? Il n'a pas été arrêté ?

— Malheureusement, non. Après une consultation au sommet, les agents du Renseignement et les politicards de Kingston ont décidé de surveiller notre traître pour en apprendre davantage sur ses activités… et ses complices. D'après eux, tant qu'il se croit en sécurité, il peut nous fournir des informations vitales. Il a donc été nécessaire de faire croire à la mort de M. Archer.

— Oui, intervint Davy, le Service secret veut que je disparaisse. Au moins pendant un certain temps.

— Pour ces gens-là, c'est sans doute une décision facile à prendre, ajouta Lord St John, sarcastique.

Davy leva dans sa direction un sourcil ironique.

— Ils peuvent bien raconter tout ce qu'ils veulent. C'est quand même moi qui leur ai trouvé ce bâtard ! Je ne mourrai pas !

Il laissa retomber sa tête sur son oreiller et ferma les yeux. Le docteur Curran fronça les sourcils et se pencha pour prendre le pouls de son patient.

— M. Archer, je vous assure n'avoir jamais vu d'homme aussi réticent à mourir que vous. J'en suis d'ailleurs très heureux.

Il lui tendit une petite tasse remplie d'une médication quelconque. Peu après que Davy l'ait bue, ses joues retrouvèrent des couleurs.

— William, reprit-il, vous savez combien j'apprécie le théâtre. J'avoue avoir été attiré par l'idée de jouer un rôle. Je suis désolé que personne n'ait pu vous prévenir à temps.

— Mais vous avez l'air… vous semblez…

Non ! David n'était pas mort ni mourant. Au contraire, il était vivant, bien vivant, et même ressuscité. Cela paraissait un miracle.

— Pourquoi personne ne m'a-t-il rien dit ? protesta Will.

Le capitaine Smith s'exprima alors :

— M. Archer n'est toujours pas hors de danger, si j'ai bien compris son chirurgien. Barrow était dans le secret, mais je lui ai ordonné de n'en parler à personne, pas même à vous. Voyez-vous, je ne voulais pas vous faire une fausse joie si le lieutenant Archer était mort en arrivant à Kingston.

Davy fit la grimace.

— Je ne suis pas mort. Et je prévois de rester en vie !

Il paraissait tellement content de lui que Marshall ne put retenir son sourire. Il restait cependant inquiet, car Davy semblait bien faible.

— Comment vous sentez-vous après tout cela ?

— Le docteur Curran m'a conseillé de suivre son traitement, rétorqua Davy, sans tout à fait répondre à la question. Comme il m'a sauvé la vie, je suis enclin à lui obéir. Il me faudra un certain temps pour recouvrer mes forces.

Le chirurgien eut un petit gloussement satisfait.

— En attendant, il est temps que vous vous reposiez. Je vais vous trouver un bon médecin local, en le prévenant que s'il tente de vous saigner, je me chargerai personnellement de lui ôter une pinte de sang pour chaque once qu'il vous prendra.

Il se tourna vers Marshall et ajouta :

— Voyez-vous, il y a toujours un risque d'infection après une opération de ce genre, mais je suis confiant. Ce jeune homme est de constitution saine et solide, et doté qui plus est d'une formidable volonté de vivre.

— Oui, acquiesça Marshall, qui se délectait à contempler de son ami. Mais…

Il s'adressa au capitaine Smith.

— … que va devenir la carrière de M. Archer ? Ils ne comptent tout de même pas le laisser éternellement dans les limbes, n'est-ce pas ?

Sir Paul se racla la gorge.

— M. Archer recevra les félicitations de l'Amirauté pour son rôle dans cette affaire d'espionnage, répondit-il. Malheureusement, nous ignorons quand les honneurs lui seront rendus. Tant que Dowling ignore qu'il est découvert, il y a de bonnes chances qu'il nous mène à ses complices, peut-être même à ses supérieurs. Mais tant qu'il se trouve à bord du *Vaillant*, M. Archer ne peut y revenir. Une fois que les agents auront leurs informations, Dowling sera arrêté et jugé pour meurtre et trahison.

— L'avez-vous retrouvé ? demanda Davy.

Il n'eut pas besoin de préciser sa question.

— Oui, il était dans la cale. Il a été étranglé.

Le soupir de soulagement de Will passa inaperçu.

Le capitaine enchaîna :

— M. Humberstone a établi un affidavit [14] qu'il vous enverra sous peu pour que vous le signiez. Bien entendu, il sera antidaté, avant votre décès présumé.

Davy acquiesça. Quand Will croisa son regard, il y nota la résignation. Il comprit alors qu'il ne retrouverait pas David… pas vraiment.

Tous deux étaient à un croisement de leurs chemins respectifs.

Devinant le cheminement de ses pensées, Davy eut un sourire triste.

— Oui, confirma-t-il. Je crains que David Archer soit bel et bien mort, Will. En tout cas, pour le moment. Il paraît qu'il a eu de splendides funérailles.

Marshall lui rendit son sourire. Il avait pourtant le cœur serré. Peut-être David et lui ne navigueraient-ils plus jamais ensemble… comme deux compagnons de bord de la Royal Navy.

D'un autre côté, il n'aurait plus à craindre que Davy soit blessé au cours d'un combat. Il souffrait, certes, mais bien moins que quelques heures plus tôt. Il aurait été prêt à vendre son âme pour retrouver David vivant, n'est-ce pas ? Il regretterait terriblement la présence de son ami à ses côtés,

---

14 Terme de droit anglo-saxon (issu du latin), déclaration sous serment devant une personne représentant la loi.

mais leur séparation ne serait que provisoire – et donc un fardeau qu'il se sentait capable de supporter. Savoir que David St John était vivant, en sécurité, à Kingston, ou en Angleterre, ou même au Canada... oui, c'était bien mieux qu'une pierre tombale, aussi magnifiquement sculptée soit-elle !

— Et votre famille en Angleterre, Davy... que vont-ils penser ?

Davy désigna son cousin du menton.

— Un fidèle ami de Kit possède un bateau rapide. Sir Percy acceptera certainement de porter un message à mes parents avant qu'ils reçoivent l'annonce officielle de mon décès. Ils garderont le secret. Mon père...

Il pinça la bouche, l'air désabusé, et pencha la tête avant de continuer :

— Sa Seigneurie aurait sans doute préféré un héros mort à un fils vivant. À mon avis, mon retour le décevra beaucoup.

— Si vous dites vrai, votre père est un idiot, rétorqua Marshall, sans ambages. Qui d'autre est au courant ?

— En dehors de quelques agents du Renseignement, nous cinq et deux autres, répondit le capitaine Smith.

Lord St John intervint :

— Depuis le début de la guerre, mon ami Percy sert en secret de courrier à l'Amirauté. Son yacht est rapide. Il est déjà en route pour l'Angleterre, chargé de dépêches confidentielles. Il s'entretiendra avec les services du Renseignement anglais et suivra les consignes qu'il en recevra. Mon valet a jadis servi dans la Royal Navy, avant d'en être renvoyé, car... eh bien, disons dans des circonstances que je préfère ne pas évoquer devant les officiers Sa Majesté. Il gardera le secret. Le reste de la maisonnée sait seulement que je reçois mon cousin canadien, blessé. Cela me paraît plus sûr pour éviter les commérages.

— À présent, je vais devoir prendre congé, déclara le capitaine Smith. J'ai à faire avec le gouverneur. M. Marshall, je vous attendrai dans trois jours sur le *Vaillant*.

— Trois jours, monsieur ?

— Je veux vous retrouver en meilleur état, monsieur. Je vous donne l'ordre de prendre quelques jours de repos.

— Je... Oui, monsieur. Merci, capitaine !

Une fois Sir Paul parti, Will se tourna vers son amant.

— Et maintenant, Davy. Quels sont vos projets ?

— Pour le moment, je veux juste guérir. Ensuite... je ne sais pas.

Il referma les yeux et inspira profondément, ce qui, de toute évidence, ne lui était pas facile.

—J'ai décidé, reprit-il, de réaliser enfin mon rêve de me laisser pousser la barbe. Cela m'aidera à ressembler davantage à un Nord-Américain un peu sauvage, ne croyez-vous pas ?

— Certainement pas, répondit Will. Vous êtes bien trop civilisé !

Davy secoua brièvement la tête.

— Je suis certain que notre traître sera arrêté bien avant que je sois en état de me lancer dans une nouvelle carrière. Quand j'aurai recouvré la santé, je tenterai sans doute d'aider Kit à gérer ses affaires. Et si je m'ennuie dans la canne à sucre, j'ai une autre option : son ami Sir Percy fomente régulièrement des troubles dans les colonies françaises… Comme vous le savez, Will, je parle couramment le français, aussi trouverai-je une façon de me rendre utile, même si je reste un Canadien aux origines douteuses.

— Pardon ?

— C'est une idée de Kit, répondit Davy. Le cousin David ne serait pas né des liens sacrés du mariage, mais, vu la ressemblance, il fait tout de même partie de la famille.

— Il y a certains avantages à être le seigneur du manoir, confirma St John avec un sourire. Si je décide d'accepter le fils illégitime de mon cousin Lancelot, parti aux colonies il y a une vingtaine d'années et disparu peu après en Virginie, qui s'avisera de contester son identité ? Nous avons convenu que le cousin David s'était embarqué sur des vaisseaux américains, qu'il est allé jusqu'en Angleterre – donc, il connaît bien la mer. Il a même été un temps le barreur d'un yacht privé au service du gouvernement. C'est là que, de façon tout à fait héroïque, il a été blessé en empêchant les corsaires d'arraisonner le *Daydream*.

Marshall acquiesça. L'histoire était cohérente. Et qu'un parfait étranger – Sir Percy, un homme important qui n'était pas un parent – se porte garant de David St John étayait le subterfuge.

— Un excellent rôle, monsieur. Je suis impressionné.

— Messieurs, intervint le docteur Curran, je suis au regret de vous interrompre, mais M. St John a besoin de repos, s'il tient à recouvrer ses forces.

Davy souriait toujours, mais il paraissait épuisé.

— Bien sûr.

Marshall lui reprit la main, savourant ce contact – la chaleur et la réalité de cette chair vivante.

— Je ne sais pas comment vous remercier, docteur, ajouta-t-il, tout heureux.

Davy le regarda d'un air sévère.

— Will, pour l'amour de Dieu ! Tentez de prendre un air lugubre en quittant cette pièce. Si vous arborez un tel sourire, tout le monde pensera que vous avez perdu la tête. Et portez mon deuil quand vous retournerez sur le *Vaillant*. À mon avis, la moindre des choses serait que vous ayez un brassard noir.

— Vous avez raison, bien entendu.

Pourtant, Will n'arrivait pas à perdre son sourire. Se tournant vers le cousin de Davy, il demanda :

— M'accorderiez-vous le droit de vous rendre à nouveau visite ?

— Pourquoi ne pas demeurer chez moi pendant votre congé à terre ? répondit St John avec affabilité. Je serais ravi de vous recevoir, monsieur. J'ignore où vous enverra ensuite la Royal Navy, mais je suis certain que vous avez bien besoin de repos. Si vous le désirez, j'enverrai mon valet récupérer vos bagages à l'auberge.

Will accepta sans se faire prier, tellement soulagé qu'il en avait presque le vertige.

— Merci, milord. Merci pour tout.

— Messieurs, à présent, sortez, répéta Curran. M. Marshall, je vous suggère un repas léger, sans viande, et six bonnes heures de sommeil. Quant à vous, M. St John…

Alors qu'il se penchait sur Davy, William et Lord St John quittèrent la chambre. Vacillant de joie et de fatigue, Marshall suivit son hôte qui le conduisit jusqu'à une chambre voisine.

Il se souvint vaguement qu'il devait enlever ses chaussures avant de s'écrouler sur le moelleux matelas de plumes. Il doutait toujours : avait-il rêvé ? Il se pinça violemment, appréciant une douleur qui n'était que physique.

Il s'enroula dans la courtepointe. David avait survécu, malgré les intrigues, le danger constant. David avait survécu… contre toute attente. Quant à lui, il retournerait bientôt au combat, pour vivre ou mourir.

Eh bien, la mort était le sort qui attendait tout homme, n'est-ce pas ? Mieux valait que nul ne puisse prédire la sienne. Pour le moment, Will préférait espérer que son dernier jour était encore loin dans le futur.

Un grand sourire aux lèvres, il s'endormit en imaginant M. David St John déclamer du Shakespeare sur la scène du théâtre de Drury Lane.

XII

Si la chance semblait avoir tourné le dos à William Marshall dans sa vie privée, elle le compensa généreusement en favorisant sa réussite professionnelle tandis que le *Vaillant* patrouillait dans les Caraïbes. Escortant toujours des convois marchands, ils parvinrent à prendre à l'ennemi des prises importantes, ce qui signifiait pour l'équipage des éloges et des primes. En quelques semaines, les officiers du *Vaillant* et du *Terrier* touchèrent l'équivalent de plusieurs années de solde.

Will ne s'en souciait pas. Il accomplissait son devoir, comme dans un rêve. Il bougeait quand il le fallait, répondait ce qu'il devait, respectait les ordres qu'on lui donnait, ou les transmettait à qui de droit.

En vérité, il n'avait pas réellement l'impression d'exister. Pas depuis ces trois jours passés au chevet de Davy, chez son cousin. Depuis que la Royal Navy l'avait renvoyé en mer, loin de son amant, quelque chose de vital s'était éteint en lui. Il posait sur le monde des yeux vides, qui ne laissaient plus passer ni sensation, ni odeur, ni même un souffle d'air. William était opérationnel, il ne pouvait rien trouver de mieux à dire en ce qui le concernait.

Pour ne pas devenir fou, il se concentrait sur son travail, notablement réduit depuis Kingston, où le capitaine Smith avait engagé deux lieutenants de plus. L'un d'entre eux ayant de l'antériorité, Marshall avait été rétrogradé au poste de second lieutenant. Ce qui lui convenait parfaitement, car cela lui demandait moins d'attention. Il avait profité de cette réaffectation pour déménager dans l'ancienne cabine de Davy, où il se sentait plus proche de son amant absent. Avant cela, il s'était approprié l'oreiller de Davy – manquant pleurer en y trouvant deux longs cheveux dorés. Il les portait depuis contre son cœur, dans un morceau de parchemin soigneusement plié.

Tout était de sa faute, se répétait-il. Il aurait dû être plus ferme et refuser de se participer à cette mascarade proposée par Humberstone. Il aurait dû ne pas toucher à Davy, ni durant cette mission ni précédemment. Jamais. Même pas quand tous deux s'étaient retrouvés prisonniers de ce maudit pirate. Il aurait dû résister à la tentation et ne pas transformer leur amitié en relation charnelle. S'il aimait réellement Davy – d'un amour véritable qui dépassait le désir physique – peut-être devait-il y mettre fin.

Mais pas encore. Pas avant que Davy ait recouvré la santé, qu'il soit en état de comprendre que leur relation devait désormais avoir des limites à ne pas dépasser. Ce serait mieux, n'est-ce pas ?

En attendant, Will avait l'opportunité de s'habituer à la solitude – c'était si difficile, il l'avait oublié… Cette vacuité terrible, incommensurable. Puisqu'il devait finir seul de toute façon, pourquoi ne pas s'y préparer ?

Ce qu'il ne parvenait pas à faire était de s'attabler avec Thomas Dowling. De plus, il n'avait jamais apprécié le commissaire du bord, aussi inventait-il toutes les raisons possibles pour éviter les repas en commun qui avaient lieu dans l'armurerie.

Le docteur Curran le surveillait de près, s'assurant qu'il prenne au moins un repas par jour. Et si l'équipage avait remarqué son comportement étrange, les anciens de la *Calypso* l'expliquaient sans peine : William Marshall portait le deuil. La plupart des marins avaient perdu des amis, à un moment ou à un autre de leur carrière. Sachant que David Archer et lui avaient été plus proches que des frères, ils comprenaient sa douleur. Un jour, Will entendit Barrow parler au maître-canonnier en disant : 'c'est comme si Nelson avait perdu Hardy'.

Arriva enfin l'événement qui le fit sortir de son brouillard.

LE *VAILLANT* se trouvait alors au large de la Floride, à surveiller les négriers que le capitaine Smith méprisait profondément. Ils passèrent devant un petit sloop qui naviguait sous le drapeau portugais. Le *Vaillant* lui ordonna de s'arrêter et de montrer ses lettres de course. Le sloop obtempéra, mais lorsqu'un émissaire se présenta à bord avec les documents réclamés, Will vit Dowling s'approcher de la rambarde et esquisser un signe discret à un homme des Portugais.

Marshall prit à part le lieutenant Humberstone à qui il communiqua sa découverte. Les documents présentés furent inspectés de près… et leur falsification découverte. En quelques minutes à peine, l'équipage prétendument portugais était arrêté, fait prisonnier et embarqué à bord du *Terrier* pour être ramené à la Jamaïque.

Will reçut l'ordre de passer du *Vaillant* sur la *Palometa*, dont il prenait le commandement pour retourner à Kingston, où un homme du gouverneur passerait le navire au peigne fin, assisté d'un charpentier. En effet, Humberstone était certain que la coque de la *Palometa* avait un compartiment secret. Pour le moment, il n'avait pas le temps de le chercher lui-même – et il ne souhaitait pas que Dowling réalise ses soupçons. Le traître était toujours sous surveillance et Humberstone se chargeait en personne de cette tâche.

Extérieurement, l'ordre n'avait rien d'inhabituel, même si une prise aussi modeste n'exigeait pas, en général, qu'un lieutenant soit désigné capitaine. Pourtant, après une brève entrevue avec Humberstone, le capitaine Smith convoqua Marshall.

Toujours en état second, Will écouta sa mission : la *Palometa* était soupçonnée d'être un courrier rapide de l'ennemi ; il en prenait le commandement temporaire. Il le deviendrait officiellement dès que Humberstone – qui, loin d'être un simple lieutenant, était capitaine de la Naval Intelligence (le Renseignement anglais) – serait en mesure de lui confirmer sa promotion.

— Bien entendu, M. Marshall, insista le capitaine Smith avec un sourire entendu, vous risquez d'être obligé de passer quelques jours à Kingston, une semaine, je pense, pendant que le sloop sera fouillé dans ses moindres recoins. Cela vous donnera sans doute le temps de rendre visite au baron Guilford et d'avoir des nouvelles de la convalescence de son cousin canadien.

Will le regarda, l'air hébété.

— Monsieur, puis-je risquer… ?

— Le risque est à bord du *Vaillant*, chuchota Smith, mais je crois que M. Humberstone et M. Waters le cadrent bien. Ce qui me navre davantage est la perte que va subir ce navire ! Je n'avais pas prévu que vous receviez si vite un commandement, pourtant, j'en suis aussi fier que si vous étiez mon fils. Au fait, mon aîné vient d'avoir douze ans. Si je n'avais pas harcelé Ned Pellew pour qu'il me le prenne comme aspirant, je vous le proposerais sans hésiter. Mes félicitations, capitaine Marshall !

Son premier commandement. Sous le choc, Will resta tétanisé.

— Je… merci, monsieur !

Il força un sourire, accepta le verre qu'il reçut et porta un toast. Ensuite, il réitéra ses remerciements au capitaine, sincèrement reconnaissant de tout ce qu'il avait appris sous ses ordres, des opportunités que Sir Paul lui avait offertes.

Avant même de réaliser ce qui se passait, Will se retrouva à bord de la *Palometa*, en route pour la Jamaïque.

Son premier commandement. Il aurait dû être enchanté, ravi, extatique. Mais sans Davy à ses côtés, ce n'était rien pour lui, sauf peut-être le moyen de s'éloigner de Thomas Dowling, échappant ainsi à la tentation quotidienne de l'étrangler.

Et une fois à Kingston... En imaginant son retour, il oublia instantanément son projet de rompre avec Davy. Après tout, il ne pouvait asséner un tel choc à son bienaimé, encore en pleine convalescence, n'est-ce pas ?

La rupture attendrait... peut-être éternellement.

XIII

MARSHALL CLIGNA des yeux, ébloui par la luminosité et l'animation du port de Kingston, les fleurs qui jaillissaient partout, le domestique à la peau foncée qui récupérait ses bagages et les portait jusqu'à la voiture que baron Guilford avait envoyée pour l'accueillir. Tout était trop vif, presque étouffant. À son dernier passage, il était écrasé sous le poids de la terreur. Aujourd'hui, il n'était guère plus serein.

Davy était-il toujours en vie ? Il était convalescent quand Marshall était reparti en mer, mais pas encore sorti d'affaire. Au moment des adieux, Davy, dans un murmure, avait promis de s'enquérir auprès de son médecin pour savoir quand il serait à nouveau prêt aux activités physiques – d'ordre intime. À l'époque, c'était bien le cadet des soucis de Marshall. Aujourd'hui, il ne s'en inquiétait pas davantage. Il avait vu des hommes mourir de blessures bien moins graves que celle de Davy. Et il n'avait rien reçu, pas un seul message, au cours des deux mois écoulés.

Non. Non, si Davy était mort, St John aurait trouvé le moyen de le prévenir, ou même se déplacer en personne…

— Commandant Marshall !

Il crut que son cœur s'arrêtait de battre en voyant Davy… Non, c'était son cousin, Christopher St John qui approchait de la voiture. Certainement, car jamais Davy ne se promènerait librement dans Kingston. Il devait encore rester caché, et ne s'aventurer dehors que déguisé.

Au nom du ciel, pourquoi fallait-il que Sa Seigneurie ressemble tant à David ?

Toutefois, le sourire qu'il arborait n'était pas celui d'un homme en deuil. Marshall s'efforça de prendre l'air aimable et accepta la main que lui tendait St John.

— Bonjour, milord…

St John eut un sourire désarmant.

— Appelez-moi Kit. Croyez-vous réellement qu'il nous faille garder tant de formalités entre nous ?

— Non, non ! Bien sûr que non.

Will avait du mal à comprendre pourquoi un lord tenait tant à le traiter en égal. D'un autre côté, il ne pouvait rien y faire.

— Votre… Veuillez m'excuser, monsieur. Cependant, comme les formalités de ma promotion ne sont pas encore achevées, je crains d'être toujours un 'lieutenant', et non un 'commandant'. D'ailleurs, je serai d'abord lieutenant-commandant, car…

St John sourit. Sans se soucier de répondre à ce petit discours, il devina ce qui préoccupait réellement l'officier.

— Ne vous inquiétez pas, Will, il va bien. Il est tout à fait rétabli.

William Marshall n'avait pas réalisé son extrême tension avant de sentir tous les muscles de son corps se relâcher. Puis, avec un temps de retard, il retrouva ses bonnes manières.

— Merci infiniment, monsieur. Et vous-même, comment allez-vous ?

— Bien, je vous remercie. J'ai pensé que mieux valait que je reste à Kingston, pour m'assurer que la visite de mon cousin canadien se passe le mieux possible. Nous avons appris que Sir Percy avait atteint Londres sans encombre, à temps pour éviter à la famille de mon cousin un chagrin inutile.

— Merci. Je suis soulagé de vous retrouver ici. Je me demandais s'il serait en sécurité au cas où vous retourneriez en Angleterre.

— Comment s'est passée votre dernière navigation ?

— Très bien, je vous remercie. Nous avons, entre autres, récupéré le butin d'un corsaire, ainsi que l'homme en question d'ailleurs. Et sans perte d'hommes !

Will grimaça intérieurement. Il avait déjà perdu le seul homme qu'il passerait sa vie à regretter.

— Parfait ! Dans ce cas, voulez-vous que nous buvions un verre pour célébrer votre succès ? J'étais en ville pour une course quand j'ai entendu annoncer votre arrivée au port.

Marshall n'avait qu'une envie : retrouver Davy le plus rapidement possible, mais il ne pouvait refuser la chaleureuse proposition de son hôte. Il fit donc de son mieux pour dissimuler son impatience.

— Volontiers, merci beaucoup.

Ils se remirent en marche.

— Voyez-vous, reprit St John, prolonger notre séjour ici était ce qu'il y avait de mieux à faire pour mon cousin et moi-même. Je n'ai guère le pied marin, bien que mon mal de mer, en général, s'apaise après quelques jours à bord. À cause de ce déplorable travers, j'ai souvent tendance à repousser mon retour en Angleterre. Si mon cousin accepte de gérer mes affaires à

Kingston, je serai heureux de lui transmettre mes responsabilités. Je crains seulement que le climat tropical soit malsain pour lui.

Malsain ? Certes, mais pas seulement à cause des fortes chaleurs. Davy connaissait de nombreux officiers de la Royal Navy, ou des marins, et chacun d'eux était susceptible de le reconnaître. Pour donner le change, il faudrait que 'M. David St John' – Will décida qu'il lui fallait absolument commencer à penser à son ami sous ce nom d'emprunt – soit réellement bien grimé. Il suffirait d'un mot de doute surpris par la mauvaise personne pour faire éclater le réseau complexe mis en place par le service du Renseignement.

— Croyez-vous qu'il puisse s'adapter ? demanda Will.

— Oui. À mon avis, il est capable de s'adapter à presque tout.

Ils passèrent sous une porte-cochère qui les mena à une longue promenade ouverte sur les côtés et ombragée par des treillis de bois.

— Cependant, reprit St John, il a beaucoup changé. Pendant un certain temps, il a été très malade et nous avons… Eh bien, il m'a demandé de ne rien vous révéler pour que vous ayez la surprise.

Il vérifia alentour que personne n'était à portée de voix.

— Je suis au courant, vous savez… chuchota-t-il. Oh, c'est un peu gênant… je connais… la nature particulière… de votre amitié.

Marshall se figea, comme s'il avait été frappé d'un coup de hache. Comment était-ce possible ? Davy aurait-il fait d'imprudents aveux sous l'effet du délire ? Qu'avait-il pu dire d'autre ? William n'arrivait plus à réfléchir, le cerveau liquéfié par la terreur.

— Je… Comment… ?

St John lui saisit le bras.

— Oh, mon Dieu, je suis désolé ! C'est un sujet terriblement grave, n'est-ce pas ? Je vous en prie, ne vous inquiétez pas, Will. J'avais déjà presque tout deviné lors de votre dernier passage en notant l'affection réellement très intense existant entre vous. Elle me rappelait beaucoup celle que j'éprouve pour ma femme, Zoe. Ayant eu le bonheur si rare de trouver l'amour de ma vie, comment pourrais-je vous en vouloir, à mon cousin et à vous, de vos sentiments l'un pour l'autre ?

Ses yeux d'un bleu limpide, si semblables à ceux de Davy, ne mentaient pas. St John était manifestement de leur côté – et inquiet.

— Je… oui, le sujet est grave. Je vous en supplie, ne l'évoquez plus jamais en public. Comment David a-t-il pu… ?

— Ne vous inquiétez pas, répéta St John, je garderai votre secret. Dès que nous avons appris votre arrivée imminente, David a confirmé mes soupçons en me demandant de lui recommander une auberge discrète, où vous pourriez être ensemble sans attirer l'attention.

Marshall hésita, cherchant comment formuler une question qui ne serait pas trop révélatrice. Mais Kit lui enleva les mots de la bouche.

— Je crois, reprit-il, que Davy, après avoir frôlé la mort de près, est devenu encore plus lucide et attentionné qu'il ne l'était déjà. Comme il craignait que je m'oppose à de telles rencontres sous mon toit, il ne voulait pas abuser de mon hospitalité.

Son sourire était affectueux.

— Et… vous ne vous y opposez pas ? demanda Marshall d'un ton prudent.

— Certains de mes amis éclateraient de rire s'ils vous entendaient me poser cette question, Will. Non, bien sûr que je ne m'y oppose pas. À mes yeux, l'amour est trop rare pour le repousser quand il croise votre chemin. J'ai d'autres goûts, plus classiques, mais Jacobs, mon fidèle valet, qui nous a été d'une grande aide dans cette affaire, a failli être condamné à mort pour une histoire semblable quand il… a 'quitté' la Royal Navy. Quelle folie ! Il n'y a pas de meilleur tonique que le regard d'un être aimé – je le sais d'expérience – aussi suis-je persuadé que l'espoir de vous voir bientôt revenir a accéléré le rétablissement de mon cousin. De plus, puisque votre situation particulière reste risquée, je préférerais nettement vous savoir tous les deux sous mon toit et sous ma protection. N'avez-vous pas couru suffisamment de danger ces derniers temps ?

— Je… je ne sais comment vous remercier… commença Will.

— C'est inutile. David et vous m'avez sauvé d'un évanouissement quand le capitaine Smith m'a demandé si je voulais épouser Zoe. Cet homme a une autorité tout à fait redoutable !

Marshall ne put retenir un rire.

— C'est exact. Je vous remercie, mi… Kit.

— Bien. Dans ce cas, tout est réglé. Vous aurez l'intimité voulue et autant de temps à passer ensemble que vous le désirerez. Suivez-moi, je vous prie.

La promenade donnait accès à un agréable jardin. Les deux hommes le traversèrent jusqu'à une maison à deux niveaux, dont une taverne occupait le rez-de-chaussée. Après avoir attiré l'attention du barman, qui s'empressa à leur rencontre, St John se tourna vers Marshall.

— J'ai un mot à échanger en privé avec une connaissance, Will. M. Rumley va vous conduire à l'étage. N'hésitez pas à lui réclamer un rafraîchissement.

Marshall acquiesça et demanda une limonade, boisson locale qu'il avait appris à apprécier lors de son précédent séjour. À l'étage, il découvrit un petit salon agréablement meublé d'un canapé en rotin, d'une table basse et d'un fauteuil avec repose-pieds. Il s'y installa, les pieds surélevés. Il faisait plus frais dans cette pièce, la brise soufflant par la porte-fenêtre grande ouverte. Will ferma les yeux. Quelle sensation étrange de retrouver la terre ferme, après de longues semaines passées sur le pont mouvant de la *Palometa* ! Fatigué, il ne tarda pas à s'endormir.

Il se réveilla quelques instants plus tard en devinant une présence à ses côtés, un homme qui apportait un plateau avec une limonade, deux verres vides et une bouteille de vin. Sans doute Kit l'avait-il commandée.

Will désigna la petite table.

— Merci. Veuillez poser ceci ici.

— Oui, monsieur.

Le serveur avait un accent irlandais très marqué. Il posa son plateau et se mit à ouvrir le vin.

— Auriez-vous besoin d'autre chose, monsieur ? demanda-t-il. Je suis *entièrement* à votre service, vous savez.

Un peu surpris de cette insistance, Marshall leva les yeux. Le garçon avait des cheveux presque noirs, des lunettes bleues, une courte barbe foncée.

Tout à coup, le prétendu Irlandais eut un sourire éblouissant. Sidéré, Marshall cligna des yeux et se releva d'un bond.

— Non ! Ce n'est pas… Davy !

Souriant toujours, l'homme enleva ses lunettes et exhiba le visage de David Archer, tout à fait reconnaissable – malgré les changements apportés.

— En chair et en os ! répondit-il avec entrain. Question 'chair', à dire vrai, j'en ai beaucoup perdu. J'ai mis longtemps à recouvrer l'appétit.

Kit avait raison : son cousin avait effectivement 'beaucoup changé', et pas seulement à cause des cheveux teints et de la barbe. Autrefois, Davy était robuste et plutôt râblé. Actuellement, sa minceur était presque de la fragilité.

Will tendit les mains, avide de le toucher. Puis il se ravisa.

Davy nota son hésitation et fronça les sourcils.

— Qu'y a-t-il ? demanda-t-il. Est-ce la barbe qui te rebute ? J'ai changé, je sais, mais je peux…

— Non, c'est… Enfin, oui, tu as changé, je…

Horrifié, il s'aperçut qu'il avait les yeux noyés de larmes. Pendant près de deux mois, il ne s'était pas autorisé à exprimer ses sentiments, ou ses craintes. Revoir son bienaimé le bouleversait.

— Ce n'est qu'une barbe, Will, juste quelques damnés poils au menton. Je peux les raser s'ils te déplaisent.

— Non, c'est…

Sa voix s'étrangla. Il n'arrivait plus à parler ni à réfléchir. D'un coup de pied, il éjecta le pouf du chemin et prit Davy dans ses bras – attention ! – tandis que les larmes coulaient sur ses joues. C'était insensé, pourtant il n'arrivait pas à les retenir.

— Excuse-moi, bredouilla-t-il. Je… je suis tellement… heureux de te voir !

Qu'est-ce qui n'allait pas chez lui ? Était-ce à cause de toutes ces semaines passées en mer, à prétendre porter le deuil devant l'équipage ? Il avait joué son rôle, avec un peu trop de conviction peut-être. Pourtant, il avait bel et bien perdu Davy, n'est-ce pas ? Son ami n'était plus à ses côtés, ni sur son navire, ni dans sa vie, ni dans ses bras. En vérité, c'était presque plus facile de le croire mort, définitivement hors de portée. La menace d'une séparation avait toujours lourdement pesé sur eux. Après la gravité de la blessure de Davy, l'espoir d'une réunion avait été minime.

Et pourtant, Davy était là, bien vivant. Même si son apparence avait changé, il gardait la même odeur, le même contact – et la même impatience quand il prit à deux mains le visage de Will pour l'attirer et réclamer un baiser. Will tressaillit au contact inattendu de la barbe. Quelle merveille ! La bouche, douce, chaude et humide, au milieu des poils soyeux était à la fois étrangère et familière. Will sentit son corps engourdi se ranimer après une longue période d'hibernation, aussi bien sentimentale que physique. Il leva la main, prenant en coupe le visage de Davy. Saisi, il réalisa combien les pommettes et la mâchoire de son amant étaient plus proéminentes qu'autrefois. Il fut soulagé que la barbe dissimule en partie ces traits que la douleur avait émaciés.

Il recula d'un pas.

— David, es-tu tout à fait remis ?

— Oui ! Je n'ai pas l'intention d'arrêter, en tout cas.

97

Will n'eut pas l'opportunité de poser d'autres questions. Davy lui passa les mains dans le dos, descendit, malaxa ses fesses, le serra contre lui. Et Will lui rendait volontiers la moindre de ses caresses.

— Mon Dieu, Will ! souffla Davy. Pendant un moment, j'ai vraiment cru que nous ne pourrions plus jamais…

— Je sais.

Quand Davy releva la tête qu'il avait posée sur son épaule, Will scruta les prunelles d'un bleu de ciel au printemps.

— Davy, reprit-il, nous ferions mieux de ne pas… Pas ici, en tout cas. N'importe qui pourrait entrer…

Le faux serveur lui offrit un sourire de pure malice.

— Certainement pas, répondit-il. C'est moi qui ai la clé.

— Quoi ?

— Et il y a un verrou sur la porte. Ce salon est à nous jusqu'au retour de Kit, d'ici une heure ou deux, d'après ce qu'il m'a dit. Il a pensé que nous aurions envie de… discuter.

— De *discuter* ? répéta William, sceptique.

Il empoigna le derrière de Davy.

— Sauf si tu as une autre idée, enchaîna son amant. Par exemple, une occupation qui aurait moins besoin de vêtements.

Tout en parlant, Davy défaisait la cravate de Will. Ce dernier lui bloqua les mains et répéta :

— Davy… Es-tu tout à fait remis ? Que t'a dit le médecin ?

Avec un sourire, David recommença à l'embrasser, puis il lui mordilla le lobe de l'oreille avant de chuchoter :

— Il a dit que tu devais céder à mes désirs.

— Ce n'est pas vrai !

— Non, tu as raison. Mais il m'a quand même assuré que j'étais en état de faire l'amour.

— D'accord. Dans ce cas, je serai heureux de satisfaire tous tes désirs, s'ils sont en mon pouvoir.

— Et je dois éviter d'appuyer sur mon ventre, donc, je serai sur toi.

— Bien sûr… commença Will avant de froncer les sourcils. Davy, si c'est dangereux pour toi…

Davy continuait obstinément à déboutonner son gilet. Il leva les yeux pour dire :

— Non, je ne risque rien. Je dois simplement veiller pendant quelques mois encore à ne pas faire pression sur la cicatrice. Mais je refuse de gâcher cette opportunité…

— Et moi, je refuse de te mettre en danger !

— Will, du calme… pour l'amour du ciel ! J'ai déjà… hum, astiqué mon mousquet, juste pour m'assurer que l'équipage était toujours à bord. Tout fonctionne. Seules certaines positions me sont interdites. Quel dommage !

Marshall sourit, sachant combien Davy appréciait d'être écrasé sous son poids. Mais il avait d'autres façons de plaire à son amant. Renversant la tête de Davy, Will se pencha pour embrasser sa gorge, puis la mordiller. Davy gémit et s'affala contre lui. Will le soutint et voulut s'étendre avec lui sur le canapé, mais celui dérapa sur le carrelage.

— Fichu rotin ! grommela Davy. Pas plus solide que des allumettes !

Il se redressa. Marshall jeta un regard noir au sofa, puis eut une autre idée : il arracha les coussins rembourrés et les jeta sur le tapis en sisal.

Davy se mit à rire.

— Toujours plein de ressources, M. Marshall !

Il se remit à déshabiller son amant, s'attaquant cette fois-ci à son pantalon.

— Je sais, reprit-il, que tu vas refuser d'enlever cet uniforme jusqu'à ce que nous soyons dans un endroit plus discret…

— C'est exact, reconnut Will.

Pourtant, il n'avait pas oublié sa promesse de satisfaire 'tous les désirs' de Davy. Il hésita… et son amant en devina instantanément la raison.

— Non, ce n'est pas grave. Et puis, je te connais, tu passerais ton temps l'oreille tendue à guetter le moindre bruit de pas dans le couloir. J'attendrai donc pour avoir la joie de t'admirer tout entier.

Il pencha la tête, scrutant les traits de Marshall.

— Tu es encore plus beau maintenant que tu commandes un navire, Will.

— Je… Davy, je préfère ne pas en parler.

— Pourquoi ?

— Je n'ai pas l'impression d'avoir mérité cette promotion. De plus, je l'ai payée bien trop cher…

Il caressa les courts cheveux noirs, s'étonnant de les trouver plus rêches qu'auparavant.

— Tes cheveux sont différents, ajouta-t-il. Je ne comprends pas pourquoi.

— C'est à cause de la teinture qui contient du brou de noix, parmi d'autres composants. Kit est très au courant de ce genre de choses, bien plus qu'il ne le devrait, à mon sens. Par chance, ma barbe est naturellement plus sombre que mes cheveux, sinon, j'aurais dû me raser la tête.

— Quoi ?

David s'amusa de sa réaction d'horreur.

— Tu n'as qu'à fermer les yeux, Will. Je t'assure que je suis toujours moi.

Will obtempéra, incertain, mais curieux. Il ne bougea pas, gardant les mains le long des flancs. Il devina que Davy s'écartait de lui, entendit le bruissement soyeux des vêtements qui glissaient et tombaient sur le sol. Puis des lèvres familières effleurèrent les siennes, des doigts audacieux ouvrirent son pantalon, des mains bien connues plongèrent à l'intérieur, le caressèrent… Will étouffa un cri quand son corps réagit.

— C'est beaucoup mieux, murmura Davy. Tu n'es pas obligé de rester planté, tu sais.

Les yeux toujours fermés, Will avança les mains à l'aveuglette et découvrit que Davy était nu en dessous de la taille. Il empoigna les globes jumeaux des reins, sans pouvoir s'empêcher de comparer la sensation avec ses souvenirs. En remontant sous la chemise, le long du dos, Will s'inquiéta d'abord de la proéminence des côtes, avant d'être rassuré par la force des bras serrés autour lui. Ensuite, sa bouche fut à nouveau conquise et il oublia tout. Davy se frottait à lui, réclamant toute son attention. Will rendit volontiers l'étreinte, ne pensant plus qu'au plaisir d'avoir leurs deux sexes à nouveau unis.

— Oh, mon Dieu…

— Tu vois ? Tout va bien, Will. Je vais bien. Mais si nous ne couchons pas très bientôt sur ce lit improvisé, je vais devoir t'assommer et abuser de toi.

— Je crois que cela me plairait, reconnut Will – un aveu qui ne manqua pas de l'étonner. Mais pas maintenant, pas ici.

Ils tombèrent à genoux ensemble. Davy poussa Will à s'étendre sur le coussin, sans jamais complètement le lâcher. Il frissonna un peu quand son pantalon glissa le long de ses cuisses, presque jusqu'aux genoux, mais Davy ne chercha pas à le lui enlever.

— Que comptes-tu faire ? chuchota Will.

Davy se remit à l'embrasser.

— Moins que je le voudrais.

Il défit le gilet de Will et l'écarta, libérant le cou pour recevoir la brise fraîche et rafraîchissante. Les pans de la chemise que Davy portait toujours effleurèrent son ventre nu et Will devina que son amant s'apprêtait à le chevaucher. Bientôt, le poids doux et tiède des bourses de Davy pesait sur son membre érigé.

Will inspira avec prudence, commençant à peine à accepter qu'il ne s'agissait pas d'un rêve. C'était la réalité ! D'ailleurs, dans ses fantasmes, Davy gardait son aspect d'autrefois, le visage glabre, le corps robuste, avec de longs cheveux dorés qui retombaient sur de larges épaules. La réalité s'avérait légèrement différente, mais au moins, elle existait… pour le peu de temps qu'ils avaient à passer ensemble.

Ouvrant les yeux, Will constata que quelque chose s'était également modifié dans son esprit, lui permettant enfin d'assimiler les changements. Les yeux de Davy étaient aussi bleus qu'autrefois, son sourire aussi rayonnant, son poids sur lui aussi ferme et aimant.

Will leva la main et effleura du bout des doigts la barbe brune. Davy ferma les yeux pour mieux savourer la caresse.

— Sais-tu à quel point j'en ai rêvé ? souffla-t-il.

— Bien sûr, car moi aussi.

D'un geste lent, très lent, Will attira vers lui le visage aimé. Davy se plia en deux souplement, aucune tension sur ses traits ne suggéra qu'il souffrait des séquelles de sa blessure. Alors que leurs lèvres se retrouvaient, Will voulut relever la chemise de son amant – qui secoua la tête.

— Non, Will. Pas encore.

— Mmm ?

— Je ne veux pas que tu voies ma cicatrice. Pas encore.

Will le dévisagea, presque nez à nez.

— Crois-tu vraiment qu'une cicatrice changerait ce que je ressens pour toi ? Je ne suis pas aussi superficiel !

Davy toucha ses lèvres.

— Non, bien sûr que non. Mais je… Peut-être est-ce juste ma vanité qui parle. Je ne saurais l'expliquer, Will, mais j'ai parfois l'impression de ne plus être moi. Tous ces changements…

— … n'ont aucune importance !

Il attira Davy contre lui. Ses derniers mots résonnaient encore à ses oreilles, Will sut qu'ils exprimaient la vérité.

Il reprit avec ardeur :

— Davy, tu es censé avoir la tête farcie de poésie…

Sans savoir d'où les vers lui venaient, Will s'entendit déclamer :

— *La fleur que nous appelons rose sentirait tout aussi bon sous un autre nom* [15].

Il fit la grimace en se souvenant du sort tragique des deux amants dans la pièce d'où était tirée cette citation. Pourtant, il avait atteint son objectif, car Davy gloussa contre son cou.

— Will, tu es vraiment un cas ! De toute ma vie, je n'ai jamais eu le parfum d'une rose !

— Je me ficherais que tu sentes l'eau stagnante d'un fond de cale. Je t'aime.

L'aveu éclata entre comme une fusée de signalisation. Davy avait déjà prononcé ces mots, la plupart du temps en plaisantant, mais jamais encore Will ne s'y était risqué à haute voix. D'ailleurs, il n'en avait pas besoin. Davy était déjà au courant. Depuis le premier jour.

Et voilà qu'il tremblait contre Will, comme s'il était frigorifié par une violente rafale de vent hivernal. Will roula sur le côté en le serrant dans ses bras.

— Chut… N'aie pas peur, chuchota-t-il. Davy… Davy est-ce que tu as mal ?

— Non. Non. Pas du tout.

Une fois de plus, Davy l'embrassa avec une farouche insistance qui coupait court à la conversation. Toutes les émotions qu'il ressentait – douleur, joie, deuil, amour, désir, passion – explosèrent. Sans subtilité, sans artifice. Juste la simple et impitoyable réalité : le corps de Davy pressé contre le sien, chaud et vivant, vivant, vivant… *vivant !*

Ils jouirent ensemble, accrochés l'un à l'autre, haletants et suants, enivrés d'extase et de soulagement, avant d'éclater du même rire un peu hystérique.

---

15 *Roméo et Juliette*, Shakespeare, acte II, scène 2

XIV

QUAND LE Baron Guilford apparut à la porte – déverrouillée – du salon privé, Marshall avait retrouvé sa place dans le fauteuil, un bras négligemment tendu vers le canapé où David St John somnolait, étendu de tout son long. Will avait bougé en entendant des pas approcher dans le couloir, de sorte que sa main ne reposait plus sur la poitrine de son amant. Davy s'était endormi juste après leurs ébats, aussi Will s'était-il chargé de le rhabiller et de le coucher sur le canapé, une fois les coussins réinstallés. Au début, il s'était inquiété d'un sommeil si profond et si brusque, vérifiant même que le cœur battait. Ensuite, il avait laissé sa main posée là, juste pour se rassurer de ne pas avoir rêvé. Quelle folie !

— Êtes-vous ragaillardi ? demanda St John avec un sourire.

— Tout à fait. Mais je crains que votre cousin soit toujours en phase de convalescence, à moins que ma conversation devienne plus ennuyeuse encore que dans mes pires craintes.

Il avait tenté de composer son expression. Pourtant, St John éclata de rire, traversa la pièce et se pencha sur le canapé pour secouer légèrement son cousin par l'épaule.

— David ? Il est temps de se réveiller.

Le dormeur s'agita, cligna des yeux, puis se rassit avec précaution.

— Je me suis encore endormi, n'est-ce pas ?

— Oui, il y a environ vingt minutes, répondit Marshall. Est-ce suffisant ?

— Bien sûr.

Il fut interrompu par un bâillement qui faillit lui décrocher la mâchoire et provoqua le rire des deux autres.

— Ma voiture nous attend en bas, déclara Kit. À notre arrivée à la maison, j'ai prévu un dîner léger, ensuite, vous ferez ce que vous voudrez de votre après-midi. Je vous conseille de prendre... du repos dans votre chambre.

Il leva un sourcil en examinant les deux amants.

— J'avoue rêver de mon lit, répondit Will. Étrangement, je trouve très fatigant d'être à terre et un officier a rarement l'occasion de s'offrir du repos. Ne pas être constamment dérangé est un luxe.

— Oui, répondit Davy avec malice, l'indolence de M. Marshall est légendaire, même dans les zones désertiques de la baie d'Hudson.

— Indolent, moi ? Vous vous trompez, monsieur !

— Oh, veuillez excuser mon erreur. J'aurais dû dire que c'était mon envie de dormir avec vous dont parle toute la baie d'Hudson.

— Ce n'est guère mieux, protesta Marshall.

— Au contraire. Je ne peux rien imaginer de meilleur.

St John les prit chacun par un coude.

— J'espère que vous vous abstiendrez à table de propos aussi scandaleux, sinon vous ferez fuir mes domestiques. Allons, messieurs, nous partons.

JUSQU'ICI, WILL n'avait pas remarqué la splendeur de la Jamaïque. De son siège, à l'ombre de la voiture de St John, il apprécia la chaleur du soleil et le délicat parfum des fleurs qui flottait dans l'air. Quant au manoir, son ample porche et ses murs blancs, il les trouva plus accueillants que dans ses souvenirs. Manifestement, sa morosité d'antan avait faussé sa perception des lieux.

Au cours du dîner, il se régala d'un plat local, véritable ambroisie qui associait de façon inimaginable du poulet et des ananas. Il termina son assiette jusqu'à la dernière bouchée.

— Si votre cuisinier envisage un jour de prendre la mer, dit-il ensuite, je connais un petit sloop où il serait volontiers engagé.

Sa Seigneurie fronça les sourcils, l'expression sévère.

— Capitaine, tenter de voler un cuisinier est considéré en ces régions comme une déclaration de guerre. Je ferai cependant part à Antoine de vos compliments, ce qui le poussera certainement à redoubler d'efforts pour vous satisfaire. Auriez-vous des plats préférés ?

— Je n'ai pas suffisamment l'expérience de la grande cuisine pour oser des suggestions, reconnut Marshall. Pas plus que je ne m'aventurerais à conseiller un artiste.

— Antoine est en effet un *artiste*, admit Kit, en prononçant le mot à la française. J'ai entendu dire qu'il nous avait préparé un dessert à sa façon.

— Un diplomate ! intervint Davy, les yeux brillants de convoitise.

Marshall passa d'une paire d'yeux bleus à l'autre, dans l'espoir de comprendre de quoi parlaient les deux cousins. Un diplomate... Qu'était-ce au juste ?

— Dans votre famille, vous savez jouer avec les mots et les formules, déclara-t-il. Vous apprenez cela dès l'enfance, je présume.

— Ma mère aime lire à haute voix, répondit Davy. Quand j'étais enfant, elle avait déjà parcouru tout Shakespeare, je crois. Elle lisait pour nous in utero, avant même notre naissance. Étrange, n'est-ce pas, quand on y réfléchit... ? On ne s'attendrait pas à ce qu'une comtesse apprécie des récits aussi sanguinaires.

— Quelques pièces plus légères, à la rigueur, proposa Kit. *Beaucoup de bruit pour rien* ?

— Oh, non ! Elle était toujours si heureuse d'attendre un nouveau bébé !

Davy sourit, avant de se renfrogner.

— J'espère, reprit-il, que votre ami Percy a pu joindre ma mère avant l'annonce officielle de mon trépas.

— Ne vous inquiétez pas, il est digne de confiance. S'il avait craint que le messager de l'Amirauté puisse dépasser le *Daydream*, il n'aurait pas hésité à créer une diversion.

L'arrivée du dessert interrompit leurs spéculations et tous se penchèrent pour mieux examiner le diplomate : génoise imbibée d'alcool, garnie de crème épaisse et fourrée de confiture et de fruits tropicaux – pour faire couleur locale. Marshall n'avait jamais rien mangé d'aussi délicieux. Il trouva au biscuit une saveur subtile qu'il ne parvint pas identifier.

Davy mangea sa part avec lenteur, sans le féroce appétit qu'il avait eu jadis. Tout à coup, Will se demanda si son ami, dans son état actuel, serait capable de se contenter du régime à bord. C'était une réflexion sans intérêt, d'ailleurs, car il n'aurait probablement jamais l'occasion d'en découvrir la réponse.

Sentant sans doute le poids de son regard sur lui, Davy leva les yeux.

— Ne vous inquiétez pas pour moi, Will. Je ne fais que suivre les instructions de mon médecin qui m'a conseillé de manger peu, mais fréquemment. D'ici une heure ou deux, je m'aventurerai probablement dans la cuisine pour un encas.

Kit jeta un coup d'œil à sa montre-gousset.

— *Venez, messieurs, nous donnons trop de temps à de vains plaisirs quand d'autres fêtes nous attendent.* [16].

— *Périclès* ! déclara aussitôt Davy.

---

16 *Périclès*, Shakespeare, acte II, scène 3

105

Il resta un moment silencieux, les sourcils foncés, puis ajouta,

— Mon père me surnommait autrefois Autolycos [17], un petit voleur sans envergure qui ne s'intéressait qu'aux bagatelles.

Ensemble, les deux cousins se tournèrent vers Will. Ce dernier secoua la tête.

— Je sais reconnaître des adversaires mieux armés que moi. Continuez votre joute, messieurs.

Pourtant, Davy changea de sujet :

— Quelles 'autres fêtes' nous attendent, Kit ?

— Le terme est peut-être exagéré. Le choix est vôtre… Vous pourriez m'accompagner chez mon contremaître avec lequel je dois m'entretenir de nos prochaines expéditions de café, ou rester tranquillement ici, à déguster un pot dudit café, ou peut-être faire une petite sieste.

Will hésita à répondre. Il croisa le regard de Davy et pesa ses devoirs envers son hôte. Sous la table, David lui donna un coup de pied à la cheville.

— Je préfère rester à la maison, décida-t-il aussitôt.

Kit les fixa l'un après l'autre, puis il se mit à rire.

— Will, voyons, c'était une question de pure forme. Les servantes sont déjà occupées à vous remplir une baignoire à l'étage, et la salle de bain sépare vos deux chambres.

Will sentit ses joues s'empourprer.

— Je vous remercie… Je…

Le cousin de Davy lui adressa un sourire de connivence.

— Chaque fois que je rentre chez moi, une fois que j'ai serré mes enfants dans mes bras, je les confie à ma mère pour pouvoir passer au moins une semaine enfermé avec Zoe. Si je ne vous vois qu'à l'occasion, je ne vous en voudrais pas… non que votre compagnie me déplaise, loin de là, mais vous comprenez ce que je veux dire.

Il plia sa serviette et se leva.

— Bon après-midi ! ajouta-t-il avant de quitter la pièce.

Une fois seul avec Davy, Will goûta l'excellent café jamaïcain qui leur avait été servi.

— Votre cousin est un homme attentionné, un vrai gentleman !

— C'est certain. Mais, Will, il disait la même chose que vous après avoir quitté la *Calypso*.

---

17 Dans la mythologie grecque, aïeul maternel d'Ulysse.

— Je… J'ai été terriblement grossier envers lui, Davy. Il te ressemble tant et… je croyais… que j'allais te perdre. Surtout quand tu as eu la fièvre !

Davy le fixa, l'air pensif.

— Je ne m'en souviens pas, pour être franc. Et je vois mal en quoi tu te sentais responsable de cette infection qui m'a saisi.

Will termina son café et reposa avec soin sa tasse délicate sur la soucoupe.

— Oublions tout cela, ajouta Davy. Nous sommes ensemble, et un lit nous attend à l'étage.

— Deux, si je ne me trompe pas, rectifia Will.

— Nous n'aurons besoin que d'un seul.

ILS SE rendirent dans la suite qu'occupait Davy. Will fut surpris de découvrir que le petit salon dont il se souvenait avait été transformé en bureau. Il y avait une table de travail devant la fenêtre, pour profiter de la lumière du jour, et une console adjacente. Sur les deux meubles s'empilaient de nombreux livres, cartes et monographies.

— Aurais-tu travaillé, Davy ?

— Un peu. Je tenais à approfondir mon nouveau rôle.

Davy referma la porte avant de prendre son amant par la taille.

— J'ai lu tout ce que j'ai pu trouver sur l'Amérique du Nord – géographie, politique, et même les romans de pure fiction…

— Oh. Pour 'David St John' ? Pour lui donner une existence plus réaliste ?

— Oui. Durant ton absence, j'ai passé l'essentiel de mon temps le nez dans mes livres, je pourrais tout te raconter sur le Canada, bien plus que tu ne tiens à en apprendre. Veux-tu que je te parle du climat ? Ou des pièges pour rattraper les castors ? Ou de la pêche dans les territoires du Nord ?

— Non, pas vraiment. J'ignorais qu'il était aussi compliqué de créer une nouvelle identité.

Davy sourit.

— C'est étrange, mais ces recherches m'ont plu. D'ailleurs, je n'avais pas grand-chose d'autre à faire durant ma convalescence et tu sais bien que j'adore lire. Et j'avoue avoir aussi été poussé par l'idée que ma vie – et peut-être aussi la tienne – pouvait un jour dépendre de ma capacité à jouer de façon convaincante le rôle d'un Canadien. Cette affaire d'espionnage n'est pas encore terminée, n'est-ce pas ?

— Je ne pense pas. Le bâtard est toujours libre, mais le Renseignement a commencé à démanteler son réseau, si j'ai bien compris. Dowling, pendant qu'il se trouvait à Kingston, aurait rendu visite à plusieurs personnes. Toutes sont désormais surveillées et suivies. Quant à moi, j'ai juste été informé que tu n'étais pas encore autorisé à retrouver ta place parmi les vivants, même si tu as recouvré la santé. Tu n'as pas été oisif ! Ces lectures paraissent représenter un gros travail !

— C'était une tâche bien plus facile qu'apprendre les mathématiques de navigation. En tout cas, pour moi. Et je joue le rôle le plus important de ma vie.

— Dois-je t'appeler St John ?

— Ce serait préférable, du moins en public. Et tu peux t'exercer en privé, si cela te dit. J'ai cependant gardé le même prénom. Et, vu la ressemblance, un lapsus de ta part n'éveillerait pas les soupçons. De plus, nous paraîtrons rarement ensemble en public.

Il s'interrompit et désigna la porte qui séparait leurs deux chambres.

— Alors, la faisons-nous, cette petite sieste ? demanda-t-il. Ta chambre est prête, si tu préfères dormir seul.

— Bien sûr que non !

Will baissa les yeux sur le visage levé vers lui. Il effleura la barbe brune du bout des doigts.

— J'entends ta voix, restée la même, chuchota-t-il rêveusement. Ensuite, je te regarde et j'ai parfois un petit choc. Pourtant... je commence à m'habituer à cette nouvelle apparence.

— Ce sera plus facile quand il fera sombre. Attends, j'ai quelque chose pour toi...

Il regarda autour de lui, puis alla jusqu'à son bureau et en ouvrit le tiroir, dont il sortit un mouchoir plié en deux. Il le tendit à Will.

— Tiens, dit-il un peu timidement. J'ai pensé que tu aimerais les garder.

À peine Will avait-il refermé les doigts sur le mouchoir, et ce qui était caché à l'intérieur, qu'il devina de quoi il s'agissait. La longue tresse blonde des cheveux que Davy avait dû couper pour parfaire son déguisement. Les deux hommes se donnaient rarement la peine de natter leurs cheveux quand ils se coiffaient l'un l'autre. Pourtant, ainsi attachés, les cheveux étaient bien plus simples à garder...

Will resserra les doigts, le souffle coupé, la gorge tellement serrée qu'il ne pouvait plus parler.

Davy parut surpris de son silence. Il fronça les sourcils.

— Excuse-moi, Will. Tu n'es pas obligé, bien entendu, de…

Will l'interrompit d'une voix rauque :

— Merci.

Il caressa la tresse du pouce avant de replier le mouchoir qu'il rangea avec soin dans sa poche intérieure – contre son cœur – comme un trésor dont l'or lui était bien plus précieux que le métal de la même couleur.

— Merci beaucoup, répéta-t-il.

De sa main libre, il effleura les cheveux de Davy aujourd'hui, courts et foncés. Une sensation différente…

— Moi aussi, j'ai encore du mal à m'y faire, reconnut Davy. Pourtant, tu n'imagines pas le temps que je gagne tous les matins !

Pour éviter de céder à la nouvelle crise de larmes qu'il sentait arriver, Will préféra l'embrasser. En se redressant, il suggéra :

— Et si nous passions dans la salle de bain ? J'aimerais te découvrir avec une barbe mouillée.

Sans attendre de réponse, il ouvrit la porte de la pièce adjacente et fut accueilli par une chaleur humide, une brume au parfum de fleurs qui les enveloppa aussitôt. L'énorme baignoire était à moitié pleine, avec une pile de serviettes blanches posée sur un petit banc à côté.

— Il nous est déjà arrivé de ne pas être rasés, fit remarquer Davy, toujours pragmatique. Par exemple, lors de notre première fois…

Leur première fois ! À bord du bateau de ce renégat… Quelle folie ! Chacun, en secret, avait été amoureux de l'autre, mais seul Davy comprenait la vraie nature de ses sentiments. Après l'acte, Marshall s'était fustigé de s'être permis de telles privautés avec un camarade de bord, qui se trouvait sous ses ordres. Plus tard, ils avaient passé deux semaines ensemble, à l'époque où Davy passait et réussissait son examen d'officier… Peu à peu, au fil du temps, Will avait oublié ses craintes et ses doutes, même si leur amour – illicite d'après le règlement de la Royal Navy et les lois anglaises – restait risqué. Les rares occasions que les deux amants avaient d'être ensemble étaient d'autant plus précieuses.

Aujourd'hui, par exemple…

Ils s'embrassèrent. Will se mit à défaire la lavallière de Davy.

— Ne préférerais-tu pas prendre ton bain le premier, et seul ? chuchota-t-il.

— Je… Non. Il faut bien que je te montre ma cicatrice. Elle est affreuse, mais… Il fera bientôt nuit.

Will dissimula sa surprise. Davy ne réalisait-il pas qu'il avait déjà vu sa terrible blessure durant son séjour au manoir St John, juste après les fausses funérailles ? Certes, le blessé était alors inconscient, aux affres de la fièvre, ou drogué du laudanum qu'il prenait contre la douleur. Peut-être était-il normal qu'il ne se souvienne pas.

— Fais comme tu veux, Davy.

— Ne laissons pas l'eau refroidir.

Davy se détourna et se déshabilla rapidement, se préparant manifestement à l'épreuve que représentait pour lui de révéler sa cicatrice. Will ôta également ses vêtements, qu'il posa avec soin sur une chaise, avec sa veste d'uniforme. Le capitaine Smith lui avait demandé de trouver à Kingston des épaulettes, afin qu'il soit prêt à passer du grade de lieutenant à celui de lieutenant-commandant. Will se sentait mal à l'aise, il n'avait pas voulu de cette promotion – surtout dans un tel contexte – et la trouvait imméritée. Il n'aurait pas hésité à la refuser pour avoir le droit d'embarder avec Davy, même dans une barcasse !

Il ôta son dernier sous-vêtement au moment où Davy faisait passer sa chemise par-dessus sa tête. En voyant sa maigreur nouvelle, son cou nu et vulnérable surmonté d'une tête brune, Will ressentit un fort élan de protection. Sans laisser à Davy le temps de se retourner, il le prit dans ses bras et le serra avec passion.

— Si tu préfères, Davy, je ne regarderai pas. Tu es vivant. C'est tout ce qui compte pour moi.

— Je suis obligé de me cacher du reste du monde, Will, mais de toi, non. Jamais.

Il s'empara des mains de son amant et les fit glisser sur son abdomen, sur le contour irrégulier du tissu cicatriciel, si différent de la peau lisse à laquelle Will était habitué.

— La balle est entrée ici, expliqua David. Et cette autre cicatrice, moins importante, provient de l'opération chirurgicale.

Will frotta son visage contre la nuque ployée.

— Sont-elles encore douloureuses ?

— Non, mais elles me démangent souvent. C'est diablement gênant ! Il paraît que c'est bon signe.

Il s'écarta d'un pas et se tourna pour le dévisager.

— Sois franc, je t'en prie, dis-moi la vérité : peux-tu supporter de les regarder ?

Will jeta un bref coup d'œil aux traces rouges aux bords déchiquetés, puis il releva la tête et croisa les yeux inquiets de son ami et amant. Il posa tendrement ses mains sur les épaules de Davy.

— Tu es vivant, répéta-t-il, tu respires, ton sang coule encore dans tes veines.

Il caressa les épaules et glissa sur la poitrine, ses doigts jouant avec la fine toison dorée, avant d'effleurer les petits mamelons érigés.

Davy frissonna.

— De plus, ajouta Will, tu as accompli notre mission et identifié ce maudit traître. Grâce à toi, nous sommes libres !

Il se pencha pour embrasser les lèvres de Davy, avant de poser la main sur sa cicatrice.

— Ceci est la preuve de ta réussite. Si je pouvais la porter à ta place, je le ferais volontiers. À mes yeux, elle démontre mieux ton courage que toutes les décorations que Nelson s'affiche sur la poitrine.

Davy déglutit, avant de poser le front contre l'épaule de Will. Il exprima en silence son soulagement quand ses épaules se détendirent enfin.

— De plus, ajouta Will d'un ton prudent, je trouve à ta cicatrice un bien meilleur aspect que la dernière fois où je l'ai vue.

— Quoi ? Quand ?

— J'ai aidé le docteur Curran à changer tes pansements quand tu étais inconscient, ou délirant de fièvre. J'ignorais que tu ne t'en souviendrais pas.

— Je me rappelle vaguement de toi, souffla Davy, mais j'ai cru qu'il s'agissait d'un rêve. Will, pourquoi… ?

Will ne le laissa pas terminer sa phrase.

— Tu étais très agité, répondit-il. Le docteur avait besoin d'assistance.

Will réprima un frisson – il avait dû s'asseoir derrière Davy et lui bloquer les mains pour laisser au praticien la possibilité d'effectuer ses soins, malheureusement douloureux. Il avait vécu l'agonie de Davy à travers ses hurlements inarticulés, ou les tremblements qui agitaient le corps fiévreux plaqué au sien. Pour rien au monde, il n'aurait voulu revivre une telle épreuve !

Il frotta doucement le dos nu de Davy, savourant ce contact qui l'apaisait.

— Bien sûr, reprit-il, ce n'est pas la première fois que je voyais un blessé, mais c'était toi qui souffrais. Voilà pourquoi c'était aussi difficile pour moi, la laideur de la plaie était le cadet de mes soucis.

— Non, je voulais savoir pourquoi tu m'as laissé me cacher alors que tu connaissais déjà mes cicatrices ?

— Parce que c'était à toi de choisir si tu voulais me les montrer ou pas.

David laissa échapper un soupir.

— Will, je me sens idiot !

— Tu es dans mes bras, Davy, alors c'est peut-être ma propre idiotie qui se communique à toi. Bien, maintenant je vais vous donner un ordre, M. Ar... M. St John : montez dans cette baignoire, je vais vous laver le dos.

— Avec plaisir, M. Marshall. Merci beaucoup.

Davy obtempéra et soupira de plaisir en s'immergeant le bain chaud et parfumé. Will plongea l'éponge dans la baignoire et fit couler de l'eau sur son dos.

— Veux-tu venir avec moi ? proposa David.

Will mouilla à nouveau l'éponge et se savonna les mains.

— Tout à l'heure. D'abord, je tiens à te laver correctement.

— Je préférerais que tu me laves de façon 'incorrecte', répondit David avec un clin d'œil lubrique. Et tu pourrais te rapprocher.

Il passa la main derrière lui pour s'accrocher à la cuisse nue de Will.

— M'inciteriez-vous à négliger mon devoir, M. St John ?

Will mordilla légèrement l'épaule de Davy tout en passant une main savonneuse le long de son dos ; il glissa l'autre entre les jambes relevées et la plaqua contre les organes génitaux de Davy. Puis il insinua les doigts entre les fesses rondes.

Surpris, Davy ouvrit les lèvres et poussa un cri étranglé. Will assura sa conquête en réclamant sa bouche. Son amant répondit à son baiser avec une douce férocité, manquant renverser la baignoire lorsqu'il attira Will contre lui. Enflammé par l'urgence, l'esprit obnubilé par la passion, Will perdit vite le sens de la mesure. Sans trop savoir comment, il tomba dans la baignoire et se retrouva contre la paroi émaillée, Davy pesant sur lui, entre ses genoux écartés, frottant son sexe au sien. Will avait de l'eau jusqu'au menton.

— Je vais me noyer à cause de toi, remarqua-t-il.

Il prit de l'eau dans ses paumes pour rincer les bulles de savon sur la poitrine de son amant.

— Ce n'est pas mon but, affirma David avec conviction.

Il glissa la main entre leurs deux corps et referma les doigts sur son objectif.

— Crois-tu qu'il restera de l'eau dans la baignoire quand… ? reprit-il, essoufflé.

— Nous allons abîmer le plancher de ton cousin, remarqua Will.

Il s'agita, cherchant à équilibrer les délicieuses caresses et le côté pratique de leurs positions respectives. Il empoigna à son tour l'organe de Davy et sourit en voyant ce dernier donner un violent coup de reins. L'eau gicla par-dessus bord.

— Si tu continues à gesticuler, prévint Will, nous allons renverser la baignoire.

Davy se pencha vers lui, l'air pensif.

— Tu crois ? Que dirais-tu d'un pari ? Je mise un jour de solde… Oh, damnation, j'oubliais que… Bon, plutôt un gage, alors. J'aurais droit à une proposition scandaleuse si j'arrive à te faire jouir sans renverser la baignoire.

Will hésita brièvement. Les défis de Davy avaient parfois des conséquences imprévisibles. Pourtant, son amant veillerait à ne pas embarrasser son cousin… n'est-ce pas ? Il scruta les yeux bleus qui le provoquaient, pleins de rire et de malice. La curiosité finit par vaincre sa prudence innée.

— Marché conclu, décida-t-il.

Il n'aurait jamais pensé à utiliser le savon comme lubrifiant – et il craignait fort que tous deux n'en aient plus tard des démangeaisons – mais il oublia vite ses doutes quand Davy s'empala lentement sur lui. Saisi par la chaleur préhensile qui lui malaxait le sexe, Will souleva les hanches pour y répondre.

— Ne bouge pas ! exigea Davy.

— Quoi… ?

David ondula des hanches.

— J'ai eu le temps de réfléchir, au cours des dernières semaines, dit-il. Je me suis dit que, même si j'avais la chance de te revoir, le temps nous serait mesuré, alors… j'ai fantasmé sur tout ce que j'aurais envie d'essayer avec toi.

Il eut un sourire démoniaque et contracta ses muscles internes, Will se cambra, électrisé.

— Qu'en penses-tu ? susurra David qui le surveillait de près.

Incapable de répondre, William ferma les yeux, les doigts crispés sur les hanches de Davy. Il serra aussi les dents pour retenir ses gémissements. Des doigts fureteurs caressèrent ses flancs, son torse, pinçant et roulant ses mamelons jusqu'à ce que son corps prenne feu. Des vagues de plaisir déferlèrent en lui.

En même temps, il pompait activement le sexe de Davy, conscient de causer les éclaboussures qu'il entendait jaillir, mais sans trop s'en soucier. Cela ne dura guère. Davy poussa un cri et se mit à trembler, ses frissons déclenchant l'orgasme de Will.

Quand ce fut terminé, Davy retomba mollement contre lui, sa barbe humide nichée dans son cou, un contact nouveau – et étrangement intime. Le niveau de l'eau monta encore, atteignant l'extrême bord de la baignoire.

Pourtant, elle n'avait pas basculé.

XV

— Davy ?

— Mmm ?

— Tu as gagné ton gage… Que vas-tu me demander ?

— Oh, oui… Je n'en ai encore aucune idée. Tu verras bien.

— Davy ?

— Will, pour l'amour de Dieu ! N'as-tu pas sommeil ?

— Si, un peu. Davy, tu comptais parier tes émoluments… Excuse-moi d'aborder le sujet, mais je… j'ai une part des primes de capture de notre virée dans les Caraïbes… Si tu en as besoin…

— Garde ton argent, Will. Tu l'as bien gagné.

— Je te dois tout !

— Tu m'as déjà tout donné. Will, ne t'inquiète pas, je n'ai pas de soucis d'ordre financier. J'ai nos primes antérieures et l'héritage de ma grand-mère… J'ai remis mes fonds à Kit, en lui demandant de les investir. Il est devenu mon homme d'affaires, je lui ai remis ma procuration. Je peux lui demander l'argent dont j'ai besoin. Au fait, j'ai établi mon testament avant de prendre la mer, tu es mon héritier.

— Moi ? À quel titre ?

— Cher idiot ! Voyons, si l'un de nous était une femme, nous serions mariés depuis longtemps. À qui d'autre laisserais-je ce qui m'appartient ? En attendant, puisque mon existence officielle est dans les limbes, Kit gère ma fortune, mais j'ai tout ce qu'il me faut. Si un jour, tu as besoin…

Il soupira avant de continuer :

— À quoi bon ! Même si tu manquais d'argent, tu ne me le dirais pas, n'est-ce pas ?

— Eh bien, suite à ma promotion, je toucherai une demi-solde même si la paix est signée et que je suis démobilisé, ce qui me permettrait largement de vivre. De plus, nous avons gagné l'année dernière une vraie fortune.

— Si la paix est signée, tu pourrais revenir ici et vivre avec moi. Quoiqu'il arrive, préviens-moi, d'accord ?

— Je ne pourrais jamais accepter la…

— Il ne s'agit pas de charité, Will ! Je te parle de mon bonheur. Et tu me ferais la même proposition… d'ailleurs, n'est-ce pas exactement ce que tu viens de faire, alors que tu n'as pas la même aisance financière que moi ?

— Mais…

— J'ai trop sommeil, Will, coupa David. Nous en reparlerons plus tard.

CE NE fut pas le cas. Ils n'abordèrent plus jamais le sujet.

En se réveillant plus tard dans la matinée, ils firent l'amour avec douceur et tendresse, et se rendormirent derechef. En début d'après-midi, la faim les poussa à se lever. Au salon, ils trouvèrent un dîner froid qui les attendait, ainsi qu'un message de Kit indiquant qu'il avait été appelé pour affaires et s'absentait un jour ou deux. Pendant que les deux amants se restauraient, un domestique invisible et silencieux passa dans la chambre et changea les draps.

La journée se déroula dans un rêve merveilleux. Les repas apparaissaient comme par magie, sans doute servis par le génie d'un conte de fées ; leurs vêtements étaient posés sur le bureau, lavés et repassés, bien qu'aucun d'eux ne prenne la peine de les enfiler. La longue journée tropicale avait une sorte de qualité intemporelle, entrecoupée de sommeils dans les bras l'un de l'autre, d'éveils en commun, d'étreintes et de câlins, tous ces petits riens dont ils n'avaient jamais pu profiter par manque de temps, ou d'endroits suffisamment discrets.

Ils firent pratiquement tout ce qui leur passait par la tête.

À une exception près.

Ils dormaient blottis l'un contre l'autre, en cuillères, nus sous la moustiquaire qui protégeait le lit. En émergeant d'un rêve dans lequel Davy avait été abattu et enlevé, alors que lui n'arrivait pas à le retrouver, Marshall se réveilla en sursaut, le cœur battant. Il eut du mal à se reconnecter à la réalité : il ne trouvait plus Davy ! Son amant, perdu et blessé, allait mourir tout seul !

Il se rassura peu à peu. Tout était paisible, Will était en sécurité, avec Davy couché sur lui, son souffle calme lui réchauffant le cou. La brise nocturne était agréable, mais fraîche. Will tenta de tirer le drap sans réveiller son amant. Il n'y parvint pas.

— Will ?

— Je voulais juste remonter les couvertures, Davy. Rendors-toi.

— Mmm.

Davy, pelotonné, s'étira comme un chat affectueux et frotta son corps contre celui de son amant.

— Tu es bien là, souffla-t-il. Parfois, j'ai l'impression de rêver.

— Je ressens la même chose, reconnut Will. Je me pince sans arrêt.

— Veux-tu de l'aide ?

Déjà, il glissait les mains derrière lui, attirant Will plus près encore. Son derrière nu ondula dans une invite sans équivoque.

— Mon Dieu ! souffla William. Tu deviens un vrai satyre !

— Tu m'as manqué, rétorqua Davy avec simplicité.

Il tordit le cou pour l'embrasser sur la bouche.

— Davy…

— Mmm ?

Will passa le bras autour de sa taille, glissa la main entre ses jambes et trouva le sexe déjà érigé.

— Tu m'as laissé… te prendre. Souvent. Mais tu n'as jamais… Je me demandais si ça te plairait…

Brusquement, Davy devint rigide.

— Non !

Will l'embrassa sur la nuque et lui caressa ses épaules, heureux des frissons qu'il provoquait. En y réfléchissant, ces cheveux courts étaient bien pratiques.

— Je ne sais pas trop comment faire, avoua-t-il, mais c'est si bon quand tu me laisses te… alors, je voudrais savoir quel effet cela fait…

— Non !

Davy roula sur lui-même pour lui faire face. Dans l'obscurité, son visage était invisible, mais sa tension se devinait à sa respiration trop rapide.

— Non, répéta-t-il Non, Will. La première fois est toujours douloureuse. Malgré toutes les précautions que je prendrais, je te ferais mal. Et je ne peux supporter cette idée.

Ce fut au tour de Will de se figer.

— T'aurais-je fait mal, alors ? Je ne savais pas… Tu n'as jamais paru…

— Non !

Deux paumes tièdes prirent son visage en coupe.

— Non, répéta David. Tu as toujours été… attentionné, tendre, merveilleux. Mais j'ai eu… Oh, ma première expérience a été…Will, je ne peux pas. Je ne peux pas.

Comme si les mots lui manquaient, il s'empara de la main de Will et la plaqua contre son sexe, redevenu flaccide.

117

— Tu vois l'effet… rien que d'y penser… Je… je suis désolé.

Will eut le cœur serré de le sentir si effondré.

— Ce n'est pas grave, Davy. Je t'assure. Je pensais juste… Aucune importance !

Reprenant son amant dans ses bras, il lui octroya ses caresses préférées, déposa une pluie de baisers sur son visage, son cou, son torse… descendit jusqu'à un mamelon sur lequel il s'attarda. Très vite, Davy se tordit sur les draps, le souffle court. Alors seulement, Will passa de l'autre côté, puis mordilla le ventre tendu, descendit encore. Il se mit à genoux entre les genoux relevés et engloutit le sexe à nouveau érigé. Étrange que Davy n'ait pas d'objections à cette caresse, mais qu'il refuse un rôle plus actif… C'était sans importance, vraiment. Tant que Will pouvait satisfaire son amant… Il continua ses succions et attouchements, puis insinua la main entre les fesses fermes pour atteindre un l'endroit précis – et Davy hurla sa jouissance, les hanches soulevées par une houle qui semblait sans fin.

Quand il retomba sur le matelas, il garda le silence un moment. Puis il murmura :

— Will, l'onguent est sur la table de chevet. Je te rendrais volontiers tes caresses, mais… je n'arrive pas à garder les yeux ouverts.

Il paraissait si ensommeillé, si vulnérable que Will ne put retenir un rire.

— Ce n'est pas grave. Tu devras attendre demain matin !

Il essuya Davy avec un coin du drap, puis se recoucha et les recouvrit tous les deux. Étrange. Il aurait dû avoir une érection douloureuse, pourtant, il ne ressentait que de la tendresse. Pourquoi Davy avait-il été aussi braqué contre sa proposition ? *C'est sans importance*, se répéta-t-il. Son congé était presque écoulé. Pour le moment, ils étaient ensemble, voilà tout ce qui comptait. D'ailleurs, lui aussi avait terriblement sommeil. Comme s'il avait nagé des kilomètres…

Il dormait déjà quand Davy posa la tête sur son épaule.

— Kit a dû partir inspecter les champs de canne à sucre, indiqua Davy. Il ne reviendra pas avant ce soir.

C'était le petit déjeuner. David ramenait de la pièce voisine une table roulante, remplie de plats protégés d'une cloche, dont l'arôme appétissant éveillait l'appétit.

— J'espère que nous ne chassons pas ton cousin de chez lui ! s'inquiéta Will.

Il repoussa les draps froissés et s'assit dans le lit, avant de balancer les jambes sur le côté. Après le dîner du soir de leur arrivée, leur hôte brillait par son absence.

Davy répondit par un éclat de rire.

— Dans une maison de cette taille ? Nous ne sommes pas si bruyants que cela, Will !

— Seigneur, j'espère bien !

La tolérance de St John le sidérait. Sa bonté aussi. Jamais encore il n'avait reçu autant d'attentions. Plus que du confort, c'était véritablement du luxe. Ce qu'il n'avait pas l'impression de mériter. Par contre, Davy méritait tout le bonheur du monde, aussi Will faisait-il l'effort constant de ne pas se laisser écraser par ce qui l'entourait. Il savourait ce moment de répit pour l'amour de Davy.

— Qu'est-ce qui t'inquiète encore ?

Davy se jeta sur le lit, attrapant Will par derrière et le forçant à nouveau sur le lit. Il lui mordilla l'oreille et chuchota :

— Ce matin, nous avons des petits pains et des saucisses. À moins que tu préfères te livrer à d'autres ébats torrides avant de passer à table ?

— Je ne m'inquiétais pas du petit déjeuner.

Passant une jambe autour de Davy, Will chercha une explication plausible à sa morosité.

— C'est ce gage, vois-tu, ajouta-t-il. Plus tu tardes à le réclamer, plus je me demande ce qu'il sera. Je suis étonné qu'en quatre jours, tu n'aies pas encore trouvé de proposition scandaleuse.

— Que diable... ?

Les yeux bleus s'illuminèrent soudain. Davy changea de ton pour continuer :

— Oh, oui, bien sûr, ce gage dans la salle de bain ! J'avais presque oublié !

— Peut-être es-tu devenu raisonnable ? suggéra Will plein d'espoir. Peut-être avons-nous épuisé ton imagination ?

Après tout, ils s'étaient montrés aussi énergiques que le leur permettrait la convalescence de Davy.

— Pas du tout, déclara Davy. Nous avons pas mal entamé mon répertoire, Will, mais il me reste encore des idées.

Il passa les doigts dans les cheveux ébouriffés de son amant.

— D'accord, voici mon gage : un pique-nique.

Will se pencha et lui mordilla la lèvre inférieure.

— Un pique-nique ? répéta-t-il ensuite. Cela ne me paraît guère scandaleux.

— Je te l'accorde. Mais une fois là-bas, j'ai d'autres intentions.

— Mmm ?

William s'étendit et chercha à attirer Davy contre lui, mais son amant paraissait tout à coup vibrer d'un intense besoin de bouger. Après un trop bref baiser, il s'écarta, quitta le lit, enfila un peignoir et disparut dans le couloir.

À son retour, il expliqua :

— C'était plus rapide d'aller chercher Jacobs que de sonner. Où est ton pantalon ?

— Pardon ?

— Il y a un paradis tropical hors de ses murs, et nous avons passé presque tout ton congé enfermés dans cette chambre.

Davy fouilla dans une malle et en sortit un tas de vêtements qu'il jeta en direction de Will. Celui-ci le rattrapa habilement, le posa sur le côté, empoigna Davy et l'étendit une fois de plus à ses côtés.

— Je ne m'en plains pas. Je n'avais encore jamais dormi dans un lit aussi confortable. Nous pouvons passer tout notre temps ici, si cela te dit.

David resta un moment immobile, à le dévisager.

— J'avoue que cela me plairait. Mais cette île est magnifique, Will. J'ai découvert un endroit que j'aimerais partager avec toi. Un endroit où je voudrais me rappeler ta présence après ton départ. Comprends-tu ?

— Oui, je crois. Je me souviens de toi dans une certaine coursive à fond de cale.

En vérité, prendre un tel risque avait été folie, même si c'était en partie pour s'accorder à la supercherie organisée sur ordre du capitaine. Pourtant, Will savait qu'il ne regretterait jamais ce dernier plaisir hâtif qui leur avait été accordé. Juste après cet épisode, le *Vaillant* était tombé dans une embuscade française et Davy avait été abattu. Quelque part, leur dernière étreinte à bord restait éclaboussée de sang. Marshall évoquait son amant chaque fois qu'il avait l'occasion de descendre dans la cale, de passer dans cette coursive, un souvenir heureux, vite éclipsé par la solitude et le chagrin qu'il ressentait en permanence depuis lors.

Des doigts tièdes effacèrent le pli qui creusait son front.

— Effectivement, reconnut David. J'espère que nous éviterons le drame cette fois-ci.

Il bougea légèrement, juste assez pour que son poids presse un endroit intéressant.

— Il y a une belle clairière, Will, insista-t-il. Je veux t'y emmener.

— D'accord.

Les yeux bleus pétillaient d'une lueur diabolique.

— Et… je veux que tu me prennes là-bas.

Son expression ne laissait planer aucune équivoque sur le sens de ses paroles.

— Davy… Tu n'y penses pas ! En plein air ?

Sa voix montant dans les aigus, Will s'interrompit dans un couinement. Il toussota et reprit plus calmement :

— Voyons, ce n'est pas possible… Et si quelqu'un nous voyait ?

— Personne ne nous verra, affirma Davy. Et tu me dois un gage ! Sois bon perdant.

— D'accord…

Will était aussi horrifié que si Davy venait de lui suggérer de traverser Kingston entièrement nu.

— Ne t'inquiète pas, le rassura David, personne ne nous verra. Je t'en donne ma parole. Si nous partons bientôt…

Il se redressa, se releva et jeta à nouveau à Will le tas des vêtements sélectionnés pour lui. Ce n'était pas son uniforme, mais un fin pantalon de coton et une chemise blanche.

— Davy, ces vêtements ne sont pas les miens !

— Vous n'êtes pas de service, M. Marshall. Cette tenue sera bien plus confortable à porter. Avec un chapeau de paille sur la tête, nous serons méconnaissables. Je t'ai promis que personne ne nous verrait, surtout pendant des ébats… scandaleux.

Marshall en était tout à fait certain, car il mourrait d'horreur avant d'être capable d'une performance de ce genre en plein air. Mais un gage était un gage, et Davy avait gagné. De plus, il lui avait donné sa parole. Comment diable comptait-il la tenir ?

Poussée par la curiosité, Will enfila enfin les vêtements empruntés.

LE FIDÈLE Jacobs leur avait trouvé une charrette attelée à un âne. Davy monta sur le siège du cocher et s'empara des reines, son air assuré suggérant qu'il connaissait l'animal. En émergeant de la *porte-cochère* dans une luminosité torride sous un soleil de plomb, Will comprit que la fraîcheur du manoir provenait des hauts arbres qui le cernaient.

— Il fait plus chaud que je le croyais, remarqua-t-il.

— Oui. Ce qui devrait être pour nous un atout. Pour les gens d'ici, je suis le Canadien inconscient qui sort en pleine chaleur au lieu de faire la sieste.

— À mon avis, la grandeur de l'Angleterre vient du grain de folie qu'ont les fidèles sujets de Sa Majesté.

— Un grain, seulement ? se moqua David.

Ils retrouvèrent l'ombre rapidement, car de grands arbres étaient plantés de chaque côté de la route, des arbres dont Will ignorait le nom. Levant les yeux, il aperçut parmi les branches des oiseaux multicolores qui ressemblaient à des fleurs volantes. Puis David quitta la route principale, pour prendre un chemin qui sinuait à travers les collines. Will, qui ne voyait plus le soleil, en perdit son sens de l'orientation.

Après une heure de route, environ, il aperçut un petit ruisseau parallèle à la piste de terre battue, dont l'eau vive renvoyait gaiement les reflets des rayons du soleil.

— On y est presque, chuchota David.

Sa voix paraissait plus forte dans la chaleur ambiante si écrasante. Il posa la main sur la cuisse de Marshall et ajouta :

— Tu verras, Will, cela te plaira.

— Je commence à comprendre pourquoi tu ne t'inquiétais pas d'éventuels badauds, remarqua Will. Y a-t-il parfois du passage ?

— J'ai vu deux jeunes garçons, un jour. Et c'est un peu plus fréquenté les jours fériés. La clairière se trouve sur les terres de Kit, loin des sentiers battus. De plus, il existe sur l'île beaucoup d'autres endroits presque aussi agréables et bien plus faciles d'accès.

Après un dernier tournant, ils entrèrent dans un autre monde, de pure magie. La piste s'arrêtait sur une petite crête rocheuse, au bord de l'eau. Le seul signe d'une présence humaine était la clôture blanche qui formait un petit enclos, sur le côté. Au-dessus d'eux, le ruisseau prenait source et cascadait d'un amas de roches déchiquetées pour former un bassin, clair et profond, entouré de végétation tropicale. Au pied des chutes, sur les trois derniers mètres environ, l'eau tombait tout droit. Une fine brume émanait de la cataracte, humidifiant l'atmosphère. Et le soleil qui brillait à angle droit créait une multitude de minuscules arcs-en-ciel sur les gouttelettes en suspension. C'était féerique ! La beauté de l'endroit, les couleurs, les parfums et le murmure incessant de l'eau… Will n'avait jamais vu rien de pareil, ni imaginé que le paradis puisse exister sur terre.

— Mon Dieu ! souffla-t-il après un moment de silence admiratif.

Davy acquiesça, avant de poser la main sur la sienne, entrelaçant leurs doigts.

— Je voulais partager cet endroit avec toi, mais je ne m'attendais pas à voir un arc-en-ciel nous accueillir. C'est de bon augure, tu ne crois pas ?

Le seul 'bon augure' dont Marshall avait besoin se trouvait déjà à côté de lui. Il aurait voulu dire qu'il n'était pas superstitieux, mais Davy paraissait si heureux qu'il garda le silence, se contentant de hocher la tête.

— Comptes-tu prendre un bain ? demanda-t-il.

— Oui, répondit Davy. Au premier abord, l'eau est un peu fraîche, mais cela ne dure pas. Veux-tu te charger de tout déballer pendant que je m'occupe de Bruno ?

Bruno ? Will faillit poser la question avant de comprendre qu'il s'agissait de l'âne. Davy, déjà descendu, détela l'animal et le conduisit dans l'enclos, où il pourrait se désaltérer et se repaître d'herbe luxuriante. En attendant, Will ne perdit pas de temps à récupérer un panier bien rempli, deux épaisses serviettes de coton turc et un plaid.

— Par quoi commençons-nous ? demanda David qui le rejoignait. Le bain ou le pique-nique ?

Secouant le vieux plaid délavé par l'usage et le soleil, il l'étala sur la roche, au bord du bassin.

— Je te laisse choisir, répondit Will.

Au petit déjeuner, pendant que Jacobs organisait leur sortie, les deux amants avaient englouti les petits pains et les saucisses, aussi, pour l'instant, Will n'était-il pas affamé – d'autant plus qu'il s'inquiétait toujours de la 'proposition scandaleuse' de Davy. Il avait pourtant du mal à l'associer à ce cadre enchanteur.

— À mon avis… commença-t-il.

Il fut brutalement interrompu – et perdit toute faculté de réfléchir – quand Davy, d'une brutale poussée dans le dos, le fit basculer de la corniche. D'instinct, Will se retourna et s'accrocha au bras de son agresseur. Ils tombèrent ensemble dans le bassin dans une bruyante éclaboussure. Peu après, Will refit surface et souffla l'eau qui lui emplissait le nez.

L'eau était effectivement fraîche, mais plutôt agréable par une journée aussi étouffante. Et sa température n'avait rien à voir avec le froid terrible de la pleine mer.

Davy apparut à côté de lui, secoué par un rire hystérique.

— Pourquoi diable… voulut protester Will.

— Tu t'apprêtais à trop réfléchir, Will. Je craignais que nous en ayons…

Il termina dans un gargouillement quand Will appuya sur sa tête, le renvoyant sous l'eau. À partir de là, la situation dégénéra dans un combat naval sans pitié. Will avait des bras plus longs – et donc une meilleure portée – mais Davy n'hésitait pas à porter des coups bas. Par exemple, quand il se trouva immobilisé, il s'empressa d'embrasser Will, qui dut le lâcher pour éviter une double noyade.

Quand ils se calmèrent enfin, ils nagèrent un moment surplace.

— À mon avis, tu as récupéré tes forces, déclara Will. Ainsi que ton goût déplorable pour les farces puériles. Tu aurais pu attendre que je sois déshabillé !

— Par une telle chaleur, tes vêtements sécheront très vite.

Davy se tortilla pour se débarrasser de son pantalon qu'il jeta sur la rive. Sa chemise suivit peu après.

— Auriez-vous besoin d'assistance, M. Marshall ? ajouta-t-il, moqueur.

— Non !

Sa dénégation fut vaine. À peine avait-il délié le cordon qui tenait son pantalon que Davy plongea, aussi souple qu'un dauphin, et l'écarta sous l'eau, créant une nette distraction quand il profita de sa position pour engloutir le sexe à sa portée. Sous l'étonnant contraste entre la bouche brûlante et l'eau fraîche, Will faillit oublier qu'il savait nager. Et quand Davy fit des bulles à un endroit sensible, il coula pour de bon.

— Malédiction ! hurla-t-il.

Arrachant son pantalon à la prise de son amant, il s'en débarrassa, le jeta sur la rive, puis ôta sa chemise. Quant à David, il pleurait de rire.

— Davy, pour l'amour du ciel ! protesta Will. Je ne suis pas un poisson !

— Tu crois ? Il me semblait pourtant avoir remarqué une sardine, là en dessous…

Il s'approcha en nageant, la main déjà tendue.

— Pardon ? s'offusqua Will. C'est bien plus gros qu'une sardine !

Il aurait dû repousser les doigts fureteurs, mais leur caresse était trop délicieuse pour qu'il y résiste. Pendant un moment, l'eau parut les soutenir par miracle – car seuls leurs deux visages émergeaient de sa surface miroitante. Le corps de Davy était onduleux et frais, sauf les lèvres brûlantes qui embrassaient Will avec une ardente passion. Quand leur étreinte devint plus intense, ils coulèrent ensemble.

Davy finit par rompre le contact et remonta afin de respirer. Quand Will émergea à son tour, il secoua la tête pour évacuer l'eau de ses oreilles et perçut enfin ce que disait son amant :

— … marchera jamais. Pourtant, c'était agréable.

— Mmm.

Will rattrapa Davy et l'attira contre lui, frottant leurs sexes l'un contre l'autre.

— Très agréable, confirma-t-il. Mais peu pratique.

Il jeta un coup d'œil sur le plaid posé sur la berge. Il voulait prendre Davy ici, maintenant, tout de suite, pas attendre plus tard, leur retour à la maison. Mais la clairière, aussi déserte paraisse-t-elle, était trop exposée. Jamais ils ne seraient certains de ne pas être vus…

— Attends, déclara Davy. J'ai autre chose à te montrer.

Il retourna à l'endroit où gisaient leurs vêtements et fouilla dans les poches de son pantalon, dont il sortit un petit sac attaché par un cordon. Il le passa autour de son cou et revint vers Will.

— Je t'avais promis que personne ne nous verrait, dit-il avec un clin d'œil. Suis-moi.

Il nagea jusqu'à la cascade, jeta par-dessus son épaule un sourire éclatant, puis il plongea et disparut sous la surface étincelante. Will attendit qu'il refasse surface. Au bout de quelques secondes, il s'inquiéta et plongea à son tour à l'endroit où Davy avait coulé. L'eau était suffisamment claire pour que, en ouvrant les yeux, il voie autour de lui, mais il n'y avait que des rochers et quelques vairons.

Il émergea, affolé.

— Davy ? hurla-t-il. *Davy !*

— Par ici !

Relevant les yeux, Will aperçut la main de Davy qui émergeait brièvement du rideau d'eau en lui faisant signe de le rejoindre. Will approcha avec prudence et passa le bras sous la cataracte. Un Davy invisible le prit par le poignet et l'entraîna sous les chutes. Will trébucha, puis retrouva son équilibre et regarda autour de lui. Ils étaient sur une étroite corniche à fleur d'eau, collés l'un contre l'autre, enveloppés d'une telle brume qu'il leur était difficile de respirer. Au même moment, les lèvres fraîches de Davy se posèrent sur les siennes. Après un baiser enivrant, son amant s'écarta et marcha le long de la corniche, jusqu'à une petite grotte creusée derrière la cataracte.

— Regarde, Will ! As-tu jamais rien vu d'aussi merveilleux ?

Muet d'étonnement, Will secoua la tête avec lenteur. Il aurait cru qu'aucun endroit ne pouvait surpasser la clairière et le bassin paradisiaque, mais la grotte était d'une beauté presque surnaturelle. Le soleil l'éclairait à travers le rideau d'eau, créant des effets de lumière irisée sur les parois rocheuses. La petite caverne était presque ronde et le sol montait en pente douce jusqu'à la roche sèche.

— Comment as-tu pu trouver cet endroit ? souffla Will.

— C'est Kit qui me l'a montré. Le médecin m'avait recommandé de faire de l'exercice, en particulier de la natation, mais au début, je n'avais pas l'autorisation de sortir seul.

— Ce qui ne m'étonne pas.

Will, encore dans l'eau jusqu'aux genoux, se tourna vers son amant. Dans cette lumière tamisée, la cicatrice était camouflée par les reflets dansants du soleil. D'ailleurs, Davy ne paraissait plus s'en soucier. Il s'exposait tranquillement, nu et superbe comme le premier homme de la création.

Will fut submergé par l'émotion.

— Davy, comment vais-je pouvoir…

Il s'interrompit, incapable de continuer.

— Quoi ? s'étonna Davy au bout de quelques secondes.

Comment vais-je pouvoir te quitter ? Will se mordit la lèvre pour retenir cet aveu. Il ne pouvait prononcer de telles paroles, surtout pas ici, en ce lieu magique. Mais son congé prenait fin. Demain, il lui faudrait retourner au port de Kingston, retrouver son navire et prendre ce commandement qu'il avait jadis tant espéré.

Et laisser son cœur derrière lui.

Le silence s'attardant, Davy perdit son sourire, son expression se rembrunit.

— Will… ?

Marshall déglutit et le prit dans ses bras pour l'embrasser éperdument. Il laissa ses mains glisser le long du dos souple, ses doigts s'insinuer entre

126

les globes jumeaux des fesses fermes. Dans la fraîcheur ambiante, la chaleur du corps de son amant était bien agréable.

— Comment allons-nous faire ? demanda-t-il. Veux-tu que je retourne chercher le plaid ?

— Non, inutile. Il y a du sable plus haut.

Davy l'entraîna, un bras passé autour de sa taille. Il se serra contre lui, ses mains se refermèrent en douceur derrière les cuisses de Marshall.

— Je veux que tu me prennes à présent, Will… fort, très fort, pour que je n'oublie jamais cette sensation.

Ce murmure érotique, la caresse des mains habiles et le sexe rigide frottant contre le sien formaient un mélange détonant, Will craignit d'exploser sans attendre. Il testa du bout du doigt l'ouverture du corps de son amant.

— Je ne veux pas te faire mal, marmonna-t-il. L'eau ne suffit pas pour…

Davy pressant dans sa main un flacon, Will baissa les yeux pour vérifier ce dont il s'agissait. De l'huile ? Où… ? Oh, bien sûr, le petit sac que David portait autour du cou.

Il tomba à genoux. David voulut faire pareil, mais il l'en empêcha.

— Non, attends. Je veux juste m'assurer que tu sois bien préparé.

Posant le flacon sur le sable, à côté de lui, il caressa les cuisses fermes et frotta son visage contre l'érection qui était à présent au niveau de ses yeux. Il l'effleura de ses lèvres. Davy étouffa un cri.

— Je suis prêt, protesta-t-il. Je… Oooh !

Il enfouit les doigts dans les cheveux mouillés de Will et s'y accrocha, en poussant des gémissements entrecoupés de paroles incohérentes. Will l'attira doucement pour l'étendre dans le sable, usant de l'huile pour l'assouplir, tout en rendant hommage à son sexe de la bouche, des lèvres et de la langue. Il trouvait hypnotiques les cris rauques de Davy, les ondulations de plus en plus frénétiques de son bassin, l'eau qui jaillissait autour d'eux, les mains fébriles qui lui caressaient les épaules et le cou.

Au final, ce fut un 'par pitié, Will, maintenant !' qui le fit céder. Davy roula sur lui-même et se mit à quatre pattes, tendant vers lui sa superbe chute de reins qui se frottait contre le membre douloureusement rigide de Will.

Il avait espéré aller lentement, mais il était déjà trop excité. David également, car à peine était-il positionné que celui-ci s'empalait en hurlant : 'Ouii !'

127

Davy lança instantanément un rythme sauvage auquel Will se joignit sans hésiter. Il avait l'impression qu'ils n'étaient plus deux entités séparées, mais une seule âme dans un seul corps.

Il ne parvenait pas mettre des mots sur ce qu'il éprouvait – il avait déjà du mal à s'accrocher pendant cette folle traversée, les genoux creusant le sable rugueux, les mains maintenant Davy par les hanches. À un moment, il se pencha sur le dos cambré de son amant pour le mordre à l'épaule. Davy poussa un hurlement, puis haleta : 'touche-moi !'. En le caressant, Will eut la sensation de traverser Davy et de refermer les doigts sur lui-même, comme si son membre était relié à celui qu'il avait dans la main.

Leurs mouvements devinrent de plus en plus frénétiques jusqu'à ce que les deux amants se figent en même temps, au bord du gouffre, avant d'y plonger ensemble, l'ouragan du plaisir surgissant à travers eux avec la force des eaux de la cataracte qui se déversaient, non loin de là, sur les rochers du bassin.

Will eut à peine la présence d'esprit de soutenir son poids d'un bras pour ne pas retomber lourdement sur son amant. Davy roula sur lui-même, se remettant sur le dos, pour mieux s'accrocher, bras et jambes serrés autour de lui, le visage enfoui dans son cou, déposant des baisers éperdus sur sa peau.

Tout à coup, sans dire un mot, il se détendit. Complètement.

Il fallut une minute ou deux à Will pour réaliser que Davy s'était endormi, à moitié couché dans le sable, les jambes encore dans l'eau. Une position absurde pour faire un somme, mais il trouva cette confiance implicite d'une douceur à percer le cœur. Il resta donc immobile, à bercer contre lui son précieux fardeau, en écoutant chanter l'eau.

Au bout d'un moment, Davy s'étira en marmonnant quelques mots, puis il se redressa avec un sourire penaud.

— Excuse-moi, je ne sais pourquoi je dors autant.

— Je ne t'en veux pas. Après tout, tu as attendu que nous ayons terminé, répondit Will d'un ton docte.

Il aurait voulu en dire davantage, tenter d'exprimer le sentiment qui bouillonnait en lui, mais une fois de plus, il ne parvint pas à trouver les mots qu'il lui fallait.

Il retomba donc dans les banalités.

— À présent, que dirais-tu de manger un morceau ?

Le panier était bien rempli de nourriture simple et roborative : du pain et du jambon, déjà tranchés par un cuisinier plein de bon sens ; un pot de légumes marinés et un ananas bien mûr. Le tout arrosé d'un cruchon de bière et d'un autre de limonade. Will remarqua que Davy semblait avoir retrouvé son appétit… ou peut-être était-il plus pressé qu'auparavant de recouvrer la santé ?

Au retour, ce fut une chance que Bruno soit capable de retrouver le chemin de l'écurie St John, car ses deux passagers dormaient dans le chariot.

LE BARON Guilford était un hôte parfait. Le menu était somptueux, la conversation divertissante, l'après-dîner par chance assez bref. Kit avait suffisamment l'expérience des séparations pour connaître l'importance des dernières heures entre deux amants.

Un bain tiède et parfumé leur avait été préparé. Ils se savonnèrent et se rincèrent l'un l'autre. Une fois sortis de l'eau et séchés, ils arrachèrent la courtepointe de leur lit et s'étendirent sur les draps frais. Marshall était sur le dos, Davy blotti contre lui, la tête posée sur son épaule, selon l'habitude prise au cours des derniers jours. Le soleil était bas sur l'horizon, ses derniers rayons éclairant la fenêtre d'une lumière rose. Puis vint le crépuscule et, bientôt, la nuit.

Will caressa l'épaule de Davy. Peut-être n'était-ce que son imagination, mais il lui semblait que la force et la vigueur de son amant avaient augmenté depuis son arrivée.

— Que vas-tu faire à présent, Davy ? Comptes-tu rester ici ?

— Je n'ai encore rien décidé, répondit-il avec un sourire. Mes projets dépendront de toi. Quand envisages-tu de revenir à Kingston ?

Will hésita.

— Je n'en ai aucune idée. Sans doute pas avant… très longtemps.

En croisant le regard de Davy, il sut que celui-ci s'attendait à sa réponse.

— Peut-être ne reviendrai-je jamais, ajouta Will. J'ai reçu l'ordre de retourner dès demain à Plymouth. Ensuite, j'ignore où je serai envoyé. Ou pour combien de temps.

— Étais-tu déjà au courant de ton départ imminent à ton arrivée ?

— Oui.

— Pourquoi ne m'as-tu rien dit ?

— J'ai pensé que…

Comment avouer la vérité : *j'espérais qu'en n'en parlant pas, cela n'arriverait pas* ? Il modifia légèrement sa réponse :

— Je ne voulais pas que notre temps ensemble soit gâché par…

Il serra les doigts sur le bras de Davy, incapable de terminer sa phrase.

— … par le risque que nous soyons à jamais séparés, conclut Davy à sa place.

Will serra les dents et ferma les yeux un long moment. Puis il poussa un profond soupir et acquiesça.

— Oui.

— Je comprends, dit doucement David. Et je te remercie. Tu as bien fait. C'était mieux…

Il leva les yeux avant de continuer :

— … en tout cas, pour moi.

— Je ferais n'importe quoi pour te rendre ce que tu as perdu ! déclara Will avec feu.

Davy le serra dans ses bras.

— Ne dis pas cela ! Je n'ai rien perdu d'important. Tu es en vie, Will. Reste-le, c'est tout ce qui compte à mes yeux.

— Mais ta carrière…

— Will, tu vas me manquer, c'est certain. Tu me manqueras tous les jours de ma vie, mais je ne regretterai pas la Royal Navy, ni ses maudits articles – qu'ils soient damnés pour l'éternité ! – ni la rigidité grotesque qui fait partie intégrante de la vie d'un marin embarqué. Pour te dire la vérité, depuis que nous sommes amants, je n'ai pas passé un seul jour sans envisager de démissionner.

— Davy !

Un doux baiser lui tomba sur l'oreille.

— Oh, je ne t'aurais jamais quitté, Will. Mais si nous avions été transférés sur des navires différents, je serais parti sans hésiter. J'ai désormais un âge qui me libère de l'autorité de mon père, j'ai suffisamment d'argent pour vivre à ma guise. Je préférerais travailler ici, sur cette plantation, ou être un médiocre acteur, ou même pelleter le fumier d'une écurie plutôt que servir sous les ordres de certains capitaines que nous connaissons, misérables petits tyrans toujours prêts à manier le fouet. Si le capitaine Smith n'avait pas été aussi merveilleux, j'aurais depuis longtemps été pendu pour insubordination.

Il roula sur la poitrine de Will et changea de ton :

— Bien sûr, si j'avais su que tu obtiendrais si vite un commandement, j'aurais tiré sur Dowling sans lui laisser l'opportunité de m'abattre – et tant pis pour les jolis projets des agents du Renseignement ! Cela me plairait beaucoup de servir sous toi...

Il ondula des hanches et se pencha pour effleurer d'un baiser les lèvres de Will.

— Avec toi, insista-t-il, je veux bien servir dessous... ou dessus... ou à côté...

— Davy !

— Mmm ?

Il lui lécha la gorge, puis la mordilla. Will en ressentit des picotements jusqu'aux orteils.

— M. Archer... haleta-t-il.

— Oui, quels sont vos ordres, monsieur ?

— Un degré de plus à tribord, M. Archer. Oui... Oh, oui !

XVI

L'AUBE SE levait. Les oiseaux exotiques s'agitaient et pépiaient dans l'air frais du petit matin ; une pâle lueur grise éclairait déjà les branches d'un arbre juste devant la fenêtre. Marshall aurait souhaité pouvoir ordonner au soleil de ne plus bouger, ou celui de retenir la lumière du jour.

Il n'avait pas envie de s'en aller. Il n'était pas prêt à quitter son amant. Il ne le serait jamais !

Au milieu de la nuit, entre son dernier orgasme fracassant et le moment où il s'était endormi, il avait pris une décision qu'il ne pouvait annoncer à David. Après son départ, il ne devait plus jamais chercher à revoir son amant ni tenter de communiquer avec lui. C'était la seule conclusion possible à leur relation.

Après tout, Marshall était entièrement responsable de cette situation, sans doute à cause d'une anomalie de sa nature. David, lui, n'avait aucun problème à fréquenter une femme – et l'avait prouvé durant sa jeunesse. Sa liaison avec une actrice – qu'il parlait d'épouser – avait incité le comte, son père, à le forcer à s'engager dans la Royal Navy. À présent, puisque David n'était pas heureux au service de Sa Majesté, il n'hésiterait pas à démissionner.

Si Sa Seigneurie avait été plus tolérante, ou le jeune Davy moins impétueux, tout aurait été différent. Exempté d'une carrière exigeante, David aurait fréquenté les jeunes filles du beau monde ; au lieu de consacrer son dévouement à un camarade de bord, il aurait dédié sa passion à une potentielle épouse. Oh, il n'aurait eu que l'embarras du choix : comment une femme résisterait-elle à tant de beauté virile, d'esprit et d'énergie ? Davy aurait dû être déjà marié, et même avoir plusieurs enfants. C'était un vrai gâchis qu'il dépense son affection dans une liaison illicite et stérile qui ne pouvait lui apporter que la disgrâce et la mort.

Oui, David méritait une chance de mener une vie normale, heureuse. C'était le vœu que formait désespérément Marshall : que Davy reste en vie et trouve le bonheur ! À ses yeux, il n'avait qu'un seul moyen d'offrir à son ami cette opportunité : le quitter.

David s'agita dans le cercle de ses bras, puis il se blottit plus près encore, le visage pressé contre l'épaule de Marshall, ce qui étouffa sa voix :

— Will ?

— Mmm ?

Marshall baissa la tête pour lui offrir un baiser léger, tout en cherchant à nier que c'était leur dernier réveil dans les bras l'un de l'autre.

— Promets-moi quelque chose… chuchota David

— Tout ce que tu veux, répondit William avec ferveur. Tout ce que j'ai est à toi.

Leurs visages étaient proches l'un de l'autre. Pourtant, les deux amants se parlaient à mi-voix comme s'il craignait que hausser la voix ne hâte le lever du jour.

Du bout des doigts, Davy effleura sa joue râpeuse.

— Aime encore.

— Pardon ?

Des lèvres tièdes effleurèrent les siennes, avec la caresse soyeuse et désormais familière de la barbe. Will chercha à se concentrer sur le baiser, sur cette exquise sensation, pour ne plus avoir à réfléchir.

Mais David s'écarta et se remit à parler :

— S'il m'arrivait de mourir, ou si la vie nous séparait et que nous n'avions plus l'espoir de nous retrouver, promets-moi d'aimer encore… quelqu'un d'autre. Ouvre ton cœur. Accepte l'amour et rends-le.

Will se sentit coupé en deux tant ces paroles reflétaient la décision qu'il venait de prendre. Se remettre à aimer ? Non, jamais ! Il ne voulait pas affronter cette atroce douleur une seconde fois. Il ne le *pouvait* pas. Il serra Davy contre lui, conscient que son corps réagissait à la proximité de son amant.

Davy aussi s'échauffait, car son souffle se faisait plus rapide.

— Je ne veux personne d'autre, répondit Will.

Pour empêcher Davy de protester, il posa la main sur sa bouche, tandis que son autre main glissait le long du dos jusqu'aux reins bombés. Will rapprocha son amant pour joindre leurs bas-ventres. Davy gémit et le prit par les épaules pour mieux s'accrocher à lui. À nouveau, ils s'embrassèrent.

Au bout d'un moment, David s'écarta, à bout de souffle. Il haletait. Pourtant, il s'entêta :

— Will, promets-le-moi !

— C'est inutile. Tout ira bien.

— Will, je te connais. Tu vas vouloir rompre, tu te renfermeras sur toi-même et la solitude te tuera.

— Davy, pour l'amour de Dieu ! Je serai sur putain de vaisseau de guerre ! Un capitaine n'a pas le droit de…

— Je ne demande pas de sodomiser tout l'équipage, Will ! Je te parle d'amour. Nous nous aimions bien avant d'être amants. Tu n'as pas à coucher pas avec ton prochain amour… ton cœur peut s'ouvrir même si ton pantalon reste fermé ! D'ailleurs, l'équipage sait très bien que tu es bon, aimant. Tes hommes t'adorent !

— Dans ce cas, ils sont tous idiots !

Davy se raidit dans ses bras.

— Vraiment ? Tu me traites d'idiot ?

Oh, Seigneur ! Le remords qu'il éprouvait était aussi douloureux qu'une plaie infectée. N'était-ce pas l'amour qui, l'année précédente, avait poussé Davy à endurer l'enfer, à risquer sa réputation, à manquer perdre la vie ?

— Mon Dieu, Davy, je suis désolé. Je n'ai jamais voulu dire…

Davy se détendit et l'interrompit d'un rire.

— Eh bien, peut-être as-tu raison, déclara-t-il d'un ton léger. Pourtant, je ne suis pas idiot au point de gâcher par une querelle le peu de temps qui nous reste à passer ensemble.

D'un mouvement souple, il roula sur lui-même et s'étendit sur Will, que son poids enfonça profondément dans le moelleux matelas de plume et les oreillers. Davy posa les deux coudes de chaque côté de la tête de son amant et se frotta contre lui dans un rythme lent, très lent… à devenir fou. Will frotta ses pouces sur les mamelons de Davy, souriant dans l'obscurité en sentant le frisson qui agitait son amant de la tête aux pieds.

Pourtant, cela ne suffit pas à distraire David de son idée fixe :

— L'amour vaut tous les risques, Will, insista-t-il d'une voix que l'excitation faisait trembler. Parfois, il n'y a que l'amour qui rende la vie supportable. Et tu mérites d'être aimé !

Marshall émit un reniflement sceptique. Davy se pencha et l'embrassa entre les sourcils.

— J'ignore ce que tu vois quand tu te regardes dans la glace. Peut-être devrais-tu porter des lunettes ?

Il se trompait, bien entendu. Marshall connaissait parfaitement son apparence, aussi décida-t-il que la tendresse devait affecter le jugement de son ami. À la seule idée de remplacer Davy par un autre, comme une pièce en mauvais état sur un bateau … oh, non ! Ce n'était pas possible.

Il prit en coupe le visage adoré.

— Je te l'ai déjà dit, amour : je ne veux *personne d'autre* !

Davy cessa de bouger.

— Je sais, chuchota-t-il. Moi non plus.

Il étouffa un gémissement. Une grosse larme tomba sur le front de Will.

Serrés l'un contre l'autre, ils devinrent un seul être, bouches jointes, visages humides, s'aimant avec une urgence qui tentait de nier la réalité.

Malheureusement, le temps passait, inexorablement. Et il n'était pas en leur pouvoir de l'arrêter.

Will réussit à libérer un bras et trouva le petit pot de pommade que Davy avait posé la veille sur la table de chevet. Il dévissa le couvercle et s'enduisit les doigts. Ensuite, glissant la main entre leurs deux corps, il saisit le sexe de Davy et le fit entrer en lui. Son amant, manifestement bouleversé, ne pensa pas à refuser ce changement de rôle. Will éprouva une brève douleur quand son corps se dilata pour accueillir cette intrusion. Pourtant, c'était supportable. Et cela lui paraissait juste de se soumettre, pour une fois… jamais plus il ne rencontrerait un être auquel il ferait une telle confiance, ni un amant qu'il désirerait à ce point, ni un homme qu'il aimerait autant.

La sensation était incroyable ! La présence de Davy en lui était brûlante et extatique, surtout quand son amant se mit à le pilonner de façon frénétique. Il s'enfonça, encore et encore, le corps secoué de sanglots. Un tourbillon de jouissance les emporta ensemble jusqu'à l'explosion finale qui les plaqua une dernière fois l'un contre l'autre.

Davy s'effondra sur lui, la poitrine soulevée de halètements bruyants.

— Excuse-moi… Oh, Will, je suis tellement désolé. Comment te sens-tu ? Au nom du ciel, pourquoi as-tu fait cela ?

Will lui caressa le dos pour le calmer.

— Je vais très bien, Davy.

Il laissa glisser ses mains jusqu'aux reins de Davy pour le garder en place, en lui, s'émerveillant de la plénitude qu'il ressentait.

— Mais, Will…

— Je voulais… te faire ce cadeau. Rien qu'à toi. Il n'y aura personne d'autre, jamais.

— Je n'aurais jamais cru pouvoir…

— Pourquoi pas ? Tu es libre à présent, plus que tu ne l'as jamais été. Pourquoi ne pas te débarrasser de cette dernière chaîne qui te retenait ?

— Je ne voulais pas te faire de mal.

— Tu ne m'as pas fait mal, au contraire. C'était divin. Je me sens… honoré que tu aies accepté.

Il disait vrai. David était libéré des abus subis autrefois sous le joug de Correy et d'Adrian. Sa guérison était complète, corps et âme, ses plaies, physiques et morales, enfin cicatrisées. David était prêt à entamer une nouvelle étape de sa vie, peut-être à trouver un nouvel amour, à envisager mariage, famille et enfants.

Davy ne répondit pas. Il nicha son visage dans le creux de l'épaule de Will et s'accrocha à lui de toutes ses forces. Cédant à une poussée d'égoïsme, Will commença à bâtir d'autres projets qui lui permettraient de garder Davy.

Il caressa les cheveux bruns, haïssant la rugosité du brou de noix qui engluait la chevelure soyeuse et dorée qu'il regrettait.

— Davy, je réfléchissais…

Son amant eut un gémissement de protestation :

— Comment peux-tu réfléchir alors que tu es…

Il se frotta le visage contre le cou de Will et enchaîna :

— Je t'en prie, Will, je n'ai pas envie de penser, pas maintenant. Laisse-moi encore un instant.

Son corps se détendit. Une minute ou deux plus tard, il se mit à ronfler. Par contre, Will se sentait parfaitement réveillé et bouillonnant d'énergie.

— Davy ? Davy, écoute-moi. J'ai une idée…

— Mmm ?

— Et si je démissionnais de la Royal Navy ? Nous pourrions tous les deux travailler ici, pour ton cousin, ou peut-être pour Sir Percy. Nous pourrions avoir un petit navire – nous avons certainement les moyens de l'acheter – et nous ferions du commerce. Ou alors nous embarquerions sur un plus gros bâtiment, nous irions au Canada, ou même en Amérique. Nous pourrions travailler sur les Grands Lacs. Pour toi, ce serait plus prudent. Là-bas, personne ne te reconnaîtrait.

— Ne sois pas ridicule !

Davy changea de position et se coucha sur le côté, le nez contre son aisselle.

— Que tu sens bon ! soupira-t-il

Il lui mordilla le mamelon.

136

— Davy ! protesta Will. Arrête ! Je suis sérieux !

Avec un soupir, David abandonna et se redressa, accoudé dans le lit, une main toujours posée sur Will, caressante et tactile.

— Moi aussi. Will, tu n'abandonneras jamais la Royal Navy.

— Même après cette lamentable supercherie qui nous a été imposée sur le *Vaillant* ?

De toute sa vie, il n'avait jamais éprouvé une telle rage, non seulement contre Dowling, mais aussi contre les imbéciles coupables d'avoir laissé un traître et un meurtrier tirer sur l'homme qu'il aimait, tout cela pour justifier un petit jeu d'espionnage.

— Ils cherchaient des informations, déclara David d'un ton léger.

À l'entendre, on n'aurait jamais cru que cette débâcle lui avait coûté sa carrière après l'avoir conduit aux portes de la mort.

— Je… commença Will.

— Pense à tous les hommes qui seront sauvés parce que nous avons arrêté ce traître, Will. Si nous n'avions rien fait, combien de marins seraient tombés dans des embuscades, comme durant cette dernière attaque contre le *Vaillant* ?

— Il y a eu beaucoup de morts…

— Oui, mais cela aurait pu être pire. Ne pense pas aux victimes, pense à tous ceux qui vivront grâce à nous. Pense aussi aux équipages qui serviront sous tes ordres. Ils comptent eux aussi.

Will y pensait. Sans arrêt. D'ailleurs, c'était une des raisons qui lui faisaient envisager sa démission avec un enthousiasme renouvelé.

— Nous sommes en guerre, Davy. Je ne pourrai jamais protéger tous mes hommes.

— Bien sûr que non. Mais tu ne gâcheras pas leurs vies sans réflexion comme le font tant de capitaines. Et pense un peu au capitaine Smith ! Que dirait-il si tu tournais le dos à la Royal Navy, après toutes ces années de travail acharné pour atteindre ton objectif ? Il compte sur toi, Will. Il a besoin de toi. Et l'Angleterre aussi. La Royal Navy a bien besoin d'hommes de valeur, avec tous les couillons dont elle est gangrénée. Tu n'envisages quand même pas de laisser gagner les mangeurs de grenouilles, n'est-ce pas ? La France a déjà pris feu, alors, imagine un peu le bain de sang que deviendrait le monde si l'empire de Bonaparte s'étendait ?

— Un officier de plus ou moins ne fait aucune différence.

— Dirais-tu cela du capitaine Smith, Will ? Ou de Collingwood, de Pellew ? Tu n'es pas un homme ordinaire ni un officier noyé dans la masse.

Il y a dans la Royal Navy d'innombrables bons marins, parfois même de braves gens, qui font des commandants ordinaires, parce qu'ils ne savent pas mener un équipage. Toi, tu es aussi brillant que Sir Paul. Tu as une vue d'ensemble du navire, tu galvanises ton équipage, chacun de tes hommes a foi en toi et te suivrait jusqu'en enfer.

Oh, ils iront en enfer et y resteront tandis que moi, je survivrai.

Will secoua la tête et serra Davy dans ses bras, le nez pressé contre son oreille.

— Alors, tu préfères que je m'en aille ? chuchota-t-il

L'étreinte féroce qui lui coupa le souffle fut une réponse en soi. Davy ne reprit pas la parole avant un long moment.

— J'aimerais partir avec toi. Si je pensais pouvoir éviter d'être reconnu, je changerais de nom et je m'engagerais à ton bord – fut-ce comme steward. J'ai le choix parmi de nombreuses carrières, Will, et la Royal Navy n'est à mes yeux que celle ayant été la plus abordable, autrefois. Pour toi, c'est différent, c'est ta vocation. Non, je n'ai aucune envie de te voir partir... mais tu dois le faire.

À son tour, Will étreignit Davy, si fort que celui-ci poussa un 'pfft' audible, les poumons vidés de leur air. Aussi Will détendit-il un peu son étreinte, mais sans lâcher son amant. Il ne le pouvait pas.

— Je ne veux pas te perdre ! se plaignit-il.

— Nous aurions pu être transférés sur des navires différents à tout moment. Tu le sais très bien. Je ne peux pas te laisser rejeter la seule carrière qui te plaise pour rester avec moi. Te voir gâcher tes talents dans le commerce serait comme voir un étalon pur-sang tirer une charrue pour labourer les champs.

— Je n'ai rien d'un... d'un pur-sang !

Il aurait volontiers protesté contre l'appellation 'étalon', mais la cible des caresses de Davy prouvait le contraire, une distraction d'ailleurs traîtresse au cours d'une telle discussion.

— La guerre n'est pas terminée. Tu es un chasseur dans l'âme, Will, tu regretterais de manquer l'hallali. Ta place est sur la dunette d'un navire sous tes ordres. Tu as l'étoffe d'un capitaine de légende. Si tu abandonnais cela pour moi, tu serais malheureux à chaque voile qui apparaîtrait en mer. Et je le saurais, inévitablement. Cela finirait par nous détruire.

— Jamais !

— Si. Bien sûr. La plupart des hommes ne sont pas aussi dédiés à leur carrière, mais toi, tu l'es.

— C'est à *toi* que je suis dédié !

— Si tu tiens à moi, reste en vie ! aboya sèchement Davy

Il secoua la tête et sembla se reprendre, car il continua d'un ton plus calme :

— Reste en vie, William. Un jour peut-être, quand la guerre sera terminée, pourrons-nous être ensemble, dans vingt ans... deux marins à la retraite qui évoqueront leurs souvenirs au coin du feu, en faisant des épissures, avant d'aller se tripoter sous les draps.

Il en fit la démonstration en passant les ongles sur la cuisse de Will, en titillant son cou à petits coups de langue entrecoupés de morsures. Manifestement, David n'avait pas l'intention de perdre leurs dernières minutes ensemble à se quereller, mais il ne comptait pas non plus oublier son objectif. Et sa tactique de diversion était d'une efficacité magistrale. Will réalisa que le chagrin de leur séparation imminente n'empêchait pas son désir de se ranimer.

— Vingt ans, vraiment ? Comment attendre aussi longtemps ?

— N'attends pas, répondit David. Évite juste les drôlesses de remplacement.

Il se mit à quatre pattes au-dessus de Will. Il y avait désormais suffisamment de lumière dans la chambre pour distinguer le contour de son visage et l'intensité de son regard.

— Et surtout, ne m'oublie pas, ajouta-t-il.

— Jamais !

Will l'attira pour l'embrasser, un baiser qui fut suivi par beaucoup d'autres. Ensuite, Davy glissa le long de son corps, laissant derrière lui des picotements humides. Will trouvait incroyable d'être encore capable de s'enflammer, surtout aussi rapidement. Il ne put retenir un gémissement rauque quand la bouche de Davy se referma sur lui.

ASSIS DEVANT son miroir, Will fixait le reflet de Davy qui, debout derrière lui, brossait en arrière sa chevelure. Davy prenait son temps, un léger sourire aux lèvres, en caressant les longues mèches brunes. Il finit cependant par nouer le ruban noir sur son catogan, comme il l'avait si souvent fait sur la *Calypso*. Un autre petit rituel datant de leur vie de compagnons de bord qui s'effectuait pour la dernière fois.

Avec un soupir, Davy releva la tête et leurs yeux se croisèrent dans le miroir.

— Je garderai toujours les cheveux que tu m'as donnés, promit Marshall.

Davy fit un courageux effort pour sourire, puis drapa les bras autour des épaules de Marshall.

— Je ne supporte pas l'idée que tu t'en ailles, souffla-t-il. Pourtant, je ne peux pas te garder.

La vérité de cette réflexion était plus tranchante qu'une lame. Will se libéra des bras de son amant, récupéra le rasoir posé sur la table de toilette et, sans même réfléchir, le passa sur sa nuque et coupa maladroitement son catogan.

— Will…

C'était déjà trop tard. Repliant le rasoir, Will déposa ses cheveux dans la main de Davy, dont il referma dessus les doigts inertes.

— Tiens, dit-il, comme ça, tu garderas aussi un souvenir de moi.

Davy cligna rapidement des yeux pour dissiper ses larmes. Il esquissa un sourire.

— Merci. Mais tes cheveux… Ta coupe n'est pas très régulière, tu sais.

— Quelle importance ?

— M. Marshall, vous commandez un navire à présent. Vous devez passer chez un coiffeur avant de monter à bord, sinon, vous serez la risée de l'équipage.

— D'accord. Je présume que j'en trouverai un en ville.

Il passa la main sur sa nuque. Il se sentait nu, amputé, comme s'il avait perdu un morceau de lui-même. Après tout, n'était-ce pas le cas ? Peut-être avait-il perdu sa meilleure partie. Celle qui croyait jadis que la justice existait en ce bas monde. À présent, il savait la vérité : il n'y avait ni justice, ni équité, seul existait le Devoir – avec un D majuscule – divinité avide, cruelle et insatiable qui exigeait de ses serviteurs honneur et loyauté, leur vie aussi parfois et même l'abandon de ceux qu'ils aimaient plus que tout au monde. Et pour recevoir quoi en échange ? Des ordres toujours plus sévères et exigeants. *Je ne peux pas. Je ne peux pas affronter à nouveau cette douleur.*

S'il s'attardait, le chagrin finirait par le briser.

— Davy, je dois m'en aller. Tout de suite.

Il se redressa en vacillant et empoigna son amour pour une dernière étreinte, presque violente, écrasant contre le sien ce corps adoré. Quand il s'écarta, il embrassa David avec ferveur et s'enfuit sans se retourner, aveuglé par l'affliction.

Quand la porte claqua derrière lui, William sentit son cœur sombrer.

XVII

Derrière les carreaux, David regarda Will dévaler les grandes marches du perron, les épaules voûtées sous le poids de ses responsabilités. Pendant un moment, sa vision se brouilla. Le premier commandement de William Marshall ! Tous deux en avaient tellement rêvé, imaginant qu'ils se retrouveraient ensemble, côte à côte sur la dunette de ce futur navire. Et voilà qu'à présent, ce rêve ne se réaliserait jamais. Même si David recouvrait suffisamment ses forces pour reprendre du service – ce qui, à ce jour, était loin d'être certain – il en avait assez de la guerre.

En bas de l'escalier, son amant se tourna et leva la main pour un dernier adieu. David lui répondit de la même façon. Ensuite, le lieutenant-commandant William Marshall monta dans la voiture qui l'attendait. Le cocher fit claquer son fouet, le cheval s'élança et l'équipage s'éloigna dans l'allée – qui n'était pas gravillonnée, mais couverte de coquillages écrasés – emportant Will au loin. Il ne se retourna pas. Très vite, il disparut derrière la rangée d'arbres.

David St John s'attarda un moment, tétanisé, puis, se détournant de la fenêtre, il approcha de l'armoire et l'ouvrit. La petite fiole d'apothicaire se trouvait toujours à l'endroit où il l'avait cachée. Il la récupéra et la secoua. Elle était encore presque pleine. Le docteur Curran lui avait donné une bonne quantité de laudanum, tout en l'avertissant des risques de la dépendance à l'opium. Du coup, David avait évité d'en prendre quand sa souffrance était supportable – et il avait une bonne résistance à la douleur. Tous les jours, il avait mis de côté ses doses de médication. Parfois, il n'en avait pas besoin ; à d'autres, il cédait quand cela devenait intolérable. Il gardait son laudanum pour ces jours-là.

La douleur qu'il éprouvait aujourd'hui dépassait tout ce qu'il avait connu, même si elle n'était pas d'ordre physique. Il gardait encore le contact de Will sur sa peau, il y aurait son parfum sur son oreiller – une nuit ou deux sans doute, avant qu'il disparaisse. Ensuite, plus rien… peut-être à jamais.

Le laudanum apaiserait sa douleur. Comme toujours. Et il en avait assez pour tout arrêter, définitivement. Il fit rouler la petite fiole brune entre

ses paumes, comme un magicien préparant un tour. *Adieu, David Archer.*
Adieu, David St John. Le dernier rideau est tombé.
Ce serait si facile. Il s'endormirait... et ne se réveillerait jamais.

Donne-moi cette coupe [18,]
lâche-la ; par le ciel, je l'aurai.
Si tu m'as aimé un jour,
Ne cherche pas trop vite la félicité des cieux,
Attarde-toi dans ce monde sans pitié...

DAVID ESQUISSA un sourire sans joie. Quelle absurdité, vraiment, de se suicider après tous les tracas qu'il avait donnés à ceux qui l'aimaient pour retrouver la santé ! Il ne pouvait pas causer une telle douleur à sa mère et ses sœurs, ni remercier par une telle lâcheté la bonté de Kit à son égard. De plus, que deviendrait Will en apprenant la nouvelle ? Il se lancerait sans doute dans une action stupide et héroïque – et se ferait tuer.

À la fin de sa tirade, Hamlet demandait à Horacio de s'attarder en ce monde sans pitié 'pour raconter son histoire'. Lui-même n'avait pas cette option, sauf s'il tenait à être pendu pour avoir révélé des secrets d'État, ce qui n'était pas le cas. Aussi génial que Shakespeare ait été, il n'avait jamais eu à gérer les sordides machinations du Renseignement !

Avec une grimace d'amertume, David rangea sa fiole sur l'étagère. Il la retrouverait facilement s'il changeait d'avis... Ce qu'il ne ferait pas, il en était certain. *J'ai peut-être le théâtre dans le sang, mais pas au point de mourir de ma main pour un effet dramatique.*

De plus, il avait été sincère envers Will. Peut-être seraient-ils réunis un jour, et pas forcément comme de vieux marins à la retraite. Le monde était vaste et la guerre ne durerait pas éternellement. Avec un petit coup de pouce du destin, Will serait définitivement promu capitaine avant la défaite de la France. Ensuite, la mascarade n'aurait plus de raison d'être. Peut-être, une fois la paix revenue, Will trouverait-il un poste de capitaine sur un navire marchand. Dans ce cas, David deviendrait son premier lieutenant, son bras droit, son ombre fidèle. Naviguer en temps de paix... Quelle merveilleuse perspective ! Voilà un avenir qui lui permettait d'espérer.

---

18 *Hamlet*, Shakespeare, acte V, scène 2

Ou alors, le capitaine Marshall fréquenterait-il régulièrement le théâtre de Drury Lane et passerait-il tous ses congés à terre à terre en compagnie d'un acteur de second rang.

Ou... pas. Peut-être que Will ne reviendrait jamais, n'écrirait jamais.

Il y avait eu dans son départ une si terrible finalité... peut-être était-ce réellement la fin. Après tout, William Marshall n'était tombé dans le lit de David Archer que suite à des circonstances exceptionnelles. Il n'avait connu qu'un seul amant – un homme. Ayant eu le temps de réfléchir, il pouvait avoir décidé de s'intéresser au beau sexe. Peut-être retrouverait-il une vue plus conventionnelle de l'amour avant d'épouser la première femme qu'il rencontrerait. Il pouvait aussi s'enfermer avec sa douleur dans sa tour d'ivoire et ne plus jamais y laisser entrer personne. Ou vivre comme un moine, ou baiser tous ceux qu'il rencontrerait sans impliquer son cœur. Et David ne pouvait rien y faire : c'était à Will à faire ses choix.

Oui, c'est à lui de choisir. Je sais qu'il m'aime. S'il survit... oh, Dieu, s'il survit... peut-être me reviendra-t-il.

Était-ce suffisant ? Il le fallait bien. Pour l'instant, tous deux étaient en vie. Ce qui n'était pas rien. *Tant qu'il y a de la vie, il y a de l'espoir.*

Et un point cousu à temps en épargne cent. Je deviens une mine de sages proverbes !

Que ferait-il si Will ne revenait pas ? Peut-être deviendrait-il dramaturge. Il raconterait les événements des derniers mois, en les modifiant de façon à ne rien trahir de la vérité : il serait une belle jeune fille en détresse, le *Vaillant*, un navire marchand... il inventerait un avenir à deux. Le saboteur serait un renégat détournant en France les ressources britanniques... Oui, cela lui permettrait de débrider la plaie sans risquer les foudres des agents du Renseignement.

Je pourrais réussir. Je peux avoir différentes carrières, même sans Will. Je dois continuer à vivre. Si je lui demande d'être fort, je ne peux en faire moins. Je dois vivre. Même si nous ne nous revoyons jamais.

D'un seul coup, il se sentit épuisé. *Même si nous continuons à avancer, ce ne sera jamais pareil.* Toutes ces semaines d'efforts pour guérir, dans l'espoir de retrouver son amant... quelques jours ensemble, comme prix de consolation... et maintenant, le temps s'était écoulé. Au nom du ciel, comment tout avait-il pu disparaître aussi vite ?

Tellement fatigué... Il ôta son peignoir et se recoucha, s'étendant à l'endroit où le matelas gardait l'empreinte du corps de Will. Il serra un oreiller dans ses bras, mais cela ne suffisait pas. Il tira le drap sur ses épaules et chercha à croire que le bras de Will était autour de lui, son souffle dans ses cheveux, sa chaleur dans son dos. Sans doute lui faudrait-il se réveiller seul tout le reste de sa vie, mais toutes les nuits, dans ses rêves, il retrouverait son amour.

Juste avant de s'endormir, David imagina un navire au loin, sur l'horizon, toutes voiles au vent. À son bord, sur la dunette, se trouvait William Marshall en route vers son glorieux destin. C'était juste, d'une certaine façon, juste et naturel. David en ressentit un étrange sentiment de réconfort, comme si la vie n'était qu'une très longue pièce de théâtre – une tragédie, sans aucun doute – où il avait honorablement tenu son rôle attribué. La pièce terminée, Will et lui se retrouveraient dans les coulisses, pour rire ensemble et évoquer leurs moments de joie et de douleur. Tout allait bien. Tout finirait bien.

Nous sommes faits de la vaine substance dont se forment les songes [19].
Bonne nuit, doux prince…

Adieu, mon amour.

---

19 *La Tempête*, Shakespeare, acte IV, scène 1

XVIII

Portsmouth, 1802.
Une paix précaire a été signée entre l'Angleterre et la France.

— MERCI, MESSIEURS. Jouer avec vous a été un plaisir.

Marshall remercia d'un signe de tête les trois hommes avec lesquels il avait passé la soirée et ramassa l'argent gagné au whist.

Son dernier partenaire lui rendit son salut, tandis que les deux autres grommelaient une vague formule de politesse. Le trio avait servi dans l'armée, dans le même régiment. Ce soir, chacun d'eux avait réussi – à titre temporaire – à oublier la rivalité opposant l'armée à la Royal Navy, car le marin démobilisé avait été le seul client de la taverne désireux de miser quelques shillings avec eux. Les trois hommes étaient officiers, mais deux d'entre eux étaient des fils cadets qui vivaient sur leur rente, aussi leurs mises ne dépassaient-elles pas les limites que Marshall s'était fixées. Il ne jouait que les soirs où il ne pouvait plus supporter la solitude de son cottage, dans les Downs.

— À bientôt, alors, déclara l'un de ses adversaires, nous chercherons à récupérer notre mise un de ces prochains soirs.

— Bien sûr.

Après un dernier hochement de tête, il prit congé et retrouva peu après la froideur de la nuit. Il poussa un soupir soulagé. Deux des militaires étaient des joueurs moyens, mais le dernier, un idiot notable, avait eu la fâcheuse habitude de fredonner en permanence. Marshall s'était efforcé de ne pas protester, puisque les deux autres le toléraient.

Ce n'était pas l'avenir qu'il avait imaginé en prenant le commandement de la *Palometa*, avec l'ordre de servir de courrier rapide et de transporter des messages secrets d'un agent du Renseignement à l'autre. Pourtant, à peine avait-il reçu la confirmation officielle de sa promotion que commençaient à circuler les rumeurs d'une trêve entre la France et l'Angleterre, et, pour une fois, elles s'étaient avérées authentiques. Un traité fut signé à Amiens en mars 1802, et Will, comme des milliers d'autres marins, fut démobilisé. Étant officier, il s'en tirait mieux que la plupart, car il touchait la moitié de

146

sa solde de lieutenant-commandant en service actif, c'est-à-dire l'équivalent des émoluments d'un lieutenant. En fait, son revenu actuel était celui auquel il était habitué depuis des années. La vie à terre coûtait plus cher que sur un bateau, mais il n'avait jamais été dépensier. Il louait un cottage à un pasteur et versait quelques shillings supplémentaires pour les repas que lui préparait le soir l'épouse du révérend, un marché qui convenait à toutes les parties intéressées. À certains égards, Will avait la sensation d'avoir retrouvé la vie de son enfance. Pour l'instant, il s'en contentait.

À pied, il était à un kilomètre et demi à Portsmouth, où il séjournait deux jours par mois. Davy et lui ne s'étaient jamais rendus dans les Downs, qui se trouvaient bien plus à l'intérieur des terres. Voici pourquoi Will avait choisi de s'y installer. Il évitait autant que possible les endroits chargés de souvenirs, de fantômes. Il ne quittait les Downs et son cottage que pour retourner en ville et toucher sa demi-solde, ce qui lui permettait aussi de ne pas oublier faire encore partie des vivants. Demain, il ferait pour le pasteur quelques courses en ville. En échange, le brave homme lui prêtait son poney et son chariot. Ensuite, Will retrouverait ses livres et ses promenades solitaires.

Son existence finirait sans doute par changer, par s'améliorer. Tout le monde savait que la paix ne durerait pas. Tôt ou tard, Will serait à nouveau sur le pont d'un navire, quel qu'il soit. Il aurait à nouveau l'occasion de mourir dans un flamboiement de gloire patriotique.

Un grain de bon sens lui signala qu'il deviendrait ainsi un martyr à peu de frais. De plus, s'il réussissait dans ses projets, Davy en serait aussi bouleversé que furieux. Mais pourquoi continuer à vivre ? Son père lui aurait conseillé d'aider les malheureux – très bien, il s'en chargerait. Il laisserait l'argent de ses primes, toujours à la banque, à Davy en lui demandant de le garder, ou bien de le remettre à l'hôpital militaire de Greenwich. Il savait déjà ce que déciderait son ami : malades et blessés en seraient ravis !

Après sa mort, Davy aurait enfin la chance de vivre libre. Tous les jours, Will luttait contre la tentation de lui écrire – et tous les jours, il était victorieux. Il n'avait envoyé qu'un seul message, juste après avoir été démobilisé ainsi que son équipage, pour indiquer à David qu'il se portait bien et lui conseiller de lire le treizième sonnet de Shakespeare.

Pour son anniversaire, l'année précédente, Davy lui avait offert le recueil de ces sonnets, en marquant certaines pages d'un ruban. Will avait rougi en lisant les poèmes sélectionnés. Plus tard, après avoir parcouru le volume, certains l'avaient interpellé : n'était-il pas un parfait égoïste de vouloir garder Davy pour lui ? Shakespeare avait écrit son treizième sonnet pour un ami – Davy affirmait qu'il s'agissait d'un amant – en lui conseillant de se marier, d'avoir des enfants et de préserver sa beauté pour le monde.

Sans que Will l'ait voulu, les mots lui revinrent en mémoire :

Oh ! vous êtes pure merveille ! mais, amour,
Vous n'avez devant vous que votre temps sur terre.
Pour éviter de disparaître, soyez prévoyant
Et transmettez vos innombrables qualités.
Ainsi, la beauté que vous possédez actuellement,
Ne se perdra pas ; ainsi, vous vous survivrez,
Même après votre disparition,
Quand vos enfants auront le même visage, la même douceur.
Qui accepterait de laisser se perdre un sang si noble,
Quand des épousailles fructueuses pourraient le préserver
Des rafales hivernales et de l'inéluctabilité,
Du froid éternel qu'est la mort ?
O, seul un inconscient agirait différemment ! Amour, mon cher amour
Vous avez eu un père ; faites aussi ce cadeau à votre fils. [20]

WILL PENSAIT s'en être joliment sorti en laissant Shakespeare parler pour lui. En réfléchissant de façon objective, il croyait sincèrement que le Barde avait eu raison. Il y avait chez David Archer trop de beauté ou de qualités pour ne pas les transmettre à une génération future. Personne n'avait le droit de garder un tel trésor pour soi. Davy lui avait conseillé d'aimer à nouveau... et bien, c'était aussi valable pour lui. Il devait trouver un nouvel amour et, au fil du temps, il se remettrait de leur rupture. Peut-être, une fois libéré de cette relation contre nature, une fois revenu en Angleterre, serait-il même reconnaissant à Will de sa décision. David Archer était de nature aimante. Où que la vie le conduise, il trouverait à aimer.

Par contre, Will savait que ne pas en être capable. Après avoir tant souffert, il ne risquerait plus jamais son cœur.

Il cherchait à se convaincre que l'amputation cicatrisait peu à peu. Il avait connu des marins ayant perdu un bras ou une jambe – lui avait

---

20 Traduction libre (NdT)

perdu son cœur. Plus jamais il ne se noierait dans des yeux bleus, pétillants d'humour et d'affection ; plus jamais il ne se perdrait dans un baiser aussi doux que brûlant ; plus jamais il ne sentirait les doigts forts de Davy s'incruster dans l'arrière de ses cuisses pendant que…

L'impact de sa vision mentale le fit trébucher. *Non, cela suffit ! Ne ressasse pas le passé. Cela te rendra fou.*

Il n'avait pas lu les lettres reçues régulièrement de la Jamaïque, aux premiers temps. Pourtant, il les conservait, n'envisageant même pas de les jeter ou de les détruire. Au bout de plusieurs mois, elles avaient cessé d'arriver. Son bon sens avait dit : 'parfait, tant mieux !', alors que le reste de son être hurlait comme une âme perdue. Étant plus jeune, Will n'avait jamais compris ce qui pouvait pousser un être humain à se suicider. À présent, il savait.

Mais cette porte d'évasion lui était fermée, car se tuer serait d'un égoïsme suprême, le déni du bonheur qu'il avait connu. Il ne regrettait pas une seule minute du temps dont il avait bénéficié avec Davy, aussi ne voulait-il pas s'en aller en laissant un souvenir d'amertume blessante. Mais c'était du passé, clos, terminé. Quand Will envisageait son avenir, c'était à court terme, jusqu'à ce qu'il trouve le moyen honorable de mourir.

D'après lui, la mort serait un grand soulagement. Pourtant, au fur et à mesure que les semaines s'écoulaient, il commençait à comprendre que sa solitude était sa punition : il la méritait pour avoir permis à ses désirs basiques de faire courir tant de risques à Davy. La preuve en était leur dernière fois ensemble sur le *Vaillant !* Quelle hypocrisie de sa part de conspuer le manque d'autodiscipline de ce misérable et stupide aspirant, Gannon, pour faire ensuite l'amour à Davy dans la coursive de la cale, alors que n'importe qui aurait pu les surprendre. Si Will avait perdu une fois son sang-froid, il était capable de recommencer, encore et encore… jusqu'à ce que son amant et lui soient capturés, et Davy pendu. Si les lois étaient différentes, si le monde acceptait de reconnaître leur amour pour la merveille qu'il était, tout aurait pu être différent, sans doute. Mais un homme devait vivre avec la réalité, pas dans ses rêves et fantasmes. Tant que Will restait l'amant de Davy, ce dernier était en danger de mort.

Ce n'était pas une histoire de religion. Bien que son père ait été vicaire, Will avait depuis longtemps décidé que celui qu'on appelait Dieu, s'il existait, n'était au mieux qu'un être totalement indifférent à la souffrance humaine ; au pire, un sadique. Au départ, il s'était révolté contre Dieu, ou contre le destin, peu importait le nom qu'il lui donnait, mais peu à peu, sa colère avait trouvé une autre cible – et puisqu'il était toujours seul, c'était tombé sur lui. Ensuite, même sa rancœur s'était affadie, car elle lui demandait trop d'efforts, trop d'énergie.

À présent, Will n'avait plus personne. Ni plus rien.

À PORTSMOUTH, il gardait un modeste pied-à-terre, une chambre que louait aux messieurs de confiance la veuve d'un marin du *Titan*. Mme Quinn était maternelle, presque à l'excès. Will supportait sa sollicitude pendant le jour ou deux qu'il passait chaque mois en ville ; parfois même, il la trouvait réconfortante, mais pas ce soir. La simple idée de revoir la brave dame le révulsait. C'était peut-être dû à cette soirée qu'il venait de passer avec ces soldats, à constater leur amitié, leur unité chaleureuse... qui lui rappelait trop ce que lui-même avait perdu. Il aurait dû acheter une bouteille de vin et s'enfermer entre quatre murs !

Malheureusement, c'était trop tard à présent et il faisait bien trop froid et humide pour qu'il s'attarde dans les rues de Portsmouth. Ses souliers étaient déjà trempés. Il lui faudrait les faire laisser sécher, pour ne pas abîmer le cuir. Par fierté – ou peut-être par stupide orgueil, *totalement inutile*, comme le soulignerait sans doute Davy – Will s'obstinait à vivre sur sa demi-solde, sans toucher un sou des primes accumulées pendant ses années au service de la Royal Navy. Il lui faudrait bientôt acquérir une nouvelle paire de chaussures. Peut-être les payerait-il avec ses gains de ce soir, au jeu. Oui, ce devrait suffire, à condition qu'il évite les luxueuses échoppes que fréquentaient les dandys. Le problème était qu'il n'avait pas l'intention de rester en ville suffisamment longtemps pour se rendre chez un cordonnier, même ordinaire, et cette vieille paire suffisait à ses besoins quotidiens...

... si un jour tu as besoin...

Le murmure qui résonna dans le crépuscule le harcela comme un spectre affamé. Will n'était pas obligé de souffrir. Il lui suffirait d'écrire une lettre – ou même un simple mot – et il pourrait bientôt se mettre en route et rejoindre son cœur. Ou bien Davy viendrait le retrouver et, ensemble, ils achèteraient un cottage en Angleterre, à la campagne, très loin de tous les agents ou espions impliqués peu ou prou avec le Renseignement. Même si Davy avait quitté la Jamaïque, Will pourrait le retrouver en adressant un message au baron Guilford.

Davy était-il encore à Kingston ? Marshall l'ignorait. Et c'était sans importance, d'ailleurs, car il n'écrirait pas cette lettre. Il n'en avait pas le droit. Quel serait l'avenir de David Archer avec un amant sodomite ?

... tu ne me le dirais pas, n'est-ce pas ?

Non, Davy. Je ne peux pas. Pour ton bien, je ne peux pas.

Il avait refermé la porte sur cette partie de sa vie. Définitivement. D'ailleurs, Davy n'était même plus David Archer ; il s'appelait dorénavant David St John, cousin prétendument né hors mariage d'une famille noble et honorable, où il avait parfaitement trouvé sa place. Il vivrait une meilleure vie. Celle à laquelle il était destiné, loin des risques et du danger permanent qu'il avait dû endurer dans la Royal Navy. Dès qu'il abandonnerait cette ridicule supercherie, il n'aurait aucune difficulté à trouver un nouvel amour... ou une épouse, s'il préférait s'installer et élever une famille.

Davy oublierait l'aberration de leur relation, née du confinement de la vie en mer, dans un contexte où les femmes n'existaient pas. Il serait certainement mieux libéré du boulet de son passé, un inconscient ayant failli le faire tuer et dont la seule existence risquait de lui fermer un avenir normal.

Oui. Tout était pour le mieux. Ce qui les avait rapprochés, outre les circonstances exceptionnelles de leur enlèvement, c'était la triste solitude de deux marins. Rien de plus. Sans aucun doute. Après avoir souffert d'innommables abus aux mains de supérieurs indignes, le jeune aspirant David Archer avait été heureux de trouver en William Marshall un ami – vite devenu un amant. Davy n'avait fait que céder aux désirs primaires de ses compagnons. Marshall avait au moins la certitude d'avoir satisfait son amant quand... Quelles incroyables jouissances ils avaient partagées ! Bien entendu, pendant un certain temps, Davy avait dû le regretter, mais sans doute avait-il déjà rencontré de nouveaux amis, plus aimables et distingués – des gens de sa classe sociale. Des gens normaux.

Et même après tout ce temps, David accepterait sans doute de le recevoir sans un mot d'aigreur. De nature si douce, si aimante, jamais il ne refuserait de tendre la main à un ami. Mais Davy avait déjà tant donné, tant sacrifié, surtout à lui, Marshall, qu'il lui était impossible, en toute conscience, d'en réclamer davantage.

Une rupture franche et nette valait beaucoup mieux, pour tout le monde.

Tu seras plus heureux sans moi, Davy. Je t'ai déjà causé tant de souffrances.

Il avait misérablement failli sur le *Vaillant*. Il aurait dû rester en permanence avec Davy : ils auraient affronté Dowling ensemble. Conscient qu'il ne pouvait les tuer tous les deux, le traître aurait choisi de fuir ou de se rendre. Et si cela avait sabordé les beaux projets d'Humberstone, et alors ? Une fois le saboteur disparu, ou mort, ou arrêté, il n'y aurait plus eu aucun danger à bord. Mais Will n'avait jamais envisagé que le traître s'en prendrait à Davy, pas avant qu'il soit trop tard. Il n'avait pas rempli ses devoirs – ni comme ami ni comme amant. Et s'il était seul à présent, il le méritait bien.

Au moins, il n'aurait plus à se reprocher de gâcher la vie de celui qu'il aimait.

Il leva les yeux et, surpris, réalisa que, durant ses sombres réminiscences, il était revenu chez Mme Quinn. Il s'apprêtait à frapper quand la porte s'ouvrit brusquement. Maudite femme ! Ne pouvait-elle attendre qu'il soit entré avant de le houspiller ?

— Mme Quinn, je vous prie d'excuser mon retard.

— Oh, M. Marshall, ne vous inquiétez pas. En fait, vous avez de la visite.

Dès qu'il pénétra dans l'entrée, elle lui tapota l'épaule, comme pour réconforter un chien errant ayant enfin retrouvé le chemin de la maison.

— Un gentleman aussi élégant que vous-même, ajouta-t-elle, je l'ai fait entrer au salon. Je lui ai aussi servi un verre.

À sa voix ravie, Marshall devina que le gentleman en question avait chèrement payé sa boisson. Il s'en voulut aussi de sa mesquinerie. La pauvre femme n'avait quasiment rien pour vivre – et lui-même n'avait-il pas gagné ce soir aux fils d'autres gentlemen un mois de loyer en appliquant au whist des calculs mathématiques ?

Il saisit la carte qu'elle lui tendait et se figea. Son visiteur était l'ami de Kit, Sir Percy, un des rares étrangers à la famille – en dehors de Will – à connaître la véritable identité de David St John. Marshall n'avait rencontré Sir Percy qu'une seule fois, et brièvement, durant une soirée organisée à Londres par la mère de Davy pour célébrer la promotion de son cadet devenu lieutenant.

Will marmonna à Mme Quinn quelques remerciements et se précipita dans le petit salon, une pièce modestement meublée dans laquelle Sir Percy détonnait, avec son élégant costume et ses cheveux bruns coiffés en arrière. Il ressemblait à un beau lys immaculé égaré dans un carré de choux.

— M. Marshall !

Le noble se leva avec un aimable signe de tête.

— Sir Percy ! Je me demande ce qui vous amène jusqu'ici par une nuit pareille ? Serait-ce…

Il s'interrompit, préférant ne pas poser de questions concernant David. Y avait-il un problème ?

Sir Percy devina son inquiétude informulée.

— Lord St John et son cousin se portent bien, déclara-t-il. Ils vous envoient leurs salutations.

Il jeta un coup d'œil en direction de la porte. Marshall n'eut aucun mal à imaginer Mme Quinn, l'oreille collée au panneau, ou l'œil devant la serrure. À en juger par son expression amusée, Sir Percy partageait ses soupçons, ayant pris la mesure de la dame, certes bienveillante, mais trop curieuse.

Le visiteur leva un sourcil.

— Votre hôtesse me semble des plus… attentionnées. Pouvons-nous parler ici en toute discrétion ou préférez-vous que je vous invite à dîner ?

Marshall sentit son estomac approuver vigoureusement la suggestion. Une fois de plus, il avait oublié de se sustenter, ce qui lui arrivait souvent.

— Je vous remercie, monsieur, mais ce sera inutile. Par contre, nous pourrions sortir prendre un verre. Je suis désolé que le temps soit aussi détestable…

— Je n'ai pas encore dîné, répondit Sir Percy, aussi dois-je insister pour que vous m'accompagniez. Ma voiture n'attendait plus que vous.

— Votre voiture, monsieur ?

— En effet. Le cocher devrait être prêt. J'avais demandé à Mme Quinn de le prévenir dès votre retour.

Pour satisfaire un invité de marque, la veuve n'aurait pas hésité à prévenir le diable en personne. Les deux hommes sortirent et, en effet, la voiture les attendait devant la porte. Dès qu'ils furent installés, Sir Percy reprit la parole et alla droit au but :

— Dites-moi, M. Marshall, seriez-vous intéressé par la perspective de retrouver le service actif ?

— Certainement ! Mais maintenant que la paix est signée, cela me semble peu probable. Il y a tellement d'hommes avant moi sur la liste des…

— Pour le service régulier, c'est certain, l'interrompit son voisin. Je vous parlais d'une autre sorte de service.

Sir Percy, Marshall le savait, dirigeait une branche secrète du Renseignement.

— La Ligue ? chuchota-t-il.

— D'une certaine façon, oui. Ce que je suis sur le point de dire doit rester entre nous – et, si vous refusez ma proposition, je vous demanderai d'oublier mes révélations. Je sais, bien entendu, que je peux me fier à vous pour ne pas dévoiler des secrets d'importance.

— Vous avez ma parole, monsieur, répondit Marshall.

— Parfait. Eh bien, pour résumer la situation, et je vous signale que parler sans fioritures n'est pas mon style habituel, disons que certaines branches du Renseignement utilisent régulièrement les services de la Ligue. Vu la nature de nos missions, il nous arrive inévitablement de récolter des informations qui sont fort utiles à ces gentlemen et à leurs agents.

Marshall acquiesça poliment, mais sans trop comprendre en quoi tout ceci le concernait.

— Vous êtes bien conscient, continua Sir Percy, que la paix ne durera guère, tout le monde le sait aussi bien chez nous que chez les Français. Dans tous les cas, la trêve n'interrompt pas l'espionnage et chacun des deux pays s'acharne à épier l'autre pour savoir lequel commettra le premier faux pas. Et puisque mes amis et moi-même sommes déjà engagés dans cette officieuse collecte d'informations, ces messieurs du Renseignement – ou une partie d'entre eux, en tout cas – ont pensé utile que nous nous engagions de façon plus active. Pour ce faire, nous aurions besoin d'une flottille de navires, petits, rapides, et d'hommes de confiance pour les diriger.

Sir Percy leva les sourcils dans une question muette. Marshall sentit son cœur tressauter.

— Sir Percy… Seriez-vous en train de… ?

— … vous offrir un poste ? Oui, monsieur. Vous m'avez été hautement recommandé.

— Par M. Ar… hum, M. St John ?

Davy, que Dieu le bénisse ! Quel dommage de devoir refuser !

Il enchaîna sans laisser à son vis-à-vis le temps de placer un mot :

— C'est très aimable à lui – et à vous tous – d'avoir pensé à moi, et je vous remercie de votre confiance, monsieur, mais je dois rester à proximité de Portsmouth au cas où un poste se présente.

— M. St John a une haute opinion de vous, c'est exact, ainsi que le baron Guilford, mais c'est le capitaine Smith qui m'a convaincu, monsieur. J'espère que vous ne vous aviserez pas de contester son avis, n'est-ce pas ?

Marshall secoua la tête, sidéré. Le capitaine Smith était impliqué dans cette affaire… Mais pourquoi ?

154

— Tous m'ont averti, reprit Sir Percy, que vous seriez difficile à convaincre. Aussi laissez-moi ajouter que ce poste est assorti, à titre officieux, pour le moment, du grade de commandant.

À titre officieux. Donc, si quelque chose se passait mal, tout pouvait s'évaporer en fumée. Sir Percy le rassura aussitôt :

— … Vous conserverez bien entendu ce grade dès la reprise des hostilités, la confirmation officielle ne sera qu'une formalité, je vous le certifie.

Marshall réfléchissait… avoir à nouveau le pont d'un navire sous ses pieds et autre chose à faire de ses journées que d'éternelles promenades, retrouver un vrai travail, un vrai rôle, la tentation était irrésistible.

— Très bien. J'accepte. Merci.

Sir Percy sourit.

— Diable, vous avez cédé plus facilement que je m'y attendais ! Vous baissez votre garde, M. Marshall.

— Je suis surtout impatient de retrouver la mer, monsieur.

— M. Archer m'a donné la même réponse. Les préparatifs seront accomplis dans les meilleurs délais et, d'ici une semaine, la *Sirène* sera prête à mettre les voiles.

Marshall avait perdu le souffle.

— M. Archer ? Parleriez-vous de M. St John ? Je croyais que…

— Il est né sous le nom d'Archer, monsieur, il l'a récemment retrouvé. Maintenant que la situation est redevenue normale, peut-être aimeriez-vous visiter une tombe récemment creusée ? Un de vos anciens camarades de bord du *Vaillant*, un dénommé Dowling, a été surpris à fouiller un des bureaux de l'Amirauté, dans des circonstances si compromettantes qu'il n'a pu se justifier. Il a été pendu pour trahison il y a deux mois.

— Deux mois ? Que c'est aimable de leur part de m'avoir tenu au courant !

— M. Marshall, nous parlons de l'Intelligence Service ! Certains de ces gais lurons ne préviendraient même pas leurs mères de leur propre naissance ! Ne le prenez surtout pas personnellement. Et, si cela peut vous consoler, un message a été envoyé à M. Archer aussi rapidement que possible.

Will s'adossa à la banquette, partagé entre l'exaspération et le soulagement. La nouvelle avait beau lui parvenir avec retard, le cauchemar n'en était pas moins terminé. Davy était libre !

— Merci infiniment, Sir Percy.

— Tout le plaisir est pour moi. Vous savez, j'ai offert à M. Archer le poste que vous venez d'accepter, mais il a refusé. Il affirme préférer servir sous les ordres d'un commandant très spécifique.

Sir Percy, les yeux écarquillés, affichait l'innocence. Will eut le cœur qui battait plus vite. Il craignait d'y croire. Et s'il se trompait… ?

— Nous… nous serions ensemble ? M. Archer et moi ?

— Oui. Quelques détails restent encore à peaufiner, bien entendu. Voilà pourquoi nous dînons ce soir en compagnie du baron et de son cousin. Ce sera le dernier repas tranquille dont vous profiterez avant des mois, je le crains.

— J'espère que vous ne vous trompez pas, monsieur.

C'était un rêve. Sans aucun doute. Will n'arrivait pas à croire qu'il s'apprêtait à recevoir le commandement d'un navire – et qu'il aurait une fois de plus Davy à bord avec lui, à ses côtés. Il devait avoir imaginé les dernières heures. D'une minute à l'autre, il se réveillait et se retrouverait seul dans sa petite chambre froide et déserte, avec rien d'autre devant lui qu'un nouveau jour marqué de solitude et d'amers regrets.

Quel merveilleux rêve ! Et le côté rationnel de sa nature glissait comme du sable dans un sablier. Si Davy souhaitait réellement une femme et une famille, aurait-il accepté de s'engager sous le commandement de son ancien camarade de bord – et amant ? Si Davy avait voulu une vie 'normale', il en avait eu la chance… n'est-ce pas ? Will lui avait offert ce choix, aussi douloureux cela lui fut-il.

Mais si tous deux avaient en vérité le même désir : se retrouver ? Pourquoi continuer à le nier ? Quel bien cela leur ferait-il ?

Il émergea de sa transe quand la voiture s'arrêta sous un lampadaire, devant une auberge.

— Veuillez me pardonner, déclara Sir Percy avec un sourire. Nous devons récupérer un ami. Cela ne prendra qu'un moment.

Avec sa canne, il tapota le plafond de la voiture. Peu après, un domestique ouvrit la porte et baissa les marches de bois.

Will restait figé. Que dire à Davy ? Tout d'abord, il devrait s'excuser d'avoir ignoré ses lettres. Et puis, il y avait cette question en suspens, une question vitale : *ne préférerais-tu pas mener une vie normale ?* Parce qu'il restait réaliste – malgré l'amour qu'ils se portaient l'un à l'autre, vivre ensemble ne leur serait jamais facile. Ils resteraient un peu à l'écart du reste du monde.

— Nous y voici !

La voix de stentor de Sir Percy pénétra par la portière ouverte, bientôt suivie de son joyeux visage.

— La nuit est superbe, M. Marshall ! déclara-t-il avec entrain. Je vais prendre le siège du cocher et conduire notre attelage pendant le reste du trajet. Comme vous aurez un compagnon, je n'ai pas à craindre que vous vous ennuyiez.

Une nuit *superbe* ? Un vent glacial soufflait, faisant tourbillonner la neige fondue. La voiture pencha un peu quand un homme monta les marches. Marshall oublia toute pensée cohérente en voyant David Archer s'installer sur la banquette en face de lui.

Ils se dévisagèrent un moment avec cette étrange contrainte qu'ont parfois les amants après une longue séparation. Dans la faible lueur du lampadaire extérieur, le visage était celui qui hantait la mémoire de Will, à nouveau rasé de près, et pourtant légèrement différent. Plus mince, durci, marqué. Les douleurs endurées – physiques et morales – laissaient sur ces traits encore juvéniles leur empreinte irrémédiable. Et Will reconnut le regard hanté, car il le voyait tous les matins dans son miroir en se rasant. David n'était plus un enfant ni un jeune homme, mais un adulte que la vie avait façonné.

Ce visage restait celui que William aimait, celui qu'il avait pensé ne jamais revoir.

— Davy…

— Qui d'autre ?

La portière de la voiture claqua. Avant même que les chevaux s'élancent, Davy changea de place pour s'asseoir à côté de Will, le prit dans ses bras et l'embrassa avec ardeur, un baiser chaud et doux, et la réponse à des prières que Will n'avait même pas réalisé faire.

Quand ils se séparèrent enfin, tous deux étaient en larmes.

— Davy, je suis tellement désolé…

— J'espère bien !

David n'était pas du genre à mâcher ses mots ni à tomber dans la mièvrerie sentimentale.

— Ne recommence jamais, Will. Cette lettre ! Pour l'amour de Dieu, comment as-tu pu m'envoyer le treizième sonnet de Shakespeare ? As-tu au moins lu ce que je t'ai répondu ?

— Non. J'ai… j'ai pieusement conservé toutes tes lettres, mais je n'ai pas osé les ouvrir ni les lire. Sinon, je savais que je céderais à toutes tes demandes et je pensais sincèrement que tu serais mieux libéré de moi, plus heureux avec une vraie famille.

— M. Marshall, si vous voulez savoir ce qui me rend heureux, vous n'avez qu'à vous regarder dans un miroir.

Davy soupira et se blottit contre lui. Au bout d'un moment de silence, il demanda :

— As-tu lu Barnfield ?

— Un gentleman m'a un jour formellement conseillé de nier le connaître, répondit Will.

— Ce gentleman avait sans doute raison. Mais je vais te réciter un de ses poèmes que tu pourras considérer comme une réponse adéquate au treizième sonnet de Shakespeare. Écoutez-moi bien, M. Marshall.

Davy se racla la gorge avant de déclamer :

— *Je soupire, le cœur triste, assis près de mon amour*
Il demande à connaître la raison de mon affliction,
M'arrachant aux délices éternels et célestes
Pour lui révéler la cause d'un tel bouleversement.
Puisque je suis contraint (dis-je), à la confession
C'est l'amour qui cause mon tourment, toujours l'amour,
Qui m'empêche de profiter de mon bonheur divin.
L'amour est la douleur qui m'étreint le cœur.
Quelle est dont celle (demande-t-il) à t'avoir inspiré un tel amour ?
Regardez votre miroir (dis-je), regardez bien
Et vous y verrez l'être qui est tout pour moi.
Il le fit, pensant sans doute à une étrange magie,
Il sortit son miroir, se pencha, regarda,
Il découvrit alors le visage de mon amant. Le sien.

— Il a réellement écrit ces vers ? demanda Will, scandalisé.

— Absolument. Et son poème sur un Adonis aux lèvres cerise est encore plus révélateur, mais je n'ai pas voulu te faire rougir.

— Eh bien, c'est raté. Vous ne perdez rien pour attendre, M. Archer. Quand nous aurons terminé de dîner avec votre cousin et Sir Percy, nous prendrons chambre, nous serons en tête-à-tête, et je prendrai ma revanche, vous rougirez aussi, monsieur.

— Tu ne réussiras pas ! s'exclama Davy en riant. Mais j'aimerais beaucoup te voir essayer.

Will posa le menton sur la tête de Davy, effleurant son visage du bout des doigts, avant de presser la paume sur la délicate structure de la joue et de la mâchoire. Malgré l'obscurité, il savait que son amant avait retrouvé sa blondeur : ses cheveux étaient à nouveau soyeux et lisses.

— Je suis désolé d'avoir été idiot, Davy. Merci d'être venu me chercher.

Davy se blottit encore plus près, la main sur la poitrine de Will, au niveau du cœur.

— Qu'aurais-je pu faire d'autre ? Tôt ou tard, mon amour, il fallait bien que je rentre à la maison, retrouver le seul bonheur qui existe pour moi au monde.

ŒIL DU CYCLONE

I

— Redressez votre col, monsieur. Et ôtez votre main de mon pantalon.

À ces mots, William Marshall, récemment – mais officieusement – promu commandant de la Royal Navy de Sa Majesté, étouffa un rire. Pourtant, il obtempéra à contrecœur et se détacha d'une étreinte passionnée – et tout à fait illicite – avec son cher ami et amant, David Archer. Ce dernier, malheureusement, avait raison de le rappeler à l'ordre. La voiture ralentissait déjà, car ils étaient presque arrivés. À ses yeux, leurs quinze minutes d'intimité étaient insuffisantes, pourtant, c'était un cadeau qu'il n'aurait jamais cru obtenir du destin.

Mon amour, il fallait bien que je rentre à la maison. En entendant ces mots, Will avait bien failli fondre en larmes. Il ne méritait pas une telle fidélité ; il ne s'y attendait même pas. Des mois durant, il avait ignoré les lettres de Davy, délibérément, pour rompre tout contact et forcer son amant à se détourner de lui, d'un attachement dangereux. Tous ses efforts avaient vains, car Davy refusait d'accepter l'auto-immolation de Will et l'idée qu'une séparation était préférable – au moins pour l'un d'entre eux. En agissant ainsi, il avait comblé le plus profond désir de son cœur, aussi Will préférait-il ne plus écouter ses confuses idées qui évoquaient raison et honneur.

Un domestique de l'auberge approcha de la voiture pour baisser les marches et permettre aux passagers d'en sortir. Will jeta à Davy un dernier regard, conscient que c'était déjà une caresse implicite.

— Plus tard, souffla Davy. Je ne suis pas venu de Jamaïque pour une promenade en calèche.

La portière s'ouvrant, ils n'eurent pas le temps d'en dire davantage.

Leur hôte, qui avait fait office de cocher pour leur offrir un moment ensemble, sauta du siège avant et les rejoignit, parfaite image d'un gentleman-espion, avec son pardessus parfaitement coupé, son catogan brun et ses bottes vernies.

— Prêt à passer aux choses sérieuses, capitaine ?

En recevant ce titre, Will sentit son battement de cœur accélérer.

— Absolument, Sir Percy, répondit-il.

Regardant autour de lui, il constata que la voiture s'était arrêtée devant Spice Island, une auberge qui, en général, n'était pas dans ses moyens.

— Puis-je vous demander si je dois m'attendre à d'autres surprises ? ajouta-t-il.

— Je crains que vous n'ayez déjà eu l'essentiel, mais je pense que vous serez heureux de retrouver le baron Guilford qui nous attend à l'intérieur.

Déjà, le trio pénétrait dans l'auberge.

— Bien entendu, monsieur, répondit Will. Pourquoi Sa Seigneurie s'est-elle donné la peine d'affronter une nuit aussi froide ?

— Pour plaisir de votre compagnie, bien sûr.

Will feignit la consternation.

— Que c'est regrettable ! déclara-t-il. Depuis quand a-t-il perdu l'esprit ?

Il rit en entendant le grognement exaspéré de Davy. Ils traversèrent la pièce commune jusqu'à un salon privé où était attablé Christopher St John. Il se leva pour accueillir Will et lui offrit une main, que celui-ci accepta avec plaisir. Jamais il ne pourrait suffisamment remercier Kit de sa bonté envers Davy et lui pendant leur séjour en Jamaïque, où leur hôte leur avait accordé le temps et la liberté d'être ensemble, une rareté dont ils n'auraient pu bénéficier dans d'autres circonstances.

— Ainsi, vous avez laissé Percy vous convaincre de reprendre du service, déclara Kit. Splendide ! Venez, asseyez-vous.

S'il ressemblait toujours beaucoup à son cousin, David Archer, c'était moins frappant que le jour où William l'avait rencontré, des années avant. St John s'était épaissi, menant une vie familiale sédentaire et confortable. David, au contraire, avait minci suite à sa blessure presque fatale, suivie par des mois de convalescence acharnée. Les deux cousins gardaient la même irrépressible bonne humeur qui en faisait de charmants compagnons.

Kit servit à William un verre de vin en disant :

— Commençons par du pain et du beurre accompagné d'un bon Bordeaux. Le souper ne tardera pas, maintenant notre petit groupe est au complet. David nous avait assuré que vous accepteriez.

— J'espère que vous n'avez pas commis l'erreur de parier contre lui ?

— Bien sûr que non ! Ni Percy ni moi n'aurions voulu risquer un penny. Quel marin s'aviserait de refuser une telle opportunité ? Je sais que la mer vous enivre autant qu'un alcool fort... Elle a dû terriblement vous manquer !

162

Son sourire indiquait qu'il savait la vérité : William avait regretté la mer, certes, mais aussi l'homme jadis embarqué avec lui.

Marshall était assis à gauche de Kit, avec David en face de lui.

— Vous avez raison, monsieur, répondit-il. Cependant, je peux difficilement me plaindre de mon sort, car beaucoup de mes compagnons de bord ont été démobilisés sans plus toucher un sou. Avec ma demi-solde, j'étais privilégié. À ma connaissance, l'ennui n'a jamais tué personne

La solitude non plus, ajouta-t-il en son for intérieur. Il sentit un coup de pied sous la table et releva les yeux, croisant ceux de Davy. Il chercha aussitôt à détourner son attention de son amant en demandant à son cousin :

— Seriez-vous également impliqué dans cette opération, monsieur ?

— Je n'ai qu'un rôle mineur, répondit Kit. Je souffre moins qu'autrefois du mal de mer, mais je ne prends aucun plaisir à être sur un bateau. J'espère désormais rester définitivement en Angleterre, même si je vous offrirai bien volontiers mon assistance à l'occasion.

— Il est trop modeste, déclara Sir Percy, mais je ne l'embarrasserai pas en entrant dans les détails de sa participation. Capitaine Marshall, combien de temps vous faudrait-il pour engager une vingtaine d'hommes dignes de confiance ? Le plus tôt serait le mieux.

Marshall eut le temps de peser sa réponse, car plusieurs domestiques entraient, chargés de plats à l'arôme délicieux. Il se souvint alors de n'avoir rien mangé depuis le début de l'après-midi. Son appétit se réveilla si violemment que même son désir sexuel passa au second plan. Après tout, Davy resterait toute la nuit délicieusement chaud et attirant, tandis que ce savoureux pâté à la viande allait refroidir s'il n'était pas ingurgité de toute urgence.

Pendant quelques minutes, la conversation entre les quatre hommes fut réduite à des marmonnements exprimant leur appréciation, assortis de commentaires du genre : 'pourriez-vous me faire passer le sel, je vous prie'.

Quand Will s'adossa sans son siège, son assiette vidée, il était rassasié. Il avait aussi le cœur débordant d'émotion. Son futur lui paraissait brillamment éclairé : il avait retrouvé Davy et un navire l'attendait – un navire dont il serait le capitaine ! – bref, c'était le paradis. Il ne pouvait rien demander de plus.

À un détail près. Il aurait préféré que Sir Percy attende le lendemain pour lui expliquer sa nouvelle mission. Marshall aurait voulu emmener son amant dans leur chambre et commencer à s'excuser – abondamment ! –

d'avoir cru préférable de l'abandonner pour lui donner la possibilité d'une vie normale, incluant une épouse et une famille.

Mais dans la Royal Navy, le devoir passait toujours avant le plaisir, aussi se força-t-il à prêter attention à l'opération en cours. Il apprit qu'en servant Sa Majesté de façon officieuse, il ne recevrait pas d'ordres, contrairement à ce dont il avait l'habitude. Il s'agissait simplement d'une courte initiation concernant le réseau clandestin que gérait Sir Percy, des modes de transport et de communication entre les innombrables agents qui traversaient la Manche pour se rendre en France depuis l'exécution du roi Louis. William serait essentiellement un courrier, mais à l'occasion un passeur si un agent anglais devait rentrer d'urgence en Angleterre. Il devrait également surveiller le moindre signe indiquant la reprise des hostilités et en transmettre la nouvelle le plus rapidement possible.

Officiellement, il serait capitaine du navire la *Sirène*, yacht privé appartenant à un cousin du baron Guilford. David St John, jeune et riche dilettante qui avait décidé de se lancer dans le négoce en spéculant sur les pierres précieuses. Bien que marin confirmé, M. St John préférait engager un capitaine indépendant pour être plus libre de mener ses affaires.

Au cours de la discussion, Davy se montra inhabituellement silencieux. Will le nota, tout en étant reconnaissant à son amant de ne pas le distraire. Il lui était déjà difficile de détourner les yeux de ce visage aimé pour se concentrer sur la tâche à accomplir, il n'avait pas besoin du rappel permanent de la proximité de Davy, son corps le recherchait d'instinct, comme une aiguille de boussole aimantée sur le nord. À peine à la moitié de la réunion, Will craignit de voir sa tête éclater de toutes les informations qu'il venait de recevoir sans avoir encore eu le temps de les gérer. Il savait qu'il ne se souviendrait pas des différents signaux et contre-signaux.

— Y aura-t-il un manuscrit récapitulatif ? demanda-t-il avec espoir. Ou un manuel me permettant de les comprendre ?

— Oh, bien entendu, répondit Sir Percy. Je vous l'apporterai en personne, juste avant votre départ. Nous évitons de laisser traîner des copies, voyez-vous, aussi, nous ne les établissons qu'au dernier moment et au coup par coup

— Très bien. Je vous remercie.

Marshall trouvait que la réunion s'attardait inutilement. Il s'impatientait – et s'en voulait de son irritation. Pourtant, les heures s'écoulaient et la longue nuit d'automne avait déjà à moitié disparu. Une fois à bord, Davy et lui devraient se restreindre. Leur tête-à-tête dans la voiture n'avait pas été assez long.

— Une dernière question, déclara Sir Percy. Vous reste-t-il des affaires d'ordre privé à régler avant d'embarquer ?

— Rien qui soit de nature à me retarder, monsieur, répondit Marshall. Je devrais pouvoir monter à bord d'ici deux jours, si les hommes auxquels je pense se trouvent à Portsmouth. Pour deux d'entre eux au moins, j'en suis certain et ils devraient être en mesure de localiser les autres. Si je ne me trompe pas, un équipage fiable vaut bien de perdre un jour de plus, n'est-ce pas ?

— Absolument.

D'aspect extérieur, Sir Percy était un dandy affecté et oisif, mais ce n'était qu'un rôle de composition. En vérité, le gentleman était un stratège d'une intelligence extrême.

— J'aurais voulu vous accorder plus de temps ajouta-t-il, mais nous en avons perdu déjà beaucoup à vous localiser.

— Si j'avais su que vous me cherchiez pour me transmettre d'aussi bonnes nouvelles, monsieur, j'aurais demandé au crieur public de vous contacter, répondit Marshall en toute sincérité. Je ne sais comment vous remercier.

— N'en parlons plus, capitaine. Ce n'est pas le genre de poste qui se propose à n'importe qui. Je suis conscient de vous presser, mais il est impératif que ce message soit transmis de l'autre côté de la Manche avant la fin de la semaine. Vous aurez bientôt un navire entre les mains et un rôle qui vous siéra, j'en suis sûr.

— Quel est ce navire ? demanda machinalement Marshall, même si la réponse ne changerait pas sa décision déjà prise.

— Une merveilleuse petite goélette, moins de deux cents tonnes – un yacht, en fait – avec quatre petits canons… dont vous n'aurez pas besoin, je l'espère. La *Sirène* est de construction française, la Royal Navy l'a capturée juste avant la fin des hostilités. D'après ses papiers, elle a été acquise pour le service du courrier, puis vendue à la signature du traité de paix. Elle n'est pas réellement armée pour combattre, mais là n'est pas votre objectif. Vous devrez être rapide et vif à réagir, des qualités qu'elle possède en abondance.

— Je vous assure qu'elle arrivera à temps au point de rendez-vous, promit Marshall, même si je dois faire ramer l'équipage. Et je dénicherai mes hommes dans les délais, si les vôtres peuvent se charger de l'approvisionnement. La Royal Navy a…

— Nous n'usons pas des mêmes fournisseurs, coupa Sir Percy. Faites-moi la une liste de ce qu'il vous faut.

Pour l'établir, ils durent appeler l'aubergiste et lui réclamer une plume, de l'encre et du papier. Ensuite, Marshall, avec l'assistance de Davy, se chargea de lister le matériel et les provisions nécessaires pour six à huit semaines de navigation. Son ami et amant, qui venait à peine d'arriver en Angleterre, ne pouvait l'aider à retrouver les hommes qu'il comptait engager – tâche qui, vu l'heure, devrait attendre le lendemain.

Il faudrait également que Marshall passe chez Mme Quinn régler son compte et libérer sa chambre. Sans doute la veuve saurait-elle lui indiquer où trouver Barrow, l'ancien maître d'équipage du *Vaillant*, qui avait aidé Davy durant sa convalescence à la Jamaïque – quand sa survie devait rester secrète, pour raison d'État. À Portsmouth, William avait vu certains de ses hommes traîner sur les quais, en espérant trouver du travail. Tous avaient été démobilisés à la signature de la paix avec la France, mais ils s'attardaient en général à proximité des ports, au cas où un navire cherche des matelots qualifiés. Trouver un équipage – le *bon* équipage – ne serait pas un problème, tout était question de temps.

Une fois la liste rédigée, William la tendit à Sir Percy, qui la parcourut rapidement.

— Je pense qu'une grande partie de ceci se trouve déjà à bord, déclara-t-il. Quant au reste, il sera embarqué dans la journée de demain. Cela vous convient-il ?

David intervint enfin :

— Certainement. Messieurs, il est déjà plus d'une heure du matin. M. Marshall doit dormir un peu, car il aura demain une journée chargée. Je ne tiens pas à voir mon beau petit yacht échouer sous prétexte que son capitaine n'arrive pas à garder les yeux ouverts.

— *Votre* yacht ? se moqua Kit avec bonne humeur. Vous avez bien endossé votre rôle, mon cher cousin.

— Bien sûr – c'est mon premier travail sérieux depuis des mois !

Davy jeta à Will un regard oblique, avant d'ajouter avec humour :

— Mieux encore, je suis en position de donner des ordres à cet insaisissable lascar !

— J'espère qu'après tout ce temps passé à lézarder, David, vous vous souvenez encore de ce qu'est le travail, rétorqua son cousin.

Marshall aurait pu croire à une cruelle plaisanterie, s'il ne se souvenait pas de la vigilance avec laquelle Kit avait veillé à la sécurité de Davy durant

166

les mois qu'il lui avait fallu pour recouvrer la santé. Sur le coup, la situation n'autorisait guère les plaisanteries.

William répondit d'un ton léger :

— David, que vous soyez le propriétaire de la *Sirène* est bien plus vraisemblable, car personne me connaissant n'aurait cru que je risque ainsi mes économies – ou que j'en aie suffisamment à risquer. Par contre, messieurs, M. Archer a raison : j'ai reçu ce soir beaucoup d'informations, trop peut-être. Je ne suis même pas certain que je me souviendrai encore de mon nom demain matin.

— Au moins, vous ne naviguez pas sous un pseudonyme, William, rétorqua David. Que je doive rester M. St John me semble un peu excessif, vraiment, puisque notre ancienne affaire est désormais réglée.

— Établir l'existence de ce Canadien a demandé un gros travail et fait intervenir de nombreuses personnes, répondit Sir Percy. Autant en tirer le maximum. Qu'il soit propriétaire de la *Sirène* est une commodité juridique que nous apprécierons tous si le yacht et/ou son propriétaire doivent un jour disparaître rapidement.

— Rien n'est plus facile à cacher qu'un homme qui n'existe pas, reconnut Kit. Ceci dit, messieurs, je suis rassuré de savoir cette mission entre vos mains.

Il fit circuler la bouteille de brandy et leva son verre pour porter un toast :

— À la *Sirène*, son capitaine et son équipage ! À notre succès à tous ! À la défaite de Boney !

Ils burent tous sans se faire prier, puis Kit ne tarda pas à prendre congé. Il avait loué en ville une maison où l'attendait son épouse, Zoe – et le couple avait lui aussi connu une trop longue séparation. Quant à Sir Percy, il avait d'autres tâches à accomplir cette nuit-là, il ne précisa pas lesquelles d'ailleurs. Pas plus qu'il ne parut surpris de voir Will refuser sa proposition de le raccompagner chez Mme Quinn.

Enfin, les deux amants se retrouvaient seuls.

— OH BIEN, Capitaine Marshall ! s'exclama gaiement Davy. Accepteriez-vous de partager ma chambre pour ce qui nous reste de la nuit ?

William feignit d'hésiter.

— Je crains d'y être obligé, dit-il enfin. Ce serait trop cruel de ma part de rentrer chez moi pour lever Mme Quinn à une heure pareille.

— Je vois. Vous êtes plein d'attentions pour Mme Quinn... mais pas pour moi. Votre présence me fait également... *lever*, cher ami.

Il accompagna sa réflexion d'un regard suggestif, puis s'empara d'un chandelier et l'alluma aux bougies qui brûlaient encore sur la table. Il incita ensuite William à le suivre en disant :

— Venez donc, rustre. Ma chambre se trouve au bout du couloir.

À cette heure tardive, les autres clients étaient sans doute déjà couchés, sinon endormis, aussi Will s'exprima-t-il d'une voix étouffée :

— Davy, oserais-tu me dire que tu préférerais ne pas être... éveillé, à tous les sens du terme ?

— Capitaine Marshall, je serais terriblement déçu si je ne reçois pas au moins une fois vos attentions avant le chant du coq. Ah, nous y sommes...

Il ouvrit la porte d'une chambre, petite, mais très accueillante, éclairée par un feu qui brûlait dans la cheminée. Les rideaux étaient fermés et la courtepointe du lit écartée, en une invite muette.

Marshall referma le verrou et prit la précaution, comme toujours, d'accrocher son manteau à la poignée pour occulter le trou de la serrure. Ce que son amant et lui s'apprêtaient à faire était passible de pendaison, aussi bien sur terre qu'à bord.

À peine s'était-il retourné que Davy se jetait dans ses bras. Will fut submergé d'émotion en sentant ce corps chaud pressé contre lui, ces lèvres qui s'ouvraient sous les siennes. Il avait la sensation d'avoir retrouvé son ancre après une longue dérive à travers l'existence. Il était à nouveau entier, et son corps y répondait par une violente flambée de désir.

Il laissa glisser ses mains jusqu'aux reins de Davy. Ils auraient dû se déshabiller, tout au moins ouvrir quelques boutons, mais tous deux semblaient pris du même besoin de réaffirmer une connexion qu'ils avaient failli perdre. Will s'adossa au mur, près de la porte, avec Davy plaqué contre lui. Et ils restèrent un long moment ainsi, unis, à s'embrasser et à s'étreindre, sans avoir la notion du temps qui passait. Rêvait-il ? se demandait Marshall. La sensation lui paraissait presque irréelle, alors que se réalisait un souhait qu'il n'avait même pas osé émettre. Son corps ne cessait de lui répéter que c'était bien la réalité – une réalité qu'il avait cherché à nier, à rejeter.

Davy finit par reculer, vacillant comme en état d'ivresse. Même sa voix était pâteuse et éraillée. Will avait la même sensation. Pourtant, ni l'un ni l'autre n'avait beaucoup bu ce soir.

— Allons au lit, Will.

— Oui.

Il souffla la bougie que Davy avait posée sur la table de chevet. Ils n'en avaient pas besoin, de toute façon ; la lueur du feu suffisait largement à éclairer la petite chambre.

Au moment où Davy commençait à déboutonner son gilet, William intervint :

— Attends ! Laisse-moi faire.

Au fil des ans, leurs rendez-vous avaient toujours été brefs, des moments volés à la vie de tous les jours. En général, ils n'avaient pas de temps à perdre. Et même actuellement, ils étaient trop impatients pour pouvoir agir lentement. Will se chargea de déshabiller son amant, lui enlevant veste et gilet qu'il posa sur le fauteuil devant la fenêtre. Puis la situation se détériora, il jeta au hasard les chaussures et le reste des vêtements qui atterrirent en tas, n'importe où. Will se laissa tomber en arrière sur le lit et poussa un cri étouffé quand son derrière nu heurta le manche d'une bassinoire.

— Écueil à bâbord, capitaine ! déclara Davy.

Écartant l'ustensile, il le fourra sous le lit. Will se glissa sous les couvertures, qu'il souleva pour permettre Davy de s'étendre à ses côtés. La première sensation de la peau nue de son amant contre la sienne fut si intense qu'il faillit en pleurer. Comment avait-il pu se montrer assez stupide pour abandonner son cœur derrière lui ? Il n'avait pas réellement vécu tous ces derniers mois – jusqu'à cette nuit.

— Pardonne-moi... marmonna-t-il entre deux baisers. Davy, je regrette tellement... j'ai été idiot.

— Je regrette aussi ce que tu as fait, répondit Davy. À propos, j'aurais à te parler... mais pas maintenant.

Il roula sur Marshall, son poids le clouant au matelas.

— Will, s'il te plaît, ajouta-t-il, pourrais-tu cesser une minute de réfléchir et te contenter de ressentir ?

La question fut ponctuée d'un long et profond baiser, et d'une lente ondulation de son corps contre celui de son amant. Même quand David releva la tête, libérant ses lèvres, Will avait complètement oublié sa question initiale. Il renversa le cou quand une bouche vorace s'y attaqua, descendit et effleura la clavicule. Le souffle frais de Davy sur sa peau humide le fit frissonner.

Cesser de réfléchir... oui. Mieux valait qu'il se détende et apprécie les caresses que lui octroyait Davy, qui semblait redessiner son corps tout entier de la bouche et des doigts. Sauf que... ses mois de déni l'avaient presque engourdi. Même s'il avait passé les dernières heures à attendre ce

169

moment, une petite voix dans son cerveau insistait encore que c'était une erreur.

Erreur ou pas, il savourait ces retrouvailles. David et lui n'avaient jamais assez de temps à passer ensemble … *Cesse de réfléchir !* Il étouffa un cri quand Davy lécha un de ses mamelons et pinça l'autre entre deux doigts. Will, éperdu, caressa la toison de son torse et glissa son autre main autour de la taille, redécouvrant le dos – à nouveau musclé. La dernière fois, Davy n'avait que la peau sur les os. À présent, il était complètement rétabli et enfin redevenu lui-même.

Will lui empoigna la tête et l'attira vers lui pour goûter sa bouche, enroulant ses jambes autour de son corps pour les fusionner l'un avec l'autre. Leurs sexes se retrouvèrent.

— J'ai de la pommade, haleta Davy.

— Non, inutile. Ceci me suffit.

Il empoigna les fesses de Davy à deux mains, pressant son corps contre le sien. Il y avait si longtemps ! Il avait tellement tenté de nier son désir ! À présent, même avec son amant dans les bras, William craignait presque de se laisser aller. Il hésita imperceptiblement…

Un souffle chaud lui chatouilla l'oreille.

— Qu'est-ce qui ne va pas ? demanda Davy.

— Rien… J'ai du mal à croire que tu es vraiment là, avec moi.

Son amant se frotta contre lui en riant.

— Je ne suis ni un cauchemar ni un démon incube. Rien qu'un corps de chair et sang qui… Oh, damnation ! Will, ajouta-t-il avec un long frisson, je n'en peux plus… J'ai besoin que tu…

Sa voix étranglée apaisa enfin l'incertitude de Will. Leurs deux corps en sueur trouvèrent d'eux-mêmes le rythme de l'amour, entremêlé de caresses et de baisers de plus en plus fiévreux. Ils ondulèrent sur le lit robuste, comme ils l'avaient déjà fait dans d'autres chambres d'auberge, jusqu'à l'orgasme final. Chacun des deux hommes étouffa de ses lèvres les cris que le plaisir arrachait à l'autre.

Puis Davy retomba de tout son poids sur Will.

— Oh, mon Dieu ! souffla-t-il. J'avais oublié…

— Oui…

Devinant que Davy cherchait à s'écarter, Will referma les bras sur lui pour l'en empêcher. Ensemble, ils roulèrent sur le côté, collés l'un à l'autre.

— Pourquoi ai-je été aussi idiot ? chuchota Will.

— Je ne sais pas. C'est sans doute un don naturel. Je…

Davy fut interrompu par un terrible bâillement. Il reprit ensuite, l'air penaud :

— Je crains de vieillir, Will. J'ai besoin de sommeil avant de retrouver mon énergie. Te souviens-tu, ajouta-t-il avec un rire étouffé, de notre première nuit ensemble, dans cette auberge ?

Comment Will pourrait-il oublier ?

— Je pense que nous n'avons pas à fermer l'œil de toute la nuit.

— C'est aussi mon avis, répondit Davy.

Le feu se mourait, William ne voyait pas le sourire de son amant, mais il l'entendait dans sa voix.

— Il est possible que nous l'ayons fait, cependant, ajouta Davy. Parce que je me souviens de m'être demandé si tout n'était pas qu'un rêve.

— Aujourd'hui encore, j'ai l'impression de rêver, avoua William.

Il inspira profondément, humant le parfum des cheveux blonds mêlé aux arômes musqués qui s'attardaient autour d'eux.

— Tu disais avoir à me parler, Davy, reprit-il. Si c'est pour me traiter d'idiot, je suis d'accord avec toi.

— Non…

Davy garda le silence un moment. Puis il bougea la main et la posa sur la poitrine de son amant, au niveau du cœur.

— Will, souffla-t-il, tu sais que je t'aime. Et je t'aimerai toujours. Mais je dois te prévenir… si tu recommences… si tu t'en vas encore, si tu me rejettes, si tu refuses de répondre à mes lettres… ce sera terminé entre nous. Je ne reviendrai pas te chercher

Will ne s'attendait pas à cela. Tout à coup, il eut peur.

— Je… je ne pensais pas que tu le ferais.

— Je le devais, Will. Ne serait-ce que pour comprendre ce qui s'était passé. J'ai failli devenir fou à m'interroger. J'ai envisagé de mourir…

Will eut un sursaut et resserra convulsivement les bras.

— Je n'avais pas réalisé…

— Je n'arrivais pas à accepter ton refus de me répondre.

Il y avait de la douleur dans sa voix, mais aussi un reste de frustration.

— Ensuite, reprit-il, quand tu m'as envoyé ce damné sonnet, j'ai compris que tu tentais juste d'être noble… Idiot ! Toi et moi n'avons rien de commun avec Shakespeare et son sombre secret, qu'il soit masculin ou féminin.

Will secoua la tête.

— Je n'ai pas été noble. Mais idiot, oui, si tu veux. Je voulais pour toi une vie meilleure.

— Il n'existe pas de meilleure vie, affirma Davy sans hésiter. Pas pour moi, en tout cas. Mais toi, tu aurais pu décider d'avoir ce que la Royal Navy attend de ses officiers – une femme et des enfants… Will, c'est ce que je croyais ! Sans moi, sans doute serais-tu déjà marié à présent, fiancé tout au moins. C'est d'ailleurs ce que tu devras faire, une fois officiellement nommé capitaine, sinon, il y aura des questions à ton sujet – peut-être même des soupçons.

— Oh, pour l'amour du ciel ! Je n'ai jamais voulu que toi !

— Parce que tu n'as pas eu l'occasion de rencontrer d'autres personnes, répondit Davy d'un ton résigné. C'est toi qui devrais penser à une vie meilleure. Je n'ai aucune ambition militaire, mais toi, tu seras bientôt promu.

Marshall avait les idées complètement embrouillées, tout en ignorant si cela provenait de l'heure tardive ou du vin absorbé à table.

— Est-ce réellement ce que tu souhaites pour moi ?

— Ce que je souhaite n'a aucune importance. Pour te dire la vérité, j'aimerais juste trouver l'endroit où nous pourrions vivre ensemble, loin du monde. Malheureusement, ce n'est pas possible. Mais… Will, si tu comptes rester dans la Royal Navy – ce qui, je le sais, est ton rêve ultime – il te faudra te marier, un jour ou l'autre. Et puisque tu n'as pas de famille susceptible de t'aider, puisque seul le service te donne rang et position, le mieux pour toi serait de trouver une épouse bien née et qui t'élèverait dans la société.

— Et toi, que ferais-tu ?

Dans l'obscurité de la chambre, Davy se tut un long moment.

— Cela dépendrait de toi, je présume, et du genre d'union que tu aurais. Pour certaines femmes, le mariage n'est qu'une transaction : la production d'un héritier contre la sécurité financière, sans sentiments impliqués. Tant d'hommes mariés ont maîtresses, après tout… Dans ce cas, nous trouverions un arrangement.

Il eut un nouveau bâillement.

— Will, reprit-il ensuite, désolé si je te parais cynique, mais l'une de mes sœurs s'est mariée dans ces conditions pragmatiques, elle tenait à son établissement. Elle a offert à son mari un fils et est une splendide hôtesse, mais, si je dois en croire une autre de nos sœurs, le couple partage rarement le même toit. Dans une union de ce genre, tu ne risquerais rien.

— Je ne…

— Ce serait plus sûr pour nous deux, insista Davy. Et pendant que nous serions en mer, ta femme resterait la plupart du temps seule – ou en compagnie de l'élu de son cœur. Te partager ne me gênerait pas, si elle l'accepte aussi.

Marshall fut un peu choqué d'entendre Davy parler ainsi. Pour être franc, quand il envisageait le mariage – pour son amant ! – il avait la vision d'une union agréable, affectueuse et saine, certainement pas d'un arrangement commercial. Même si Davy voyait juste, Will refusait d'épouser une innocente dans le seul but d'en faire un paravent. À ses yeux, ce mensonge serait des plus méprisables – et il se sentait déjà abject !

— Je ne te mérite pas, décida-t-il.

— C'est très probable. Pourtant, tu m'as.

Davy adoucit d'un baiser la sécheresse de sa réponse.

— À présent, souffla-t-il, nous ferions mieux de dormir un peu. Nous n'aurons guère l'occasion de nous reposer demain… tout à l'heure plutôt, car l'aube ne va pas tarder.

— Tu as raison. Dès que je serai levé, j'irai voir à retrouver Barrow. Il saura sans doute comment localiser les hommes qu'il nous faut. De préférence, des anciens marins de la *Calypso*.

— Pendant que tu te chargeras de l'équipage, je réglerai ta note à ton propriétaire et récupérerai tes affaires. Tu me donneras une lettre pour le vicaire. Tu seras très occupé, inutile de perdre ton temps à des vétilles.

— Oh, Seigneur, j'avais oublié le vicaire ! Oui, tu as raison, merci beaucoup.

Davy lui effleura les lèvres d'un baiser.

— Voilà ! À peine nommé capitaine et le reste passe à la trappe ! Tu vas m'oublier pour la *Sirène*. J'en serais presque jaloux.

— Tu dis des bêtises, répondit Will. Je ne peux mettre mon navire dans mon lit.

Davy s'étira de tout son long.

— Une chance pour moi ! s'exclama-t-il. Par contre, je regrette que tu ne puisses mettre ce lit sur ton navire. Dès demain, nous retrouverons deux hamacs séparés et une attitude réglementaire.

Pour le moment, William se sentait bien au chaud, somnolent et rassasié. Et le monde était exactement conforme à ses désirs.

— Oh, nous trouverons bien des occasions, répondit-il négligemment.

— Nous n'aurons pas une minute de libre avant d'embarquer !

Après un soupir, Davy passa le bras autour de sa taille et posa la tête sur son épaule.

— Au moins, ajouta-t-il, nous sommes ensemble cette nuit. Bonne nuit, Will.

II

QUELQUE TEMPS plus tard, quand Marshall se réveilla, il faisait nuit noire dans la chambre, et il était serré contre une silhouette familière. Il fit de gros efforts pour s'accrocher à ce rêve merveilleux qu'il ne voulait pas voir disparaître ! Puis un derrière musclé se frotta contre son bas-ventre et Davy roula sur lui-même pour réclamer un baiser. Will se souvint alors qu'il ne s'agissait pas d'un rêve.

— Tu dors ? murmura son amant.

— Oui. Et je suis en train de faire un rêve sublime.

— Idiot !

Avec un rire étouffé, Davy caressa son visage et, du pouce, suivit la ligne de ses lèvres, avant d'effleurer son cou sur toute sa longueur, jusqu'à l'épaule.

— Sais-tu au moins à quel point tu m'as manqué ? souffla-t-il.

— Oh, c'est possible !

Marshall passa la main dans les cheveux dorés, plus courts qu'autrefois. Il évoqua la belle crinière sacrifiée quelques mois plus tôt pour établir une nouvelle identité.

— Je suis heureux d'avoir la tresse, ajouta-t-il, mais cette nouvelle coupe te va très bien.

— Il te faudra aussi couper tes boucles de gitan, Will. C'est démodé ! Seuls les vieux loups de mer portent encore les cheveux aussi longs.

Will ne put répondre, car Davy l'attira pour un autre baiser brûlant. Il oublia tout en goûtant son amant, conscient qu'il ne dormirait guère cette nuit. Il ne pouvait le regretter d'ailleurs. Il appréciait trop le contact des mains de Davy sur lui, ou sa brusque inspiration quand Will lui lécha le cou, avant de souffler sur la tache humide avec un petit rire, amusé de sentir son amant frissonner.

— Alors, veux-tu à présent de ma pommade ? demanda Davy.

— Oui, attends…

Will le lâcha le temps de fouiller dans le sac où se trouvait le matériel nécessaire. Il se prépara d'une main rapide, mais soigneuse, car c'était important, oui, cela valait la peine de perdre quelques précieuses minutes. Hélas, Davy ne se trompait pas : plus tard, le temps leur serait compté.

Quand Will passa la main entre leurs deux corps, il découvrit que Davy était prêt, aussi rigide et excité que lui.

— Allonge-toi, suggéra-t-il.

Lors de leur dernière fois ensemble, Davy était encore convalescent, trop fragile pour que Marshall puisse peser sur lui, alors que c'était la position qu'il préférait. Sa blessure était-elle à présent complètement cicatrisée ? Will se pencha sur lui, embrassant sa poitrine et mordillant un mamelon tout en emmêlant leurs jambes. Il caressa les flancs de Davy, un côté, puis l'autre, avec des mains savantes et attentives, comme s'il redécouvrait le plus beau navire à mener sur les flots. Leurs sexes s'effleurèrent, puis se frottèrent, délicieuse friction qui enflamma Will et le poussa à en vouloir davantage. Leurs baisers devinrent plus ardents, mais leurs voix restaient de simples chuchotements à peine audibles dans l'obscurité.

— Will... Oh, oui !

— Tu ne risques plus rien à présent ? Je peux te prendre comme ça ?

— Oui. Le veux-tu ?

— Comment peux-tu me poser la question ? Je n'ai pensé qu'à cela depuis que je t'ai retrouvé.

Il se souleva légèrement pour permettre à Davy d'ouvrir les jambes, puis il empoigna son amant aux hanches et le pénétra en douceur, avec la sensation d'être un navire ayant enfin retrouvé son port d'ancrage.

Il se figea en entendant Davy gémir.

— T'ai-je fait mal ? Je... Ouille !

Violemment pincé aux fesses, Will sursauta... et empala Davy qui se soulevait pour accompagner le mouvement, bras et jambes serrées autour de lui pour l'empêcher de s'écarter.

— C'est divin, Will ! Pour l'amour de Dieu, ne t'arrête pas !

Will était cependant décidé à faire l'amour correctement, cela en valait la peine. Pendant que commençait la danse éternelle des amants, Will oublia tout sauf l'incendie qui se répandait en lui, commençant dans son ventre et ses bourses avant de l'enflammer tout entier dans une apothéose extatique. Quelques secondes plus tard, Davy étouffa un cri en se cambrant, puis retomba lourdement avec un soupir satisfait.

— Pour répondre à ta question, souffla-t-il, oui. Tout va bien. Je ne me suis jamais senti mieux. Et il y a une serviette sous ton oreiller.

Marshall se baissa pour embrasser les lèvres entrouvertes, une manière efficace de faire taire son amant trop bavard. Il s'attarda pour savourer cette bouche dont la douceur lui avait tellement manqué.

— Une serviette, vraiment ? Tu étais certain de me séduire, n'est-ce pas ?

— Eh bien, puisque tu me poses la question... oui. Attends, je m'en charge.

Récupérant la serviette, Davy les essuya tous les deux d'un geste preste. Will pensa qu'il lui faudrait penser à rincer les preuves de leurs ébats, pendant qu'il se raserait ; une petite précaution de plus, mais aussi le rappel que leur vigilance devait rester constante.

Pourtant, être ensemble valait tous ces tourments et le manque de sommeil. Aussi fatigué qu'il soit au matin, Will ne regrettait rien. À peine avait-il eu cette idée qu'il s'endormit comme une masse, du premier sommeil réparateur dont il bénéficiait depuis sa rupture avec David.

UN BRUIT répétitif et saccadé l'arracha des profondeurs du néant. Il émergea avec difficulté, aussi lentement qu'une ancre remontant des grands fonds. Il finit par réaliser qu'on frappait à la porte. Surpris, il cligna des yeux et regarda autour de lui, tentant de se rappeler où il se trouvait. À cette période de l'année, l'aube était tardive, aussi faisait-il encore sombre derrière les carreaux de la fenêtre.

Davy, déjà levé, enfilait à la hâte sa chemise de nuit. Il ouvrit la porte et fit entrer un domestique de l'auberge qui leur apportait, pour leurs ablutions, l'eau chaude réclamée la veille. À peine le garçon s'était-il éclipsé que Will s'assit dans le lit, puis balança les jambes sur le côté. Le plancher de bois brut était froid sous ses pieds nus, mais le frisson qu'il en ressentit l'aida à se réveiller. Mieux valait qu'il calme sa nervosité avant d'appliquer une lame de rasoir sur ses joues.

David avait déjà refermé la porte.

— J'ai demandé qu'on nous monte du chocolat chaud, des petits pains et du beurre, déclara-t-il. Si tu es pressé, nous pourrons toujours les emporter dans nos poches pour les manger plus tard.

— Je suis pressé, mais pas à ce point.

Prenant David par le bras, Will l'attira jusqu'à lui pour un rapide baiser.

— Seigneur, que tu m'as manqué ! Et je ne parle pas seulement de...
ceci, ajouta-t-il en caressant la cuisse nue de son amant, mais aussi de ta
compagnie, de nos discussions.

Davy se pencha et embrassa la tête brune.

— Oui. Mais pour le moment, nous n'avons le temps ni pour l'un ni
pour l'autre.

Avec un petit sourire triste, il s'écarta et sortit son nécessaire de rasage.

— J'aimerais, reprit-il, que nous nous trouvions un petit cottage
quelque part, au moins jusqu'à la reprise des hostilités. Mais tu seras bien
plus heureux sur le pont d'un navire, aussi... peut-être le serai-je également.

Peut-être ? Will ne releva pas, préférant ne pas risquer une querelle.
Il se concentra plutôt sur la tâche de se raser. Il espérait que Davy ait
suffisamment recouvré ses forces pour se lancer dans leur nouvelle vie –
mais aussi qu'il l'apprécie autant que lui. Il serait d'un ridicule achevé que
chacun d'eux ait accepté de travailler pour Sir Percy en pensant faire plaisir
à l'autre.

Non... Dans son cas, c'était faux. Même sans la présence inespérée de
David dans l'opération, rien n'aurait pu l'écarter plus longtemps de la mer,
de la dunette de cette goélette qu'on lui proposait. Il n'avait jamais réalisé à
quel point toute son existence était axée sur la Royal Navy, ou sur la vie à
bord, en vase clos, puisqu'un équipage – qu'il soit composé d'une poignée
d'hommes ou de plusieurs centaines – vivait finalement en autarcie. Une
fois à terre, les maisons de Portsmouth serrées les unes contre les autres, la
foule animée, toujours en mouvement, toujours différente, les chariots, les
bêtes, le chaos bruyant d'un port en pleine activité, tout cela le divertissait un
moment, quelques jours même. Mais, pour rien au monde, il ne voulait rester
piégé dans cette cohue humaine, ces relents urbains, alors que les mouettes
tournoyaient dans le ciel en jetant sur l'eau leur cri enivré d'espace, écho de
son désir de s'en aller, toutes voiles dehors, emporté par le vent du large...

— Ohé, capitaine Marshall !

Il sursauta et manqua s'entailler la joue.

— Quoi ?

— Le petit déjeuner est servi.

Davy posa le plateau sur la table. Il dévisagea Will d'un air pensif.

— Tu te trouvais déjà en mer, n'est-ce pas ? demanda-t-il. *À goûter
le vent*, comme avait l'habitude de le dire notre vieux cuistot de la *Calypso*.

— Désolé, s'excusa Will avec un sourire penaud. Oui, j'étais perdu
dans mes pensées. J'ai l'impression d'avoir quitté la mer depuis une

éternité, Davy. Et elle me manque. Je commençais à regretter d'avoir été promu lieutenant-commandant. À ce rang, les postes sont plus rares et tous ceux auxquels j'ai postulé étaient déjà pris.

— Tu es désormais commandant, ce que tu apprécieras quand la guerre aura repris. D'ailleurs, même sans cette promotion, tu ne serais pas mieux loti. Seul un lieutenant sur douze trouve du travail dans ce qui reste de la Royal Navy !

Will acquiesça, le délicieux arôme du chocolat lui titillant les narines.

— Et encore, reprit-il, tes estimations sont optimistes, j'aurais dit un sur vingt-cinq. Sinon plus. J'avais abandonné tout espoir d'embarquer et voilà que… Comment puis-je te remercier, Davy ?

— Ne dis pas de bêtises.

Davy coupa en deux un petit pain encore chaud, un nuage de vapeur s'éleva dans l'air frais de ce matin d'hiver.

— Tu sais, reprit-il, j'ai à peine dormi depuis que j'ai débarqué en Angleterre, tellement je m'inquiétais de te trouver avec quelqu'un d'autre.

— J'espère t'avoir rassuré – au moins sur ce plan-là !

Will sirota une tasse de chocolat, avant d'étaler du beurre sur un pain croustillant. Il ne reprit la parole qu'après s'être restauré :

— Davy, pour trouver quelqu'un, encore faut-il le chercher. Et, même si j'étais intéressé, ce qui n'est pas le cas, je n'ai aucun talent en ce domaine. Je dois être comme ces oiseaux monogames qui se choisissent un compagnon pour la vie. Et je suis parfois jaloux des sourires que tu reçois d'une vendeuse dans une échoppe.

Davy releva vivement les yeux.

— Tu parles sérieusement ?

— Oui. Aussi, par pitié, n'exerce pas ton charme sur la femme du vicaire quand tu iras la voir pour lui rapporter sa voiture et récupérer ma malle. Elle s'appelle Mme Merriman.

Avec un sourire, Davy demanda :

— Est-elle jolie ?

— Superbe, répliqua Will.

Voyant son amant froncer les sourcils, il ne put retenir son rire.

— Davy, ajouta-t-il, elle a aussi deux fois notre âge et le plus profond dédain envers les jeunes trop galants, comme elle me l'a souvent répété quand j'essayais d'être poli envers elle. Pourtant, elle et son mari se sont montrés charmants avec moi. Ils me manqueront.

Il termina son assiette avec un soupir satisfait.

— Bien, dit-il en se levant, il faut que je me dépêche à présent, sinon je risque de ne pas trouver Barrow. Accompagne-moi jusqu'à l'écurie où j'ai laissé la voiture du vicaire.

— Un moment.

Davy le rejoignit à la porte et, pressé contre le mur, l'attira contre lui pour un baiser. Will ne protesta pas, pas plus qu'il ne chercha à hâter les choses. Ce contact, lèvres unies, corps pressés l'un contre l'autre, serait le dernier dont ils pourraient profiter avant… Dieu savait quand !

Pourtant, quand ce fut terminé, il ne s'attarda pas, déjà irrésistiblement attiré par le chant de la *Sirène*.

— LA VOICI, Davy.

Archer regarda la jument qui restait placide malgré la bruine humide de novembre, protégée par son poil d'hiver épaissi.

— Où vas-tu ? demanda-t-il.

Will lui désigna une ruelle sur la gauche.

— Chez Mme Quinn, trois portes plus bas. Je sortirai quand nous y serons. Quant à toi, tu continueras la rue jusqu'au bout, puis tu prends la première à gauche après la boutique de l'apothicaire au carrefour. Retrouvons-nous à Port Sally, disons… un peu avant midi, d'accord ?

— Oh, oui, je trouverai une barque pour me faire traverser. Je n'ai pas oublié la région, tu sais.

Par discrétion, il n'échangea avec son amant qu'une simple poignée de main, puis il attendit que Will s'éloigne en direction de son logement. Une fois devant la porte, le nouveau capitaine de la *Sirène* jeta un regard par-dessus son épaule, assorti d'un sourire rapide, mais lumineux, puis il disparut à l'intérieur.

Avec un soupir, David fit claquer les rênes pour faire avancer la jument.

Il était presque arrivé au village lorsqu'il réalisa que, pris dans l'excitation de leurs retrouvailles, ni Will ni lui n'avaient bien étudié les détails de sa mission. Après avoir rendu la voiture, comment transporter la malle de Will jusqu'à la *Sirène* ? Il décida de demander conseil à la femme du vicaire, en espérant qu'elle lui fournisse une solution à son dilemme.

La pluie avait cessé lorsqu'il s'arrêta devant une modeste église. Le presbytère, qui se trouvait juste derrière, paraissait désert. Par chance, une servante de dix ou douze ans s'activait dans la cuisine, un gros bol rempli de pétrin posé auprès d'elle.

— M'ame est sortie, dit-elle.

— Oui, j'avais compris, répondit gentiment David. Reviendra-t-elle bientôt ?

— P't-être.

La petite fronça les sourcils en s'attelant à la tâche de pétrir une dernière fois son pain. Elle le recouvrit ensuite d'un torchon humide et reporta son attention sur David.

— Le bébé Legget est malade, expliqua-t-elle, alors elle leur a porté du bouillon. J' crois qu'elle va rester un moment, histoire que Mme Legget dorme un brin.

— Sauriez-vous où se trouve le cottage de M. Marshall ?

— Oui, suivez le chemin derrière la maison, c'est juste après l'étang.

— Merci beaucoup.

David déposa un penny sur la table pour remercier la petite de sa peine. Quand il quitta la cuisine, elle fixait la pièce, les yeux écarquillés, tout en essuyant sur son tablier ses mains maculées de farine.

Prenant la jument par la bride, David suivit le chemin que la pluie avait rendu boueux. Il espéra ne pas bloquer les roues dans les profondes ornières, ce qui ne fut pas le cas. Le cottage était tout petit, avec une pièce à vivre sur l'avant, une chambre sur l'arrière, les commodités derrière la maison. La porte n'avait pas de verrou, juste un simple loquet. À l'origine, c'était probablement le logement du pasteur ; au fil des années, le cottage n'avait reçu que les réparations nécessaires pour ne pas s'écrouler.

La chambre était monastique. Les deux uniformes du lieutenant-commandant William Marshall – celui de tous les jours et celui de cérémonie – étaient soigneusement pliés sur sa malle, avec ses bas et ses caleçons d'hiver. En dessous, il y avait ses instruments de navigation, ses manuels techniques et quelques affaires de moindre importance. Dans une caisse en bois, sous le lit, étaient rangés le reste des vêtements : quatre chemises et deux pantalons – l'un élimé, l'autre encore en bon état. Sous l'une des chemises, David trouva un jeu de cartes bien usagé, sans doute caché pour ménager la sensibilité religieuse du vicaire et de sa femme.

Archer prit mentalement note de chercher en ville un tailleur susceptible de coudre un pardessus destiné à un respectable capitaine marchand – en utilisant comme patron une des vestes d'uniforme. Après tout, un riche négociant canadien n'emploierait pas un capitaine mal vêtu… et Will était splendide en grande tenue !

David regarda autour de lui, la pièce était d'une propreté immaculée, mais spartiate. Le dernier exemplaire de la *Gazette de la Royal Navy* était posé sur une petite table près de la fenêtre, ainsi que trois livres. Il s'approcha pour en lire les titres. Le premier était une Bible, qui, d'après l'inscription de sa page de garde, appartenait au vicaire ; le second s'avéra être un volume récapitulatif des mathématiques nécessaires à la navigation – David n'arrivait pas à comprendre que Will puisse trouver distrayante ce genre de lecture ! Quant au dernier, c'était un petit journal de bord.

Il tenta un moment de résister à sa curiosité, mais il ne put s'empêcher d'y jeter un coup d'œil… rapide, se promit-il. Et il refermerait le journal s'il n'était pas censé voir ce qui se trouvait à l'intérieur. Il fut déçu. Will n'avait noté que ses tentatives de trouver un navire à commander, ou même un poste à terre. Les entrées commençaient le jour de son arrivée à Portsmouth, la dernière datait de la semaine précédente. Quelques noms de capitaines étaient notés à la fin, deux suivis de l'inscription 'Londres ?', un sans rien de particulier. Rien d'autre.

Ainsi, voilà comment il s'était occupé pendant leur séparation ! Il avait gaspillé des mois, de mars à novembre, à des recherches aussi mornes qu'infructueuses. Quant aux cartes… David n'avait aucun mal à imaginer son amant les étaler sur la table pour d'interminables jeux solitaires, en cherchant à remettre en ordre une main aléatoire. Sans doute avait-il emprunté quelques livres, ou des journaux, mais quelle triste vie il avait menée !

Eh bien, c'était terminé à présent. Tout redeviendrait normal.

En tout cas, pour l'un d'entre eux, le commandant Marshall qui retrouverait sa place sur le pont d'un navire. David soupira, il se sentait dériver, une étrange sensation qu'il ressentait depuis le jour où il avait commencé à recouvrer la santé, en Jamaïque, sur la plantation de Kit.

Oh, il aimait toujours la mer, et l'immensité humide de la mer sous le soleil, et la sensation d'avoir un but qui accompagnait toute navigation. Il avait grandement apprécié son retour en Angleterre, malgré des conditions météorologiques désastreuses. Il trouvait agréable d'être à nouveau capable de bouger, de voyager, de naviguer avec l'espoir d'accomplir quelque chose d'important.

C'était différent en temps de guerre, quand chaque navire ne cherchait qu'à couler les bâtiments ennemis, à tuer d'autres marins. À ce propos, David ne ressentait plus l'attraction ou l'excitation d'autrefois. Après des mois passés à regarder Kit, son cousin, faire de laborieux efforts pour modifier le fonctionnement de sa plantation, passant de l'esclavage à une exploitation salariale dont il pouvait être fier, David avait révisé ses priorités. Certes, tant que Bonaparte avait pour ambition de conquérir le monde, l'honneur obligerait tout Anglais digne de ce nom à s'y opposer dans la mesure de ses moyens, mais, à ses yeux, la gloire gagnée au combat ne compensait pas la dévastation qui s'ensuivait.

Non pas qu'il ait peur – du moins, il ne pensait pas avoir peur, même s'il s'éveillait parfois d'un cauchemar en voyant la fumée jaillir d'un canon de pistolet, en sentant un impact au ventre, en sombrant dans un gouffre noir. Mais là n'était pas ce qui le troublait. Après avoir failli mourir, David trouvait plus facile d'accepter l'inéluctabilité du trépas. Par contre, pourquoi passer sa vie à tuer son prochain ? Où était l'intérêt ? Un homme avait certainement de meilleurs moyens d'employer ses talents, n'est-ce pas ?

Rien n'était aussi simple, bien entendu. Si la question n'avait été que philosophique ou rhétorique, David aurait sans hésitation quitté la Royal Navy. Le problème était sa priorité : William Marshall. David pouvait vivre sans la guerre, sans la Royal Navy – après tout, il ne s'y était engagé que par défaut, pour éviter de servir à l'armée, dans le régiment de son frère – mais il ne pouvait s'éloigner de Will, sans même parler de vivre sans lui. C'était impossible. Et comme Will le désirait toujours, David pour le moment, avait retrouvé un objectif à court terme… ce qui l'emporterait vers une destination inconnue.

Les mains sur les hanches, il examina une dernière fois la chambre austère. S'approchant du lit, il souleva l'oreiller, au cas où un livre ou un objet y serait dissimulé, ce qui n'était pas le cas. Il avait la sensation de chercher… quoi ? Il savait qu'il manquait un élément indispensable. Bientôt, William et lui seraient loin, sans l'option de repasser pour récupérer…

Oh, bien sûr !

Avec un sourire, il s'agenouilla et regarda sous le lit, où il repéra une vieille paire de chaussons et une petite boîte en bois qu'il reconnut. William l'avait déjà quand tous deux étaient aspirants sur le *Titan*. À l'intérieur, il rangeait ce qu'il avait de plus précieux : sa montre, une bague ayant appartenu à sa mère et quelques objets personnels.

Voilà ce que David cherchait inconsciemment, sachant que Will ne voudrait pas laisser son coffret derrière lui. Il souleva le couvercle et regarda à l'intérieur, juste pour s'assurer que tout y était. Il ne s'agissait pas d'une indiscrétion, car William lui avait déjà montré le contenu de sa boîte.

Tout à coup, il se figea, car, posées sur les souvenirs chers au cœur du marin, il vit plusieurs lettres – celles qu'il avait écrites à son amant au cours des derniers mois. Toutes étaient soigneusement conservées, pliées, scellées…

Elles n'avaient jamais été ouvertes.

David déglutit avant de refermer le couvercle d'un geste nerveux. Il rangea la boîte et les chaussons dans la malle de Will, qu'il souleva et emporta jusqu'au chariot. Reprenant la jument par la bride, il retourna au presbytère. Cette fois, dans la cuisine, il trouva une robuste dame aux joues roses, Mme Merriman.

Il lui tendit la lettre de Will, assortie du loyer de la semaine en cours. Puis il la remercia d'avoir si bien veillé sur son ami.

— Oh, voyons, c'était bien naturel ! répondit-elle. Le pauvre garçon ! Seul au monde, sans famille ni amis sur lesquels s'appuyer ! Surtout, dites-lui bien qu'il sera toujours le bienvenu chez nous, il pourra revenir quand il le voudra. Nous ne vous oublierons pas dans nos prières, tous les deux – que Dieu préserve les navires des périls en mer !

— Une fois de plus, je vous remercie, madame. À présent, ajouta-t-il avec un sourire penaud, j'ai à vous demander conseil. En arrivant ici, j'ai réalisé que si je vous rendais votre jument et votre chariot, je ne pourrais rapporter à Portsmouth la malle de M. Marshall. Connaîtriez-vous par hasard quelqu'un dans le village qui puisse me conduire en ville avec ledit bagage et vous rapporter ensuite votre attelage ?

Elle fronça les sourcils en réfléchissant.

— Si vous avez deux pennies à dépenser, dit-elle enfin, j'ai une autre proposition. Gardez la voiture pour retourner à Portsmouth et laissez-la à l'écurie de louage. Roger y travaille. J'emploie sa sœur, Rachel, à la cuisine. D'ici peu, leur mère l'enverra la chercher et il sera ravi de cette opportunité de venir en voiture plutôt qu'à pied.

Ceci étant réglé, Archer déposa quelques shillings dans le tronc des pauvres, sachant bien qu'il y avait dans le pays de nombreuses familles de marins en difficulté, surtout en ces temps de paix. Heureux d'avoir pratiquement terminé la tâche qu'il s'était fixée, il quitta le presbytère et retourna vers la douce petite jument.

En cours de route, il eut le temps de réfléchir. Pour le moment, décida-t-il, il n'aborderait pas le sujet des lettres. Will pouvait avoir diverses raisons de ne pas les avoir ouvertes. Jamais lui-même n'en aurait été capable ! Curieux de nature, il aurait au moins lu la première, ce qui l'aurait bien entendu poussé à y répondre. Et Will aurait sans doute eu la même réaction, voilà pourquoi il avait préféré éviter d'être tenté. Décidé à rompre et à couper toute communication entre eux, à n'importe quel prix, il avait compris le plus sûr moyen d'y parvenir.

Rompre ? *Au nom du ciel, il aurait au moins pu me demander mon avis !*

Avec un soupir, David se morigéna. Ressasser le passé était diablement inutile. La réaction de son amant en le revoyant lui avait révélé tout ce qu'il avait besoin savoir. Will s'était conduit en idiot, d'accord, d'ailleurs, il l'avait aisément reconnu. Insister serait de la cruauté.

Mais, après des mois de solitude désespérée, David avait du mal à oublier sa douleur, sa frustration et même sa colère. *Seul au monde, sans famille ni amis sur lesquels s'appuyer !* Vraiment ? Alors que lui, David Archer, aimait William Marshall plus que tout au monde ? Bon, d'accord, Will s'était mis dans la tête l'idée farfelue de sauver son amant du péché de la sodomie, mais le mélodrame n'avait-il pas suffisamment duré à présent ? Si, absolument ! Il poserait donc à Will un ultimatum : l'aimer ou le quitter. *Et comment pourrais-je m'en aller ?*

En approchant de la ville, il se rasséréna dès qu'il sentit l'odeur iodée de la mer. Après tout, comme Will, il avait choisi de s'embarquer sur la *Sirène* – c'était même son idée. À nouveau, ils seraient ensemble, comme ils l'avaient tant rêvé autrefois. Ils seraient ensemble… pour le moment en tout cas. Quant à l'avenir… Eh bien, celui-ci échappait à leur contrôle. Il se dévoilerait au fur et à mesure.

En arrivant à l'écurie de louage, le premier garçon auquel David s'adressa fut justement celui qu'il cherchait. Roger accepta avec un plaisir manifeste de rapporter aux Merriman leur jument. Il s'empressa également de charger la malle de Will sur une chaloupe pour Port Sally, assurant qu'il veillerait à la remettre à son propriétaire pendant que David terminait ses dernières courses – il comptait toujours passer chez le tailleur.

Tout fut réglé bien plus facilement que prévu, car de nombreux officiers démobilisés, en manque de fonds, avaient vendu un de leurs uniformes. Le tailleur en sortit un, de belle laine, qu'il promit de transformer en pardessus de capitaine marchand d'ici la fin de la journée. Comment faire accepter à William son cadeau ? David décida de prétendre que c'était pour son anniversaire – en retard – ou bien qu'il n'avait pu résister à ces nouveaux vêtements… pour le plaisir d'admirer son amant les porter avant d'avoir la joie de les lui ôter. Et c'était la vérité, n'est-ce pas ?

185

Très satisfait de ses achats, Archer quitta l'échoppe du tailleur un sourire aux lèvres et prit la direction de Port Sally. En ces temps de pénurie, il n'eut aucun mal à trouver une barque disposée à le conduire jusqu'à l'élégante *Sirène*, à l'ancre au centre du port. David choisit un matelot malingre, qui paraissait à peine capable de ramer. Une fois monté dans la fragile embarcation, il s'installa sur un banc et remonta son col pour se protéger du vent mordant.

Dès qu'ils approchèrent, une voix les héla :

— Qui va là !

David reconnut le bosco du *Vaillant*, Barrow, l'un des rares parmi l'équipage à savoir que le lieutenant Archer avait survécu à la balle reçue durant cette fameuse escarmouche avec les Français, juste avant d'arriver à la Jamaïque. Ainsi, Will avait retrouvé l'ancien maître d'équipage. Tant mieux, un souci de moins à gérer.

— Ohé, du navire ! Bienvenue à bord, monsieur, cria Barrow.

David Archer sourit en entendant ces mots. À proprement parler, ils étaient réservés à la Royal Navy, pour accueillir une chaloupe avec un officier. Or, la *Sirène* était un yacht civil – et David St John voyageait incognito.

Tout heureux de revoir un ancien de la *Calypso*, il ne fit aucune réflexion. Et même, en rejoignant le maître d'équipage sur le pont qui grouillait de marins paraissant tous très occupés, il ne put résister à lui rendre son salut militaire.

— Je suis M. St John, à présent, Barrow, souffla-t-il.

— Oui, monsieur, je sais. Je suis heureux de vous revoir en aussi bonne santé.

Le vieil homme les avait connus jeunes aspirants, Will et lui, et son sourire exprimait une bonhomie à la fois paternelle et affectueuse.

— Vous voilà revenu de chez les morts, M. St John, ajouta-t-il. Personne n'a jamais été aussi pleuré que vous, monsieur.

Archer, qui n'était pas facilement embarrassé, se sentit rougir. Pour changer de sujet, il jeta un coup d'œil autour de lui sur le pont.

— Oui, eh bien… hum, je vois qu'il y a aussi Klingler, Jules Owen… oh, Sam Owen serait-il également à bord ?

— Oui, monsieur, acquiesça Barrow.

David n'en fut pas surpris. Les jumeaux Owen, qui se ressemblaient comme deux gouttes d'eau, avaient du mal à se séparer.

— … Et Spencer. Qui d'autre encore de notre bonne vieille *Calypso* ?

Il trouvait étrange de ne pas voir le capitaine William Marshall.

— McClain et Korthals, monsieur. Ils sont actuellement à terre, histoire de voir s'ils ne trouvent pas quelques autres bons marins. Tous nos hommes connaissent votre nom, ne vous inquiétez pas. Personne ne se trompera ! À vrai dire, nous sommes si heureux d'avoir retrouvé un poste que vous pourriez nous demander de vous appeler la Reine de Mai [21] si vous y teniez. Le capitaine Marshall est dans sa cabine, monsieur.

— Oh, très bien. Je vais aller le retrouver, dans ce cas. Dites-moi, Barrow, que pensez-vous de la *Sirène* ? Fera-t-elle l'affaire ?

— *Aye.*

Barrow plissa les yeux en examinant le gréement et les voiles nettement ferlées le long des mâts. Il reprit ensuite :

— Pour un vrai marin, elle est un peu trop sophistiquée avec ces voiles aussi blanches que le cul d'une prostituée française, mais elle fera notre affaire jusqu'à ce que nous retrouvions un bon vieux navire de guerre britannique.

Pour Barrow, c'était un rare éloge, car aucun navire ne réussirait jamais à égaler leur ancienne frégate, la *Calypso*.

Archer le salua, puis s'éloigna pour descendre l'échelle qui menait à la coursive. Il trouva la cabine du capitaine déserte, mais il entendit des échos d'une voix familière sur tribord avant. Apparemment, Will donnait à l'équipage ses instructions concernant la meilleure façon d'arranger le ballast – une tâche que personne n'accomplissait exactement assez bien. Chaque fois qu'il intervenait, son rééquilibrage donnait toujours un peu plus de vitesse au bâtiment sur lequel il se trouvait. David ne le rejoignit pas. Inutile de le déranger en plein travail. La coque étant étroite, il n'y avait certainement pas de place pour les oisifs dans la cale, surtout pendant que caisses et fûts étaient déplacés.

Il hésita à remonter sur le pont, puis décida que mieux valait laisser l'équipage découvrir son nouveau navire sous l'œil vigilant de Barrow. Il resta donc dans la cabine, assis sur la banquette établie sous la fenêtre de poupe. Étant propriétaire de la *Sirène*, il avait en principe droit à la meilleure cabine, celle du capitaine. Mais sur un bâtiment aussi petit, il n'y

---

21 Le 1er mai était célébré dans beaucoup de cultures païennes de l'hémisphère nord, avant l'ère chrétienne, comme étant le premier jour de l'été. En Grande-Bretagne, la tradition est de danser et de chanter autour de l'arbre de mai, avec des rubans, et de choisir une Reine de Mai.

avait qu'une seule cabine, aussi nul ne s'étonnerait-il que le propriétaire la partage avec le capitaine. Avant même de savoir si Will allait accepter le poste offert, David avait rangé une partie de ses affaires dans les placards sous la banquette, veillant cependant à laisser disponible la moitié de la place –par superstition peut-être.

Il ignorait comment Will comptait occuper le reste de sa journée... à continuer à engager des membres d'équipage, probablement. En attendant, que devait-il faire, lui ? Une fois de plus, il se demanda s'il n'avait pas commis une erreur en organisant cette opération. Certes, il serait en mer avec Will – et leur mission était importante – mais quel était son rôle au juste ? Il n'avait pas de poste attribué sur la *Sirène*. Il possédait un lot de pierres précieuses et quelques noms à contacter une fois arrivé en France, mais pour l'instant, il n'avait rien à faire, ni aucune idée de ce que Will attendait de lui.

La *Sirène* lui appartenait, n'est-ce pas ? Il pouvait donc flâner sur le pont si cela lui chantait. Ou rester dans la cabine en laissant le capitaine Marshall faire connaissance avec ses hommes. Oui, à la réflexion, c'était la meilleure solution.

Archer ôta son pardessus qu'il déposa sur une patère judicieusement placée, puis il sortit d'un tiroir le livre commencé la veille, l'histoire d'un homme qui s'embarquait sans savoir ce que l'avenir lui réservait – n'était-ce pas curieusement adapté à sa situation ? Après avoir réfléchi un moment, il décida qu'il aurait préféré être avec William sur une île déserte que sur le plus beau navire existant.

Avec un sourire, il regarda le titre de son roman : *La Vie et les aventures étranges et surprenantes de Robinson Crusoé, de York, marin, qui vécut vingt-huit ans sur une île déserte sur la côte de l'Amérique, près de l'embouchure du grand fleuve Orénoque, à la suite d'un naufrage où tous périrent à l'exception de lui-même, et comment il fut délivré d'une manière tout aussi étrange par des pirates. Écrit par lui-même.*

David sourit. M. Defoe n'avait pas dû lire l'injonction de Shakespeare : *la brièveté est l'âme de l'esprit* [22].

_____

22 *Hamlet*, acte II, scène 2

III

Trois mois plus tard

— ROULEZ LA grand-voile et souquez les écoutes, déclara Marshall.

Les yeux plissés, il étudiait la neige qui tourbillonnait autour la *Sirène* et dissimulait le lointain rivage de la Normandie. Le brouillard était d'une épaisseur à vous glacer le sang.

— Nous avancerons joliment bien dès que la brume se lèvera.

— Oui, monsieur.

S'écartant d'un pas sur l'étroite dunette, Barrow hurla les ordres du capitaine aux gabiers qui, accrochés au gréement glissant, s'efforçaient de rouler les voiles glaciales et trempées. À cette époque de l'année, le mauvais temps n'avait rien d'inattendu, mais un changement aussi rapide était une rareté. La veille encore, le ciel était lumineux et relativement chaud pour un début décembre.

Une rencontre imprévue avec un navire marchand qui retournait en Angleterre, la cale pleine de vin, avait permis à Davy d'échanger un jambon contre quelques bouteilles d'un bourgogne tout à fait remarquable. Entrant dans son rôle, il avait cherché à tenter le capitaine étranger à faire une bonne affaire en acquérant de belles améthystes bien taillées. Le Français, après avoir examiné les pierres et exprimé une admiration polie, n'avait rien acheté. D'après lui, il faudrait que M. St John se rende à Paris, seul endroit où un bijoutier aurait les moyens d'acquérir l'ensemble du lot.

Marshall ignorait si ce petit échange avait donné de la crédibilité à leur mission. En tout cas, cela ne pouvait nuire – et Davy paraissait s'amuser.

Il trouvait toujours étrange de héler les navires français au lieu de leur tirer dessus – et de déjeuner avec leurs capitaines. Pour la *Sirène*, c'était bien plus sûr et Marshall se sentait protecteur envers elle. La goélette avait tenu les promesses de Sir Percy : elle était saine et bien conçue, avec de bonnes voiles qui prenaient le vent de façon à satisfaire le plus exigeant des capitaines.

Par contre, la dame n'aimait pas la neige ni les grêlons acérés dont les bourrasques la mitraillaient. Par un caprice météorologique incompréhensible, le vent avait transformé un après-midi chaud et ensoleillé en brume dense, glacée et humide. À chaque nouvelle rafale, quand les voiles s'agitaient, une fine pellicule de glace s'en détachait et tombait sur le pont, le couvrant de fragments. Deux fois déjà, William avait fait réduire la voilure, ne laissant que le minimum nécessaire pour avancer. Et la *Sirène* réagissait toujours avec la nervosité d'une pouliche.

Marshall découvrait les faiblesses de son navire et tentait de rester philosophe. Une chance encore que le mauvais temps les ait frappés quand ils avaient du temps à perdre, leur permettant d'apprendre le comportement de la *Sirène* dans les frimas sans compromettre leur mission.

La voix de David Archer retentit derrière lui :

— Au moins, nous sommes au large, nous ne risquons pas d'échouer.

— Si nous le faisions, répondit Will, il vous resterait l'option de devenir colporteur et de vendre vos améthystes, M. St John. Vous étiez très convaincant avec ce capitaine français, vous savez.

— N'est-ce pas le but du jeu ? demanda David d'un ton distant. Malgré tout, je ne compte pas aller jusqu'à Paris. Je n'ai pas envie de me trouver coincé sur le sol français lorsque la paix sera rompue. La route est longue de la capitale à la côte normande.

— Je préférerais que vous ne mettiez pas pied à terre, déclara Marshall. Je sais qu'il le faudra bien, puisque le troc se fait essentiellement dans les ports, mais avec un peu de chance, vous ferez vos ventes en mer, de navire à navire. Mieux vaut ne pas prendre de risques inutiles.

— C'est aussi mon intention. Je vous rappelle, Will, que notre mission est de pure routine.

— Pour le moment.

En toute franchise, Marshall devait reconnaître s'ennuyer un peu, leur navigation manquant singulièrement de danger ou d'animation. Depuis trois mois, ils avaient parcouru le golfe de Gascogne, surveillé la côte de Normandie et, à l'occasion, rencontré un autre courrier de la Ligue qui leur transmettait des instructions de Sir Percy ou emportait le compte-rendu de leurs observations. Leur première mission, malgré l'urgence avec laquelle ils avaient dû embarquer, n'avait été qu'une simple livraison d'or – attendu avec impatience par un agent contrebandier qui devait le faire passer en Espagne.

Si la flotte française mijotait quelque chose d'important, cela se passerait plutôt de l'autre côté du pays. D'ailleurs, Nelson ne se trouvait-il pas en Méditerranée, face à Toulon ? Là où les forces navales de Bonaparte se regroupaient désormais, la douceur du climat permettant les réparations et autres radoubs. William ne doutait pas que sa tâche actuelle était nécessaire à son pays, mais ce n'était pas le travail pour lequel il avait été formé. Tout lui paraissait bien trop facile.

Pourtant, sa nouvelle mission était différente, et pas uniquement parce qu'elle impliquait une personne de connaissance. Cette fois-ci, ils devraient débarquer sur le territoire français et envoyer une chaloupe récupérer un passager.

— J'aurais préféré que votre cousin réussisse à convaincre son beau-père de rester en Angleterre, remarqua-t-il.

Davy haussa les épaules.

— À mon avis, ce sera le dernier séjour en France du docteur Colbert, mais je comprends qu'il tienne à régler en personne ses affaires en suspens à Paris. Après tout, il en est parti très brutalement. Il craignait de trouver sa maison brûlée ou saisie par le gouvernement. Il est plutôt normal qu'il veuille vendre ses biens, si cela lui est encore possible.

David se frotta les mains et tapa du pied pour lutter contre le froid.

— J'espère, ajouta-t-il, qu'il est à l'abri de ce vent épouvantable. Il a près de soixante ans, vous savez.

— Oui, bien sûr. J'espère qu'il n'a pas été arrêté comme espion.

— Pourquoi cette crainte ? Will, la guerre a eu des conséquences inattendues pour des centaines de civils. Le docteur Colbert et sa fille rentraient chez eux, après avoir assisté à une conférence scientifique, lorsque la *Calypso* a arraisonné leur navire. Les autorités en place leur avaient donné l'autorisation de se déplacer. Ils ne sont pas responsables de ce qui leur est arrivé par la suite.

C'était la version que connaissait le gouvernement français.

— Oui, mais ils auraient pu rentrer chez eux une fois libérés, ce qu'ils n'ont pas fait.

— Certes, l'Angleterre ne les retenait pas et ils avaient l'option de retourner en France en passant par un port neutre. Rien ni personne n'aurait pu prévoir que Mlle Colbert rencontre et épouse mon cousin Christopher, n'est-ce pas ? Une fois que leurs enfants ont commencé à naître, Mrs St John, baronne Guilford, dûment mariée à un lord anglais – un *aristo*, comme ils disent – ne pouvait prendre le risque de retourner en France.

— Vous avez tant brodé sur cette histoire qu'elle en devient méconnaissable ! protesta William en riant.

En vérité, les Colbert avaient soigneusement prévu leur évasion en utilisant la conférence comme prétexte pour quitter la France. Quant à Kit, il avait eu la chance que ses amis acceptent de prendre avec eux un Anglais grièvement malade. Fuyant le régime de la Terreur qui ravageait leur pays natal, les Colbert n'avaient jamais envisagé d'y revenir. Au début de la Révolution française, le docteur avait soutenu ses réformes démocratiques, mais quand la masse populaire était devenue ivre de sang, il avait réalisé avoir simplement échangé un mauvais roi contre une autre forme de tyrannie. Il avait donc planifié sa fuite bien avant que Kit rencontre sa fille, Zoe, à la fête donnée par un ami commun. Une chance pour le baron Guilford, sinon Davy n'aurait probablement jamais revu vivant son très agréable cousin.

— Je reste suffisamment près de la vérité pour que personne ne puisse y trouver à redire, répondit Davy. Le docteur Colbert n'est pas le seul expatrié à revenir en France régler ses affaires personnelles, ni même le seul voyageur sur les routes, maritimes ou terrestres. La moitié des navires que nous avons croisés étaient remplis d'Anglais désireux de visiter la France.

Marshall ne se rassurera pas pour autant.

— Et l'autre moitié était des marchands, je sais, admit-il. Mais puisque nous jouons ce rôle, je présume que les Français le font également – en paraissant tout aussi innocents que nous.

— C'est probable, reconnut Davy. C'est la raison pour laquelle j'ai tellement insisté à faire ce troc, vous savez… ce marchand m'a semblé anormalement intéressé par notre itinéraire.

David posa la main sur l'épaule de Will.

— Pourquoi ne pas descendre vous réchauffer quelques minutes dans notre cabine ? proposa-t-il. Je peux allumer le brasero et vous faire chauffer du thé. Vous semblez frigorifié.

— Tout à l'heure, répondit Marshall. Quand le vent tombera.

Avec un soupir, Davy leva les yeux vers la voile qui battait au-dessus de sa tête.

— Dans ce cas, je vais vous monter une tasse de thé. J'ai dans l'idée que la tempête soufflera toute la nuit.

Marshall acquiesça, l'air absent, ne pensant qu'à son bienaimé navire. La nuit tombait rapidement et, concernant les conditions climatiques, Davy ne se trompait pas. Le plus sensé serait de trouver un abri pour la nuit, d'affaler les voiles et de ne plus bouger avant que le brouillard se lève. William comprit qu'il devrait descendre dans sa cabine, finalement, pour y consulter ses cartes marines.

Il appela Barrow pour lui confier la barre. Quand il voulut la lâcher, il fut surpris de trouver ses gants prisonniers de la glace. Elle céda assez facilement, mais William ne sentait plus ses doigts.

— Je descends vérifier si je peux trouver une anse où passer la nuit, annonça-t-il au bosco. Faites redescendre les gabiers et envoyez-les se réchauffer, à tour de rôle. Je ne veux ni fracture ni accident. Nous avons un équipage minimum et aucun médecin à bord.

— *Aye*, monsieur. Merci bien.

Marshall descendit par l'échelle la plus proche, soulagé d'échapper au vent mordant. Quand il arriva devant sa cabine, il s'apprêtait à pousser le loquet quand la porte s'ouvrit tout à coup. David en émergea, deux tasses à la main.

— Ah, vous voilà, capitaine ! Entrez, vous paraissez gelé. J'avoue être un peu étonné de voir que vous avez changé d'avis.

Il tint la porte ouverte et laissa Will pénétrer dans la cabine, puis referma vivement pour éviter les courants d'air.

— Je… n'ai… pas… commença William.

Il claquait des dents, le corps agité de frissons, en réaction à la chaleur toute relative de la cabine. Davy posa vivement ses tasses sur la table pliante devant la fenêtre et rejoignit Will pour déboutonner son manteau couvert de givre. Il posa ensuite sur ses épaules une couverture et le serra dans ses bras.

— Je suis seulement venu consulter les cartes, protesta Marshall.

— Et alors ? Tu le feras une fois décongelé.

William n'insista pas davantage. Le corps de Davy lui évoquait le sable tropical, il était enfin au chaud après journée glaciale. Lorsqu'il cessa de trembler, il se sépara de son amant à contrecœur.

— Inutile de continuer à naviguer dans un tel brouillard, annonça-t-il, surtout aussi près du rivage. Nous passerons la nuit à l'ancre. J'espère que le temps s'éclaircira demain matin.

Davy lui tendit son thé.

— D'accord. Bois ceci, je me charge de préparer tes cartes.

Reconnaissant, Will serra la tasse entre ses mains glacées, laissant la chaleur ranimer ses doigts engourdis. Il s'approcha ensuite de Davy qui, penché sur la table, déroulait une carte marine et suivait du doigt la côte.

— Nous devrions déjà approcher de notre point de rendez-vous… ah, le voici ! Ce n'est pas très loin.

— En effet… J'avais pensé que mieux valait que nous arrivions en même temps que le docteur Colbert, mais, avec un temps pareil, je préfère me mettre à l'abri, même si nous devons patienter une journée de plus. D'après Sir Percy, l'endroit est plutôt désert, mais je préfère éviter le village. Après tout, il nous serait difficile d'expliquer pourquoi nous nous attardons dans un coin pareil. Ici…

S'approchant de David, il pointa du doigt un creux dans le littoral, à quelques kilomètres du village en question.

— Cette anse devrait convenir, ajouta-t-il. Nous pourrions y être avant la nuit et le promontoire nous protégera du vent.

Davy se pencha davantage sur la carte, collant ainsi ses fesses contre la cuisse de Marshall, toujours derrière lui.

— Crois-tu que le vent est assez bruyant pour nous donner un peu d'intimité cette nuit ? chuchota-t-il.

D'instinct, comme attiré par un aimant, Will se pressa contre son amant, puis il se reprit et s'écarta.

— Non, je crains que non. Dans des conditions aussi déplorables, l'un de nous doit rester sur le pont, ou tout au moins rester éveillé.

— Je ne te proposais pas de dormir, Will.

— Je sais, mais tu étais le premier à dire que nous devions être discrets.

Davy acquiesça tristement. Il laissa retomber sa tête contre l'épaule de Will.

— C'est exact, reconnut-il. Pourtant, je ne pensais pas que ton sens de la bienséance serait aussi strict.

— Je suis le commandant de ce navire, Davy. Je ne peux pas… Je n'ai pas le droit d'agir comme je l'aurais peut-être fait… autrefois, en tant que simple lieutenant. Si l'un de mes hommes entrait…

Il remarqua que David fermait les yeux, le visage durci.

— Je vois, capitaine Marshall. Vous avez raison, bien entendu.

Se penchant vers lui, Will déposa sur ses lèvres un rapide baiser.

— Bientôt, chuchota-t-il. Je te le promets.

— Mais oui, bien sûr.

Davy s'écarta, rigide et distant.

— Je vais te laisser travailler, ajouta-t-il. Je remonte un moment sur le pont.

Il récupéra son pardessus près la porte et protégea sa tête d'un chapeau imperméable. Avant de sortir, il se retourna une dernière fois pour demander :

194

— Will, dois-je demander au cuistot de tenir notre souper au chaud jusqu'au coucher du soleil?

— Ce serait préférable, effectivement. Davy, je suis dés…

— Inutile de t'excuser, Will. Avec un peu de chance, nous ramènerons très vite le docteur Colbert en Angleterre, aussi, aurons-nous peut-être la chance à notre retour de passer une nuit à terre ensemble. Et dans le cas contraire…

Sans terminer sa phrase, il haussa les épaules et sortit de la cabine si vite que Will n'eut pas le temps de lui répondre.

Une fois seul, le capitaine William Marshall se renfrogna. D'après lui, Davy se montrait déraisonnable et injuste.

Non, bien sûr que non. Au contraire, la situation était injuste pour Davy. Depuis leurs retrouvailles, ils n'avaient eu qu'une seule nuit – quelques heures – ensemble. Ils étaient déjà à bord dès le lendemain, la *Sirène* étant prête à partir plus tôt que prévu, avant l'aube suivante, avec la marée. Si les hamacs s'étaient avérés plus confortables que ceux de la Royal Navy, ils étaient cependant séparés. A posteriori, Will regrettait de ne pas avoir gardé une nuit de plus leur chambre à l'auberge, mais un capitaine faisait passer son devoir avant ses désirs personnels – aussi intenses soient-ils.

De plus, il s'agissait de sa première mission, de son premier commandement – la *Palometa* n'ayant été que temporaire – et Marshall était satisfait d'avoir accompli sa tâche avec succès dans le délai imparti. Ce qui devrait bien compter, n'est-ce pas ?

Et David n'avait-il pas tout organisé ? N'étant pas idiot, il devait bien se douter qu'il ne s'agissait pas d'une croisière destinée au plaisir !

Malheureusement, la conscience de Will s'éveilla et, loin de justifier son attitude pharisaïque, elle lui rappela les innombrables fois où, dans le passé, il avait pris des risques – dangereux et stupides – dans des situations nettement plus incertaines que celle qu'il connaissait actuellement. Et il préférait ne même pas évoquer le danger que Davy avait couru – pour ne pas se rappeler qu'il avait bien failli en mourir. De plus, la paix n'était que temporaire, la reprise des hostilités entre la France et l'Angleterre ramènerait les combats, les blessés, la mort toujours aux aguets.

Marshall n'avait pas l'habitude d'avoir peur – d'ailleurs, ce n'était pas pour lui qu'il craignait. Chaque fois qu'il participait à une bataille, il était conscient qu'il risquait de mourir ; il espérait seulement que ce serait une mort propre et rapide. Malheureusement, une terreur nouvelle l'obsédait dès qu'il prenait le temps d'y réfléchir et, à ses yeux, cela diminuait son efficacité d'officier... et d'amant. Du coup, il craignait de prendre des risques.

Crois-tu vraiment que si tu restes chaste, le destin protégera ton amant ?

Il n'avait aucune réponse à cette question. Peut-être n'existait-elle pas. La vie des marins dépendait toujours des caprices du vent et des vagues, aussi n'était-il guère étonnant que la plupart d'entre eux soient superstitieux. Marshall s'était toujours vu comme un homme sensé, doté de logique, imperméable à la superstition. À présent, il se demandait s'il ne s'était pas illusionné sur son compte.

Si tel était le cas, il n'y pouvait rien pour le moment.

Une fois la carte mémorisée, il vida sa tasse et la remit en place, puis boutonna son pardessus et retourna sur le pont. S'ils trouvaient la crique en question avant la nuit, la *Sirène* serait en sécurité, à l'ancre, et l'équipage pourrait se reposer pour compenser ce triste temps. Et peut-être le vent serait-il effectivement assez bruyant pour dissimuler des activités illicites dans la cabine du capitaine.

Il chercherait à arranger les choses avec Davy à la première occasion.

— PAS DE changement ? Le signal a-t-il bougé ?

— Non, monsieur. Il ne s'est pas rapproché non plus. Je ne pense pas qu'il s'agisse d'un bateau, mais c'est difficile à dire, dans une purée pareille !

Il y avait un fanal à la pointe du promontoire qui refermerait la baie : aussi visible qu'un phare, il perçait la densité uniforme du brouillard. Juste après avoir jeté l'ancre, un des hommes de l'équipage avait remarqué une autre lueur, diffuse et jaunâtre, au niveau du rivage. Ce pouvait être une lampe allumée dans une maison, ou la lanterne d'un navire. Dans ce dernier cas, il y aurait dû en avoir deux, une à la proue, l'autre à la poupe, comme sur la *Sirène*, pour éviter une collision dans la brume.

Un signal avait été convenu pour retrouver le docteur Colbert : une lampe placée à la fenêtre d'un manoir, entre onze heures du soir et deux heures du matin. Certes, la lumière aperçue par la vigie correspondait à la direction attendue, mais avec ce damné brouillard, comment savoir si les autres conditions de reconnaissance étaient bien remplies ? En principe, 'leur' signal devrait être agité de droite à gauche toutes les demi-heures.

196

Par nuit claire, le mouvement serait repérable – dans la brume, nettement moins. Personne ne pouvait dire si la lueur jaune bougeait ou pas.

Marshall pensait aussi que c'était une lampe domestique, provenant d'une maison et non d'un navire. La troisième cloche n'allait pas tarder à sonner, il était donc une heure et demie du matin. La côte était pratiquement déserte. Qui serait debout à une heure pareille ? Une mère veillant sur un enfant malade, ou un vieil homme agité qui n'arrivait pas à dormir ? Ou un observateur, peut-être même un soldat, son télescope braqué sur le navire non identifié qui restait prudemment à quelques miles nautiques du rivage ?

Décidant qu'il ne pouvait rien faire de plus, sauf envoyer une chaloupe à terre pour une investigation approfondie, William secoua la tête. En temps de guerre, il n'aurait pas hésité : profitant de la nuit, il aurait éteint ses fanaux et envoyé une bordée d'hommes espionner le rivage étranger – quitte à semer le chaos sur son passage.

Avec une grimace, il réalisa avoir complètement oublié Davy et sa décision précédente de passer un moment en sa compagnie. Le vent soufflait fort, assez certainement pour masquer d'éventuels gémissements émanant de la cabine du capitaine – qui se trouvait juste sous ses pieds. Il se pencha par-dessus la rambarde, à la poupe de la *Sirène*. La fenêtre de la cabine était opaque, il n'y avait plus aucune lumière à l'intérieur.

Au cours du souper, Davy avait été aimable – et lointain. Sans réitérer son invitation, il avait abordé divers sujets, avec une aisance mondaine éprouvée, évoquant notamment quelques anecdotes concernant les membres de sa famille, la dynastie Greenwood : l'entrée prévue de sa plus jeune sœur dans le beau monde ; la difficulté qu'avait une autre, un peu plus âgée, à trouver un mari ; l'exaspération de l'aîné – héritier du titre – car son épouse ne lui avait pas encore donné d'héritier malgré ses efforts conjugaux. Pour Marshall, il s'agissait de faits divers, pour Davy, peut-être pas, mais cela leur avait au moins épargné d'avoir le silence comme tierce convive, ce qui n'aurait pas manqué si Will s'était chargé de diriger la conversation. Étrange que tant de paroles aient été échangées autour de la table… sans que rien n'ait été dit.

Will s'en voulait. Il aurait dû s'expliquer, puisqu'il en avait l'opportunité. Malheureusement, il ne savait pas par où commencer. Il ne possédait pas le don qu'avait Davy avec les mots. En mettant la goélette à l'abri, il avait décidé d'employer une approche plus directe, essentiellement physique. Ce serait bien plus simple et sans nul doute tout aussi efficace.

Mais alors, un membre de l'équipage avait aperçu la lueur, aussi le capitaine de la *Sirène* avait-il oublié ses bonnes intentions. À présent, tous s'accordaient pour dire que le signal n'avait pas bougé au cours des dernières heures. Bien sûr, ce pouvait être une menace, mais qu'il s'agisse d'une simple lampe était bien plus probable.

Marshall décida qu'il était temps pour lui de quitter son poste et d'aller se coucher. Il espéra que son amant l'attendrait dans la cabine. Il passa la barre à Spencer, le plus ancien des marins de quart, en lui donnant l'instruction de le réveiller s'il se passait quelque chose. Puis il descendit sans bruit l'échelle de coupée et, peu après, ouvrait la porte de ses quartiers.

Une vague lueur filtrait derrière la fenêtre, celle de la lanterne accrochée à la poupe, sur le pont arrière. Elle permit à Will de distinguer la courbe d'un hamac, suspendu le long du mur à côté du sien, alourdi par le corps de Davy. Il tendit l'oreille et perçut une respiration calme et régulière.

— Davy ? murmura-t-il.

Il ne reçut aucune réponse. Il avait raté sa chance de faire amende honorable. Il attendit encore un moment, hésita à réveiller son amant, puis se ravisa. Après tout, il était épuisé, ce qui risquait de diminuer son ardeur et Davy méritait mieux. Bâillant profondément, Will ôta son pardessus. La cabine lui paraissait d'une douce tiédeur, mais c'était essentiellement dû au contraste avec le froid glacial dont il sortait à peine. Sans perdre de temps, il se drapa dans ses couvertures et s'étendit dans son hamac. Demain, se promit-il. Demain, il trouverait le temps de combler le gouffre qui semblait s'être creusé entre David et lui. Il regrettait leur ancienne amitié de camarades de bord, leur entente facile, agréable et intime même dans le confinement que leur imposaient les circonstances.

Il avait certainement commis une erreur... mais laquelle ? Il l'ignorait – et ne savait pas davantage comment arranger la situation.

IV

À L'AUBE, le brouillard se leva et le soleil fit fondre le givre des bastingages de la *Sirène*. La lumière, qui semblait de si mauvais augure au cours de la nuit, n'était qu'une simple lampe extérieure, placée près la porte d'un manoir en pierre construite en hauteur, d'autres habitations modestes se regroupant au village, sur la plage. Par nuit sombre, la lampe de la corniche était sans doute la seule à rester allumée dans un si petit hameau.

À ce propos... Marshall plissa les yeux contre sa lorgnette en étudiant le manoir, avec son toit mansardé et un dôme central qui se trouvait aligné avec le clocher de l'église du hameau. Tout semblait correspondre à la description qu'il avait reçue du point de rendez-vous, en même temps que ses dernières instructions.

Il tendit sa lorgnette à Davy, qui se tenait avec lui sur la dunette.

— M. St John, reconnaissez-vous le manoir que l'on distingue derrière l'église ?

Après quelques minutes d'observation, Davy acquiesça.

— Je peux redescendre chercher notre ordre de mission, mais, si j'en crois ma mémoire, c'est bien la résidence de l'ami du docteur Colbert, ou du moins du savant de sa connaissance.

— Bien, dans ce cas, voici une bonne chose de faite. Nous savons désormais où chercher notre signal à la nuit tombée.

Marshall fronça les sourcils. Dommage que ce monsieur... Comment s'appelait-il déjà ? Beaumont, Beauville ? Ah, Beauchêne... dommage qu'il ne soit pas un agent des Anglais. Dans ce cas, ils auraient convenu d'un moyen de communication pour avancer l'embarquement à bord du docteur Colbert. Malheureusement, Beauchêne n'était qu'un vieil érudit qu'une infirmité quelconque confinait chez lui. Et Colbert ne l'avait pas prévenu de sa visite, comptant arriver à l'improviste.

David sembla suivre le même raisonnement.

— Il est regrettable que nous ne puissions pas tout simplement envoyer un message à M. Beauchêne pour lui demander où se trouve le docteur Colbert, déclara-t-il à haute voix. J'espère que nos renseignements sont toujours d'actualité et que notre savant français est bien chez lui.

— Je l'espère aussi. À présent que le brouillard est levé, mieux vaut que nous bougions. Aimeriez-vous aller au Havre et rendre visite à certains des beaux messieurs de votre liste, ceux susceptibles de devenir de potentiels clients ?

— À mon avis, répondit Davy, il serait préférable de ne pas rester à l'ancre en attendant qu'un douanier français vienne inspecter nos papiers. Peut-être trouverais-je en route un capitaine désireux d'échanger des grenats contre des améthystes. Je n'en tirerai aucun profit, mais cela ajouterait de la variété à mon stock, tout en prouvant que nous sommes de vrais commerçants.

— Je suis certain que vous serez capable de tenir une bijouterie à la fin de notre mission.

L'air pensif, Davy lui rendit sa lorgnette. William la rangea dans la poche de son pardessus.

— C'est la seule tâche qui m'a été confiée, Will. Vous demandez-vous parfois ce que nous ferons de notre temps une fois la guerre terminée ?

— Je n'en ai aucune idée, répondit-il avec franchise. La Royal Navy existera toujours, vous savez, même si sa flotte est réduite. Et si nous faisons la paix avec les Français, il restera les pirates barbaresques, les négriers, et les missions à accomplir pour Sa Majesté en Amérique du Sud et dans le Pacifique.

— Ainsi, vous pensez rester dans la Royal Navy ?

— Bien sûr, si cela m'est possible. Vous l'avez dit vous-même… une fois la paix rompue, Sir Percy m'aidera sans doute à trouver un navire. Je pourrais même garder celui-ci, à condition de mieux l'armer. Vous savez, un commandant passe rapidement au rang de capitaine.

Davy lui adressa un sourire. Marshall eut pourtant la sensation que son ami était insatisfait, troublé peut-être.

— Ainsi, vous me croyez enfin ? Je vous avais bien dit que vous seriez rapidement promu au rang dont vous rêvez, n'est-ce pas ?

Marshall haussa les épaules.

— Je n'ai pas autant confiance que vous dans mes mérites, mais votre optimisme est contagieux, je le reconnais. Lorsque Bonaparte attaquera l'Angleterre – ce qui arrivera, un jour ou l'autre – la Royal Navy devra l'en empêcher. Sur la terre ferme, ce damné homme est un génie militaire, mais en mer, il n'arrive pas à la cheville de Nelson ou de Collingwood. Dans le cas contraire, je craindrais pour l'Angleterre – malgré toute la confiance que j'ai en notre armée.

— Vous avez raison. Boney n'a pas reçu tous les dons, grâce au ciel !

— Oui. Il est loin d'être aussi infaillible qu'il se l'imagine.

Marshall se tourna vers Barrow, à la barre, et donna l'ordre de monter l'ancre et de hâler les voiles de la *Sirène*. Autant ne pas s'attarder.

Plongé dans ses pensées, Davy resta accoudé au bastingage, à regarder le village disparaître peu à peu.

— Aucun conquérant n'est jamais infaillible, reprit-il, ni Jules César ni Alexandre le Grand. Et pourtant, tous y croient quand le succès leur sourit. Je me demande l'effet que cela doit faire, Will, d'être consommé par une telle ambition, de se croire capable de gouverner le monde…

— Quelle étrange façon de voir les choses ! s'exclama Marshall. Personnellement, j'aurais du mal à me mettre à leur place, car je n'ai pas une si haute opinion de moi-même. Je n'attends de l'existence que le commandement d'un navire et la certitude d'accomplir mon devoir au mieux de mes capacités. Si vous voulez mon avis, les tyrans ambitieux se moquent bien d'être 'capables' de gouverner le monde, ce qui les intéresse, c'est d'avoir tout pouvoir sur autrui.

Perplexe, Davy secoua la tête.

— Je ne vois qu'une seule raison d'ambitionner le pouvoir suprême, remarqua-t-il, ce serait d'abolir les lois qui font de l'amour un crime.

Will faillit répliquer : '*Et priver la foule du pilori et la potence ?*', mais il se ravisa. Après quelques minutes de réflexion, il déclara :

— Mon père m'a dit un jour que s'il voyait ses ouailles honorer la parole du Christ autrement que pour la violer, il s'en évanouirait probablement d'émotion. *Ne jugez pas* semble un commandement encore plus difficile à suivre que *aimez-vous les uns les autres*.

— Oui, haïr est plus simple, je présume.

Davy soupira.

— Je suis désolé… commença-t-il.

— Je suis désolé, déclara Wil au même moment.

Ils s'interrompirent en même temps et se consultèrent du regard, puis David enchaîna :

— Je suis désolé d'avoir été plutôt pénible ces derniers jours. J'ai si peu à faire que cela me laisse trop de temps pour ressasser des broutilles.

Tous deux étaient accoudés au bastingage, sur la petite portion surélevée de la poupe qui correspondait à la 'dunette'. L'équipage, habitué aux us et coutumes de la Royal Navy, accordait à son capitaine autant d'intimité que possible. Personne ne pouvait surprendre leur conversation, surtout s'ils parlaient à voix basse. La *Sirène* venait de quitter l'abri du promontoire rocheux, aussi le vent recommençait-il à souffler fort.

— Moi aussi, je suis désolé, répondit Marshall. J'ai été préoccupé…

— Tu pensais à ton navire et à notre mission. C'est bien normal.

— Tout de même…

— Non, ne t'inquiète pas, Will. Nous ne sommes pas en croisière. Même s'il ne s'agit pas d'une corvée, nous avons du travail à accomplir. Toi, en tout cas. Quant à moi, à part monter la garde à l'occasion, je n'ai rien d'autre à faire qu'à jouer avec mes petits cailloux quand nous recevons des étrangers à bord.

— Veux-tu un service régulier ? proposa Marshall. Tu es le propriétaire de la *Sirène*, Davy, tu peux faire ce que tu veux, et je connais tes talents de marin. D'ailleurs, M. St John n'est-il pas censé avoir été le navigateur de Sir Percy ?

— Oui, jusqu'à ce qu'il ait été abattu par des pirates.

Davy éprouvait pour le théâtre une véritable passion, ce qui l'avait aidé à créer le personnage fictif de 'David St John', Canadien au passé mouvementé. Il était entré dans son rôle avec ardeur et conviction.

— Si je te remplace, ajouta-t-il, tu pourrais au moins te reposer un moment dans notre cabine.

Au moment où il prononçait ces mots, son visage perdit toute animation et redevint ce masque placide auquel Marshall pensait comme 'un lieutenant sur le pont'. Une fois de plus, son amant prenait de la distance sans que lui-même en comprenne la raison.

— Ce n'était pas le but de ma proposition, s'empressa-t-il de dire, tout en faisant un louable effort pour ne pas élever la voix. Je ne me plains pas de partager la cabine avec toi. Pas du tout !

— Vraiment ? Pourtant, il est parfois plus sage d'éviter la tentation.

Davy croisa brièvement son regard avant de détourner la tête.

— Vous êtes le capitaine de la *Sirène*, M. Marshall. Quel serait l'intérêt que je vous remplace si nous devons être ensemble sur le pont ou dans la cabine ?

Il baissa la voix pour chuchoter :

— Will, si tu préfères que nous ne nous touchions pas, mieux vaut sans doute que nous dormions à tour de rôle.

Marshall tenta de trouver une répartie, mais l'enchevêtrement de ses émotions l'empêchait de réfléchir de façon cohérente. Et le vent qui fouettait le visage faisait tournoyer ses pensées dans sa tête.

— Est-ce ce que tu veux ? demanda-t-il enfin.

— Je ne vois pas en quoi ce que je veux…

Davy inspira profondément et se referma sur lui-même. Quand il reprit la parole, sa voix était froide et impersonnelle :

— Je pense simplement que ce serait plus raisonnable, capitaine, compte tenu de ce que vous m'avez annoncé hier. Je comprends parfaitement vos motivations, et vous avez sans doute raison. Ceci étant dit, dans ces circonstances, un peu de solitude – même si le mot reste théorique sur un bâtiment aussi restreint – ne pourra que nous faire le plus grand bien.

— Je n'ai jamais demandé à ce que nous nous évitions, répondit Marshall d'un ton mesuré.

— Comment le pourrions-nous ? Nous sommes sur un yacht, au nom du ciel ! Pour nous éviter, il faudrait que l'un de nous quitte le bord !

Marshall ne savait plus quoi dire. Davy non plus d'ailleurs, d'après son expression interloquée. Pourquoi se disputaient-ils… alors que chacun d'eux s'excusait quelques minutes plus tôt ?

— Eh bien, reprit Marshall, je vais aller à nouveau consulter les cartes. Je n'ai repéré aucun signal du manoir la nuit dernière. J'en suis certain, Barrow aussi ainsi que tous les hommes qui se trouvaient sur le pont. Si nous revenons toutes les nuits au même endroit, nous attirerons vite l'attention. J'ai donc l'intention de naviguer vent arrière aujourd'hui et de revenir demain après-midi, en prenant notre temps, pour arriver une fois la nuit tombée. Dans deux jours, nous sommes censés retrouver Sir Percy et lui ramener Colbert, si nous l'avons récupéré d'ici là. Dans le cas contraire, ce sera à lui de décider de la suite des événements. Accompagne-moi dans la cabine si cela te dit. La solitude ne m'attire pas.

Davy hésita, comme s'il envisageait de refuser. Il finit par acquiescer

— Je te remercie. Ce vent m'a glacé jusqu'à l'os. Je crains que mon sang se soit appauvri pendant les mois que j'ai passés sous la chaleur des Antilles.

— Dans ce cas, je te recommande le remède que tu m'as offert la nuit dernière : un bon thé bien chaud.

Et une étreinte, décida Marshall en son for intérieur.

Il réclama à Clement, son steward, du thé et des biscuits, ce qui leur donnerait l'occasion de passer un moment en tête-à-tête. Ils ne pourraient échanger qu'un baiser ou deux, mais Will tenait beaucoup à rassurer Davy. S'il tenait à rester discret, il n'en désirait pas moins son amant.

ILS NE reçurent aucun signal la nuit suivante, alors que trois paires d'yeux au moins restèrent fixées sur le manoir de dix heures du soir à trois heures du matin. Une heure plus tard, ils levaient l'ancre pour retraverser la Manche et retrouver Sir Percy, qui les attendait près de St. Catherine Point.

Marshall était contrarié d'avoir, pour la première fois, failli à sa mission, mais son employeur resta imperturbable. À dire vrai, il ne paraissait même pas surpris. Il avait reçu de nouvelles informations d'un agent Paris, lui indiquant que le médecin, ses affaires réglées, était en route pour la côte.

— Le problème, déclara Sir Percy, c'est que le bon docteur a plusieurs jours de retard sur l'itinéraire initialement prévu. Nous pensions aussi qu'il descendrait la Seine, mais pas du tout, il traverse par les terres. Je suis certain qu'il a ses raisons pour agir ainsi, j'aimerais simplement les connaître.

— Et s'il ne se présente pas au rendez-vous ? demanda Davy à brûle-pourpoint. Combien de temps voulez-vous que nous l'attendions avant d'intervenir ?

— Nous ne devrions pas en arriver là. Je vous recontacterai s'il n'est pas là d'ici dix jours. Nous avons déjà réclamé des renseignements via d'autres sources, aussi peut-être apprendrons-nous quelque chose d'intéressant.

C'était une réponse bien vague, en y réfléchissant. Et la discussion ne concernait pas un étranger, mais le beau-père de Christopher St John, à qui Marshall et Davy devaient beaucoup. De plus, tous deux aimaient beaucoup sa femme, née Zoe Colbert, et appréciait son père. Ils ne comptaient pas l'abandonner en situation périlleuse. Malheureusement, plusieurs centaines de kilomètres séparaient de Paris de la côte normande, un long trajet bien risqué, surtout pour un vieillard voyageant seul.

Le médecin ayant plusieurs jours de retard, David avait espéré passer la nuit au port – le temps de renouveler leurs provisions. Ce petit répit leur fut refusé, car Sir Percy leur avait apporté le nécessaire, ainsi que des courriers urgents. La Sirène dut donc reprendre la mer sans attendre.

Marshall était aussi frustré que son amant lorsqu'il reprit la barre pour retraverser la Manche.

LES JOURS passèrent. Toutes les nuits, la *Sirène* revenait près du rivage, sans recevoir le signal attendu. La première semaine de décembre s'écoula, la seconde commença par une nuit pluvieuse qui rendait tout carré de peau nue humide et engourdi. L'équipage ne disait rien, mais les hommes commençaient à s'agiter. David aussi.

Il avait un mauvais pressentiment. Certes, ils avaient une explication plausible pour justifier leur présence. Sir Percy avait décidé qu'une parcelle de vérité ne pouvait nuire et Archer avait plusieurs fois répété son rôle en cas de rencontre avec un capitaine français. À dire vrai, il l'avait tant révisé que, s'il avait à monter sur scène, comme un vrai acteur, il se serait probablement ennuyé. L'histoire était simple : David St John avait reçu un message de son cousin, le baron Guilford, lui indiquant que son beau-père se trouvait sur un petit village de la côte normande ; le vieillard, inoffensif, mais excentrique, ne donnait plus aucune nouvelle. Le baron tenait à ce que *grand-père* rentre rapidement à la maison, ses petits-enfants le réclamant. Bien entendu, David St John s'était senti tenu de rendre service à son noble cousin.

Pourquoi attendaient-ils un signal nocturne ? Parce que le docteur Colbert pensait plus facile de le voir une fois le soleil couché. Une fois sa présence confirmée, une chaloupe serait envoyée le récupérer – de jour, bien entendu. À dire vrai, le capitaine Marshall considérait ce projet comme insensé et susceptible de leur attirer des ennuis...

Et Will se sentait tout à fait capable de défendre ce point de vue en cas d'interrogatoire :

Il n'était qu'un employé et M. St John, propriétaire de la Sirène, *avait bien le droit de s'offrir un caprice, n'est-ce pas ? De plus, le docteur Colbert, né en France, avait tous les papiers et autorisations nécessaires pour voyager, alors, pourquoi un brave marin aurait-il refusé de raccompagner le vieillard dans sa famille britannique, de l'autre côté de la Manche ?*

Heureusement qu'Archer avait déjà entendu de pareilles inepties, en général chez des naufragés civils ! Dans le cas contraire, il aurait eu du mal à rester impassible en prononçant un tel discours. D'un autre côté, avec un peu de chance, aucun d'eux ne serait interrogé par les autorités. Ils verraient bientôt le signal – une lanterne rouge qui se balançait derrière la fenêtre – et ils enverraient une chaloupe et retrouveraient sur la plage le docteur Colbert sain et sauf.

Il ne restait au brave homme qu'à paraître.

Et les jours s'écoulaient sans qu'il le fasse.

Le temps paraissait long, sans rien d'autre à faire qu'approcher du rivage tard dans la nuit et retrouver la pleine mer avant l'aube. La météo se

205

montrait clémente : si le ciel restait couvert, il pleuvait rarement. Chaque matin, le soleil apparaissait à l'horizon et jetait sur l'eau ses reflets de feu, puis il se cachait dans les nuages, où il passait la plus grande partie de la journée – assez courte en ces temps d'hiver – avant de réapparaître brièvement à son coucher.

Marshall profita de ce répit pour entraîner son équipage. Bien sûr, il n'y avait aucun tir à balles réelles, car il aurait été incroyablement stupide d'attirer l'attention de la marine française. Les exercices restaient silencieux : les hommes préparaient leurs petits canons en passant par toutes les étapes d'un combat réel, ce qui leur permettait d'améliorer leur efficacité et de souder la cohésion de bordées, n'ayant jamais encore œuvré ensemble. Il aurait été plus valorisant d'utiliser quelques cartouches de poudre, mais le capitaine avait confiance en ses hommes, tous anciens marins de la *Calypso* et du *Vaillant*.

David regrettait de plus en plus de n'être pratiquement jamais seul avec William. Ils se croisaient parfois, s'embrassaient quand l'un d'eux se couchait et que l'autre se trouvait aussi dans la cabine… David avait l'impression d'avoir retrouvé le régime de la Royal Navy. En pire ! Comment organiser un rendez-vous clandestin à l'insu du capitaine… quand son amant était précisément ledit capitaine – et qu'il exigeait bien plus de lui-même que de ses hommes ?

Il finit par se résigner à la chasteté, comme autrefois, sur le *Titan*, aux premiers mois de son amitié avec Will, quand il était éperdument amoureux d'un homme qui ne voyait en lui qu'un camarade de bord.

Était-ce plus facile à l'époque ? Oui, à certains égards. Il trouvait moins douloureux de regretter un amour impossible que la disparition de ce qu'il avait brièvement connu. Il souffrait atrocement. Quel étrange sentiment qu'un être vous manque tellement – tout en se trouvant à quelques centimètres !

Le dix décembre, après un repas pris en tête-à-tête dans leur cabine, Marshall décida tout à coup :

— Il faut aller à terre et se renseigner. Le docteur Colbert aurait dû déjà arriver. Peut-être a-t-il été arrêté par les autorités françaises.

— Comment envisages-tu de te renseigner ? demanda Archer. Ce village – si petit qu'il n'est en fait qu'un hameau – n'est certainement pas le genre d'endroit où je peux faire semblant de chercher un bijoutier.

— C'est évident !

Will utilisa ce qui lui restait de biscuit pour nettoyer son assiette de l'épaisse sauce du ragoût de bœuf. Clement leur concoctait de bons petits plats dans la cambuse de la *Sirène*.

— J'ai deux options, reprit-il, après avoir avalé. D'abord, je pourrais me rendre à terre et réclamer un apothicaire, ou même un vétérinaire puisque nous n'avons pas de médecin à bord.

— Et l'autre ?

Will haussa les épaules.

— Dire la vérité… l'histoire que nous avons concoctée y correspond à peu près. Je pense que ce serait plus simple et plus sûr, à moins que tu ne veuilles avaler une infecte concoction qui te détraquerait les entrailles.

— *Moi* ? Pourquoi serait-ce à moi de la boire ? Will, je te rappelle que c'est toi le capitaine de ce navire. De plus, le docteur Colbert est mon oncle – par alliance d'accord, mais il fait quand même partie de ma famille. C'est à moi d'aller à sa recherche.

Will lui lança un regard si féroce que, d'instinct, David recula en s'enfonçant dans son siège.

— Non ! Il n'en est pas question !

Archer resta à le fixer, bouche bée, incapable de parler. Il savait bien que sa prétendue autorité sur Will était fictive, mais jusqu'à présent, tous deux avaient pris les décisions conjointement, après en avoir discuté. Il pesa ses options : soit il argumentait, soit il attendait que William lui explique sa position.

Il se tut et attendit.

Au bout d'un moment, Will finit par reprendre d'un ton plus calme :

— Davy, je suis le capitaine de ce navire, c'est à moi de me charger de cette enquête. D'ailleurs, n'est-il pas plus logique que le propriétaire reste à bord et envoie son employé à terre ?

Ils allaient à nouveau se quereller, Archer en était certain. Il compta mentalement jusqu'à dix avant de répondre.

— As-tu réalisé que tu viens d'avancer deux arguments diamétralement opposés pour justifier l'injustifiable ?

Pendant un moment, Will le fusilla d'un regard noir. Puis son visage se détendit dans un sourire.

— Eh bien, non. Mais serais-tu en train de dire que j'ai raison, que tu choisisses un argument ou l'autre ?

— Au contraire. Soit tu es le capitaine de ce navire – et donc, tu dois rester à bord pour accomplir ta tâche – soit je suis le propriétaire qui ne suit que son bon plaisir et j'ai le droit de décider lequel de nous deux ira se renseigner concernant mon parent. En clair, que je choisisse un argument ou l'autre, tu vas refuser d'admettre que tu as tort.

Will soupira.

— Davy, le docteur Colbert aurait dû arriver depuis des jours, même s'il a quitté Paris plus tard que prévu. Nous ignorons où il est et ce qui l'a retardé. Quant au manque de signal, la raison peut être très simple : si Colbert est malade, ou blessé, il n'a pas pu se lever et aller jusqu'à la fenêtre. Et Beauchêne a pu déménager. Je ne vois pas aucun risque à me rendre ouvertement à terre, en plein jour, pour poser quelques questions innocentes…

— Et si tu ne trouves aucune réponse ? Ou si Beauchêne est bien chez lui, mais qu'il n'a reçu aucune nouvelle du docteur Colbert, que feras-tu ?

— Eh bien, nous aurons au moins appris quelque chose… commença Will.

— Qui ne nous servira à rien !

À travers la table, il prit la main de Will, comme si un lien physique pouvait les empêcher de creuser leur désaccord.

— Will, moi aussi, j'en ai assez d'attendre. Nous ne pouvons continuer indéfiniment ces allers et venues. Je crains en permanence l'irruption d'une corvette française qui nous ferait prisonniers… et je n'ai aucune envie d'être exécuté comme espion !

— Si nous sommes accostés, nous jetterons par-dessus bord les documents compromettants, déclara Will. Il ne restera aucune preuve susceptible de nous accuser.

— Peut-être. Mais les Français pourraient nous retenir suffisamment longtemps pour rendre impossible notre rendez-vous avec le docteur Colbert. Et, dans ce cas, que deviendrait notre mission ?

Après un petit moment de silence, il ajouta :

— Je m'inquiète pour lui, bien entendu, mais je crains que ce soit déjà trop tard. Damné entêté ! Il n'aurait jamais dû retourner en France !

— As-tu une autre idée que débarquer ?

— Attendons un jour de plus, répondit Archer, les dents serrées. En espérant que nous aurons ce soir le signal.

Will lui caressa les doigts de son pouce.

— D'accord. Pourtant, Davy, il nous faudra agir bientôt. Et Sir Percy ne nous a jamais interdit d'aller à terre.

— Pas plus qu'il nous a conseillé de nous y rendre. Ce n'est pas prudent.

Archer se tut en soupirant. Il n'insista pas, préférant ne pas envenimer la question. Il avait espéré mieux qu'un jour de sursis. Au moins, Will ne débarquerait pas cette nuit.

Si cela ne dépendait que de lui, Will n'irait jamais à terre. David n'avait pas particulièrement envie de mourir, mais il envisageait la situation d'un œil objectif : militairement parlant, William Marshall était bien plus important que lui pour Royal Navy de Sa Majesté.

De plus, si l'un d'eux devait disparaître, David était certain que Will s'adapterait bien mieux que lui à la solitude.

Après tout, ne l'avait-il pas déjà prouvé à Portsmouth ces derniers mois ?

V

Le second matin après sa promesse d'accorder à Davy un jour de répit, Marshall se réveilla tôt. La veille, il n'avait plus abordé la question, espérant, par miracle, recevoir le signal durant la deuxième nuit. Mais les heures s'étaient écoulées sans la moindre lumière, aussi perdait-il patience.

Il n'avait plus parlé de se rendre à terre. Davy non plus, d'ailleurs. Apparemment, chacun d'eux hésitait à rouvrir ce sujet épineux. Plus le silence s'attardait, plus il devenait difficile à rompre. Si Davy pensait qu'il avait abandonné son projet, il se trompait. Pour éviter tout risque de conflit, Marshall était resté sur le pont toute la journée, même quand il n'était pas de service, et Davy avait monté la garde au cours de la nuit. À présent, il dormait profondément, enfoui dans son hamac. Marshall ne voyait de lui que ses cheveux dorés, tout ébouriffés.

Il trouvait plus difficile qu'il ne l'aurait cru de se motiver à suivre le plan concocté la nuit précédente. Pourtant, il quitta sans bruit son hamac, s'habilla en silence et sortit de la cabine pieds nus, ses bottes à la main. Il ne les enfila qu'une fois dans la coursive.

Quand il arriva sur le pont, Barrow se mit au garde-à-vous.

— La matinée est tranquille, monsieur. Je n'ai vu aucun signe des Français… sauf sur le rivage, bien entendu.

— Parfait.

Marshall jeta un coup d'œil par-dessus bord, le village était encore invisible. Il n'apparaîtrait que quand la *Sirène* s'approcherait d'un mile ou deux.

— Je compte me rendre à terre ce matin, Barrow. Veillez à préparer la chaloupe pour une mise à l'eau dès que nous serons à bonne distance.

— Oui, monsieur, je demanderai des volontaires pour vous accompagner.

Il hésita avant d'ajouter :

— Devrons-nous être armés, monsieur ?

— Les hommes peuvent emporter leur pistolet, mais, en principe, ils ne devraient pas en avoir besoin. Ils ramèneront aussitôt la chaloupe. Je débarquerai seul. Je vous préviendrai pour revenir me chercher.

210

Le maître d'équipage avait trop d'expérience pour remettre en question un ordre de son capitaine, mais il connaissait Marshall depuis des années, l'ayant vu jeune aspirant à bord du *Titan*, à peine assez âgé pour se raser. Il ne put résister à émettre un mot de protestation.

— Monsieur... ?

Ce fut un mot de trop. Marshall se hérissa.

— Veuillez ne pas m'obliger à me répéter, Barrow !

Conscient que sa colère était injuste et imméritée, Marshall se sentit un vrai bâtard. Ce qui le poussa à s'expliquer davantage :

— Je me rends à terre pour poser des questions concernant l'oncle de M. Archer, qui semble avoir mal choisi son itinéraire. Alors qu'un homme seul n'attirera pas l'attention, un groupe armé pourrait être considéré comme une provocation et révoquer la trêve entre la France et l'Angleterre. Je n'ai pas l'intention de commettre une folie pareille. La question est réglée. Je ne compte en débattre ni avec vous ni avec personne !

— *Aye*, capitaine.

Après un nouveau salut, Barrow tourna les talons. Marshall regrettait déjà son mouvement d'humeur. Il avait toujours méprisé les capitaines incapables de se contrôler, qui s'en prenaient impunément à des subordonnés – que leur position confinait au silence. Et voilà qu'il agissait comme eux ! De quoi le faire douter de son aptitude à commander un navire et à inspirer à ses hommes respect et obéissance.

Il aurait voulu être déjà à terre, loin de la *Sirène*, mais c'était impossible. En guise de dérivatif, il fit descendre la vigie et monta prendre sa place, sur la hune du grand mât, aussi haut que possible. Ainsi, il avait un peu d'intimité, de l'espace pour respirer. Il surveilla attentivement l'horizon.

La *Sirène* vira tandis que l'équipage, en dessous, manœuvrait les voiles et la barre. Marshall sentit son perchoir onduler sous ses pieds, ce qui le fit pencher vers les vagues qui s'étalaient à l'infini. Aux premiers jours de son engagement dans la Royal Navy, il avait souvent eu le vertige dans de telles situations, mais avec l'expérience, au cours des années, il s'était mis à apprécier cette sensation d'apesanteur. Pour un humain, c'était ce qui se rapprochait le plus du vol d'un oiseau. Et aujourd'hui, il était sur son navire, capitaine et seul maître à bord, un rêve qu'il avait caressé depuis aussi longtemps que remontaient ses souvenirs.

Comme à l'accoutumée, l'immensité bleue du ciel et de la mer le calma peu à peu. De plus, la Manche était vide, pas le moindre navire ennemi en vue – c'était rassurant. Certes, Davy ne se trompait pas en disant que cette visite à terre serait probablement inutile et qu'il risquait de ne rien apprendre d'important. Pourtant, Marshall vérifierait au moins si Beauchêne, l'ami du docteur Colbert, était ou non chez lui, au manoir. Si c'était le cas, eh bien, ils attendraient un peu plus longtemps le retardataire. Sinon, la *Sirène* retournerait en Angleterre pour de nouvelles instructions. Avec un peu de chance, un autre agent du Renseignement se trouvant déjà en France se chargerait de récupérer l'oncle par alliance de Davy.

Oh, Seigneur. Davy !

Marshall devait absolument lui parler. Pas question qu'il s'enfuie comme un voleur en profitant du sommeil de son amant. Ce serait trop lâche, déshonorant, indigne d'un capitaine. Marshall devait affronter le propriétaire de son navire – l'homme qui le remplacerait durant son absence.

Non, ce n'était pas dans sa nature de filer sans une dernière explication. Il le regrettait infiniment !

IL ATTENDIT le dernier moment. Lorsque les maisons qui s'alignaient sur le rivage commencèrent à apparaître à l'horizon, il descendit à contrecœur de son perchoir, fit quelques pas sur le pont, et se glissa par une écoutille pour se rendre jusqu'à sa cabine.

En ouvrant la porte, il trouva Davy levé et habillé, le dos tourné, les deux bras appuyés le cadre de la fenêtre arrière.

— Bonjour, capitaine, dit-il sans se retourner.

— Davy…

— J'ai entendu grincer les bossoirs, coupa David d'un ton sec. Ils se préparent à descendre la chaloupe, n'est-ce pas ? Que comptiez-vous faire, M. Marshall, me réveiller avant de partir, ou vous contenter de laisser un message sur mon oreiller ?

— Je comptais te réveiller, bien entendu. À ton avis, pourquoi suis-je descendu ?

— Je n'en ai pas la moindre idée.

— Davy…

Marshall serra les dents et s'énerva tout d'un coup :

— M. Archer, aboya-t-il, pourriez-vous avoir la courtoisie de me regarder pendant que vous me parlez ?

— Bien sûr, capitaine.

Il pivota, les yeux étincelants de rage. Avec une politesse outrancière, il se mit au garde-à-vous et resta immobile jusqu'à ce que Marshall, à contrecœur, se sente obligé de lui rendre son salut. Le lieutenant David Archer prit ensuite la position réglementaire d'un subalterne attendant ses ordres.

— À votre service, monsieur. Comme toujours.

Marshall inspira profondément avant de se lancer.

— Je suis désolé de t'avoir pris ainsi, par surprise, mais tu devais bien te douter que j'irai à terre. Nous en avons déjà parlé, il y a deux jours, et tu m'as demandé d'attendre vingt-quatre heures de plus, alors, je…

— Vous êtes le capitaine de ce navire, monsieur. Vous n'avez pas à justifier vos actes devant…

— Davy ! Pour l'amour de Dieu !

— … quiconque à bord, termina David du même ton calme et glacé.

Aussi furieux soit-il, il gardait son self-control et parlait d'une voix maîtrisée. Marshall y parvenait moins bien.

— Au nom du ciel ! reprit-il. Tu sais très bien que nous ne pouvons rester indéfiniment aussi près du rivage. Nous allons finir par attirer l'attention. Il nous faut des informations et le seul moyen de les obtenir est de se rendre à terre.

— Dans ce cas, laissez-moi y aller. Je parle un meilleur français que vous. Ou, mieux encore, allons-y ensemble.

— Non. Je refuse de te faire courir un tel risque.

— Vous me traitez comme si j'étais un aspirant fraîchement embarqué, répondit sèchement David. Non… c'est encore pire ! Vous me traitez comme une damnée maîtresse condamnée à rester cachée dans sa cabine. Ne suis-je rien d'autre désormais à vos yeux ?

— Quoi ?

David irradiait de douleur et de colère. Jamais Marshall ne l'avait vu dans un tel état de détresse – en tout cas, pas à cause de lui.

— Me croyez-vous faible ? ajouta-t-il. Sans défense ? Une petite chose fragile qui a besoin d'être protégée ? Will, j'ai été abattu, pas castré !

Abasourdi, Marshall ne retrouva pas la parole avant quelques secondes.

— Sur mon honneur, Davy, je n'ai pas eu l'intention de t'insulter.

David perdit un peu de sa raideur et poussa un profond soupir.

— Oui, je sais, reconnut-il. Mais, Will, tu te montres envers moi aussi attentionné qu'une mère poule avec un poussin nouveau-né. Tu me traites comme un enfant, aimé, certes, mais incapable de se défendre. Je suis un homme. Pourquoi veux-tu tellement que je reste à bord pendant que tu te rends à terre ? Suis-je à tes yeux un tel boulet ?

Marshall regrettait de ne pas avoir le même don que Davy avec les mots, mais il chercha à s'exprimer de son mieux :

— Non, bien sûr que non ! Seigneur, Davy, crois-tu vraiment que je confierais mon navire à un homme en qui je n'ai pas confiance ?

— Tu pourrais le laisser à Barrow. Il a plus d'expérience que je n'en aurais jamais.

— C'est exact. Je suis certain qu'il saurait naviguer aussi bien que toi et moi, sinon mieux. Mais aurais-tu oublié notre mission ? Nous sommes les seuls dans le secret. Je confierais volontiers la *Sirène* à Barrow, mais une telle responsabilité est un fardeau que je préférerais lui épargner.

David Archer retrouva sa rigidité.

— Vous avez réponse à tout, capitaine.

Il se laissa tomber sur la banquette placée sous la fenêtre et reprit, avec une ironie désabusée :

— J'abandonne. Faites comme vous l'entendez. D'ailleurs, je n'ai jamais eu la moindre chance de vous convaincre. Quels sont vos ordres ?

Marshall traversa la cabine pour s'asseoir à ses côtés. Il avait très envie de le serrer dans ses bras avant de se rendre à terre, mais vu l'état d'énervement de son amant, l'approcher serait probablement aussi 'épineux' que vouloir étreindre un hérisson.

— Je ne serai absent que quelques heures, déclara-t-il d'un ton contraint. Par simple précaution, je renverrai la chaloupe. Bien sûr, ce sera sans doute une perte de temps, mais… En cas d'urgence, je tiens à ce que la *Sirène* soit prête à mettre les voiles sans avoir à attendre. Davy, si un bateau français s'approche, je veux que tu partes instantanément le plus vite possible, le plus loin possible.

— Et toi ?

— Je serai à la nuit tombée au bout du promontoire qui ferme la crique. Ou alors, si Beauchêne est chez lui et que tout va bien, j'utiliserai le signal rouge dont nous étions convenus.

Davy acquiesça.

— D'accord. Et en cas de problème ? Si tu ne reviens pas ?

Quand il releva la tête, Marshall lut dans ses yeux une telle douleur qu'il en reçut une blessure en plein cœur.

— Je ne resterai à terre que quelques heures, répéta-t-il, conscient que ses paroles n'avaient en réalité aucun poids.

— Bien sûr, marmonna David, le visage figé.

Ils se redressèrent ensemble.

— Au fait, reprit David, quand je suis allé récupérer tes affaires, chez le vicaire, j'ai vu... Je n'avais pas l'intention d'être indiscret, mais j'ai découvert dans ton coffret mes lettres de la Jamaïque. Tu ne les as même pas lues !

Marshall en fût mortifié et pourtant, étrangement soulagé, car il comprenait enfin la raison pour laquelle Davy se comportait différemment depuis leur embarquement.

— Je suis désolé, sincèrement. Je pensais qu'il valait mieux...

Davy l'interrompit en agitant la main.

— Je sais, nous en avons déjà parlé. Tu craignais que mes lettres te fassent changer d'avis et revenir vers moi. À présent, cela n'a plus d'importance, n'est-ce pas ? Tu es là. Mais rien n'est aussi ridicule ou mélodramatique qu'une lettre cachetée et abandonnée. Aussi, j'aimerais récupérer l'ensemble et le jeter, si cela ne te gêne pas.

— Non !

Marshall fut surpris de la véhémence de sa dénégation. Jamais il n'avouerait à son amant le nombre de fois où il s'était endormi seul, la joue posée sur son petit, mais précieux paquet de lettres.

— Non, répéta-t-il plus calmement. Je les garde.

Il était sur le point de tourner la poignée de la porte, mais il retraversa la cabine, s'agenouilla devant sa malle, l'ouvrit et fouilla à l'intérieur. Quand il trouva son coffret de bois, il souleva le couvercle et récupéra ses lettres qu'il glissa dans une poche intérieure de sa veste.

Il se redressa en disant :

— Je les emporte. Je les lirai dès que j'en aurais l'occasion, je te le promets. Et si jamais tu cherches à me les prendre, je te mets aux fers.

David esquissa un vague sourire.

— Il n'y a pas de fers sur la *Sirène*.

— Je demanderai à Barrow d'en acquérir dès que nous retrouvons un port britannique.

— Je constate que vous devenez tyrannique, capitaine. Le pouvoir vous monte à la tête.

— Certainement pas tant que tu es là pour me rappeler à la raison.

— Will...

D'un seul coup, Davy se trouvait dans ses bras. Leurs corps se pressaient l'un contre l'autre, leurs lèvres se cherchaient avidement comme s'il s'agissait de leur dernier baiser. William serra son amant dans ses bras assez fort pour imprimer son sceau sur lui. Pourquoi, se demanda-t-il, pourquoi n'avait-il pas pris le temps de profiter de leur intimité, verrouillé la porte, couru un risque ? Et s'il avait commis la plus grande erreur de sa carrière – l'ultime erreur ?

À présent, il était trop tard, de toute façon.

À contrecœur, il se dégagea de l'étreinte de Davy.

— Tout ira bien, chuchota-t-il. Je reviendrai avant que tu aies le temps de savourer d'avoir la cabine rien que pour toi.

— Tu as intérêt, rétorqua Davy. Tu n'es pas le seul à te faire du souci, tu sais. Je te signale que pendant des semaines, aux Antilles, pendant que tu naviguais en craignant que je meure de la fièvre tropicale, moi, je passais mon temps à m'inquiéter pour toi, à me demander si tu n'avais pas été coupé en deux par une décharge française. Jamais je n'ai eu aussi peur de ma vie ! Tu étais loin, je ne pouvais pas t'atteindre. Ce n'est pas la conscience du danger qui transforme les hommes en lâches. C'est l'amour.

— Je reviendrai, promit Marshall.

Il quitta la cabine très vite, par crainte de changer d'avis.

ARCHER REMARQUA vaguement le retour de la chaloupe, un claquement métallique suivi d'une éclaboussure tandis que l'embarcation était hissée sur le pont. Les hommes la déplacèrent ensuite et l'arrimèrent solidement. Il n'avait pas besoin de vérifier leur travail, Barrow s'en chargerait. Il gardait toute son attention rivée sur la plage de sable fin, que son amant parcourait pour rejoindre le village, à une courte distance de marche. La chaloupe était en place quand Will se retourna, la main levée pour un dernier adieu, avant de disparaître dans un bosquet de sapins bordant la route menant au manoir.

Presque instantanément, la vigie poussa un cri d'alerte et Archer dut se détourner du bastingage.

— Que se passe-t-il ? cria-t-il.

— Une frégate s'approche de nous, monsieur. À mon avis, elle est française… ses trois mâts sont de la même hauteur. Pour le moment, je ne vois rien de plus.

Je savais bien que cela tournerait mal. Je le savais, je le savais… Que soient maudits tous les Français et leurs damnés bateaux !

La *Sirène* était un yacht élégant et bas sur l'eau, aussi l'intrus ne verrait-il son grand-mât qu'au dernier moment. De plus, David Archer

216

espérait bien qu'un patrouilleur scrutait plutôt l'horizon que les mouillages à proximité de la côte.

Il se tourna vers le maître d'équipage et ordonna :

— Mettez les voiles, Barrow. Avec un peu de chance, nous aurons contourné le promontoire avant qu'ils nous repèrent.

Au-delà, ils auraient devant eux la pleine mer et la liberté. Ils reviendraient discrètement un peu plus tard.

— Et le capitaine Marshall, monsieur ?

David Archer s'étouffa, comme s'il venait de recevoir un coup de hache.

— Je suis les ordres du capitaine, répondit-il. Nous évitons l'ennemi. Nous reviendrons le chercher dès que possible.

'Si' cela nous est possible.

— *Aye*, monsieur

VI

MARSHALL AVANÇAIT péniblement, la pente était raide et le gravier glissait sous ses bottes. Peut-être s'agissait-il d'un effet de son imagination, mais il avait cru sentir des regards invisibles peser sur lui en passant devant les cottages du village. Que devaient penser les habitants de voir un étranger aborder sur leur plage ? Sans doute avaient-ils parfois repéré la *Sirène* au cours des dernières semaines.

Le hameau semblait désert. Étrange... Honfleur n'étant pas loin, Will s'était attendu à davantage d'activité, à des bateaux de pêche qui s'activaient... Y avait-il eu un malheur récent, ou une épidémie ? Il devrait au moins y avoir des enfants...

Seul le silence régnait, troublé de temps à autre par le cri des mouettes.

Le chemin montait vers le sommet de la corniche – pas tout à fait à pic, mais abrupte. Après vingt minutes d'une marche physique, il aperçut enfin une grille de fer-forgé scellée entre deux piliers de pierre. À dire vrai, c'était symbolique, car les murets de chaque côté du portail, érodés par le temps, ne présentaient pas vraiment un obstacle.

William lança un appel en français – et ne reçut aucune réponse. Il ouvrit donc les grilles, qui n'étaient pas verrouillées, et avança vers l'imposant manoir au bout de l'allée d'accès. Il frappa à la porte, sans succès. Pas un bruit de pas n'émana de l'intérieur. D'un côté, ce n'était guère surprenant : le bois paraissait étonnamment ancien et épais d'une bonne dizaine de centimètres.

Après avoir patienté quelques minutes, William renonça à frapper, préférant faire le tour de la bâtisse. Si elle était habitée, il trouverait sans doute des signes d'activité sur l'arrière, dans le potager par exemple. Peut-être y aurait-il aussi un poulailler, ou un pigeonnier.

L'allée était dallée de pierres usées par l'usage, mais bien entretenues. En tout cas, les feuilles mortes avaient récemment été balayées. Derrière le manoir, une petite terrasse surplombait un jardin aromatique, en hibernation.

Marshall s'approchait de la porte quand il entendit derrière lui un bruit métallique. Il reconnut aussitôt le déclic du chien d'un pistolet venant d'être armé.

— *Haut les mains !*

Après ce premier cri en français, la voix reprit dans un anglais maladroit, à l'accent lourdement marqué :

— Mettez vos mains en l'air, chien d'Anglais !

Marshall obtempéra.

Davy allait lui chauffer les oreilles à son retour, pensa-t-il. Du moins espérait-il avoir la chance d'entendre son amant lui seriner : *Je t'avais pourtant prévenu !*

CHER WILL

J'espère que tout va bien pour vous. Quant à moi, je dois reconnaître que la vie est bien trop tranquille ici, depuis votre départ, mais je comprends que Sa Majesté ait davantage besoin de vos services que nous de votre compagnie. Mon cousin se porte bien, mais son épouse lui manque terriblement – un sentiment que je comprends tout à fait, puisque j'éprouve une profonde nostalgie du même ordre.

Le temps est superbe. Si je ne savais pas que la saison des ouragans arrivera dans quelques mois, je me croirais au paradis – malgré la solitude et l'ennui qui me rongent. J'ai connu l'Éden il y a peu, mais actuellement, depuis la semaine dernière pour être plus précis, je n'apprécie plus autant le charme des tropiques. J'aimerais pouvoir à nouveau savourer les trésors de cette île flamboyante. J'espère vous revoir bientôt dans ces eaux, peut-être au cours d'une prochaine mission.

J'aimerais aussi recevoir de vos nouvelles quand vos devoirs vous en laisseront le temps.

Votre très humble serviteur,

D S-J

— VEUILLEZ ACCEPTER mes excuses, monsieur.

La voix, affable, n'était pas le croassement hargneux du vieillard l'ayant menacé de son pistolet. Marshall eut à peine le temps de rentrer sa lettre que la porte de la cave s'ouvrait en grinçant.

— Merci, répondit-il en français. Je regrette d'avoir effrayé votre maisonnée.

— Jean-Claude est un nerveux, toujours méfiant envers les étrangers. D'après ce qu'il me dit, vous seriez un ami de Jacques Colbert ?

— En effet, monsieur. Je suis William Marshall, capitaine du yacht la *Sirène*, dont le propriétaire en titre est le cousin du gendre de M. Colbert, ce qui fait plus ou moins de lui son neveu par alliance.

Marshall espérait que son français n'embrouillait pas une situation déjà compliquée. À prononcer tous ces termes de parentèle, il avait l'impression de se retrouver à bord du *Titan,* pendant une leçon de grammaire française. Sauf que le capitaine Cooper avait engagé un professeur pour donner à ses aspirants la possibilité de converser poliment avec des prisonniers français, pas pour qu'un officier, commandant de la Royal Navy, se fasse comprendre en France après avoir été capturé.

— Oui, effectivement, la fille de mon ami a épousé un lord anglais. Je suis Étienne Beauchêne. Le docteur Colbert et moi-même partageons de nombreux intérêts d'ordre scientifique.

Marshall poussa un soupir de soulagement.

— Je suis enchanté de faire votre connaissance, monsieur. On nous avait bien dit qu'un ami de M. Colbert résidait par ici, raison pour laquelle il nous a donné rendez-vous sur la côte.

— Ah, je vois. Nous nous demandions un peu pourquoi vous vous intéressiez tant à notre petit village. Suivez-moi, monsieur, je vous prie. Nos deux pays sont en paix, pour le moment en tout cas. Je ne vois pas pourquoi nous ne pourrions converser en hommes civilisés.

— *Merci*, monsieur.

Sans se faire prier, Marshall rejoignit son hôte et échangea avec lui une solide poignée de main, puis il remonta l'escalier dans lequel il avait été poussé sans ménagement une demi-heure auparavant. Beauchêne s'avérait plus jeune que prévu – Marshall l'avait cru du même âge que le docteur Colbert. Malgré ses épaisses lunettes de vieillard, le Français semblait ne pas avoir dépassé la trentaine. Il était mince, de taille moyenne, avec des traits agréables, une expression aimable et des cheveux bruns soigneusement attachés en un court catogan, du même genre que celui que portait Marshall.

— Suivez-moi, répéta-t-il. Vous pouvez laisser votre pardessus au portemanteau, si vous le souhaitez.

Marshall obtempéra, déposant son manteau à côté d'un autre, qui appartenait sans doute à Beauchêne.

— À présent, déclara son hôte, je vais vous présenter à ma mère.

— J'en serais honoré.

Il frissonna, regrettant déjà d'avoir quitté son pardessus : un courant d'air glacial le suivit le long d'un couloir interminable qui semblait traverser tout la maison.

— Auriez-vous reçu des nouvelles récentes du docteur Colbert ? demanda Marshall.

— Juste quelques courriers au moment où le traité de paix a été signé. Depuis lors, je crois qu'il a correspondu avec ma mère, qui consacre une grande partie de son temps à entretenir ses relations épistolaires. Par contre, pour répondre à votre question, non, je n'ai pas de nouvelles récentes. Sa dernière épitre date du mois dernier, sinon davantage. Et je n'ai pas revu mon ami. Il vous a pourtant donné rendez-vous chez moi, si je ne me trompe pas ?

— J'aimerais que ce soit aussi simple, répondit Marshall. Le docteur Colbert, qui se trouvait en Angleterre, chez sa fille, a souhaité rentrer en France dans le but de régler des affaires personnelles en attente. Une fois arrivé à Paris, il a écrit à son gendre, le baron Guilford, en lui demandant de trouver un navire pour le ramener en Angleterre. Sa Seigneurie s'est entendue avec un de ses cousins, M. David St John, mon employeur et ami, qui navigue à la fois pour ses affaires et pour son plaisir.

— Son *plaisir* ? répéta M. Beauchêne, étonné. Comment peut-on en trouver à naviguer en plein hiver ?

— Oh, M. St John est de nature aventureuse, vous savez. Il a récemment acquis son yacht, aussi tient-il à en profiter. De plus, c'est un Canadien, alors il trouve nos conditions climatiques très tempérées. C'est un homme charmant, d'ailleurs, très proche de son cousin – dont il a tenu la fille sur les fronts baptismaux – il ne s'est donc pas fait prier pour accepter de s'arrêter sur la côte afin d'aider le docteur Colbert.

— Ce qui risque de vous poser un léger… *problème* avec les autorités, remarqua Beauchêne avec tact.

— Le problème ne serait pas seulement 'léger', monsieur, reconnut Marshall. Croyez-moi, j'en suis conscient, mais quand nous avons reçu l'ordre de nous rendre en Normandie, il était déjà trop tard. Si j'avais pu communiquer avec le docteur Colbert avant qu'il ne quitte Paris, je lui aurais demandé de choisir un autre lieu de rendez-vous. Pourquoi veut-il passer chez vous, je n'en ai aucune idée. À mon avis, il souhaite seulement vous rendre visite, ou discuter avec vous d'un point scientifique.

Beauchêne parut sceptique.

221

— Je serai enchanté de le recevoir, bien entendu, et ma mère partagera ma joie. Il est bien dommage que nous ne voyions pas aussi souvent nos amis que nous le souhaiterions. Malheureusement, notre correspondance s'est raréfiée au cours de la dernière année – en partie à cause de la guerre, certes, mais aussi parce que nos intérêts scientifiques ont divergé. Il se consacre avant tout aux sciences naturelles et je me spécialise dans la géométrie descriptive, au point d'en négliger tout autre domaine. Connaîtriez-vous par hasard les travaux de Gaspard Monge ?

Marshall était sincèrement captivé.

— La géométrie descriptive ? Je ne l'ai jamais étudiée, monsieur, dans ma profession, je m'intéresse essentiellement aux mathématiques de navigation basées sur des calculs astrologiques. Je connais cependant l'œuvre remarquable de Lagrange.

— Vous devriez lire ce qu'a écrit Monge. Il a été ministre de la Marine pendant un certain temps et ses travaux sur les canons…

Beauchêne s'interrompit et se frappa le front de la main.

— *Quelle folie !* Vous êtes Anglais, monsieur, aussi ne devrais-je pas vous conseiller de mieux connaître Monge.

Il eut un sourire désarmant avant d'ajouter :

— Excusez-moi, capitaine, je n'ai rien d'un homme de guerre. Je ne suis qu'un érudit, aussi, quand je rencontre un homme capable d'apprécier Lagrange, je ne peux le considérer comme un ennemi. Il est si rare que j'aie l'opportunité de partager ma passion scientifique, sauf dans ma correspondance. Nous avons peu de visiteurs par ici et je ne peux me déplacer sans être accompagné – ce qui m'a exempté de l'armée.

Il soupira et toucha du doigt ses épaisses lunettes.

— J'ai les yeux faibles, voyez-vous, avoua-t-il. Chez moi, je me débrouille, car je connais bien les lieux, mais je tombe dès que je m'aventure à sortir. Au combat, je serais bien plus dangereux pour la France que pour l'Angleterre !

Marshall fut touché par cet humour marqué d'autodérision.

— Dans ce cas, monsieur, voyez le bon côté de votre infortune : je ne craindrai jamais de canonner un navire français sur lequel vous vous trouvez, ce qui serait mal vous récompenser de votre hospitalité.

— Oh, vous êtes dans la Royal Navy ?

À cette question, d'apparence anodine, Marshall se souvint que ce charmant mathématicien était, avant tout, un Français.

— Pas pour le moment, monsieur. Comme la plupart des marins de Sa Majesté, j'ai été démobilisé à la signature du traité. Par chance, mon ami, M. St John, venait d'abandonner le Canada et la traite des fourrures pour s'intéresser au négoce de pierres précieuses en Europe. Il cherchait un marin expérimenté pour prendre le commandement de son yacht.

— Avec une cargaison d'une telle valeur, ne serait-il pas plus sûr d'être sur un bâtiment de plus grande envergure ?

— Sans aucun doute, mais, si j'en crois mon expérience, les hommes d'Amérique du Nord sont très indépendants. De plus, M. St John vient d'entamer son négoce, aussi son lot de pierres reste-t-il modeste. Si nous devions quitter la Manche, il serait plus prudent que nous voyagions en convoi, ce que je le lui ai déjà conseillé.

Beauchêne acquiesça.

— Effectivement, ce serait plus sage. La guerre a duré si longtemps que bien trop d'hommes ont pris l'habitude des brigandages. Ah, nous voici arrivés, je vais vous présenter la maîtresse de maison.

BEAUCHÊNE OUVRIT la porte et s'effaça pour laisser entrer Marshall dans une grande salle lumineuse, dont les fenêtres donnaient sur un jardin qui, en plein été, était sans doute luxuriant. La famille connaissait sans doute un revers de fortune, car le papier peint était fané, les meubles très anciens. Marshall le nota d'un coup d'œil, avant de concentrer son attention sur la dame assise dans une bergère en tapisserie au coin d'un modeste feu de cheminée. Un petit épagneul blanc et brun, aux longues oreilles soyeuses, était pelotonné sur ses genoux. Il releva la tête à leur arrivée, descendit du giron de sa maîtresse et vint les accueillir en agitant la queue.

— Maman, voici William Marshall, capitaine du navire marchand la *Sirène*. Capitaine, ma mère, Mme Beauchêne.

— Mes hommages, madame, dit Marshall, en s'inclinant courtoisement.

Il décida de ne pas tenter un baisemain à la française, par peur de se ridiculiser. La dame avait l'œil vif et le teint clair, sans doute avait-elle été mariée jeune et mère peu après. Malgré quelques mèches argentées dans ses cheveux de jais, elle paraissait du bon côté de la cinquantaine. Marshall jeta un coup d'œil au petit chien qu'il lui renifla les chevilles.

— Je vous prie de m'excuser, madame, d'avoir ainsi fait irruption chez vous.

— Je présume que vous le regrettez d'autant plus que vous avez rencontré Jean-Claude, répondit-elle dans un anglais à peu près fluide. Vous avez ensoleillé sa journée, vous savez. Depuis la signature du traité, il ne cesse d'arpenter le parc, certain que les Anglais vont nous envahir et tenter de nous assassiner. C'est un brave homme, qui soigne bien nos poules et nos légumes, mais il a la tête dure. À présent qu'il a surpris un Anglais dans le jardin aromatique, ses peurs seront plus ancrées que jamais.

Marshall écarta les bras.

— Je suis sans arme, madame, répondit-il. Je veux de mal à personne.

— Pourtant, vous êtes venu. Pourquoi ?

Sans attendre la réponse, elle désigna le canapé en face d'elle.

— Asseyez-vous, ajouta-t-elle, je vais demander à Yvette de nous servir le thé.

Marshall obtempéra et Beauchêne s'installa à côté de lui. Une fois de plus, il fit le récit convenu des errances du docteur Colbert que sa famille anglaise recherchait.

Mme Beauchêne eut la même réaction que son fils.

— Je serais ravie de revoir Jacques Colbert, mais nous n'avons reçu aucun mot de lui. Pourquoi n'a-t-il pas descendu la Seine ?

— J'aimerais bien le savoir, madame. M. St John est tout à fait disposé à satisfaire son cousin en lui ramenant son beau-père, mais je commence à m'inquiéter. À mon avis, nous ne devrions pas nous attarder près de la côte française. Nous sommes là pour une affaire privée, tout à fait inoffensive, mais les autorités peuvent se montrer chatouilleuses. Le docteur Colbert a quitté Paris la dernière semaine de novembre, il devrait déjà être arrivé. Je ne comprends pas ce qui s'est passé. Auriez-vous une idée de ce qui a pu le retarder ?

Il incluait la mère et le fils dans sa question.

— Non, bien sûr que non, répondit Mme Beauchêne. Jacques Colbert peut avoir d'excellentes raisons – ou aucune. Ce pourrait être à cause d'une rencontre amicale, d'une conversation intéressante, d'un enfant malade ou d'un veau à deux têtes... Pourtant, il savait que vous l'attendiez, n'est-ce pas ? Vous faire attendre est une incorrection qui ne lui ressemble pas.

— Les voyages sont difficiles par les temps qui courent, intervint son fils, sauf pour les militaires. En tout cas, c'est qui se dit. J'espère que notre ami a pu quitter Paris sans encombre.

Mme Beauchêne émit un bruit incongru. Chez une femme moins distinguée, Marshall l'aurait considéré comme un grognement.

224

— Ah, ces politiciens ! Espérons qu'ils ne lui ont pas causé de difficultés ! Et si ces imbéciles avaient décidé de le retenir sous prétexte que sa fille a épousé un Anglais…

Elle s'arrêta, la mine renfrognée.

— Croyez-vous que ce soit possible ? demanda Marshall. Sir Percy nous a affirmé que le docteur Colbert avait quitté Paris, mais s'il a été arrêté secrètement, peut-être personne n'est-il encore au courant.

— Oh, oui, c'est possible, affirma Beauchêne. De nos jours, presque tout est possible. Pourtant, beaucoup d'Anglais voyagent en France…

Il haussa les épaules d'une façon qui surprit Marshall – une habitude gauloise, sans doute.

— Si les autorités devaient s'en prendre à chaque famille française ayant des liens avec l'Angleterre, personne n'aurait l'autorisation d'aller nulle part. Nous-mêmes avons de la famille qui habite le Devonshire.

Le thé fut servi peu après, Marshall s'y soumit courtoisement en cachant son impatience. Puisque le docteur Colbert n'était pas arrivé chez les Beauchêne, il devrait retourner à son bord le plus rapidement possible.

Lorsqu'il put décemment reposer sa tasse, il déclara à ses hôtes :

— Je vais encore abuser de votre bienveillance en vous demandant conseil. Que me suggérez-vous ? Nous préférerions ne pas approcher la côte pour ne pas inquiéter la population, mais nous ne voudrions pas non plus priver le docteur Colbert du moyen de retrouver sa famille anglaise.

La mère et le fils échangèrent un regard étonné.

— Capitaine, répondit Beauchêne, je crains que vous soyez obligés de rester au manoir, où nous serons heureux de vous offrir l'hospitalité en attendant l'arrivée du docteur Colbert.

— Je vous remercie, coupa Marshall, c'est une proposition très généreuse, mais je dois retourner à bord…

— Non, capitaine. C'est impossible.

Marshall se releva d'un bond, effrayant l'épagneul qui avait repris sa place sur les genoux de sa maîtresse. Le chien aboya une protestation.

Quant à Étienne Beauchêne, il se hâta de lever les deux mains.

— Non, non, il ne s'agit pas d'une menace, monsieur. Vous n'êtes pas mon prisonnier. Vous ne pouvez remonter à bord, car votre bateau n'est plus là.

Marshall sentit son sang se glacer.

— Que voulez-vous dire ?

— Jean-Claude surveillait la baie quand vous avez débarqué. D'après ce qu'il m'a dit, vous aviez à peine passé notre portail quand votre vaisseau a mis les voiles et puis… s'en est allé.

Il agita la main pour illustrer ses propos.

— La *Sirène* a disparu, monsieur.

DAVID ARCHER découvrit rapidement un des avantages de fuir à toutes voiles : il n'avait pas le temps d'être accablé. Et la *Sirène* était aussi rapide qu'un pur-sang. Avec sa voilure déployée et sa coque basse et aussi effilée qu'une lame de rasoir, elle volait sur l'eau grise à une vitesse qui le laissa pantois. Il avait déjà pris la barre, mais dans de telles conditions, c'était… un rêve ! Avec Will à bord, David aurait été au comble du bonheur.

Il héla la vigie pour avoir des nouvelles et reçut la réponse qu'il escomptait : 'aucun signe de l'autre navire', ce qui n'avait rien d'étonnant vu la célérité de la *Sirène*.

Barrow, qui se trouvait non loin, croisa son regard.

— Même s'ils nous ont vus, monsieur, ils ne nous rattraperont jamais.

Tout en parlant, il effleura le bois de la balustrade – pour ne pas attirer le mauvais œil – mais il paraissait aussi fier de la goélette que si elle lui appartenait.

Archer acquiesça avec un sourire. Plus tard, il prendrait le temps de réfléchir à la lancinante question de savoir si cette fuite avait été réellement nécessaire. Pour le moment, il lui fallait décider de leur route. Ils se dirigeaient vers le nord-ouest, traversant l'estuaire de la Seine en direction d'Honfleur. Une fois passé le cap du Havre, en supposant qu'ils ne croisent pas d'autres navires ennemis, il leur serait possible prendre au nord, vers la Manche et l'Angleterre.

Si le bateau ayant tenté de les intercepter était un patrouilleur français longeant la côte française, à la recherche d'éventuels espions, la *Sirène* était hors de vue tant que seize miles nautiques les séparaient – d'après les calculs d'Archer, en fonction de la courbe terrestre et des particularités des deux bâtiments. Les mathématiques n'étaient pas son fort, alors que Will était capable de faire de tête des divisions complexes, juste pour le plaisir. N'ayant pas le temps de sortir une ardoise, Archer se fiait à son estimation.

Il décida de courir ce risque. De toute façon, il n'avait que deux autres options : se rendre à Honfleur et entrer au port comme navire marchand, ou faire un grand détour et rejoindre Weymouth. Aucune de ces deux perspectives ne le tentait, car, dans les deux cas, faire demi-tour prendrait trop longtemps. Archer tenait à récupérer Will le plus vite possible.

Donc, cap au nord, vers la Manche, puis un grand cercle afin de revenir dans la baie à la nuit tombée, en espérant recevoir un signal. Avec un peu de chance, le trois-mâts qu'ils avaient aperçu n'était qu'un bateau de commerce anglais. Une fois Will remonté à bord – avec le docteur Colbert – il tancerait David d'avoir été trop prompt à prendre la fuite.

En attendant, pourquoi ne pas profiter des heures à combler avant le coucher du soleil pour se rendre à l'un des points de rendez-vous, avec l'espoir d'y croiser un autre navire-courrier ?

Archer espérait que tout aille bien pour le docteur Colbert, mais en cas de problème, la mission pouvait, de simple récupération, devenir une opération de sauvetage. Dans ce cas, il lui faudrait dresser un nouveau plan d'action.

DANS LE bureau d'Étienne Beauchêne, Marshall parcourut les titres de ses ouvrages mathématiques avec une envie mal-dissimulée.

— Je ne voudrais pas échanger ma place contre la vôtre, monsieur, mais j'aimerais sincèrement vous rendre visite un jour, quand nos deux pays seront enfin réconciliés.

— Je l'espère aussi, répondit Beauchêne. Je dois avoir ici une revue intéressante, *Journal et Correspondance de l'École Polytechnique*. Ce n'est pas à la portée de tout le monde, mais je pense qu'elle sera à votre goût.

— J'en suis certain.

Marshall ne put s'empêcher de regretter le timing de son séjour. Quel dommage qu'il n'ait pu connaître les Beauchêne dès la signature du traité, au lieu de se morfondre des mois durant à Portsmouth ! Son temps aurait été tellement mieux occupé ici ! Qui savait tout ce qu'il aurait pu apprendre ?

Il imagina le commentaire sarcastique de Davy : *en clair, j'ai été supplanté dans ton cœur par un livre de géométrie française ? J'aurais dû m'y attendre.* Bien sûr, c'était faux, car rien ne lui ferait jamais oublier son amant, il ne faisait que regretter une opportunité manquée. D'un autre côté, s'il avait quitté Portsmouth, Davy n'aurait pu le joindre, et leurs retrouvailles valaient toutes les mathématiques de la terre, qu'elles soient théoriques, descriptives ou autres. Et si William n'avait pas été aussi borné, il serait retourné en Jamaïque où il aurait passé avec Davy des mois paradisiaques… ce qui aurait été la meilleure des solutions.

Pourtant… Davy était loin, lui se retrouvait entouré de livres, rien de mal à en profiter, n'est-ce pas ? Sauf que le doux et accueillant Étienne Beauchêne avait insisté sur la rareté de ses visiteurs, manifestement enchanté d'avoir l'occasion de bavarder. Il serait vraiment mal élevé de la part de William de se perdre dans un livre en ignorant un hôte aussi généreux.

— Puis-je vous demander sur quoi portent vos travaux ? déclara-t-il tout d'un coup. Si ma question n'empiète pas sur des secrets militaires, bien entendu.

— Mon ami, les mathématiques sont toujours appliquées à la guerre, vous le savez bien, n'est-ce pas ? Toute science finit au cœur de la bataille, c'est bien triste. En ce qui me concerne, j'ai pris la suite des travaux de mon professeur sur les différents angles de pente. Depuis qu'il a été nommé au Sénat, le comte de Péluse n'a plus le temps de se consacrer à la science.

— La pente ? Dans ce cas, vous avez une application pratique juste à votre porte. La montée est rude pour arriver jusqu'à chez vous.

Beauchêne eut un petit rire.

— Oui ! Pauvre Jean-Claude ! Chaque fois que je l'appelle, il se précipite pour m'apporter mon fil à plomb et mes niveaux. Je le fais grimper là où je n'ose m'aventurer.

Tout à coup, Marshall réalisa ce que venait de lui annoncer son interlocuteur. Le compte de Péluse, c'était… Gaspard Monge ! Il serait devenu sénateur ? Un ancien républicain convaincu, ayant ardemment soutenu la Révolution devenant membre du Sénat conservateur, un ancien roturier que Napoléon avait fait comte après ses travaux durant la campagne d'Égypte ?

— Votre professeur, reprit-il d'un ton prudent. Auriez-vous suivi les cours de M. Monge ?

— Oui, à l'École Polytechnique. Je n'y suis pas resté longtemps d'ailleurs, car, après la mort de mon père, je suis revenu au manoir. Tout est tranquille à présent, la plupart des gens sont à la cidrerie, mais au moment de la récolte, j'ai peu de temps pour mes livres, sauf ceux qui parlent de pressoirs et de pommiers.

Marshall jeta un coup d'œil à l'étiquette de la bouteille qui trônait sur le buffet, à côté des verres dans lesquels ils avaient bu un peu plus tôt.

— Bien sûr ! J'aurais dû le réaliser plus tôt. Nous sommes au pays du Calvados !

— Oui. La région fait pousser des pommes depuis Charlemagne. À présent, venez près de moi, je vais vous montrer mes travaux – en particulier ceux sur la pente qui descend à la plage.

D'un geste, il désignait la fenêtre qui donnait derrière le manoir, avec vue sur la mer, puis il se leva pour récupérer des documents soigneusement rangés sur une étagère.

— J'en serais très heureux, déclara Marshall.

Alors qu'il s'asseyait devant le bureau, son attention n'était pas entièrement concentrée sur la géométrie, loin de là. Beauchêne réalisait-il ce qu'il venait de dire – de révéler à un officier de la Royal Navy, un ennemi de son pays ? Ce Français avenant continuait les recherches d'un sénateur de Bonaparte. Le Sénat constituait une force presque aussi puissante que le Premier Consul. Le petit village semblait sans importance, mais les travaux de Monge et de Beauchêne sur les pentes, les courbes, pouvaient être utilisés pour saper des forteresses, améliorer la balistique des canons français et donner à Bonaparte un atout supplémentaire pour atteindre son objectif : conquérir le monde.

Et, pour des raisons inconnues, c'était cet endroit précis que le docteur Colbert avait choisi pour un rendez-vous clandestin.

Les Français n'avaient-ils pas un mot vulgaire pour résumer une situation aussi tordue ? Marshall réfléchit quelques secondes avant de trouver la réponse : *merde*.

VII

— JE VOIS une lumière, monsieur, mais elle ne m'inspire guère.

— Laissez-moi voir…

Archer leva sa lorgnette. Pourtant, il savait déjà qu'il ne s'agissait pas du signal qu'ils attendaient. La lumière était trop faible, trop basse sur l'eau.

— Vous avez raison, annonça-t-il peu après. Il ne s'agit pas du capitaine Marshall, à moins qu'il ne se soit emparé d'une frégate française. Une chance que les arbres perdent leurs feuilles en hiver, sinon nous ne l'aurions pas repérée.

Barrow poussa un juron.

— C'est le même bateau, monsieur. Il reste toujours là. Tapi comme un crapaud dans le creux de la baie.

La frégate ne comptait pas s'en aller de sitôt, c'était évident. Archer se demanda si les Français avaient envoyé des hommes à terre pour arrêter Will, ou s'ils attendaient juste le retour du navire leur ayant brûlé la politesse la veille. Savaient-ils que quelqu'un avait débarqué ? Avaient-ils contacté les villageois, ou se contentaient-ils d'observer ce qui se passait ?

— Dans ce cas, Barrow, continuez tout droit, décida-t-il.

Il rendit la barre au maître d'équipage et releva sa lorgnette. À une telle distance, les Français les distingueraient sans doute à peine, filant sur l'horizon, hors de portée de leurs canons. Ce serait intéressant de voir si la frégate tentait de les poursuivre. Malheureusement, cette distraction n'aiderait pas Will. Même s'il n'avait pas été capturé, il ne pourrait remonter à bord de la *Sirène* une fois la baie dégagée.

Au bout d'une demi-heure, il devint évident que, tant que la goélette ne s'approchait pas du rivage, la frégate française comptait ignorer sa présence. Bon, d'accord. Quelqu'un devait avoir remarqué l'intérêt inusité d'un navire anglais pour un hameau situé sur une plage insignifiante. Les autorités locales, soucieuses de ne pas rompre la trêve fragile avec l'Angleterre avant que Bonaparte ne soit prêt à de nouvelles conquêtes, avaient sans doute décidé de placer un chien de garde devant la porte – en l'occurrence, devant la baie. Si la frégate avait eu l'intention de s'emparer de la *Sirène*, les fanaux de bord auraient été éteints, ou bien les Français se seraient cachés derrière le promontoire pour attendre que le yacht affale ses voiles avant de lui bloquer le passage.

Que se passait-il à terre ? Le docteur Colbert était-il arrivé ? Beauchêne était-il chez lui ? Si c'était le cas, était-il un allié ou un ennemi ? En principe, Will et Davy avaient été engagés par Sir Percy pour récolter des informations, et voilà qu'il n'avait qu'une liste de questions sans réponse, qui ne cessait de grandir. D'ailleurs, sa mission ne l'intéressait plus tant il était hanté par une seule et unique obsession : William était-il sain et sauf ? Vivait-il encore ?

Combien de temps lui faudrait-il attendre avant d'être rassuré ?

CHER WILL,

J'espère que tout va bien de votre côté. J'espère aussi que vous recevrez ce message, car je ne suis pas certain que le précédent vous soit parvenu. Peut-être s'est-il perdu avant de vous joindre, où que vous soyez en ce moment précis.

Kit me dit qu'il y a de bonnes chances pour que la France et l'Angleterre signent un traité mettant fin aux hostilités entre nos deux pays, temporairement au moins. Si cela arrivait, il m'a chargé de vous dire que vous serez toujours le bienvenu ici, à la Jamaïque. Et je me joins de tout cœur à son invitation. Aussi agréable que soit l'Angleterre, je ne pense pas que notre grande île possède un bassin naturel aussi idyllique que celui que je vous ai montré lors de votre dernière visite. Je serais ravi d'y retourner, en votre compagnie – je garde de cet après-midi le plus délicieux souvenir. Je ne me lasserai jamais d'une cascade aussi somptueuse.

Je recouvre mes forces, mais je ne suis pas encore suffisamment solide pour supporter les rigueurs d'un long retour en Angleterre. Je vous en prie, si vous en avez l'opportunité, trouvez-vous vite un navire à destination des Antilles. Même si vous n'êtes pas engagé à son bord pour compenser votre voyage, je pense qu'il vous reste suffisamment d'argent de nos primes pour couvrir le prix d'un billet (mais à mon avis, vous n'aurez pas à le faire, quel capitaine refuserait un hamac à un navigateur aussi talentueux que vous l'êtes ?) Une fois que vous serez revenu, je serai plus qu'heureux de pourvoir à vos besoins physiques.

Oh, au diable les périphrases ! J'ai des fonds, mon cher ami. Si vos économies vous ont été dérobées par un agent d'affaires peu scrupuleux, je paierai votre billet. Vous n'avez besoin que d'une brosse à dents et

de quelques vêtements de rechange. Il y a du travail à accomplir ici –
transporter du matériel et autres fournitures d'une île à l'autre par exemple.
Il y a eu quelques troubles récemment, aussi vos dons de marin ne seraient-
ils pas gaspillés.

Kit est un hôte des plus parfaits, c'est aussi le meilleur de cousins.
Malgré tout, vous me manquez.

Sincèrement vôtre,

D S-J

MARSHALL REPLIA la lettre et la rangea dans son parchemin qu'il roula avec soin. Puis il souffla la bougie posée sur la table de chevet et s'étendit. Son lit, dans la chambre où Beauchêne l'avait installée, était immense, mais glacial.

Il n'arrivait pas à dormir. La douleur qui lui avait rongé la poitrine un an plus tôt, en ce jour funeste où il avait quitté Davy, sur la plantation de son cousin, Kit St John, lui revenait en force, comme amplifiée par la culpabilité. Cette cascade... L'endroit avait été un véritable paradis où ils s'étaient trouvés comme seuls au monde, à l'abri d'une petite grotte creusée derrière les chutes. Ils y avaient fait l'amour avec une liberté jusqu'ici inconnue – et qu'ils n'avaient jamais retrouvée depuis lors. Will sentit son sexe durcir en revoyant Davy, nu et trempé, créature sauvage et primitive d'une beauté incomparable dans la lumière du soleil filtrant à travers l'eau de la cataracte. Tout paraissait bien loin.

Will avait du mal à accepter que, par entêtement, obstination ou bêtise, il avait privé Davy de réconfort pendant si longtemps.

Comment avait-il pu être aussi stupide ? Pourquoi n'avait-il pas ouvert ses lettres et répondu à celui qu'il aimait plus que tout au monde ? Chaque mot, chaque ligne exprimait la solitude et la douleur, la tendresse aussi, quand David prenait des précautions pour évoquer l'argent que William Marshall, élevé dans une famille modeste, préférerait toujours économiser que dépenser, même s'il avait gagné de confortables primes à bord de la *Calypso* et du *Vaillant*. Pour dire la vérité, il avait de quoi payer son billet – et même plusieurs. L'argent n'était pas son vrai problème. C'était bien plus compliqué et, au lieu d'affronter la vérité, il l'avait fuie. Ce qui n'était tout de même pas le comportement attendu d'un officier de Sa Majesté !

Étrange, mais le temps lui permettait de prendre du recul et de mieux analyser la situation, son comportement. À présent, Marshall réalisait qu'il s'était bel et bien menti. Rompre pour le bien de Davy ? Quelle fumisterie ! Il n'avait agi que par égoïsme, poussé par sa terreur de voir mourir son amant, avec en plus une pincée de rationalisation sensée pour le faire paraître noblement magnanime. Davy avait eu l'intelligence de discerner ses mensonges… alors, pourquoi n'avait-il pas eu le bon sens de garder les distances ?

Je ne le mérite pas. Il le disait souvent – et l'avait une fois de plus prouvé par son comportement des dernières semaines, sur la *Sirène*. Oh, bien sûr, il avait serré dans ses bras son amour perdu, mais il avait vite usé de tous les prétextes pour maintenir une distance entre eux, évitant ainsi de partager aussi bien ses sentiments que son corps.

Combien de fois avaient-ils réussi à voler un moment d'intimité à bord de la *Calypso* ou du *Vaillant* ? Même dans les pires circonstances, ils s'octroyaient quelques minutes pour se réconforter mutuellement. Mais depuis son embarquement sur la *Sirène*, William avait reculé, à moult reprises, sans se donner la peine de démontrer à Davy que leur amour valait tous les risques. Il avait pourtant bien remarqué combien son amant était malheureux ! Après tout ce que David Archer lui avait offert – dont la *Sirène*, et l'occasion de proposer un poste à leurs anciens camarades de bord, les sauvant ainsi de la pauvreté qui menaçait les marins démobilisés – Marshall s'était acharné à détruire le plus précieux trésor de son existence.

Dans le silence glacial de cette nuit hivernale, il examina sa personne et ses actions avec une froide lucidité et se demanda si le chagrin ne l'avait pas rendu fou, l'été précédent, sans qu'il l'ait réalisé. A posteriori, tout ce qu'il avait accompli depuis le moment où il s'était agenouillé sur la tombe fraîchement creusée de Davy lui apparaissait insensé. Oui, les funérailles n'étaient qu'un simulacre, mais sa douleur avait été réelle. Le cauchemar qu'il redoutait depuis le premier jour de leur relation s'était réalisé, il avait bien failli perdre David, une idée qu'il ne supportait pas.

Cherchait-il depuis lors à nier leur amour pour éviter d'en souffrir ? C'était ce qu'il semblait.

Et sa situation actuelle… Qu'avait-il accompli en se rendant seul sur la plage ? Il était coincé dans ce manoir, avec une frégate française qui lui bloquait l'accès à la baie. Que ferait-il si le docteur Colbert ne venait pas ? Pourquoi n'avait-il pas suivi les conseils de Davy et attendu, tout simplement ? Pourquoi avait-il tenu à débarquer ? Pourquoi n'avait-il pas envoyé deux matelots sous prétexte de chercher de l'eau ou un autre approvisionnement de première nécessité ?

Il connaissait au moins la réponse à sa dernière question : jamais il n'enverrait des hommes sous son commandement en territoire inconnu dans des circonstances périlleuses. En temps de guerre, ils risquaient d'être faits prisonniers ; durant cette trêve douteuse, ils pouvaient être accusés d'espionnage et exécutés. En se présentant lui-même, ouvertement et sans arme, Marshall avait de meilleures chances de faire accepter son histoire. Seuls le propriétaire et le capitaine de la *Sirène* – les deux agents de la Ligue – étaient aptes à tenir ce rôle, donc, mieux valait que ce soit lui que Davy.

L'esprit en ébullition, il se retourna dans son lit et enfouit son visage dans l'oreiller, regrettant que son amant ne soit pas à ses côtés – tout en étant heureux de le savoir sur la *Sirène*, bien à l'abri. Si quelqu'un devait être capturé par les Français, autant que ce soit lui, qui le méritait bien.

Sauf que... S'il était pris, Davy en souffrirait. Surtout en sachant avoir fourni à son amant le navire qui le mettait en danger, le condamnait peut-être à une mort sans honneur, abattu comme espion. Belle récompense d'un amour si fidèle et attentionné !

Eh bien, Davy avait fixé les limites qu'il ne comptait pas dépasser et, d'une certaine façon, Marshall n'en avait pas tenu compte. Parce qu'au sens le plus littéral du terme, il était encore parti. Et si, comme promis, il lisait enfin les lettres de la Jamaïque, il ne pouvait y répondre, ni maintenant, ni peut-être jamais.

Si Davy avait un cerveau aussi grand que son cœur, il réaliserait que Marshall n'était pas digne de son amour. Peut-être serait plus heureux d'être libéré de lui, apte à rencontrer quelqu'un d'autre... Cette fois-ci, il ne s'agissait pas d'un sacrifice déguisé, juste d'une simple vérité. Pourquoi David resterait-il avec un homme qui préférait fuir plutôt qu'aimer ?

Marshall rejeta les couvertures et quitta son lit, traversant la chambre jusqu'à la fenêtre. Ce n'était pas celle d'où le signal devait être allumé, car elle donnait sur le côté de la maison. Il voyait cependant une partie de la baie, près du promontoire, où se dessinait la sombre silhouette du navire français. Il savait que la *Sirène* était là, elle aussi, quelque part, aux aguets. Bien sûr, il pourrait agiter une lanterne de sa fenêtre, mais les Français la verraient les premiers et sauraient alors qu'il y avait anguille sous roche. Non, pas question d'attirer la *Sirène* dans un piège, même s'il était certain que Davy connaissait la présence de l'ennemi.

Peut-être tout s'arrangerait-il le lendemain. Peut-être le docteur Colbert apparaîtrait-il enfin, ou alors Étienne Beauchêne trouverait-il parmi ses connaissances, un navire susceptible d'accueillir à son bord deux fugitifs, son ami savant et le capitaine britannique ayant tenté de le ramener à sa famille...

Peut-être était-il temps qu'il tente de dormir.

LE FRANÇAIS n'avait pas bougé. Et Archer savait qu'il resterait à son poste pour déterminer les intentions du petit navire anglais qui s'attardait à l'embouchure de la baie.

La présence de la frégate était inquiétante, certes, mais également rassurante. Si Will avait été capturé, le capitaine français aurait certainement cessé de surveiller l'endroit pour ramener son prisonnier au Havre, afin de le livrer aux autorités. Donc, Will se trouvait toujours au manoir, sauf s'il avait quitté la région pour une raison quelconque.

Pourquoi le manoir n'était-il pas fouillé ? Beauchêne aurait-il des relations puissantes, quelqu'un de haut placé dans l'empire que se constituait Bonaparte ? Dans ce cas, bien sûr, le capitaine français, simple marin, hésiterait sans doute à l'importuner. Mais alors, pourquoi un bonapartiste n'avait-il pas prévenu les autorités pour leur livrer un invité indésirable ?

D'un autre côté, si le savant avait accepté l'histoire concoctée par le Renseignement, il pouvait considérer William Marshall comme un hôte – un hôte inhabituel peut-être, mais qui ne présentait aucune menace. En vivant loin du monde, confiné à son domicile par une mauvaise santé, le pauvre vieillard devait tellement s'ennuyer qu'il avait accueilli à bras ouverts un visiteur inattendu. Il faudrait que Will tente de voler l'argenterie ou de séduire une femme de chambre pour que Beauchêne le chasse de chez lui.

Quant à Will, il se retrouvait piégé entre Charybde et Scylla – ou, plus littéralement, entre le Français et la Manche. Que le docteur Colbert soit enfin arrivé ou pas, Will ne pouvait quitter le manoir avant que la frégate quitte les parages, lassée d'attendre en vain.

Or, jamais elle d'abandonnerai tant que la *Sirène* rodait. Archer devait donc créer une diversion pour pousser l'ennemi à quitter son poste et s'en aller voguer dans d'autres eaux. En temps de guerre, il aurait volontiers envoyé une bordée d'hommes à terre, munie d'un baril de poudre à faire sauter un peu plus loin sur la côte. Malheureusement, la chaloupe de la *Sirène* était trop petite pour permettre aux hommes de débarquer, de faire sauter leur bombe improvisée et de revenir sans se faire intercepter.

De plus, ce n'était ni le bon moment ni le bon endroit pour ranimer les hostilités entre la France et l'Angleterre.

Archer avait une autre idée : se rendre à terre accompagné d'une poignée d'hommes, au milieu de la nuit, et tenter de récupérer Will. Voilà qui avait une bonne chance de succès. Malheureusement, la ruse ne fonctionnerait qu'une seule fois. S'il surgissait au manoir avant l'arrivée du docteur Colbert, leur mission serait compromise.

Il devait absolument faire quitter la baie à cette damnée frégate.

Il me faudrait un autre navire. Il me faudrait William Marshall.

Archer resta un long moment accoudé au bastingage, à fixer la tour crénelée du manoir qui, sous la lumière pâle de la lune et les étoiles, paraissait fantomatique. Il regrettait ses hésitations passées. Il aurait dû insister, malgré la prudence réticente de Will. Il aurait dû quitter son hamac et sauter dans celui de son amant. Pourquoi ressasser sa colère d'avoir retrouvé ses lettres encore scellées ? Pourquoi ne pas demander ce que Will voulait lui donner ?

Il ne pouvait accepter qu'un échange plein de ressentiment devienne leurs ultimes paroles échangées.

Non, c'était impossible… Impensable. Archer devait agir, mais, n'ayant pas le don d'ubiquité, il lui fallait de l'aide. Il se tourna vers le marin qui attendait patiemment à ses côtés.

— Barrow, nous partons. Cap nord-nord-est. N'allumez aucun fanal avant que nous soyons loin, mais surveillez l'horizon pour éviter les autres bâtiments.

— C'EST IMPRESSIONNANT ! déclara Marshall, avec sincérité.

Il était ébloui par la complexité du travail étalé devant lui. Il avait passé presque toute la journée avec Beauchêne, dans la bibliothèque, une pièce dont les fenêtres donnaient au sud et à l'ouest pour profiter au mieux de la lumière du soleil. 'Nécessaire pour mes yeux affaiblis', comme l'avait expliqué le savant.

Marshall connaissait déjà certaines des formules de géométrie descriptive appliquées aux fortifications, mais jamais encore il n'avait vu l'œuvre de Monge dans son intégralité. L'homme était un véritable génie !

— Cette formule est remarquable, sa simplicité réduit les calculs de plusieurs heures !

236

— C'est exact, répondit Beauchêne. Le plus étonnant est que M. Monge l'a développée alors qu'il était encore étudiant à l'académie militaire. Avant sa découverte, les calculs pour déterminer les fondations d'une forteresse étaient... eh bien, interminables ! La première fois où il a appliqué sa formule, son professeur a refusé d'accepter qu'il ait pu accomplir son travail aussi rapidement.

Marshall prenait des notes, après en avoir demandé la permission à son hôte. Pourtant, il ressentait une légère culpabilité en réalisant la valeur de ces informations.

— Êtes-vous certain que vous devriez me montrer cela, monsieur ? Vous savez comme moi que nos deux pays sont susceptibles d'être à nouveau en guerre – très bientôt.

Beauchêne le regarda par-dessus ses lourdes lunettes, ses yeux noisette paraissant plus chaleureux dans la lumière dorée du soleil. Il écarta de son visage une mèche de cheveux bruns.

— Capitaine, j'aimerais que tous vos compatriotes aient votre délicatesse scrupuleuse, mais ne vous inquiétez pas, M. Monge a découvert cette formule il y a des décennies. Si vous vous étiez intéressé au terrassement terrestre au lieu de regarder le ciel pour déterminer votre route en mer, vous auriez remarqué une évolution. Je ne trahis aucun secret et je ne vous considère pas comme un ennemi.

Marshall se sentit encore plus coupable.

— Monsieur, je veux être parfaitement honnête avec vous. Je n'accepterai jamais l'ambition de Bonaparte. Si la guerre reprend, ce dont je suis certain, je chercherai un nouvel engagement dans la Royal Navy. Je suis très soulagé, comme je vous l'ai déjà dit, d'être certain que vous ne serez jamais partie prenante d'un combat naval.

Beauchêne sourit.

— Capitaine, pourriez-vous vérifier que nous soyons seuls ?

Surpris, Marshall cligna des yeux, puis il réalisa que son hôte voyait trop mal pour distinguer tous les recoins de l'immense pièce. Pour le rassurer, il se leva, ouvrit la porte et vérifia dans le couloir. Ensuite seulement, il vint se rasseoir

— Oui, nous sommes seuls.

— *Bon*. Je ne voudrais pas choquer Jean-Claude ni le pousser à me dénoncer comme traître.

Récupérant sur la table une bouteille de vin, Beauchêne en remplit deux verres et poussa l'un d'eux vers Marshall.

— Pour être franc, je n'approuve pas notre Premier Consul. Je reconnais qu'il a mis de l'ordre en France – tout en créant le chaos dans le reste de l'Europe. Mais, en Égypte, il a laissé les Français se comporter en véritables sauvages. Il y a même des rumeurs selon lesquelles, pour quitter au plus tôt ce pays que Dieu a maudit, il aurait abattu les blessés qui risquaient de le retarder – ses propres soldats ! Bonaparte a sacrifié bien trop de vies à son ambition. Il parle de l'honneur… pfft ! Quel honneur, je vous le demande ? Quand il était à Malte, il a supplié les chevaliers de Saint-Jean de lui donner abri, pour les attaquer ensuite.

— Je sais, répondit Marshall. C'est l'une des raisons qui empêchent l'Angleterre de retourner à Malte, même si le traité l'y engageait.

— Oh, oui, et quand Bonaparte sera prêt au combat, il se servira de ce prétexte, je vous le promets. Dès qu'il aura préparé la flotte et réorganisé l'armée, il reprendra les armes. Et il peut gagner. Il est rusé, bon stratège et dénué de scrupules. Pour vaincre, il est prêt à tout. Pour satisfaire un porc influent, il n'a pas hésité à rétablir l'esclavage que la Révolution avait aboli. Rien que cela lui vaudra à jamais mon mépris.

Beauchêne ôta ses lunettes et se frotta l'arête du nez à deux doigts.

— Je ne veux pas tomber sous le joug de l'Angleterre, ajouta-t-il, mais je ne veux pas non plus voir triompher Bonaparte. Dans les deux cas, mon pauvre pays en souffrirait. Quelle douleur de tant aimer la France et de la voir ainsi trahie !

Il parlait avec trop de passion pour que Will puisse douter de sa sincérité. Le patriotisme donnait au savant bien plus de feu que ses études scientifiques, aussi appréciées soient-elles.

— Mais… vous exécutez des travaux militaires pour le comte de Péluse…

— Napoléon n'est pas la France, capitaine, malgré ce qu'il croit. Je travaille pour ce pays qui est le mien. Toute ma famille repose ici, dans cette terre.

Marshall acquiesça, pour marquer qu'il comprenait, tout en se demandant si lui-même était aussi ardent patriote. Né de parents anglais, avait été élevé en Angleterre, mais il n'éprouvait pas d'attachement grégaire à la région qui l'avait vu naître. D'un autre côté, sa famille n'avait pas des racines aussi profondes : William avait grandi dans les différents presbytères où son père officiait, et les membres de sa famille étaient enterrés dans plusieurs petites villes dont il avait oublié les noms.

— Votre travail demeurera bien après la disparition des troubles actuels, remarqua-t-il.

— Peut-être, mais je me soucie peu de la renommée. Je fais des mathématiques par plaisir, mon ami. Par nécessité même, car j'en ai besoin autant que de respirer.

Il se pencha en avant et posa la main sur celle de Marshall.

— N'est-ce pas également ce que vous ressentez ? En m'entretenant avec vous, je découvre votre intelligence et votre nature attentionnée, aussi je ne peux croire que vous ne combattez en mer que pour tuer ni que vous mesurez votre victoire au nombre des vies détruites.

Marshall grimaça.

— Je n'ai rien d'un saint, monsieur, mais vous avez raison, la mort n'est pas mon but. Pourtant, il m'est arrivé de tuer des Français au combat, et je le ferai probablement encore si la guerre reprend.

— Comme vos ennemis chercheront aussi à vous tuer.

— C'est exact, mais je préfère capturer un bateau ennemi et ma vraie victoire est de vaincre sans avoir à tirer un coup de feu. Je pensais différemment quand j'étais plus jeune. Je me suis engagé à quatorze ans dans la Royal Navy et je ne rêvais que de me battre contre les Français, ou tout autre ennemi, sans trop réfléchir à mes motivations. Oui, un jeune garçon se croit immortel jusqu'au jour où il affronte la mort en face.

Il évoqua Davy et les nouveaux dangers qu'il courrait si la guerre reprenait.

— En vieillissant, reprit-il, je prends du plaisir à naviguer, tout simplement. Je n'ai que trop vu la mort. Pourtant, pour défendre mon pays… eh bien, je me battrai dans toute la force de mes moyens.

— Ce qui me paraît tout à fait naturel, déclara Beauchêne. Un homme digne de ce nom doit être prêt à offrir sa vie pour son pays. J'ai perdu mon père à la guerre il y a quelques années de cela, peu avant Noël. Un accident stupide… son cheval lui a écrasé le pied et la blessure s'est infectée. Il a quitté le front pour revenir au manoir, mais il est décédé très vite.

— Je suis désolé.

Will soupira. Il ne parvenait pas à voir un ennemi en cet homme affable. À dire vrai, c'était lui-même qu'il considérait comme un sauvage sans éducation.

— J'aimerais que tous les Français vous ressemblent, monsieur. Mon père disait toujours : *paix sur la terre aux hommes de bonne volonté…* Je me demande parfois si c'est possible.

— Pourriez-vous m'appeler Étienne ? demanda son hôte à brûle-pourpoint. J'aimerais vous considérer en ami.

Cette demande mit Marshall un peu mal à l'aise, malgré le ton léger de Beauchêne. Pourtant, il ressentait plus d'affinités avec ce savant mathématicien français qu'avec la plupart des officiers anglais qu'il connaissait.

— Certainement... Étienne, finit-il par répondre. Je m'appelle William, si vous souhaitez également utiliser mon prénom.

— *Merci*, William.

Prononcé à la française – 'Weelyom' – le nom avait une certaine intimité. Gêné, Marshall chercha à ramener la conversation sur un sujet d'ordre général :

— Quel gâchis que les hommes et les nations ne trouvent rien de mieux à faire que de se combattre ! Il semble que la réponse la plus facile soit toujours d'envoyer des armées. Pourquoi nos dirigeants n'envisagent-ils jamais de se réunir, de discuter et de trouver un autre moyen de régler leurs différends ? S'ils goûtaient à cet excellent vin, peut-être y seraient-ils plus enclins, ne croyez-vous pas ?

Beauchêne secoua la tête avec un sourire.

— Non, mon ami. Avec une poignée d'hommes, peut-être serait-ce possible, à condition qu'aucun d'eux ne soit trop arrogant. Mais dès qu'ils sont trop nombreux, tout devient affaire de politique et, dans ce cas-là, aucun espoir. Les généraux sont rarement des 'hommes de bonne volonté', vous savez, et la politique n'est que la guerre sous un bel habit.

Will eut un sourire triste en évoquant les vicieuses attaques contre Pitt et l'animosité violente, sinon sanglante, qui opposait les Whigs [23] et les Tories [24].

— La politique est encore pire que la guerre, à mon avis. Au combat, vous savez au moins que l'attaque viendra de l'ennemi.

Beauchêne frappa la table du plat de la main.

— Je savais bien que vous partagiez mes idées ! Je déteste la guerre, William, mais je déteste encore plus la politique – même notre glorieuse

---

23 Parti politique apparu au XVIIe siècle en Angleterre qui militait en faveur du parlement et s'opposait à l'absolutisme royal.

24 Parti traditionaliste britannique, (ancêtre des conservateurs), favorable au pouvoir royal fort et défendant les intérêts de l'aristocratie foncière.

Révolution ! Elle parlait de *gloire*, de *liberté*, d'*égalité* et surtout de *fraternité* ! Ah, des mots magnifiques, n'est-ce pas ? Mais ils sont restés vides et sans portée. Oui, l'ancien régime était corrompu, c'est certain, mais Le Comité de salut public [25] aussi... un libellé qui est le comble de l'hypocrisie ! Des mots si nobles pour couvrir les actes les plus horribles... L'encre était à peine sèche sur le papier que la corruption commençait et le massacre des Français s'ensuivit. Les hommes qui veulent le pouvoir... sont incapables de l'utiliser à bon escient et, donc, de le garder. De toutes les concupiscences humaines, la pire est l'envie compulsive du pouvoir.

C'était troublant ! Étienne parlait comme Davy, quelques jours plus tôt. Tout à coup, Marshall réalisa que le savant tenait toujours sa main dans la sienne. Il s'en inquiéta d'autant plus que ce contact lui était... agréable.

Il s'écarta, en faisant de son mieux pour que son geste paraisse naturel et non effarouché.

— J'ai un ami du même avis que vous, remarqua-t-il.

Il leva son verre et ajouta :

— Aux amis, présents ou absents, et aux hommes de bonne volonté !

— Voilà un toast auquel je bois avec plaisir, répondit Beauchêne

Après avoir siroté son vin, il pencha la tête, l'air pensif. Un rayon de soleil tomba sur sa tête, donnant des reflets cuivrés à ses cheveux bruns.

Au bout d'un moment de silence, le savant demanda :

— Cet ami dont vous me parliez, se trouve-t-il à bord de votre navire ?

— Oui. J'aimerais communiquer avec lui, mais je ne peux m'y risquer, car je crains d'aggraver une situation déjà délicate.

— Jean-Claude m'a prévenu qu'un bateau français se trouve dans la baie depuis que le vôtre est parti. Vous l'avez également remarqué, je présume ?

— Oui, reconnut Marshall. C'est sans doute à cause de lui que la *Sirène* a mis les voiles aussi vite. Mes hommes ont suivi mes ordres, même si le propriétaire aurait pu choisir de les contredire.

— Ainsi, votre ami est parti et ne peut revenir. Peut-être devrais-je inviter au manoir le capitaine français et lui expliquer la raison de votre présence chez moi ? Cela vous rendrait-il service ?

Si seulement c'était aussi simple !

---

25 Premier organe du gouvernement révolutionnaire mis en place au printemps 1793 par la Convention pour faire face aux dangers qui menacent la République (invasion et guerre civile).

— C'est à vous d'en décider, bien sûr, répondit Marshall avec courtoisie, mais je crains que cela complique encore la situation, surtout dans les conditions diplomatiques actuelles. Je n'ai aucun papier officiel qui m'autorise à prendre à mon bord un Français désireux de quitter son pays... et je ne peux espérer que le capitaine de ce navire inconnu se montre aussi compréhensif et ouvert que vous l'avez été. Il aura reçu les consignes de se méfier d'un étranger. Je ferai pareil dans sa position.

— Bien sûr, reconnut Beauchêne, surtout que nous ne pouvons présenter Jacques Colbert comme témoin.

Avec un sourire, il changea de voix et s'adressa à un tiers invisible :

— *Honorable capitaine, ce marin anglais est juste passé chercher l'oncle par alliance du cousin de son ami pour le ramener à sa famille. – Voilà qui me paraît bien suspect. Et où est-il, cet oncle ? – Eh bien, aucune idée, il semble s'être égaré en cours de route.*

Marshall ne put s'empêcher de rire. Pourtant, il ne s'agissait pas d'une plaisanterie

— Vous avez raison, admit-il. Et même si le docteur Colbert apparaissait, je n'ai plus de navire sur lequel le faire embarquer. Je regrette vraiment que nous n'ayons pas prévu de plan de secours, ou au moins un moyen de le contacter. Cette absence prolongée commence à m'inquiéter.

Beauchêne jeta un coup d'œil à la fenêtre : le soleil se couchait ; il faisait déjà presque sombre.

— Jacques Colbert n'a pas encore soixante ans, mais le trajet est long et la route, dangereuse. Il aurait dû arriver... depuis quatre jours, n'est-ce pas ?

— Oui. Sinon davantage. Il est grand temps de prendre des mesures, mais je ne veux pas abuser de votre hospitalité. C'est à vous d'en décider.

— Je suis d'accord, nous devons agir. Que proposez-vous ?

Marshall aurait voulu emprunter un cheval.

— J'aimerais aller le chercher, mais étant Anglais, je ne peux interroger les passants que je rencontrerai. Je n'ai donc aucune chance de le retrouver. Pourriez-vous envoyer un de vos domestiques à sa recherche ? J'ai peu d'argent sur moi, mais nous en avons à bord de la *Sirène* et je suis certain que le baron serait heureux d'offrir une récompense pour aider son beau-père.

— Eh bien, il y a un problème... et il ne s'agit pas d'argent. Je ne peux me séparer de Jean-Claude, voyez-vous, j'ai besoin de lui pour porter du bois et de l'eau. Mes autres domestiques n'ayant pas l'habitude de s'aventurer hors de la contrée, ils ne sauraient se débrouiller. Quant à vous, même si vous parlez bien le français, vous seriez immédiatement identifié comme étant Anglais ce qui ne serait pas prudent.

— Voyons, Étienne, je suis solide, je n'aurais aucun mal à porter votre bois et le reste !

— Mais vous êtes mon invité !

Il semblait choqué par l'idée de demander à un hôte une tâche ancillaire.

— Un invité *inattendu*, fit remarquer Marshall, et qui vous cause bien du tracas.

— Et dont la compagnie m'offre une grande joie. Non, non, mon ami, n'insistez pas, attendons encore un peu, au moins jusqu'à demain. Inutile de faire partir un messager alors que le soleil se couche. Je m'entretiendrai avec la cuisinière. Sa fille vit au village… peut-être son gendre pourra-t-il demander un ou deux jours de congé à la cidrerie. Le docteur Colbert est déjà venu nous rendre visite, aussi personne ne s'étonnera-t-il d'apprendre qu'il comptait revenir.

Marshall se sentit plus optimiste, l'avenir lui paraissait s'éclaircir, même si l'obscurité s'accentuait dans la bibliothèque.

— Je vous remercie infiniment, Étienne, dit-il avec chaleur. Au fur et à mesure que les jours passaient sans nouvelles, je devenais de plus en plus inquiet, même si je reconnais qu'aujourd'hui, votre bibliothèque m'a grandement distrait de mes soucis. J'espère qu'il s'agit d'un simple retard. Pourtant, même en cas de catastrophe, mieux vaut être au courant le plus rapidement possible.

— J'espère que ce ne sera pas le cas. Jacques Colbert connaissait mes parents bien avant ma naissance et nous n'avons déjà perdu que trop d'amis. Je voudrais le voir retrouver ses petits-enfants et passer Noël en leur compagnie. J'aurais dû vous proposer plus tôt d'envoyer quelqu'un à sa recherche, mais j'étais toujours certain de le voir arriver.

— Eh bien, il a encore jusqu'à demain pour nous surprendre, répondit Will.

— En effet. C'est toujours quand un plan est organisé qu'un retardataire finit par surgir. Pour provoquer la chance, nous mettrons une place de plus à table ce soir. À ce propos, quelle heure est-il ?

Marshall sortit sa montre de son gousset et la consulta.

— Presque dix-sept heures, à quelques minutes près. Voulez-vous que j'allume les bougies ?

— Non, c'est inutile, je crois que mes yeux ont suffisamment travaillé pour aujourd'hui. De plus, il ne va pas tarder à faire très froid dans cette pièce. Nous allons rejoindre ma mère dans son boudoir, près du feu, et prendre l'apéritif en sa compagnie.

Beauchêne se leva et rassembla les documents étalés sur la table. Puis il fit quelques pas sur la porte. Tout à coup, il s'arrêta et se retourna pour poser la main sur le bras de Marshall.

— William, sans vouloir vous insulter… je suis seulement poussé par l'amitié que je ressens pour vous… Voilà… J'aurais une question à vous poser… concernant votre ami, le propriétaire de votre bateau… Seriez-vous très *proche* de lui ?

Pris au dépourvu, Marshall sentit son visage s'empourprer et devenir brûlant.

— Je… hum… bredouilla-t-il. Oui, nous sommes ensemble… hum, enfin, je veux dire, nous naviguons ensemble depuis bientôt six ans.

Il ajouta presque avec défi :

— C'est mon ami le plus cher.

— Je ne cherchais pas à vous offenser, s'empressa de dire Étienne.

— Je sais, répondit Marshall, qui restait mal à l'aise. C'est juste…

— William, je vous trouve très attrayant et je ne pense pas vous déplaire. Aussi… je me suis risqué à vous interroger. Puisque vous avez déjà un ami très cher, je présume que vous… avez ce qu'il vous faut, me trompé-je ?

— Je… je…

William s'interrompit, la gorge serrée. Il transpirait. La bibliothèque lui parut tout à coup étouffante. Ce n'était pas tant la question de Beauchêne qui l'affolait que sa réaction inattendue.

— Étienne, reprit-il d'une voix plus ferme, dans d'autres circonstances… Eh bien, vous avez raison, vous ne me déplaisez pas. Au contraire. Mais, comme vous l'avez deviné, je suis déjà comblé.

Le savant eut un bref sourire.

— Je vois. Mais *qui ne tente rien n'a rien*. Au moins, vous ne m'en voulez pas de mon indiscrétion. Beaucoup d'Anglais se seraient montrés hypocrites, même ceux qui auraient été tentés.

— Je ne vous en veux pas du tout, dit Marshall avec sincérité. Votre proposition me flatte, monsieur, tout comme votre confiance en ma discrétion.

Cet homme solitaire lui inspirait de la compassion et il regrettait de ne pouvoir lui offrir davantage qu'une simple amitié.

Beauchêne se détourna et avança jusqu'à la porte d'un pas décidé. Puis il changea délibérément de sujet.

— À présent, William, il nous faut décider d'un moyen de communiquer avec votre vaisseau. Vous en aurez besoin dès que nous aurons retrouvé le docteur Colbert.

VIII

CHER WILL,

Je vous sais capable d'écrire, même si votre calligraphie est difficile à déchiffrer – j'ai lu certaines des entrées de votre journal de bord, c'est pourquoi j'utilise le mot 'difficile' en toute connaissance de cause.

Je ne doute pas que vous soyez tellement occupé à nettoyer les mers des sbires de Bonaparte que cela ne vous laisse pas le temps de rassurer vos amis et leur faire savoir que vous vous portez bien. Pourtant, quelques mots de votre main me confirmant que vous n'êtes pas mort seraient bien appréciés.

Bien entendu, si vous ne faites plus partie des vivants, veuillez accepter mes plus humbles excuses pour la sécheresse de ce bref courrier et soyez assuré que le remords de vous avoir mal jugé ne cessera de me ronger.

D S-J

Marshall fit la grimace et rangea la lettre avant de briser le sceau de la suivante.

Cher Will,

Excusez le ton de ma précédente épître. Kit venait de recevoir une longue missive de sa femme, lui communiquant en détail des nouvelles de chacun des membres de sa famille, aussi me sentais-je particulièrement abandonné. Mais je sais que vous n'êtes guère porté sur la correspondance – existe-t-il au monde quelqu'un qui déteste davantage écrire ? Si, pour une raison quelconque, vous ne pouvez pas prendre la plume, vous pourriez au moins employer un scribe et me donner une idée de ce qui ne va pas ! Vous seriez-vous cassé les deux bras en tentant, comme Nelson, de sauter d'un navire à un autre ?

Les dernières semaines ont été des plus intéressantes. Je peux dorénavant passer l'essentiel de mes journées debout, même s'il me faut parfois une petite sieste. Mon cousin fait de l'excellent travail dans sa plantation. À mon avis, les autres propriétaires devraient suivre son *exemple éclairé, il y aurait bien moins de révoltes et de soulèvements. Kit a affranchi tous ses esclaves, sauf une très vieille femme qui l'a formellement refusé – elle aurait été incapable de vivre seule. Chaque travailleur reçoit dorénavant un salaire, qui correspond à une petite partie des revenus de la récolte annuelle – un très faible pourcentage, mais au moins, ils en font ce qu'ils veulent. L'effet de ce changement est incroyable ! Le problème actuel de Kit est de gérer les esclaves qui s'enfuient d'autres plantations pour demander à travailler chez lui. Il les recueillerait volontiers, j'en suis certain, si la loi le lui permettait.*

Pour terminer, je dois vous prévenir, monsieur, que la jeune personne vous ayant fait de si touchants adieux lors de votre dernière visite est dans tous ses états, suite à son anxiété de ne rien recevoir de votre part.

La jeune personne ? Will ouvrit de grands yeux à ces quelques mots, avant de réaliser que Davy parlait de lui-même. Évidemment, au cas où la lettre ait été ouverte, mieux valait évoquer une romance avec une jeune fille. Il admira grandement cette ruse épistolaire. Un gentleman pouvait, par courtoisie, transmettre un tel message à un prétendant que n'approuveraient pas les parents de la demoiselle – après tout, il n'était pas rare qu'un père autoritaire lise le courrier de sa fille.

Plus important encore, David les protégeait tous deux de la cour martiale pour offense capitale.

J'hésite à coucher sur le papier une question aussi délicate, mais si vous ne tentez pas au plus tôt un geste symbolique pour la rassurer quant à vos affections, vous porterez la responsabilité de lui avoir brisé le cœur.

Je lui ai suggéré que vous pourriez avoir trouvé un nouvel amour...

Marshall détourna les yeux. En remontant dans sa chambre, il avait voulu terminer de lire les lettres de Davy – peut-être pour ne pas oublier sa responsabilité envers son amant. Il tenait aussi à ne pas rompre sa promesse faite au moment de leur séparation. Malheureusement, après la tentation ressentie un peu plus tôt, l'accusation voilée lui était d'autant plus sensible.

Si tel est le cas (et je comprendrais tout à fait que cela vous soit arrivé, puisque votre devoir risque de vous garder éternellement loin de nos rivages), je pense qu'il serait moins dur que vous rompiez tout lien entre vous. Je transmettrai votre décision avec le plus de délicatesse possible, mais, quels que soient vos sentiments, je vous exhorte à les exprimer avec franchise. Ce silence intolérable ne fait que prolonger sa souffrance.

Bien à vous,

D S-J

Ils s'étaient séparés en juin. La lettre était datée de septembre. William l'avait reçue à Portsmouth, quand il avait été démobilisé après la signature du traité. À la même époque, il avait décidé de libérer son amant et de lui donner l'opportunité de mener une vie normale, avec une famille. Il avait recopié avec soin le treizième sonnet de Shakespeare, un plaidoyer écrit par le poète à un ami, l'encourageant à trouver une femme et à avoir des enfants.

Après cela, William n'avait reçu qu'une seule et dernière lettre. Autant la lire dès à présent, avant de se coucher. Comme le lâche qu'il était, il n'avait déjà que trop tergiversé.

Le message lui était parvenu quelques semaines à peine avant que Davy revienne en Angleterre pour tout arranger.

Cher Will,

À chacun son métier. Vous n'auriez jamais dû utiliser Shakespeare dans un but aussi ignoble. Je vous remercie de vos conseils, monsieur, mais je ne suis ni inconstant ni volage. Après avoir perdu mon seul amour, je ne chercherai certainement pas à le remplacer.

Je vous souhaite bonne chance dans vos projets. Je ne doute pas que vous deviendrez rapidement capitaine et que vous accumulerez les promotions avant que Bonaparte soit enfin muselé.

S'il vous arrive de naviguer à nouveau dans ces eaux, n'hésitez pas à jeter l'ancre sur la propriété de mon cousin. Vous ne recevrez aucune récrimination, je vous le certifie. La jeune personne qui s'était tant attachée à vous a réalisé qu'un homme incapable d'écrire une ligne à l'élue de son cœur ne deviendrait pas meilleur correspondant une fois marié.

Que l'avenir vous soit propice,

D S-J

David Archer n'avait certainement pas besoin d'une épée ou d'un pistolet quand il pouvait manier le verbe de façon aussi dévastatrice. Bien sûr, il avait toutes les raisons du monde d'être furieux. Marshall avait agi de façon inexcusable.

Pourtant, Davy était revenu vers lui. Même après une aussi amère déception, il était revenu, les bras ouverts, prêt à pardonner.

Marshall rangea ses lettres dans le parchemin, l'esprit à nouveau en paix. Il ne pensait plus à un savant français brun et doux, plein d'humour, mais à un Adonis anglais à la langue acerbe et au cœur de feu. Comment avait-il pu s'intéresser à Étienne Beauchêne ? Certes, il était attrayant, mais Marshall avait rencontré beaucoup d'hommes aussi beaux sans ressentir pour eux d'intérêt d'ordre charnel. Jusqu'ici, seul Davy avait réussi à l'enflammer. Du coup, il s'inquiétait un peu : que ferait-il si la *Sirène* ne revenait pas le chercher, pour une raison ou une autre ? Ou si le docteur Colbert n'arrivait pas ? Combien de temps ses lettres le protégeraient-elles de la tentation ?

Éternellement, décida-t-il. Il ne pourrait jamais envisager d'avoir un amant français, même un savant intéressant, agréable et intelligent, qui partageait son engouement pour les mathématiques. Si la *Sirène* ne revenait pas, Marshall trouverait le moyen de quitter la France. Peu importait le temps que cela lui prendrait, il rentrerait chez lui.

Sans Davy, envisagerait-il de trouver un autre amour ? Non, au nom du ciel ! Si Davy disparaissait, William préférerait mourir – au cours de son prochain combat naval. Oui, il trouverait le moyen de rejoindre son amant dans l'au-delà.

Sur ce, il souffla la bougie et se pelotonna sous ses couvertures. Sans doute était-il particulièrement fatigué ce soir, car jamais son lit ne lui avait semblé plus froid.

À SON réveil, Marshall vit un ciel si bleu qu'il sut immédiatement ne pas être en Angleterre. Son sloop – car le navire lui appartenait, même s'il ignorait son nom – était ancré devant une plage de sable d'un blanc aveuglant. Au-delà, la nature était verte et luxuriante, si dense qu'il failli doutait de ce qu'il voyait.

Le spectacle aurait dû être agréable, mais ce n'était pas le cas, parce qu'il y avait autre navire à proximité, la HMS *Calypso* : vergues baissées, elle portait le deuil. William Marshall eut beau regarder, il ne vit personne bouger à bord. Il devait absolument retrouver Davy, mais ne savait par où commencer. D'ailleurs, son sloop aussi était désert. Où étaient-ils tous partis ?

Organisant ses priorités, il décida de retrouver Davy. Ensuite, ensemble, ils chercheraient l'équipage. Après tout, les hommes devaient bien se trouver quelque part.

Il porta son attention sur le rivage et crut voir un mouvement sur la plage, non loin d'un bosquet d'arbres… Une forme rectangulaire, ni une plante ni un rocher. Pour ne pas perdre de temps à baisser la chaloupe, Marshall ôta ses chaussures et se jeta à l'eau. La rive n'était pas bien loin. Il nagea, s'étonnant de ne pas sentir le contact de l'eau sur sa peau. Pourtant, il avait froid. Il grelottait.

Peu après, il retrouva pied en atteignant la plage. Il y voyait mieux à présent : l'objet qui l'avait intrigué était une stèle tombale.

Marshall s'approcha et la fixa, sans comprendre. Au début, sous le choc, il ne parvint pas à lire l'inscription gravée – puis les lettres se démarquèrent, du sang rouge coulant sur le marbre blanc :

David Archer,
Bienaimé.
1780-1802.

Marshall sentit son cœur rater un battement, son souffle s'étrangler dans sa gorge.

— Non ! Ce n'est pas possible… Non !

— Will.

Il pivota. Davy était là, derrière lui, sa veste d'uniforme trempée de sang, une blessure béante au ventre – une tache rouge vif imbibait le gilet blanc.

— Davy ! Mais comment… Que fais-tu…

Davy ressemblait à un ange avec son visage pur et serein, ses yeux aussi bleus que la mer, ses cheveux d'or étincelants – bien qu'il n'y ait pas de soleil. Mais il était pâle, transparent, aussi livide qu'un cadavre exsangue. Dans ses yeux brûlaient douleur et accusation.

— Will, tu es parti… J'ai attendu, attendu, mais tu n'es pas revenu. Je t'ai écrit, mais tu n'as pas répondu. M'aurais-tu abandonné ?

— Davy, je suis là. Je n'ai jamais voulu te faire souffrir, je suis désolé…

Il aurait aimé prendre son amant dans ses bras, mais il était paralysé, ses pieds enfouis dans le sable refusaient de parcourir les quelques mètres qui les séparaient.

Les yeux bleus se noyèrent de larmes.

— Trop tard, Will. Je ne peux pas rester. Tu as trop tardé.

Sous les yeux d'un Marshall figé et impuissant, Davy avança jusqu'à la pierre tombale sur laquelle il s'étendit.

— Davy, non !

— Tu as trop tardé, Will.

Plongeant la main dans le sable blanc, David le tira sur sa tête comme une couverture dans laquelle il s'enroula. En quelques secondes, il avait disparu. La stèle s'enfonça à son tour et Marshall resta seul sur la belle plage assombrie où l'aube ne se lèverait plus jamais. Il tremblait de douleur en réalisant l'énormité de sa perte.

Il se réveilla secoué de sanglots bruyants. Le froid le ramena à réalité. Il reconnut la chambre qu'éclairait une pâle lumière hivernale, l'armoire, le fauteuil et le tableau dont il ne distinguait pas le thème dans ce clair-obscur. Tout était calme et tranquille. Tant mieux ! Il n'avait pas réveillé la maisonnée.

Ce n'était qu'un cauchemar rêve. Dieu merci !

Pourtant, cela aurait pu arriver – quelques mois plus tôt. Pire encore, cela qui pouvait *encore* arriver quand les hostilités reprendraient. Davy n'était ni sa maîtresse ni son fils. Il n'accepterait pas de rester à l'abri. S'ils retournaient ensemble dans la Royal Navy, l'un ou l'autre risquait de mourir.

Marshall s'enveloppa dans une couverture supplémentaire, judicieusement placée sur un banc au pied du lit. Il faisait si froid !

Pour se changer les idées, il récita ses tables de multiplication jusqu'à ce que les chiffres se mélangent dans sa tête. Ensuite, il resta allongé, sans bouger, les yeux fixés sur la fenêtre, en se demandant quoi faire une fois qu'il serait de retour à bord de la *Sirène*.

Après une heure de cogitations inutiles, il finit par se rendormir, épuisé, d'un sommeil tellement profond qu'il fut sans rêve.

IX

— Ne l'avais-je pas annoncé ? Il suffisait que nous fassions le projet d'aller le chercher pour le faire surgir.

Étienne Beauchêne dut élever la voix pour se faire entendre, car sa mère avait poussé un cri de surprise : Jean-Claude venait de faire irruption dans le solarium où ils prenaient leur petit déjeuner en annonçant sans ambages :

— Monsieur le docteur vient d'arriver.

Effectivement, Jacques Colbert entrait derrière lui. Il s'inclina sur la main de Mme Beauchêne avant de se laisser tomber, avec un soupir qui exprimait sa fatigue sur le siège à côté de Marshall. Les années lui avaient été clémentes, un homme toujours alerte, ses cheveux bruns à peine plus grisonnants qu'autrefois. Son regard, vif et intelligent, le rajeunissait en général. Pourtant, ce matin, le docteur Colbert paraissait son âge, ce qui était bien normal après un si long voyage. Il était vivant, enfin arrivé à bon port, mettant terme à la longue attente de Marshall.

Colbert releva la tête et examina les convives, un par un.

— Bonjour, mes amis, dit-il. Que préférez-vous, que je parle français pour la maisonnée ou anglais pour le capitaine Marshall ?

— Ce que vous voulez, monsieur, répondit Marshall. Je suis tellement heureux de vous voir que, même si vous parliez chinois, je ne m'en plaindrais pas. Faut-il vous demander la raison de votre retard ?

Le vieil homme haussa les épaules.

— Elles sont nombreuses, des routes dans un état épouvantable, une monture peu coopérative et un guide sans le moindre sens de l'orientation. J'aurais pu arriver hier soir, mais il faisait déjà nuit et je craignais de ne pas reconnaître mon chemin. J'ai donc préféré m'arrêter dans une cabane de bûcheron et accomplir la dernière étape au lever du soleil.

— Prenez un peu de café, intervint Mme Beauchêne.

Elle poussa vers lui un plat avec des brioches dorées. Puis elle s'adressa au valet :

— Jean-Claude, demandez à Yvette un autre couvert, je vous prie.

252

— Avez-vous pu régler vos affaires en instance ? demanda Marshall au beau-père de Kit St John.

— Oui. Ma maison était intacte, grâce au ciel, et les voisins m'ont averti qu'un agent immobilier s'était récemment renseigné à son sujet. Il avait un client intéressé et j'ai pu accepter la vente sans trop attendre. Sans doute Esculape [26] veillait-il sur moi.

Il s'écarta pour laisser la cuisinière, Yvette, placer devant lui une tasse et une soucoupe, puis lui servir un café fumant.

— Malheureusement, reprit-il, Mercure [27] s'est montré plus capricieux, aussi ai-je perdu plusieurs jours... Quelle date sommes-nous ?

— Le 15 décembre, je crois, répondit Marshall.

— C'est exact, confirma Beauchêne.

— Tiens, j'aurais dit le 14, j'ai perdu le décompte quelque part. Eh bien, me voici enfin !

Il se tourna vers son hôtesse avec un aimable sourire :

— Madame, vous êtes plus belle que jamais. J'ai du mal à croire que vous ne soyez pas remariée.

— Vous ne l'êtes pas davantage, cher ami, si le capitaine Marshall ne s'est pas trompé, minauda-t-elle.

— J'ai rencontré de charmantes Anglaises, répondit le médecin, mais je ne suivrai pas l'exemple de ma fille en cherchant l'élue de mon cœur de l'autre côté de la Manche. À mes yeux, aucune Anglaise ne peut se comparer à une Française.

— Dans ce cas, il est regrettable que vous n'ayez pas prévu de séjourner plus longtemps chez nous.

Rougissait-elle ? se demanda Marshall, très surpris de constater l'émoi de la dame. La pauvre ! Sans doute devait-elle se sentir isolée dans son manoir avec un fils toujours absorbé dans ses études et son épagneul comme seule compagnie.

Mme Beauchêne enchaîna d'un ton un peu pincé :

— Quant à moi, je ne supporte plus la vie parisienne ces temps-ci. Je préfère rester tranquillement en province, avec mon fils et mon petit Pierrot. Je suis bien plus heureuse au bord de la mer qu'à Paris !

---

26 Dieu de la médecine (mythologie grecque).

27 Dieu des voyageurs (mythologie grecque), du commerce et des voleurs.

Le chien, couché auprès d'elle dans un panier d'osier, reconnut probablement son nom, car il releva la tête avec un jappement.

— Il vous plaît, alors ?

— Beaucoup ! répondit-elle avec une chaleur retrouvée. Vous avez été très aimable de me l'envoyer alors que je pleurais la perte d'Antoine. Le chagrin m'aveuglait et Pierrot m'a beaucoup réconfortée.

Le docteur Colbert sourit, ce qui le rajeunit d'une dizaine d'années.

— C'était la moindre des choses, voyons !

Marshall était de plus en plus étonné de cet aparté animé. Il aurait cru les deux interlocuteurs bien trop âgés pour flirter. Était-ce l'influence de l'air marin, ou la solitude ? Étienne croisa son regard et haussa les épaules. Marshall fit pareil. *Ah, les Français !*

Le docteur Colbert se tourna vers lui pour demander quand embarquer. Marshall dut abandonner sa tasse de café – qui refroidissait – et sa brioche entamée pour expliquer la nature du problème. En clair, ils se retrouvaient coincés à terre pour le moment. Colbert s'en montra fort contrarié, Marshall n'en fut pas surpris.

— Il vaudrait mieux que nous partions, déclara le médecin, pensif. Ce serait plus sûr pour mes amis, car je crois que j'ai été suivi depuis Paris.

— Par qui ? demanda Étienne. Pourquoi vous aurait-on suivi ?

Colbert écarta les mains.

— Je ne saurais vous répondre. Des brigands, peut-être, qui espèrent me dérober le prix de ma maison sans savoir que j'ai déjà envoyé les fonds à Londres par le biais d'un ami banquier. Ou alors la police de Bonaparte qui me considère comme un suspect. Capitaine Marshall, je pense que nous devrions quitter le manoir dès ce soir, ne serait-ce que pour longer la côte jusqu'à la prochaine ville.

— Oh, non ! se récria Mme Beauchêne. Vous n'auriez pas le temps de vous reposer !

— Je vous assure, chère amie, que je préférerais m'attarder, mais je crains davantage pour vous que pour moi. Peut-être pourrez-vous me rendre visite en Angleterre ?

Marshall sentit qu'il y avait anguille sous roche, mais il ne savait pas trop le but que poursuivait le docteur Colbert.

— Monsieur, intervint-il, à moins que vous ayez le moyen de nous faire traverser la Manche, je préfère ne pas m'écarter du manoir. C'est ici que j'ai débarqué, c'est donc ici que la *Sirène* reviendra nous chercher tous les deux. J'ai étudié la côte. Si nous nous déplacions, ne serait-ce que de quelques kilomètres, nous serions obligés de rejoindre l'Angleterre par nos propres moyens. Et pendant ce temps, mon navire et mes hommes risqueraient d'être pris en cherchant à nous retrouver.

Colbert hocha la tête.

— Je vois. Dans ce cas, que suggérez-vous ?

Davy était au large, Marshall le savait. Et il tenait à agir vite, maintenant que Colbert était enfin là. Se souvenant de la méfiance d'Étienne, la veille, il se leva et vérifia que personne ne les écoutait derrière la porte ou dans le couloir. Quand il revint s'asseoir à la table, il déplaça son couteau et sa fourchette contre son assiette, pour un schéma approximatif.

— Considérez que c'est la côte normande et voici la baie devant le manoir. La frégate française est postée à cet endroit-là, cachée par le promontoire. Elle est invisible du large, mais ne distingue pas davantage ce qui se passe derrière les rochers. Donc, si nous trouvions une petite embarcation, assez grande pour deux passagers, nous pourrions profiter de la nuit pour quitter le rivage avant que la lune se lève. Nous traverserions la baie aux avirons en restant loin de la frégate, puis passerions le cap en leur échappant. Docteur Colbert, savez-vous naviguer ?

— Je ne l'ai fait qu'en passager, mais je suis capable de ramer, je vous l'assure. Vous me direz quoi faire, capitaine, et je suivrai vos instructions. Nous n'irons tout de même jusqu'en Angleterre…

Il regarda Marshall et pencha la tête avant d'ajouter :

— Vous croyez que ce serait possible ?

— Avec une voile, nous le pourrions certainement, du moins en été. À cette époque de l'année, la traversée serait dangereuse et inconfortable. Ne vous inquiétez pas, dès que nous aurons atteint la pleine mer, je suis certain que la *Sirène* ne tardera pas à nous retrouver.

— Comment ?

— Pendant que nous attendions votre signal, nous avons établi divers plans de secours, en particulier avant que j'envisage d'aller à terre. Mon navire ne peut pénétrer dans la baie tant que la frégate garde son poste, mais il rode à proximité tous les jours.

Colbert hocha la tête, en finissant son café.

— Vous avez raison, capitaine. Il nous faut donc trouver un bateau.

— Je vérifierai aussi la table des marées. La lune est décroissante, il y aura donc une marée vers minuit. Il vaudrait mieux que nous partions à marée descendante.

255

— J'ai une table dans mon bureau, intervint Étienne. Vous devriez, je crois, attendre que la marée corresponde au plus sombre de la nuit, même si cela vous fait perdre un jour ou deux. Et je ne dis pas cela uniquement parce que nous préférerions vous garder plus longtemps.

Marshall esquissa un sourire amer.

— Nous n'avons pas d'embarcation, aussi je crains que nous soyons bloqués ici un certain temps.

— Oh, en trouver ne serait pas un problème, la plupart des villageois ont une barque de pêche, vous les avez sans doute vues à votre arrivée, n'est-ce pas ? La difficulté est de rester discret – ce qui ne serait pas le cas si vous traîniez une barque sur la plage.

Il posa sa serviette et se leva.

— Maman, nous allons à présent vous laisser. Venez, mes amis, allons étudier les horaires des marées et réfléchir à votre bateau.

— Et ce petit jouet qui amusait tant votre père ? intervint sa mère. Ferait-il l'affaire ?

— Pardon ?

Elle eut un sourire ému en évoquant un lointain passé.

— Quand vous étiez enfant, Étienne, votre père nous emmenait volontiers faire des promenades en mer, vous et moi, dans un tout petit bateau qu'il appelait son 'jouet'. Je me souviens d'une voile et d'un gouvernail. L'auriez-vous oublié ? Vous adoriez ce bateau !

Étienne parut surpris.

— Le canot de père ? L'avons-nous encore ?

— Je l'ai pas revu depuis des années, aussi l'avais-je oublié jusqu'à ce matin. Je ne saurais vous dire où il se trouve, mais votre père, quand il se plaignait que la guerre dure trop longtemps, ne cessait de me promettre qu'un jour, nous sortirions à nouveau, comme autrefois.

Elle se tourna vers Marshall et ajouta :

— Capitaine, je n'ai pas revu ce canot depuis vingt ans. S'il a été abandonné durant tout ce temps, il risque de nécessiter des réparations, peut-être importantes.

Marshall avait presque peur de se laisser aller à espérer, mais son pouls s'était accéléré.

— S'il a été bien protégé, madame, et si le bois n'est pas rongé par les tarets, ce serait l'embarcation idéale.

Il s'adressa à Étienne :

— M. Beauchêne, pourrions-nous nous mettre à sa recherche ?

— Bien sûr, nous allons commencer par les dépendances. À mon avis, mieux vaut que nous nous en chargions nous-mêmes, nous ne ferons intervenir Jean-Claude que si nous avons besoin de lui pour déplacer le canot. Par contre, capitaine, j'aurais besoin de vos yeux. La lumière est très faible dans les granges et remises, je crains de ne rien y voir.

— Je suis à votre service, monsieur.

Un peu plus tard, alors qu'ils enfilaient leurs pardessus, Étienne s'approcha de Marshall avec un sourire penaud.

— Je vais vous demander l'appui de votre bras, William, car j'ai peur de trébucher en sortant.

— Oh… Bien sûr.

Marshall espéra que son hôte n'avait pas remarqué sa gêne. De façon très naturelle, Beauchêne lui prit le bras et, ensemble, ils descendirent la pente qui menait à la route et aux dépendances. Il y avait de nombreuses ornières, aussi Marshall comprit-il vite que la demande du savant était tout à fait sensée. Même lui, qui avait une excellente vue, trouvait la marche difficile. Il s'en voulait un peu de sa réticence, mais il oublia vite sa culpabilité dans l'excitation d'une découverte. Il avait enfin une raison de quitter le manoir, et peut-être même une chance de s'évader du territoire français !

Ils trouvèrent l'embarcation dans le premier endroit qu'Étienne avait suggéré, une grange en pierre grise et bois, où étaient entreposés un vieux carrosse, un fiacre et un chariot.

— C'était le mien, déclara Étienne en y posant la main. Je l'attelais à un poney, qui, hélas, a disparu depuis longtemps. Jean-Claude a une mule et une charrette pour aller au marché. Sinon, il ne nous reste que deux chevaux pour la voiture. Venez, passons de l'autre côté.

Côté nord, la grange avait été agrandie d'un hangar, dans lequel ils dénichèrent le canot contre le mur du fond, à moitié enseveli sous des barils, des rondins et des outils de jardinage. Marshall le dégagea le plus rapidement possible pendant qu'Étienne restait judicieusement à l'écart, assis sur un petit tonneau près de la porte.

— Alors ? demanda-t-il ensuite. Vous convient-il ?

— Si la coque est saine, il est parfait, répondit Marshall.

Le canot était minuscule, comme l'avait indiqué Mme Beauchêne – un peu plus de trois mètres de long – mais deux passagers pouvaient y monter et sa petitesse faciliterait son transport et sa mise à l'eau. De plus, il était posé sur un vieux chariot à deux roues, avec de longues poutres qui soutenaient la coque de chaque côté. Parmi les outils accrochés au mur du hangar, Marshall trouva un vieux marteau. Il l'utilisa pour tester le bois du canot, planche par planche, et s'assurer de sa solidité. Quelques endroits qui s'effritaient l'inquiétèrent un peu, mais ils se trouvaient au-dessus de la ligne de flottaison, et le cuivre des dames de nage s'était terni au fil des ans. Par contre, les avirons, enveloppés dans de la toile huilée et glissés sous le siège, étaient en bon état.

— J'admire la prévoyance de votre père, monsieur, déclara enfin Will. S'il était revenu sain et sauf de sa dernière campagne, il aurait pu à nouveau utiliser son canot. Il l'a entretenu avec amour.

— Tant mieux, déclara Étienne. À présent, allons vérifier les horaires des marées.

LE DOCTEUR Colbert était dans le boudoir de Mme Beauchêne, engagé dans une conversation animée avec son hôtesse. Sans les déranger, Marshall et Beauchêne se rendirent dans le bureau d'Étienne pour étudier le manuscrit en question. Ils décidèrent que la nuit à venir permettrait sans doute l'évasion prévue, mais que la suivante leur donnerait davantage de temps.

— Je préférerais tenter le coup dès ce soir, déclara Marshall. Lorsque nous sommes sortis, je n'ai remarqué personne aux environs, mais le docteur Colbert croit avoir été suivi, aussi mieux vaudrait-il ne prendre aucun risque.

— Agissez comme vous l'entendez, répondit Étienne. *Mieux vaut prévenir que guérir.* Jacques Colbert ne se trompe peut-être pas concernant la police de Bonaparte. Un grand pouvoir multiplie les ennemis.

L'inquiétude du médecin pour ses amis Beauchêne avait été contagieuse, Marshall se sentait nerveux.

— J'espère que nous ne vous causerons pas d'ennuis, Étienne.

— Je ne vois pas ce que nous pourrions risquer. Certes, embarquer discrètement sur un bateau étranger n'est pas la façon officielle de quitter le pays, mais il s'agit d'une affaire privée, d'ordre familial. Une petite infraction sans doute, certainement pas un crime d'État. Je pourrais même jurer que vous étiez sans arme.

— Si cela vous a convaincu de mes bonnes intentions, j'en suis heureux, déclara Marshall. Pourtant, je préférerais avoir mon pistolet ou une épée à ma disposition. Enfin, avec un peu de chance, nous aurons bientôt disparu et vous n'aurez plus rien à jurer du tout.

Étienne roula soigneusement son parchemin.

— Je sais que la guerre reprendra bientôt, William, et je le regrette infiniment. J'aimerais vous inviter – avec votre ami – à séjourner chez moi quand les circonstances seront plus favorables.

— J'aimerais vraiment que ce soit possible, un jour, déclara Will. Et, si vous aimiez naviguer étant enfant, peut-être pourrions-nous remettre le canot à la mer quand je reviendrai.

— Peut-être, répondit Beauchêne, sceptique.

Son ton exprimait clairement : *'cela n'arrivera jamais'*.

Il était effectivement improbable qu'ils se revoient, surtout avec la guerre qui menaçait entre leurs deux pays. Dans ce bureau tranquille, Marshall croyait presque entendre le tintamarre lointain des combats, le bruit des canons et la fumée, comme un ouragan menaçant qui s'approchait à toute allure.

Dans l'œil du cyclone, le calme était trompeur…

— À mon avis, reprit-il, la paix tiendra au moins jusqu'à Noël. L'hiver n'est pas le meilleur moment d'entamer une guerre.

— Existe-t-il un 'bon' moment ?

— Cela dépend de celui à qui vous posez la question.

Impatienté, il changea de position dans son fauteuil. Il aurait voulu que la nuit soit déjà là, il aurait voulu bouger, agir. Il n'était pas fait pour l'inaction, même s'il lui arrivait d'envier à Étienne sa vie paisible et studieuse. Il trouvait plus facile de foncer au combat, à bord de son navire, que de moisir à terre dans le marasme de l'incertitude.

Le jour traîna interminablement. Marshall ne fit qu'attendre le crépuscule. Alors seulement, assisté du médecin et de Jean-Claude, il profiterait de la pénombre pour tirer discrètement le canot jusqu'à la grève, à l'opposé du promontoire. Après la mise à l'eau, ils remonteraient dîner au manoir et attendraient quelques heures de plus, lorsque la nuit serait sombre et la marée presque étale.

Apparemment, l'arrivée du docteur Colbert avait convaincu Jean-Claude que Marshall disait la vérité : qu'il était bien un 'gentil Anglais', aussi invraisemblable que cela paraisse. Peut-être le valet espérait-il surtout le voir quitter la France le plus vite possible. En tout cas, Marshall était heureux de sa coopération.

Après avoir attendu tant de jours, les dernières heures auraient dû passer rapidement. Ce ne fut pas le cas. À la suggestion d'Étienne, Will monta au sommet de la tour avec un télescope et tenta de repérer la *Sirène* à l'horizon, comme il l'avait fait plusieurs fois durant son séjour.

Ainsi perché, il se trouvait plus de dix mètres au-dessus du sol. Et, en y ajoutant la hauteur de la falaise, il avait une vision infiniment meilleure que la vigie de la frégate française. Au cours de la journée, les nuages s'étaient dissipés et la vue sur l'océan était claire et dégagée.

Pourtant, il ne vit pas la *Sirène*. Davy avait-il renoncé ? Serait-il retourné en Angleterre demander des instructions à Sir Percy ? Ou avait-il décidé de rester bien plus au large, pour éviter d'être repéré par les navires de passage ?

C'était sans importance. Envers et contre tout, Davy serait au rendez-vous prévu – exactement comme le ferait aussi Marshall si leurs positions étaient inversées.

La *Sirène* était cachée derrière la falaise surplombant la mer, à l'autre extrémité de la baie, le plus loin possible du manoir. Une dernière fois, David Archer vérifia avec attention sa carte marine. Ce serait le comble du ridicule d'établir un plan aussi minutieux pour s'échouer sur un écueil invisible.

Mais il ne ferait pas une telle erreur. Après plusieurs jours d'attente anxieuse, ils avaient enfin appris que le docteur Colbert avait été repéré à quelques lieues du manoir. Sans doute devait-il avoir rejoint les Beauchêne à présent. Dans le cas contraire, il n'arriverait probablement jamais, aussi était-il grand temps que Will remonte à bord. Il fallait donc une manœuvre de diversion pour éloigner la frégate française de son poste. David en profiterait pour envoyer une chaloupe à terre et récupérer Will et le médecin. Ensuite, la *Sirène* reprendrait la route de l'Angleterre ; elle serait loin avant que l'autre bateau, plus lent n'ait le temps de faire demi-tour.

Le plan étant lancé, David n'avait rien d'autre à faire qu'en attendre les résultats.

Il n'avait jamais eu la mauvaise habitude de se ronger les ongles. Pour un officier et un gentleman, c'était répréhensible et d'autant plus désagréable que la poix, à bord, avait tendance à s'accrocher de façon tenace. À présent, il le regrettait presque. Cela l'aurait peut-être aidé.

Non, une seule chose pouvait apaiser son anxiété : la fin de cette épouvantable attente. Et la nuit ne tomberait pas avant plusieurs heures !

Au cours des derniers jours qu'il avait passés à se ronger les sangs, Archer avait décidé de partir avec la chaloupe. Oh, bien sûr, Barrow aurait pu s'en charger – et Will serait furieux de sa décision.

Tant pis pour lui !

Le capitaine Marshall avait décidé de se rendre à terre pour mener son enquête, n'est-ce pas ? Et jamais Archer n'avait promis de rester à bord de la *Sirène*.

Si tu ne voulais pas que je vienne te chercher, Will, tu n'avais qu'à ne pas débarquer seul.

DIX-NEUF HEURES.

Le soleil s'était couché. Au hameau, certaines maisons étaient déjà éteintes, comme si leurs habitants s'apprêtaient à se coucher. Il était temps de vérifier si le projet avait une chance de réussite.

Dans l'entrée du manoir, Marshall et le docteur Colbert enfilaient leurs pardessus. Le canot les attendait dans la crique. La descente avait été difficile ; à de nombreux endroits, les mauvaises herbes s'étaient épaissies au cours des années. Jean-Claude avait dû déblayer le chemin à coups de hache et le poids de l'embarcation avait aplati le reste.

Le médecin s'entretenait à mi-voix avec Mme Beauchêne dans le couloir quand Étienne prit la main de Marshall.

— J'aimerais descendre avec vous, chuchota-t-il, mais je n'y verrais jamais suffisamment pour pouvoir remonter.

Marshall lui serra la main.

— Mieux vaut que vous restiez à l'intérieur, où il fait plus chaud. Je suis désolé, ajouta-t-il, mais je peux vous dire que j'aimerais que la situation soit différente. Je n'avais jamais espéré trouver un ami que j'aime plus que tout au monde. Pourtant...

— Peut-être un jour trouverais-je également un tel ami, déclara Étienne. Et l'amour peut prendre différentes formes.

Il étreignit Marshall – avec amitié, rien de plus – et l'embrassa affectueusement sur chaque joue, à la française.

— *Adieu, mon ami.*

Au même moment, la porte d'entrée s'ouvrit brutalement, faisant entrer un vent glacial et une vague d'humidité. Tout le monde se retourna.

261

Il y avait cinq hommes sur le large perron. L'un d'eux tenait une lanterne ; les quatre autres brandissaient un pistolet.

Ils entrèrent dans la maison sans attendre d'y être invités. Le plus âgé du groupe, un gros homme à la mine revêche aboya :

— M. Beauchêne ?

Étienne inclina la tête.

— Oui, c'est moi. Que puis-je pour vous ?

— Je vous arrête, au nom du Premier Consul. Vous êtes accusé d'espionnage et de trahison.

X

— QUE SIGNIFIE cette absurdité ?

Mme Beauchêne avança. Elle avait beau être la plus petite du groupe, elle paraissait menaçante avec son petit épagneul serré dans ses bras – sans doute parce que Pierrot montrait les dents en émettant un sourd grondement.

Le porte-parole de Napoléon lui répondit :

— M'dame, je suis le capitaine Dupont, de la police nationale. Nous avons reçu l'ordre de suivre un présumé espion et d'arrêter sans attendre ceux qu'il contacterait.

— Nous ne sommes pas des espions ! s'exclama-t-elle, indignée.

Dupont désigna du doigt le docteur Colbert.

— M'dame, cet individu a eu un comportement des plus suspects. Il n'avait aucune raison valable de parcourir une aussi grande distance jusqu'à un village insignifiant, veuillez pardonner ma franchise, mais…

— Un village *insignifiant* ? coupa-t-elle. C'est ici que je réside, monsieur, et je connais le docteur Colbert depuis mon enfance. Et s'il est venu me rejoindre…

Elle tendit la main, affichant la bague qu'elle portait au doigt.

— … c'est pour demander ma main !

— Quoi ?

Marshall n'en dit pas plus, mais c'était déjà trop. Dupont tourna vers lui ses yeux légèrement globuleux.

— Et cet Anglais… serait-il aussi également un prétendant ?

— Bien sûr que non ! s'offusqua Marshall.

Il réprima un rire nerveux devant cette situation abracadabrante. Dire qu'il s'était creusé la cervelle pour comprendre pourquoi le docteur Colbert tenait tant à rendre visite aux Beauchêne ! Il se ressaisit : aussi grotesques que soient les circonstances, il ne tenait pas particulièrement à se retrouver sur la guillotine.

— Capitaine Dupont, reprit-il d'une voix ferme, je suis venu parce que mon employeur, un parent de M. Colbert, a reçu de son oncle une lettre lui donnant rendez-vous ici.

— Pour quelle raison ?

— Pour le ramener en Angleterre, je présume. Le courrier n'expliquait pas les raisons du docteur Colbert et nous n'avons pas pu le contacter pour lui demander de voyager de façon plus conventionnelle. Sur mon honneur, je vous jure que notre présence ici n'a d'autre but que remplir une obligation familiale.

Après tout, il ne mentait pas : c'était la raison de sa présence au manoir.

— Votre nom ? aboya Dupont.

— William Marshall.

— Vous êtes de la Royal Navy ?

— Pas en ce moment. J'ai été démobilisé une fois le traité signé, aussi ai-je cherché un poste dans le privé.

— Et qui est votre employeur ?

— David St John, négociant canadien et propriétaire d'une goélette, basée à Plymouth.

— Et où est ce bateau ?

Comme Marshall ne pouvait produire la *Sirène*, il décida de dire la vérité.

— Nous n'étions pas certains d'être bien accueillis en débarquant, répondit-il d'un ton prudent. De plus, une fois au manoir, j'ai appris que le docteur Colbert n'était pas encore arrivé. M. St John donc a repris le large, sans doute pour éviter un malentendu avec votre Marine. J'ignore où se trouve mon navire à l'heure actuelle.

Dupont consulta du regard un de ses hommes, qui hocha la tête.

— Oui, cela confirme ce que nous avons appris du capitaine qui surveillait l'endroit, répondit-il. Nous allons mener une enquête. Si vous avez dit vrai, vous serez libéré. En attendant, je dois vous arrêter.

— Monsieur, protesta Marshall, je suis certain que l'oncle de mon employeur dit la vérité.

— Bien entendu, insista Colbert.

Il avança d'un pas, se plaçant entre Mme Beauchêne et ses accusateurs.

Dupont le fixa d'un air mauvais.

— Docteur, nous avons interrogé de nombreuses personnes à Paris et je suis certain que vos raisons de voyager n'étaient pas uniquement personnelles. J'ai reçu l'ordre de vous arrêter, ainsi que tous ceux que vous approcherez. Madame, vous pouvez rester chez vous, si vous le souhaitez, mais je retournerai dès demain matin à Paris avec mes deux prisonniers.

— Demain ! se récria-t-elle. Comptez-vous passer la nuit chez moi ?

—Non, nous n'allons pas vous déranger. Demandez à vos domestiques de préparer les affaires de votre fils et faites-les porter sur la plage. Je vais emmener ses hommes et les enfermer sur le bateau qui nous attend. Demain matin, dès que la marée le permettra, nous remonterons sur Paris.

Mme Beauchêne poussa une interjection qu'une dame aussi distinguée n'aurait pas dû connaître. Puis elle tourna les talons et s'éloigna, manifestement furieuse. Dès qu'elle fut en sécurité, Will mesura du regard la distance qui le séparait des hommes armés. Les pronostics n'étaient pas bons. Si Dupont ne mentait pas, le docteur Colbert saurait sans doute se battre, mais Étienne, aussi vulnérable que sa mère, se trouverait au milieu d'un tir croisé.

Beauchêne finit par intervenir :

— Capitaine Dupont, je comprends que la situation vous paraisse un peu compliquée, mais vous vous trompez en imaginant une conspiration. Je suis mathématicien, j'ai été engagé par le comte de Péluse, du Senat, à poursuivre ses travaux…

— Oui, m'sieur, je connais vos relations et je ne remets pas en question votre loyauté. En vérité, c'est parce que je craignais pour votre sécurité que j'ai amené autant d'hommes avec moi. Je voulais vous porter secours, en cas de nécessité.

— Eh bien, comme vous le voyez, je ne risque rien.

— Je n'en suis pas convaincu, m'sieur, surtout après avoir appris que votre mère était fiancée avec Colbert. Voyez-vous, personne n'est au-dessus de la loi. Si vous dénoncez les deux autres, cela sera pris en compte, mais en attendant…

— Dénoncer mes amis !

La voix d'Étienne vibrait d'une telle colère qu'on aurait cru entendre claquer un pistolet. Marshall ne s'était pas attendu à tant de véhémence chez ce doux savant.

— Devant Dieu qui m'écoute, continua-t-il, il n'en est pas question ! Vous n'espérez quand même pas que je me parjure pour étayer vos soupçons injustifiés. Mes amis sont innocents !

— Comme vous voulez, répondit Dupont hargneux. Si vous considérez les Anglais et les espions comme vos amis, vous risquez votre tête. Allons-y, maintenant, je n'ai pas que cela à faire.

Une fois de plus, les policiers ouvrirent vigoureusement la porte. D'un geste instinctif, Marshall prit Étienne par le bras et l'escorta tandis que le groupe descendait jusqu'à la plage. La nuit était aussi noire qu'il l'avait espéré, seule la lumière des étoiles se reflétait sur les pierres blanches qui délimitaient le chemin, des deux côtés. Les sbires de Bonaparte avaient-ils surveillé le manoir durant l'après-midi ? Savaient-ils où était caché le canot ?

Marshall espérait de tout cœur que ce n'était pas le cas. Il fallait absolument que Colbert et lui réussissent à maîtriser les cinq hommes et laissent à Étienne le temps de se mettre à l'abri. Une fois à bord du bateau français, ce serait sans espoir.

Une voix jaillit de la nuit et cria – en français :

— *Haut les mains ! Nous sommes armés !*

Tout le monde se figea, Marshall également. Il aurait reconnu cette voix n'importe où, mais il ne parvenait pas à en croire ses oreilles.

— William, pourriez-vous récupérer leurs armes, je vous prie, insista David.

Le docteur Colbert tenait Étienne par l'autre bras. Rassuré que le savant ne risque pas de trébucher, Marshall s'écarta d'un pas. Au même moment, Dupont tirait sur Davy sans sommation.

Marshall fut secoué d'une rage aveugle et meurtrière. Sans plus réfléchir, il se jeta sur le Français, prêt à en faire de la chair à pâté, un magma qu'absorberait le gravier du chemin. Dupont se débattait – comme s'il cherchait à sortir de sa poche une autre arme, peut-être un couteau, mais Will lui bloqua le poignet du genou, le prit par les épaules et lui écrasa plusieurs fois la tête contre le sol. Très vite, le gros homme ne bougea plus. Will s'arrêta alors, à contrecœur, mais tuer ce bâtard risquait d'être l'étincelle mettant le feu à la poudrière – en briser la paix fragile.

D'après le brouhaha tout autour de lui, le pugilat était devenu général. Quand le silence retomba, Marshall ferma les yeux, inspira profondément et appela :

— M. St John ?

— À votre service, monsieur.

Davy était juste derrière lui, si près que Marshall, toujours agenouillé, sentit en se redressant son épaule appuyer contre une jambe solide.

— J'espère qu'il n'est pas mort, souffla David, penché sur Dupont.

— Non, il respire encore.

Il resta immobile, savourant la proximité de David, son contact. Il faisait nuit noire, aussi personne ne pouvait-il les voir.

— David, vous n'avez pas été blessé ? demanda-t-il.

— Non, ne vous inquiétez pas, ce n'est qu'une égratignure.

Marshall sentit son cœur rater un battement.

— Comment ? Vous aurait-il touché ? Le docteur Colbert peut certainement...

— Inutile, capitaine.

Le ton était formel, mais la main posée sur son épaule parlait un tout autre langage.

— Ce n'est qu'une égratignure, au sens littéral, répéta David. La balle m'a raté, et de loin, mais les ronces sont féroces par ici. Combien y avait-il d'hommes ? J'en ai compté six.

Will se releva et regarda autour de lui. Il repéra les silhouettes d'Étienne et du docteur Colbert. Tous deux semblaient sains et saufs.

— Il n'y en avait que cinq au manoir, remarqua-t-il. Où est le sixième ?

— Ils l'avaient laissé en sentinelle, répondit David. Il est ligoté dans les buissons.

Il se tourna pour appeler un des hommes qui l'accompagnaient :

— Owen ? Où en sommes-nous ?

— Nous les avons tous, monsieur. Et ils sont vivants, comme vous l'avez demandé.

— Bien. Sont-ils conscients ?

— Deux d'entre eux, oui.

— Ligotez-les.

Il ajouta en baissant la voix :

— Il faudrait trouver un endroit où les mettre le temps que nous disparaissions. Un endroit fermé à clé où personne n'ira les chercher trop vite. Will, auriez-vous une idée ?

— Non, mais...

Il entraîna David jusqu'à Étienne Beauchêne et fit les présentations :

— M. Beauchêne, je vous présente mon l'employeur et ami, David St John.

Étienne tendit la main.

— J'avais deviné, répondit-il, pince-sans-rire. Enchanté de vous connaître enfin, monsieur, j'ai beaucoup entendu parler de vous. Quant à votre question, le manoir possède un cellier qui peut se verrouiller de l'extérieur. Que comptez-vous faire à présent ?

— Mettre les voiles, bien entendu. Et d'après ce que j'ai cru comprendre, vous devriez venir avec nous.

Il prit dans ses bras le docteur Colbert et parla d'une voix un peu forte, pour s'assurer que les gendarmes ligotés l'entendraient :

— Oncle Jacques, comment allez-vous ? Comment avez-vous pu provoquer de telles complications ? Nous aurions dû nous retrouver au Havre, voyons !

Pendant que Colbert se répandait en bruyantes explications entremêlées d'excuses, Davy se tourna vers Marshall.

— Capitaine Marshall, la diversion ne va pas tarder. Voulez-vous reprendre la direction de notre expédition ?

— Absolument pas, monsieur. Vous vous en sortez très bien. Comment êtes-vous tous arrivés jusque-là ?

— Nous avons débarqué de l'autre côté du promontoire à la nuit tombée, avec la chaloupe, puis nous avons traversé les bois. Barrow reviendra nous chercher dès que la frégate mettra le cap au large pour tenter de rattraper Sir Percy.

— Sir Percy ? Serait-il impliqué ?

Davy eut un grand sourire.

— Eh bien, il organise une grande soirée sur son yacht, avec des feux d'artifice pour divertir je ne sais quels dignitaires français. Aussi, quand la frégate le rattrapera, elle sera bien obligée de le laisser tranquille. Vous le connaissez, il joue remarquablement bien l'*aristo* sans cervelle. J'ai vu un canot sur la plage, est-il à vous ?

— Oui, et je crains que nous en ayons besoin. Je pensais embarquer seul avec le docteur Colbert, mais nous devons à présent emmener avec nous Étienne Beauchêne – qui a été arrêté pour complicité – ainsi que sa mère, récemment fiancée à votre oncle.

— Que... quoi ? Pardon ?

— Et aussi Pierrot, bien entendu, son chien. Je ne pense pas qu'elle accepterait d'abandonner son petit compagnon derrière elle. Il faudrait en tout cas un homme plus courageux que moi pour oser le lui suggérer.

Marshall était très fier de lui : c'était bien la première fois qu'il réussissait à laisser David Archer sans voix.

Tout à coup, des explosions retentirent, quelque part dans la baie.

— Voilà notre diversion ! souffla Davy. Nous ferions mieux de nous dépêcher d'en profiter.

LA DEMI-HEURE suivante se déroula dans le même chaos organisé que le pont d'un navire au cœur de la bataille. En revenant au manoir, ils trouvèrent sur le seuil Mme Beauchêne, armé d'un vieux pistolet, tandis que Jean-

Claude brandissait une pétoire qui avait plus de cent ans. La mère d'Étienne n'hésita pas ranger son artillerie dès que son fiancé lui expliqua que les 'coups de canon' étaient en vérité des fusées tirées par un navire anglais pour faire quitter son poste à la frégate française.

Will s'éloigna pour aider Beauchêne à récupérer ses documents et travaux. Pendant ce temps, Archer se chargeait d'enfermer les policiers prisonniers.

Devant le cellier, Archer secoua plusieurs fois Dupont pour lui faire reprendre connaissance.

— Monsieur, vous avez tenté d'arrêter mon oncle.

— C'est un espion, répondit l'autre. Il doit être exécuté.

— Ce sont des paroles très dures, monsieur. Et vous vous trompez certainement. Peu importe, d'ailleurs. Comme je raccompagne oncle Jacques en Angleterre, il ne vous dérangera plus. Mme Beauchêne tient à rester avec lui, aussi je l'emmène aussi. Par contre, son fils ne veut pas quitter sa demeure. Il prétend avoir un ami au Sénat susceptible de l'aider à dissiper ce malentendu.

— Malentendu ! Il s'agit d'un crime capital ! Je vous garantis que votre gouvernement entendra parler de cette histoire ! Vous avez attaqué la police de l'empereur en mission officielle !

Il était temps de lancer le leurre.

— Monsieur, je suis désolé que notre rencontre ait eu lieu en d'aussi pénibles circonstances, mais je crains que même M. Bonaparte ait du mal à se faire entendre jusqu'au Canada. Quant à moi, j'ai juste voulu récupérer mon oncle, car ma chère cousine serait très malheureuse d'apprendre que son père a été injustement guillotiné. De toute façon, je ne compte pas m'attarder de ce côté de l'Atlantique. Je rentre chez moi, au Canada. L'Europe est bien trop mouvementée pour un homme paisible habitué aux grands espaces.

Le Français paraissait furieux. Croyait-il ou pas à ses boniments ? Archer l'ignorait. C'était sans importance, car David St John cesserait bientôt d'exister.

Avant de quitter le cellier, il lança une dernière flèche.

— À propos, je crois que je vais embarquer M. Beauchêne, malgré ses protestations. Nous le laisserons quelque part sur la côte. N'oubliez pas de dire au capitaine de votre frégate que nous avons à bord un ami du sénateur. À mon avis, il hésitera sans doute à nous canonner.

Le visage renfrogné de Dupont exprima une telle perplexité que David eut du mal à retenir un sourire. Manifestement, le policier ne savait plus où placer Beauchêne : était-il un évadé, complice d'un espion, ou bien un otage ?

Archer était certain qu'il faudrait une autorité bien supérieure au gros homme pour répondre à cette question.

En attendant, l'ennemi serait dans la confusion !

— Nous avons ligoté le valet de M. Beauchêne, ajouta-t-il. S'il réussit à se libérer, il descendra vous ouvrir la porte. En attendant... eh bien, vous êtes dans un cellier, messieurs, vous aurez au moins de quoi boire pour oublier.

D'un signe de tête, David donna l'ordre à Spencer d'enfermer Dupont avec ses acolytes. En remontant de la cave, il trouva Will en haut des marches.

— Prêt à partir ? demanda David.

Will paraissait gêné.

— Euh... M. Archer, je suis désolé de vous compliquer la tâche, mais j'aurais besoin de vos hommes pour m'aider à porter quelques documents.

— Pardon ?

— Des travaux mathématiques, Davy ! Les recherches de Beauchêne en géométrie appliquée ! C'est passionnant ! Et, hum... il refuse de les abandonner.

Archer leva les yeux au ciel. Cependant, il envoya Korthals et Spencer prêter main forte au capitaine Marshall. 'Quelques documents', avait dit William. Il s'agissait en réalité de deux énormes coffres bourrés de livres et d'autres papiers dont Beauchêne ne pouvait se passer.

Si le fils ne voyageait pas léger, sa mère était déjà prête, elle attendait de près de la porte d'entrée avec une petite valise, sa suivante et un panier en osier qui... aboyait de temps à autre.

— Madame, votre calme au milieu des épreuves est impressionnant, la félicita Archer.

De sous le capuchon de son manteau, elle lui jeta un coup d'œil ; l'ombre d'un sourire flotta sur ses lèvres.

— Jeune homme, j'ai atteint un âge où je connais la vraie valeur des choses.

Archer eut l'impression d'entrer dans un conte de fées, quand une fée au savoir ancestral s'apprête à transmettre un précieux secret.

— Vraiment ? souffla-t-il.

— Oui, répondit-elle gentiment. Seules comptent réellement les êtres, les gens qui vous aiment et que vous aimez. Ce qui est matériel peut être remplacé.

C'était une réflexion étrange, qui correspondait pourtant à ce qu'il ressentait. Il s'inclina sur la main que la dame lui tendait.

— Vous avez raison, madame. La vie me l'a également appris.

— Dans ce cas, monsieur, vous avez de la chance. Certains traversent l'existence sans jamais le réaliser. À présent, partons-nous ?

ILS SE ruèrent pour descendre la corniche – un chemin dangereux, surtout avec des civils à protéger. Le docteur Colbert aidait Mme Beauchêne avec beaucoup attention ; Will empêchait le fils – apparemment myope comme une taupe – de se casser le cou sur la pente très raide. Quant à la suivante, Yvette, les jumeaux Owen se montraient aux petits soins pour elle. Le reste des hommes de la *Sirène* transpiraient en portant les damnés coffres.

Une fois sur la plage, les Owens pataugèrent jusqu'aux genoux dans l'eau glacée pour rapprocher le canot d'un éperon rocheux, permettant ainsi à Mme Beauchêne, son fiancé et sa suivante de monter sans se mouiller. Klinger offrit de manœuvrer l'embarcation, affirmant avoir eu exactement la même étant enfant. Le canot était rempli au maximum de sa capacité, avec quatre passagers adultes – et un petit chien.

Le reste du groupe s'entassa dans la chaloupe de la *Sirène*. Beauchêne étant mince, il ne menaçait guère l'équilibre général et accepta, sans se faire prier, une petite place entre Will et David. Par contre, ses coffres… Archer retint son irritation. En plus d'être lourds et encombrant, leur contenu risquait de créer un incident diplomatique ? Que dirait le Renseignement français en apprenant que le savant avait disparu en emportant son travail ? Voilà qui risquait de transformer radicalement la nature de leur escapade – et passer de 'sauvetage familial' à 'incident international' n'était pas une promotion à laquelle David tenait.

D'autre part, s'il s'agissait de renseignements importants, Sir Percy en serait certainement satisfait. Et si Beauchêne et ses coffres leur permettaient de rentrer en Angleterre sans que les Français tirent sur leur 'otage' – ou ses travaux – eh bien, ce serait encore mieux.

David finit par décider que le statut de leur passage n'avait rien d'une urgence, la question serait réglée plus tard… par les diplomates et les agents secrets.

Pour le moment, il était heureux et soulagé d'avoir récupéré Will. Sauf que... était-ce vraiment le cas ? Une explication devrait attendre leur retour en Angleterre. Pour commencer, ils devraient céder leur cabine à Mme Beauchêne et sa servante... et où diable mettre deux passagers supplémentaires ? D'ailleurs, où allaient-ils dormir, William et lui ?

Ces décisions, au moins, dépendaient du capitaine de la *Sirène*.

— JE COMPRENDS pourquoi vous l'aimez.

Dans la cabine du capitaine, Marshall cessa de remplir son journal de bord et leva les yeux. Étienne venait d'entrer sans bruit. Davy se trouvait sur le yacht de Sir Percy et l'essentiel de l'équipage était occupé à transférer les malles d'Étienne et les passagers supplémentaires d'un bord à l'autre.

C'étaient la première fois qu'ils se retrouvaient seuls depuis le retour de Marshall sur la goélette. La *Sirène* avait été aussi encombrée que l'Arche de Noé, avec de nouveaux hamacs accrochés dans la cale, au-dessus des provisions, où dormaient également des marins qui n'étaient pas de service.

Marshall fut réchauffé par la générosité de son ami

— J'en suis heureux, répondit-il. Je ne crois que je ne pourrais vivre sans lui.

— Il pourrait être un autre Bonaparte. Durant ce sauvetage, il a été... formidable. Il a fait montre d'un tel courage ! Il se jetterait au feu pour vous. Si je ne vous aimais pas autant, j'en serais peut-être jaloux. Mais comment réussissez-vous à ne pas sans arrêt craindre de le perdre ?

Marshall tressaillit.

— Grâce au ciel, Davy n'a pas l'ambition de Bonaparte. Il est bien plus raisonnable. Quant au danger... J'aimerais savoir comment le protéger, reconnut-il avec un soupir. C'est ce que je souhaite. Tous les jours...

Étienne se rapprocha de lui.

— S'il vous arrive un jour de découvrir que vous pouvez vivre sans lui – c'est un bel homme, à qui je souhaite une longue existence – pensez à moi, s'il vous plaît.

Il se pencha pour poser sur ses lèvres un rapide et doux baiser – celui d'un frère ou d'un ami.

— Je vais m'en aller à présent, souffla Étienne en se redressant. Je vous en prie, ne m'accompagnez pas, sinon... je trouverais trop difficile de vous quitter.

Marshall lui saisit la main.

— Étienne… J'espère de tout cœur que vous rencontrerez celui qu'il vous faut. Si la bénédiction d'un marin a le moindre pouvoir, ce sera le cas.

Oubliant un moment sa pudeur naturelle, il mit un baiser les doigts du Français.

— Merci, rétorqua Étienne. *Adieu, mon cher.*

Peu après, il refermait doucement la porte derrière lui.

XI

POUR LA première fois depuis bien longtemps, William Marshall attendait Noël avec impatience, sinon anticipation. Il était capitaine de son propre navire, touchait la solde – la demi-solde – d'un commandant de la Royal Navy et avait même réussi à économiser sur le budget de fonctionnement de la *Sirène* pour offrir un festin à son équipage. Ce serait modeste, mais de l'oie rôtie, du pudding et des légumes frais étaient denrées rares à bord d'un navire, même en cette période de l'année.

Et la fête serait pour tous une surprise. Seul Barrow était au courant. Le maître d'équipage avait tout organisé en récupérant les provisions nécessaires quand la *Sirène* avait fait escale à Lands' End, peu après leur traversée de la Manche. Davy leur avait offert un sac d'oranges d'importation, un fruit pour chaque homme. La température de décembre était un avantage : assez fraîche pour empêcher les aliments de se gâter, mais pas glaciale au point de geler les oranges.

Davy...

Sa présence à bord était pour le capitaine de la *Sirène* à la fois une joie et une perpétuelle source d'inquiétude. Marshall se demandait ce que deviendrait Davy quand les hostilités reprendraient. Il aurait voulu le garder avec lui, mais...

— Auriez-vous un moment à m'accorder, capitaine ?

Celui qui hantait ses pensées venait d'apparaître sur la dunette.

— De quoi s'agit-il, M. St John ?

Marshall apprécierait grandement que la mascarade cesse enfin. Les membres de l'équipage qui connaissaient la véritable identité de David Archer étaient dignes de confiance, et Sir Percy avait promis que David St John disparaîtrait d'ici la fin de l'année. Tant mieux ! Depuis le début, Marshall considérait cette usurpation d'identité comme une complication inutile.

— Pourriez-vous m'accompagner jusqu'à la cabine, monsieur ? demanda Davy sans ambages.

Marshall fronça les sourcils.

— Cela ne peut-il attendre le changement de quart ?

Son amant leva un sourcil sceptique.

— Capitaine Marshall, auriez-vous l'intention de prendre du repos à la fin de votre quart ?

Marshall soupira.

— Eh bien…

— C'est bien ce que je pensais, coupa Davy. Will, tu ne peux continuer à m'éviter, ce navire n'est pas assez grand. Je ne comprends pas ton problème. Aurais-je dit quelque chose qui t'a déplu ?

— Bien sûr que non !

— Dans ce cas, qu'ai-je fait ?

— Rien !

— Très bien.

Les yeux bleus étaient aussi insondables que la mer. Davy ajouta avec un grand sérieux :

— Tu n'as aucun problème, je n'ai rien fait ou dit qui t'ait contrarié, mais tu ne pénètres jamais dans cette cabine avant d'être certain que je dors à poings fermés et tu te sauves le matin à l'aube avant mon réveil. Alors, que dois-je penser ?

Sans répondre, Marshall jeta autour de lui un regard inquiet.

Davy reprit d'un ton plus sec :

— Non, personne ne peut nous entendre. Will, tu pourrais au moins me faire confiance pour rester discret !

Marshall hésita, ne sachant que dire.

— J'ai été préoccupé ces derniers temps…

C'était un euphémisme ! Après leur évasion, il avait perdu toutes ses belles résolutions. Chaque fois qu'il avait voulu approcher Davy pour lui faire l'amour, il avait été distrait par une tâche ou une autre, ou un des membres d'équipage qui réclamait son attention. Devenait-il pleutre ?

— Viens avec moi, insista Davy. Je t'en prie.

À nouveau, Marshall soupira, avant de céder.

— D'accord.

Il appela à Barrow pour lui confier la barre et suivit Davy jusque dans la cabine qu'ils partageaient.

Il s'attendait plus ou moins à voir son amant lui sauter dessus à peine la porte refermée – en fait, il l'espérait. Ce ne fut pas le cas.

Après avoir tourné le verrou, Davy s'approcha de lui, les yeux troublés.

— Will, qu'est-ce qui ne va pas ?

275

— Rien.

Davy passa la main dans ses cheveux blonds coupés courts.

— Je vois. Ou plutôt, non, je ne vois pas – je ne comprends pas. Il y a plus d'un mois que tu ne montres plus aucun intérêt pour une activité qui était autrefois ta favorite. Je m'étais dit que tu avais sans doute une raison. Si je n'ai rien fait, si tu n'as rien de particulier, alors…

Il se mordit la lèvre, son habitude quand il était nerveux, indiquant ainsi à Marshall que son attitude désinvolte n'était qu'une apparence.

— Alors, quoi ?

Davy se retourna et referma les doigts sur le filin qui attachait son hamac à la paroi de la cabine.

— Alors, je ne t'intéresse plus. Si tu veux, je quitterai la *Sirène* quand nous serons de retour à Portsmouth.

Marshall reçut ces mots comme un coup physique.

— Quoi ? Non ! Il n'en est pas question !

— Dans ce cas, qu'y a-t-il ? Will, pour l'amour de Dieu, parle-moi !

Il parlait bas, sa voix n'en était que plus intense. Au bout d'un moment de silence, il ajouta :

— Au fait, quand j'ai accompagné les Français sur le navire de Sir Percy, j'ai récupéré le courrier en instance. J'ai reçu des nouvelles – de bonnes nouvelles. Du moins, je le croyais. À présent, je n'en suis plus certain.

— Quelles nouvelles ?

Davy secoua la tête.

— Je veux d'abord que tu répondes à une question : souhaites-tu que je reste avec toi lorsque tu reprendras ton service dans la Royal Navy ?

Marshall ouvrit la bouche pour dire : *'Bien sûr'*, avant de se souvenir d'une vision d'horreur gravée dans son cerveau : Davy, inconscient, emporté tandis que le sang imbibait son gilet blanc. Il évoqua ensuite cette affreuse semaine passée dans l'incertitude avant de rejoindre Kingston, et ses deux pertes successives, d'abord en croyant Davy mort, ensuite en devant l'abandonner derrière lui, vivant, mais convalescent, quand le devoir l'avait renvoyé en mer – seul.

Comment réussissez-vous à ne pas sans arrêt craindre de le perdre ?

Will avait toujours été conscient de sa propre mortalité, mais s'attendre constamment à périr lui permettait de paraître courageux. Par contre, la douleur atroce que Davy pouvait disparaître le terrorisait. Mourir, de préférence vite et proprement, lui semblait un sort bien plus enviable que survivre seul.

Il n'y avait pas de réponse simple à la question de Davy. De plus, même s'il était capitaine de la *Sirène*, il ne se sentait pas le droit de prendre seul une décision pareille. L'idée d'avoir à choisir était détestable !

— Voudrais-tu rester avec moi ? chuchota-t-il.

Au lieu de parler, Davy prit son visage entre ses deux paumes et l'embrassa. Marshall, frigorifié après une longue journée passée sur le pont, ne put résister à la chaleur de son amant. Ce contact et le goût de cette bouche adorée éveillèrent en lui un désir qu'il pensait avoir maîtrisé. Il referma les bras sur David. Un mois déjà ! Si longtemps – vraiment ?

Quand ils durent se séparer pour respirer, Davy reprit la parole :

— Ma réponse est oui, au cas où tu n'aurais pas déjà compris.

Se dégageant, il se laissa tomber sur le petit coffre qui servait de banquette au fond de la cabine. Il écarta bras et jambes dans une invite immanquable ; sa position disait : '*à l'abordage, capitaine !*'

— Mais seulement, ajouta-t-il d'une voix grave, si tu le souhaites aussi.

Marshall prit place près de lui, sous le prétexte fallacieux que mieux valait qu'ils soient le plus proche possible de l'autre pour discuter sans être entendus.

— Comment peux-tu en douter ?

Davy ne céda pas.

— Comment pourrais-je *ne pas* en douter ? Tu ne m'as plus touché depuis notre dernière conversation sur le sujet. Après avoir longtemps réfléchi, je me suis dit que tu avais décidé de porter la responsabilité de cette balle que j'ai reçue aux Antilles…

L'accusation était si vraie que Marshall détourna les yeux.

— … alors, enchaîna David, tu as décidé de te punir en faisant vœu de chasteté.

— Davy, je…

— Ce que tu n'as pas compris, continua son amant, d'un ton plaintif, c'est que tu me punissais en même temps !

Malgré le sérieux de sa voix, il esquissa une grimace d'autodérision.

— Je n'ai jamais voulu te faire souffrir ! protesta Marshall, je te le jure. Seulement…

Les mots lui manquèrent. Il chercha à réfléchir, à organiser ses pensées éparpillées. Et Davy ne l'aida pas. Il garda le silence et attendit.

Au bout d'un moment, Marshall reprit :

— Je n'avais pas réalisé à quel point un commandement était un fardeau de responsabilités. Je tiens à donner le bon exemple à l'équipage. Apparemment, avoir un moment d'intimité n'est pas si facile.

Ses excuses sonnaient creux, décida-t-il. David fut du même avis.

— Voyons, capitaine Marshall, ce sont des prétextes ! Nous occupons la même cabine, alors je ne vois pas en quoi profiter l'un de l'autre à l'occasion devrait être impossible.

Davy prit sa main dans la sienne et se mit à lui frotter les doigts, faisant circuler le sang sous la peau engourdie.

— Tu sais, reprit-il, j'ai commencé à me demander si tu ne trouvais pas encombrante ma présence dans ta vie. Étienne Beauchêne… est très attrayant. Il te désire… peut-être même est-il amoureux de toi. Si j'étais mort à Kingston, tu serais libre.

À cette idée, Will sentit quelque chose se déchirer en lui. C'était aussi douloureux qu'un coup de couteau en plein cœur.

— Non ! Par pitié, ne dis pas des choses pareilles. Oui, bien sûr, Étienne est un homme très bien et, si je ne t'aimais pas, peut-être le trouverais-je attirant. Mais, Davy, si je t'avais perdu, je serais comme mort, incapable de remarquer quelqu'un d'autre. Quand j'ai dû te quitter, à la Jamaïque, je n'ai fait qu'accomplir mon devoir, en automate. À mon avis, mourir serait moins dur que vivre de cette façon !

— Oh, je te crois, répondit David. J'en ai aussi fait l'expérience. Dans ce cas, je t'en prie, explique-moi pourquoi tu me repousses !

Il resserra ses doigts autour des siens.

— Parce que je te veux sain et sauf ! lâcha Marshall.

Il regretta ses paroles à peine les avait-il prononcées. Davy secoua la tête avec un sourire attristé.

— Oh, Will ! Il n'y a que dans la tombe que rien ne plus peut arriver. Les risques sont inévitables dès que nous sommes en mer, surtout en temps de guerre… Je pourrais être tué au combat, ou me noyer.

— Justement !

— Mais les terriens meurent aussi. Même en restant au port, je pourrais attraper la fièvre, être renversé par un cheval, assassiné par des voleurs, frappé par la foudre…

— Pour l'amour du ciel !

— Non, je parle sérieusement. J'ai perdu mon oncle, le père de Kit, de cette façon : il a été foudroyé pendant un orage alors qu'il traversait sa pelouse et…

— Enfer et damnation ! Peu m'importe s'il a été dévoré par un tigre sur le pont de Londres. Tu as de meilleures chances de vivre en restant à terre !

Davy l'interrompit d'un bref baiser, puis il ajouta rapidement :

— Toi aussi ! Que voudrais-tu faire de moi, Will, m'enfermer dans un monastère ? À mon avis, cette vie recluse ne me conviendrait pas. Je risquerais de corrompre les moines et d'être pendu pour mes péchés.

Marshall était écartelé. D'un côté, il était soulagé de savoir que son amant tenait à rester avec lui, de l'autre, il le regrettait. Et par-dessus tout, il avait honte de vouloir garder Davy malgré le danger encouru.

— Je ne peux pas te faire changer d'avis, n'est-ce pas ?

Davy secoua la tête.

— Non. Ou plutôt, si. Regarde-moi…

Posant la main sur la joue de Marshall, il lui fit tourner la tête pour l'affronter droit dans les yeux.

— Regarde-moi, Will, répéta-t-il, et dis-moi que tu n'éprouves plus rien pour moi. Si tu arrives à le dire sincèrement, je quitterai la *Sirène* aussi vite que je le pourrai.

Il esquissa un sourire.

— Mais si tu mens, je le saurai, ajouta-t-il.

William hésita. Quelques mots à prononcer et Davy serait en sécurité. Mais comment pouvait-il mentir à ce regard d'un bleu impitoyable ? Il n'en était pas capable…

Après un long silence étouffant, il céda.

— Je t'ai déjà perdu deux fois à Kingston, souffla-t-il. Je crains de ne pouvoir le supporter une troisième fois. Cela me tuerait.

— Vous avez un poste à risque, capitaine. Les épaulettes que vous porterez feront de vous une cible bien plus intéressante que moi. Il y a de bonnes chances que je vous vois mourir à mes côtés, vous savez.

Marshall grimaça, sachant ce qu'il s'apprêtait à dire :

— Oui, mais dans ce cas, je n'aurais pas à vivre cette épreuve. Ah, Davy… je ne réalisais pas autrefois à quel point n'avoir rien à perdre me libérait l'esprit. Aujourd'hui, le destin a un otage, il peut donc me manipuler. Ce que je déteste.

Davy écarquilla les yeux.

— Préférerais-tu être seul au monde ? Tout homme finit par mourir un jour. Cela nous arrivera, peut-être aujourd'hui, ou le mois prochain, ou dans cinquante ans. Nous connaîtrons une mort paisible durant notre sommeil à un âge avancé, ou nous disparaîtrons dans le feu de la bataille. Nous n'avons aucun moyen de le savoir à l'avance.

Il se leva, interrompant ainsi les réminiscences amères de Marshall. D'ailleurs, il n'en avait pas terminé :

— Veux-tu vraiment te priver du bonheur par crainte de connaître un jour la douleur ? En ce moment, l'Angleterre est en paix et nous sommes ensemble. Pourquoi ne pas profiter de ce répit ?

Davy ayant raison, Marshall ne trouva aucun argument à lui rétorquer. De plus, sa proximité le tentait trop… Dès qu'il ouvrit les bras, son amant s'y précipita. Pendant un moment, ils restèrent simplement serrés l'un contre l'autre, à savourer leur intimité. Puis Will soupira et décida qu'il ne pouvait gagner ce combat, aussi mieux valait-il entamer une retraite stratégique.

— Tu disais avoir reçu des nouvelles. De quoi s'agit-il ?

— Oh, oui…

Avec un sourire, Davy tapota la poche de sa veste.

— Nous avons souvent discuté de mes projets d'avenir, t'en souviens-tu ? Eh bien, j'ai décidé de devenir ton maître d'équipage.

— Ce serait gâcher ta formation d'officier, rétorqua Will. Tu redeviendras lieutenant dès que la guerre reprendra. Tu auras rapidement une chance d'être promu.

— Certes, mais en devenant commandant, j'aurai aussi un navire et nous serons séparés jusqu'à ce tu sois amiral. Or, je préfère infiniment rester avec toi que prendre du galon. Regarde un peu !

L'air béat, il sortit de sa poche un parchemin plié, dont le sceau avait été brisé. Marshall reconnut un document officiel provenant de l'Amirauté. Il se laissa tomber sur le banc pour l'examiner de plus près.

— Un certificat de qualification en tant que maître d'équipage ?

Davy s'assit près de lui.

— Ne fais pas une tête pareille ! Tout le monde sait ce que Boney manigance, alors, où est le mal à se préparer ?

— Comment as-tu pu obtenir ce document ? s'étonna Will. Et surtout sans que je sois au courant ?

— Grâce à Kit, bien sûr. Sa seigneurie le baron Guilford n'a pas eu beaucoup à insister pour obtenir à son lieutenant de cousin une attestation pour un poste de sous-officier. De plus, Sir Percy et le capitaine Smith étaient prêts à confirmer à l'Amirauté qu'il ne s'agissait pas d'un simple passe-droit. Percy n'aurait fait que suivre les avis de Sir Paul, bien entendu, mais j'estime le mériter, surtout après ce que le capitaine Smith et le commandant Drinkwater m'ont fait subir pour préparer mon examen d'officier. D'ailleurs, tu t'étais allié à eux, je ne l'ai pas oublié !

— Moi non plus, reconnut William Marshall avec un sourire

Les mathématiques de navigation n'étant pas la matière que préférait Davy, il avait fallu l'acharnement de William, la patience de Drinkwater et les questions incessantes du capitaine Smith pour que l'aspirant retienne enfin ce qu'il lui fallait savoir pour réussir ses épreuves. Will gardait d'excellents souvenirs de ces 'leçons' avec Davy aux petites heures de l'aube, dans les recoins les plus discrets de la *Calypso*.

— Dans ce cas, capitaine Marshall, reprit David Archer, j'ai l'honneur de postuler pour devenir votre maître d'équipage quand vous obtiendrez votre premier commandement dans la Royal Navy.

— Rien n'est encore certain, M. St John, corrigea Marshall. Ce n'est pas 'quand' je l'obtiendrai, mais seulement 'si' je l'obtiens.

— Je vous parie un shilling que ce sera avant le solstice d'été.

— Tenu. Une prime rapide n'est pas à dédaigner.

Ils se serrèrent la main avec une fausse solennité, puis Davy poussa un énorme soupir.

— Will, pouvons-nous à présent oublier une bonne fois pour toutes le danger que je suis censé courir ? Je pense que nous avons discuté le sujet à maintes reprises, et abondamment.

Will savait qu'il ne cesserait jamais de s'inquiéter, mais il comprenait le point de vue de son amant.

— C'est d'accord, concéda-t-il. À condition que mes craintes ne compromettent pas mon aptitude à commander.

— Oh, crois-tu cela possible ?

— Je n'en sais rien, Davy. J'espère que non, mais je ne peux en être sûr avant de l'avoir vécu. Je tiens à toi plus qu'à tout au monde, aussi, je risque de te donner la priorité sur le reste de l'équipage.

Et même sur son navire, pour dire la vérité. Aux yeux de William Marshall, rien ne comptait autant que David Archer.

— Très bien, nous gérerons le problème s'il se présente, dit Davy. Et j'ai dit 'si', Will, pas 'quand' il se présentera. Si je constate que ma présence interfère avec ton commandement, je retournerai à terre plutôt que de faire courir un danger à l'ensemble du navire et à l'équipage. Mais, autant que tu le saches, je n'y crois pas du tout. Au cœur du combat, tu ne remarquerais pas même que je me mette à danser nu sur la dunette.

— Au nom du ciel ! Je préfère que vous ne tentiez pas l'expérience, monsieur !

— Vous avez raison, ce serait plus prudent. Imaginez un peu que je perde certaines parties importantes de mon anatomie à cause d'un tir ennemi ! D'ailleurs, j'ai en vue d'autres expériences plus intéressantes, par exemple, tester votre résistance après un mois d'abstinence. Combien de temps pensez-vous tenir, capitaine Marshall ?

David lui posa la main sur le genou et glissa lentement vers le haut de sa cuisse.

— Aussi longtemps que toi ! Veux-tu un nouveau pari ?

— Ce serait imprudent de ta part, chuchota Davy contre sa bouche. J'ai astiqué mon beaupré durant ce dernier mois, Will, et je suis certain que ce n'est pas ton cas.

Il atteignait son but. Marshall, conscient que son sexe se mettait au garde-à-vous, s'adossa contre la paroi avec un gémissement de protestation.

— Davy ! Pas ici ! Pas maintenant !

— Pourquoi pas ?

Tout en parlant, il déboutonnait le pantalon de Will, ouvrait le rabat et glissait les doigts dans son caleçon.

— C'est presque l'heure du souper de l'équipage ! Oh ! Mon Dieu, oui… Davy, attends, je… je dois tenir la barre pendant que les hommes mangent !

— Will, tu es le capitaine !

— Oui, mais…

— L'équipage survivra une demi-heure sans toi.

— Mais…

Davy lui passa le bras gauche autour des épaules tandis que sa main droite empêchait son capitaine de réfléchir de façon cohérente.

— Utilise les prérogatives de ta position ! ajouta-t-il fermement avant de mettre fin à la conversation.

Will décida que Davy embrassait de façon extrêmement persuasive, déterminée, sans cacher ses intentions, sans perdre inutilement son temps. Il dégagea complètement son sexe et Will se tordit, électrisé par la pression des doigts qui se refermaient sur lui. Quand un pouce frotta son gland mouillé, devenu ultrasensible sous la fraîcheur qui régnait dans la cabine, la sensation exquise bannit de sa tête toute autre pensée. Will trembla d'anticipation quand une langue savante explora sa bouche dans tous les recoins.

Amants depuis des années, ils avaient souvent fait l'amour, dans différents endroits, dans différentes circonstances. Pourtant, William Marshall s'étonnait encore de l'enthousiasme débridé de David Archer. Lui-même n'était pas réticent, loin de là, mais, durant les préliminaires, il se sentait souvent gêné de ses réactions –un comportement qu'il jugeait indigne.

Et Davy… Pourquoi diable était-il attiré par un épouvantail dans son genre, avec un grand nez et des traits taillés à la serpe ? C'était incompréhensible. D'autant plus que son amant était la perfection personnifiée, même si ses cheveux dorés étaient si courts qu'ils atteignaient à peine ses épaules. Davy possédait tous les attributs, beauté, grâce et distinctions, qui lui permettaient de gagner l'amour de ceux qu'il rencontrait. Et son sourire aurait fait fondre un bloc de glace !

D'ailleurs, le fieffé coquin souriait en évaluant le désordre qu'il avait provoqué. Sans cesser ses lents va-et-vient, il demanda :

— Alors, capitaine Marshall, pensez-vous m'accorder quelques minutes avant d'aller retrouver votre équipage ?

L'un de ses bras étant coincé entre leurs deux corps, Marshall dut se contenter d'empoigner la cuisse de son amant de sa main libre.

— Vous avez soulevé le problème, M. St John, à vous de le régler.

— 'Soulevé' ? Je dirais plutôt 'érigé' !

Davy se leva, ôta ses chaussures et prit son capitaine par la ceinture pour l'inciter à se redresser. Marshall obtempéra en silence. Davy se dénuda jusqu'à la taille, puis descendit le pantalon de son amant à ses genoux. Quelques secondes plus tard, les deux hommes étaient collés l'un à l'autre sur la banquette, toute dignité oubliée. Il aurait été plus logique qu'ils aillent sur un des hamacs, mais ils auraient dû se lever et aucun d'eux n'en avait la patience. William ne pensait plus qu'à l'organe chaud et dur qui se frottait contre le sien, à la pression du corps qui pesait sur lui. Pour accentuer la friction, il saisit à deux mains le beau cul ferme et le pressa contre lui.

Au fil des ans, ils avaient appris à faire l'amour en silence, n'émettant que le bruit d'une respiration un peu rauque. Mais, après un mois d'abstinence, Marshall trouva l'orgasme plus vite qu'il n'en avait l'intention et il étouffa de justesse un cri surpris en se sentant exploser.

Peu après, Davy se cambrait contre lui, les dents plantées dans son épaule, avant de se détendre, lourdement abandonné.

Au bout d'un moment, il se releva sur les coudes pour dire :

— Eh bien, heureusement que je n'ai pas accepté ton pari ! Je dirais pourtant que tu as déchargé le premier !

Amusé, Will, passa les doigts dans les cheveux blonds.

— Tout seul, ce n'est pas pareil. Merci de me l'avoir rappelé.

— À votre service, capitaine.

Davy sortit de la poche de sa veste un mouchoir avec lequel il les essuya tous les deux. Puis il se redressa et remit rapidement de l'ordre dans sa tenue. Will s'attardait sur la banquette, baignant dans un tel bien-être qu'il n'était pas pressé de se reboutonner.

David ajouta :

— Puis-je vous inviter à remettre le couvert plus tard dans la soirée, une fois que l'équipage aura été dûment alimenté et abreuvé ?

— Volontiers.

En se redressant, William vacilla. Il retrouva son équilibre contre la coque et Davy l'aida à remonter son pantalon.

— En fait, reprit Marshall, j'ai à me faire pardonner de t'avoir négligé ce dernier mois. Tu choisiras ton gage. C'est Noël, n'est-ce pas ? Après que l'équipage ait savouré sa surprise, ce sera à ton tour.

Si David ressemblait à un ange, son sourire était parfois diabolique.

— Avec des clochettes ? demanda-t-il.

Marshall sursauta.

— Certainement pas ! Cela serait bien peu discret.

Mieux valait ne pas prendre de risques, pensa-t-il. Il eut cependant beaucoup de mal à retenir sa curiosité : où Davy envisageait-il au juste d'accrocher ses clochettes ?

XII

L'ÉQUIPAGE GARDA un silence respectueux pendant que le capitaine Marshall lisait le texte de la Nativité – selon l'Évangile de St Luc. Ensuite, les hommes savourèrent leur plantureux repas, burent leur chope de bière jusqu'à la dernière goutte et échangèrent de petits cadeaux. Ils remontèrent ensuite sur le pont qui avait été dégagé pour danser.

Malgré l'atroce façon dont Angus MacIvor jouait de son violon, Marshall profitait des festivités. Il réussit même à occulter le crincrin et à suivre la farandole de ses hommes. Si Davy et lui partageaient une bouteille de vin, l'équipage avait préféré une ration supplémentaire de rhum. Tout le monde était gai, sans être ivre. Marshall n'avait même pas fini son premier verre et s'inquiétait de ce qu'allait lui demander Davy quand tous deux se retrouveraient en tête-à-tête.

Davy sembla deviner le tour que prenaient ses réflexions. Il chantait avec l'équipage des chansons de circonstances, mais, de temps à autre, il jetait à son capitaine un coup d'œil rapide – et le feu qui brûlait dans son regard bleu allumait dans le ventre de Marshall un incendie de plus en plus ardent.

Qu'allait lui demander son amant ?

À bord, leurs intermèdes étaient toujours brefs, quelques moments volés à leurs devoirs respectifs, quand ils pensaient profiter d'un peu d'intimité. Durant leurs permissions à terre, ils passaient en général la nuit ensemble dans une auberge. Au cours des premiers mois de leur relation, il leur arrivait fréquemment de payer une prostituée, l'entraînant avec eux dans la chambre – avant de la renvoyer le plus vite possible pour avoir le temps d'explorer mutuellement leurs anatomies respectives.

Au nom du ciel, que cela paraissait loin ! Ils étaient encore si jeunes, si naïfs… si excités de découvrir de nouveaux plaisirs charnels. Au cours de leur première nuit, ils n'avaient pratiquement pas dormi.

Et leur dernier séjour ensemble… Chacun pensait qu'ils ne se reverraient jamais. C'était sur la plantation de Lord Christopher St John, en Jamaïque, cinq jours bénis après la guérison de David, à se redécouvrir avant de se dire adieu. Cette fois-ci, ils avaient dormi beaucoup – tous les deux. Marshall, parce que le fardeau de son premier commandement et sa terreur de perdre son amant le vidaient complètement de son énergie ; Davy, parce qu'il était encore convalescent, avec plus d'enthousiasme que d'endurance. Faire l'amour paraissait l'épuiser, ce qui ne l'empêchait pas de recommencer dès qu'il avait recouvré ses forces après une petite sieste.

Durant leur dernière nuit, les deux amants avaient tenté une expérience qu'ils n'avaient pas eu l'occasion de réitérer. Lors de leurs retrouvailles à Plymouth, la nuit où William Marshall avait reçu le commandement de la *Sirène*, il y avait eu tant à faire que leurs quelques heures ensemble n'avaient été qu'une ébauche de ce qu'elles auraient dû être.

Qu'allait lui demander Davy ? Son amant préférait une complète nudité, pour eux deux. Marshall l'appréciait également, mais pas à bord d'un navire, aussi préférait-il garder sa chemise de nuit. Leur cabine sur la *Sirène* était magnifique et de belle facture, mais petite – comme le yacht en lui-même. Les deux hamacs étant accrochés côte à côte, il serait difficile de les réunir pour n'en faire qu'un seul couchage. Pourtant, Marshall avait plusieurs idées qu'il voulait essayer – une intéressante application pratique des lois mathématiques et physiques impliquant gravité terrestre, forces, oscillations, courbes…

Gêné, il se racla la gorge, car 'courbes' et 'oscillations' lui évoquaient l'image mentale de deux globes tentateurs ondulant sensuellement, ce qui provoquait une vive réaction, tout à fait inconvenante sur le pont de son navire. Marshall ne tenait pas particulièrement à exhiber son érection devant ses hommes.

Comme s'il s'était exprimé à voix haute, Davy se tourna vers lui avec un sourire taquin.

— À quoi pensez-vous, capitaine ?

Marshall lui jeta un regard menaçant. *'Tu me payeras cette réflexion… et très bientôt !'* Si Davy avait appris à lire dans les esprits, sans doute entendrait-il.

D'un autre côté, autant profiter de l'occasion pour adresser quelques mots à l'équipage, sans pour autant se lancer dans un trop long discours. Les hommes l'apprécieraient également.

Il haussa la voix pour se faire entendre malgré le brouhaha – et obtint le silence sans même avoir à le réclamer.

— Il y a dix ans, je me suis embarqué sur le *Titan*…

Il salua d'un signe de tête les deux plus anciens marins du bord, Barrow et Klingler, les seuls membres de son équipage à l'avoir connu aspirant. Puis il leva son verre et continua :

— … et je ne me souviens pas d'avoir jamais passé un Noël plus agréable en compagnie d'un meilleur équipage, sur un meilleur navire. Je bois à votre santé, à tous, marins ! Que les vents nous soient favorables et que la fortune nous sourie !

Il reçut en réponse un unanime rugissement d'approbation, suivi de trois 'hourra pour le capitaine Marshall !' lancés par Barrow, auquel l'équipage se joignit avec enthousiasme.

Ensuite, MacIvor se remit à jouer avec une vigueur renouvelée. Marshall reconnut le premier verset d'une vieille chanson marine qui parlait d'une dangereuse tentatrice [28].

— *Par un matin brumeux, nous avons mis les voiles,*
Et nous n'étions pas loin de la terre
Quand le capitaine aperçut une belle sirène
Avec un peigne et un verre à la main…

Marshall pensa qu'il aurait préféré un autre air. Sans être superstitieux, il n'aimait pas trop que celui-ci finisse par un naufrage.

Davy le rejoignit et s'accouda à ses côtés, contre la balustrade.

— Écoute bien, souffla-t-il. Les hommes ont changé les paroles pour toi.

Marshall réprima ses frissons quand le violon devint particulièrement strident, et esquissa ce qu'il espérait être un sourire approbateur.

— *Et roulent et roulent les vagues de l'océan,*
Et soufflent et soufflent les vents de la tempête.
Les braves marins sont tous au travail sur le pont
Tandis que les passagers peureux se cachent dans leur cabine.
Alors, s'adresse à l'équipage notre capitaine,
Un homme solide, fort et courageux,
Matelots, jamais femme poisson ne nous fera peur
Car vous êtes les meilleurs hommes que je connaisse !

Et revoilà le refrain ! pensa Will. *Que Dieu nous aide !* Il n'avait rien contre la musique, bien au contraire, il l'appréciait, mais entre le violon de MacIvor et un gabier à la voix de stentor qui chantait tellement faux que

---

28 *The Mermaid* – la sirène

cela devenait comique, il n'était pas certain que cette performance pleine de bonne volonté puisse être considérée comme 'musicale'.

— *Alors, s'approche le propriétaire de notre navire*
Un homme jeune, beau et plein de feu
Jamais femme poisson ne me fera peur, dit-il,
Car nous avons du travail à faire !

L'équipage entamait déjà un nouveau couplet quand Marshall se pencha vers son ami :

— Les hommes vous ont également inclus dans leur chant, M. St John.

— *Alors, s'approche le maître d'équipage*
Un vieux marin plein de sagesse et de connaissances
Notre sirène est une brave fille, déclara-t-il,
Elle nous ramènera à bon port, en dépit du cyclone !
Et roulent et roulent les vagues de l'océan,
Et soufflent et soufflent les vents de la tempête,
Les braves marins sont tous au travail sur le pont
Tandis que les passagers peureux se cachent dans leur cabine.

La chanson était presque terminée, tout l'équipage entonna le dernier refrain avec plus de voix que de justesse. Une fois le dernier peureux caché dans sa cabine, Davy eut un discret signe de tête. *Enfin, c'est fini !*

Marshall adressa à ses hommes un sourire chaleureux.

— Il n'y a pas de peureux sur ce navire ! tonna Barrow avec assurance.

— Et notre navire ne fera pas naufrage ! rétorqua Marshall. Merci, matelots ! À présent, M. St John et moi-même allons descendre souper et vous laisser à vos festivités. Joyeux Noël !

David le suivit sans commentaire.

UNE FOIS dans la cabine, il sortit la petite table glissée sous la couchette et la déplia au centre de la pièce.

— C'était un beau discours, capitaine, dit-il enfin. Concis, précis. Voudriez-vous un peu plus de vin ?

— Non, merci. Pas pour le moment.

Will plaça une chaise pliante de chaque côté de la table, puis se chargea d'allumer la bougie de la lanterne suspendue au-dessus. Ils avaient à peine fini leurs arrangements quand Clement, le steward, arriva avec le dîner : un poulet rôti, accompagné de pommes sautées et de petites carottes, et du pain acheté au port deux jours auparavant. Il y avait aussi un pot de café, car Marshall avait pris goût à ce breuvage français durant son séjour chez des Beauchêne. À dire vrai, il ne pouvait plus s'en passer !

Pendant qu'ils mangeaient, Marshall ne put retenir plus longtemps sa curiosité :

— Eh bien, Davy ? As-tu décidé ce que tu allais me demander comme gage ?

— Pas encore. J'y réfléchis toujours.

La conversation passa à d'autres sujets jusqu'au moment où les deux hommes dégustèrent leurs oranges juteuses, dont le goût, à la fois acidulé et sucré, s'attardait délicieusement sur la langue. Pour une raison étrange, Marshall trouva que cette fragrance lui rappelait Davy.

À nouveau, il voulut savoir ce que son amant allait lui demander.

— Je te le dirais dès que Clement aura débarrassé, répondit Davy avec un sourire taquin. En attendant, voici pour toi.

Il lui tendit un petit paquet, soigneusement enveloppé dans du papier brun et ficelé d'un ruban rouge. À l'intérieur, William trouva une paire de gants de souple cuir noir, doublés de laine d'agneau – et remarquablement faits !

— Oh… Ils sont bien trop beaux, Davy !

— Essaie-les.

Ils lui allaient parfaitement, bien entendu. William se souvint d'un matin, quelques semaines plus tôt, quand Davy l'avait convaincu de comparer la taille de leurs mains. Will avait des doigts plus longs, mais moins élégants.

Davy se pencha en avant, les yeux pétillants de malice.

— Tu vas devoir les garder, car ils n'iront à personne aussi bien qu'à toi. De plus, ajouta-t-il en baissant la voix, tu ne peux pas savoir combien c'est difficile quand des doigts glacés s'insèrent à des endroits où ils pourraient être bien au chaud.

Clement choisit ce moment précis pour venir débarrasser le couvert. Quand il s'éclipsa, Marshall en profita pour récupérer le cadeau qu'il avait acheté à Davy avant le départ de la *Sirène* : un recueil de poésies que son ami ne possédait pas – il avait pris soin de le vérifier.

Davy caressa la couverture enluminée avec révérence.

— Oh, Will, quel beau livre ! dit-il en l'ouvrant. Je vois là de vieux amis… et certains nouveaux que je ne connais pas encore !

— Je n'aurais jamais ton don avec pour les mots. Je te dédierais des sonnets si j'en étais capable, avoua Marshall, embarrassé.

Il fut récompensé d'un regard qui exprimait une affection pure et naturelle. Bouleversé, il se pencha à travers la table pour s'emparer de la main de Davy.

— À présent, vas-tu me dire quel sera ton gage ?

— Me séduire – à ta libre convenance, répondit Davy.

— Quoi ?

Archer perdit son espièglerie pour redevenir sérieux.

— Will, il y a maintenant sept ans que je te connais, dit-il gentiment. Si j'ai appris une chose te concernant, c'est que tu excelles quand tu as un objectif et que tu es libre d'exercer ton imagination pour l'atteindre. Alors… je choisis d'être séduit, par tous les moyens que tu voudras.

Marshall se souvint d'un ancien Noël, lorsqu'il avait six ans, quand une gentille paroissienne de son père lui avait offert tout un sac de cookies – aux noix, aux raisins ou au sucre… Il avait mis au moins une heure à décider lequel manger en premier.

— Je vais me dégourdir les jambes, déclara Davy, souriant toujours. Je reviendrai d'ici peu.

Il ne prit même pas la peine d'enfiler son pardessus, ce qui indiquait effectivement une très courte absence. En ouvrant la porte, il croisa Clement venu replier la table, mais Marshall lui demanda de la laisser en place.

— M. St John et moi comptons jouer une partie de crib avant de nous coucher, déclara-t-il. Nous risquons de veiller tard, aussi nous chargerons-nous ensuite de ranger la cabine. Vous êtes dégagé de votre service, à présent. Joyeux Noël !

Il donna une demi-couronne à son steward, enchanté de l'aubaine. Marshall trouvait très, *très* agréable d'avoir les moyens de se montrer généreux ! De plus, avoir observé la façon dont était choyé le capitaine Smith par son intendant, jadis, sur la *Calypso*, il était certain que cet argent était bien investi.

Une fois seul, il s'empressa de plier la table. Il comptait jouer avec David, certes, mais pas au crib ! Il plaça une serviette-éponge contre la fenêtre de la poupe pour garantir leur intimité. Personne ne viendrait les déranger ce soir – sauf si la *Sirène* était attaquée, bien sûr, mais que les Français choisissent la nuit de Noël pour ouvrir les hostilités était peu probable.

On frappa légèrement à la porte. Puis Davy passa la tête à l'intérieur.

— Prêt, cap… Aaah !

Il étouffa un cri quand Marshall le prit par le poignet, pour le faire entrer dans la cabine, avant d'en refermer la porte à clé.

— Tu as demandé à être séduit, chuchota Will. Tu le seras… à la hussarde !

Il serra Davy contre lui et captura sa bouche dans un baiser féroce. Mais son amant n'était pas du genre à rester inactif bien longtemps. Dès que Will le souleva, Davy s'accrocha à lui comme une arapède, jambes nouées autour de sa taille.

Déséquilibré, Marshall bascula et écrasa son amant contre la cloison.

— M. St John ! haleta-t-il. Un peu de tenue, je vous prie !

— Mmm ?

— *Je* suis censé *te* séduire !

Davy cligna des yeux, le regard un peu vitreux.

— Oh. C'est vrai, j'avais oublié…

Il détacha sa prise – tout en se frottant délibérément contre Marshall.

— Je suis désolé, ai-je outrepassé mon rôle ?

— Pas du tout ! Mais, monsieur, je m'attendais à un peu plus de réceptivité de votre part !

— Je croyais me montrer réceptif ! protesta Davy en riant. Très bien, je suis à vos ordres, capitaine. Que dois-je faire ?

— Laissez-moi vous faire une démonstration.

Marshall se mit à déboutonner la veste de son amant. David St John, civil canadien, s'habillait comme un dandy – contrairement au lieutenant Davy Archer de la Royal Navy – mais pour le quotidien du bord, il ne portait qu'un gilet de laine gris et un pantalon sombre. Les boutons cédaient l'un après l'autre sous ses doigts, et Marshall sentit le poids du regard de Davy sur lui. Il s'empourpra, les joues brûlantes. Ensuite, il se morigéna : il était censé séduire David, n'est-ce pas ? Quelle folle idée !

Une fois la veste défaite, il s'attaqua au gilet de soie bleue. En entendant un soupir de plaisir, Will vit ses mains trembler. C'était complètement idiot de sa part ! Son amant et lui avaient déjà forniqué quelques heures plus tôt. Pourquoi se sentit-il aussi nerveux et impatient qu'un jeune marié le soir de ses noces ?

Il débarrassa son amant de sa veste et de son gilet, en les faisant glisser de ses épaules, puis il se pencha pour un autre baiser. Davy posa les mains sur ses hanches et s'appuya contre lui, doucement cette fois, suivant le balancement de la mer. *Je pourrais rester comme cela éternellement,* pensa Marshall, le cœur battant. Sauf que le romantisme était mal assorti à une séduction 'à la hussarde'.

— M. St John, murmura-t-il, verriez-vous un inconvénient à ce que je vous libère du reste de vos vêtements ?

— Au contraire, capitaine Marshall. Je serais désolé que vous ne le fassiez pas.

À cette heure de la nuit, la cabine était froide et humide, mais pas au point que leurs souffles forment de la buée. Et Marshall avait bien l'intention de réchauffer Davy, même quand il serait entièrement dénudé. Il frotta son visage dans le cou renversé, puis passa derrière son amant et attirant le corps adoré dans la chaleur du sien, alternant sur la nuque morsures et baisers tout en déboutonnant le pantalon. Dès que celui-ci lui tomba aux chevilles, Davy frotta ses reins contre le bas-ventre de Marshall.

— Dieu du ciel, Will…

— Patience, monsieur. Je n'ai pas l'intention de saborder mes projets !

Il caressa amoureusement le corps offert à sa convoitise, la poitrine, le ventre. La cicatrice que Davy gardait de sa terrible blessure paraissait plus petite à présent, mais Marshall n'avait pas oublié sa présence. Il frémit : il avait failli perdre son amant !

— Davy…

— Non, plus de paroles, je…

— Je sais. Mais ce que j'ai à te dire est très important. Je t'aime, Davy.

Il ne comprenait pas… Pourquoi trouvait-il si difficile d'exprimer ses sentiments ? C'était pourtant la vérité la plus essentielle, les mots devraient lui venir aisément. *Je t'aime*. Un aveu maladroit, peut-être même dangereux, mais du coup, d'autant plus précieux.

— Je t'aime, répéta-t-il.

Davy renversa la tête contre l'épaule de Marshall, puis tordit le cou pour réclamer un baiser. Son corps était souple et tiède, sa peau lisse et dorée. William eut l'impression de tenir dans ses bras une belle anguille quand il souleva son amant et le déposa sur la couchette. Il termina de le déshabiller, enlevant bas et bottes, et admira le corps nu étendu sur le coutil rayé.

David était magnifique, le plus bel homme que Marshall ait jamais vu ! Même avec sa crinière dorée coupée trop court, il était la perfection sous forme humaine avec l'arc élégant des épaules solides, la toison qui bouclait sur la large poitrine, le ventre plat et musclé…

Marshall ne prétendait certes pas avoir des connaissances artistiques, pourtant, il était capable d'admirer les beautés de la nature – les reflets que le soleil jetait sur la mer, les voiles blanches d'un gréement gonflées par le vent. Par contre, tableaux ou statues de marbre le laissaient insensible. Mais cette œuvre d'art qui vivait et respirait l'émouvait jusqu'au tréfonds de son être – et il se souvenait de l'extase qu'il ressentait quand ce corps doré se tordait sous le sien.

Toujours prudent, il prit le temps d'aller vérifier que la porte était bien verrouillée. En revenant vers son amant, il se déshabilla à la hâte, remarquant à peine l'atmosphère glacée de la cabine. Pour dire la vérité, il avait le sang qui bouillait.

— Tu voulais être séduit...

Davy se contenta de sourire en tendant une main vers lui. Marshall s'en saisit et la caressa, avant de la porter à ses lèvres. Il lécha les doigts l'un après l'autre. Un jour, Davy lui avait offert cette caresse – qui avait failli le rendre fou. Il embrassa la paume de son amant, puis promena ses lèvres du poignet jusqu'au coude, en mordillant les veines saillantes dont il sentait le contour sous la peau. Quand il arriva à l'aisselle, un parfum musqué lui monta aux narines. Son bel amant était d'une propreté méticuleuse, mais le sexe avait sa propre odeur et sa peau gardait la trace de leurs ébats précédents. Marshall sentit son sexe durcir à cet appel charnel, ces phéromones auxquels toute créature vivante réagissait depuis la nuit des temps.

Il releva la tête et croisa le regard bleu enflammé. N'ayant pris qu'un verre de vin au cours du souper, il ne pouvait impliquer à l'alcool la brûlure qu'il avait sur les lèvres. David ferma les yeux, le corps traversé d'un long frisson, quand Will s'en prit à son mamelon.

Marshall vacilla, les jambes instables. Il retrouva son équilibre et titilla la crête sensible. Sa main droite, glissant sur le ventre de son amant, trouva le nid de boucles frisées d'où jaillissait un membre fièrement brandi.

Attaqué de tous côtés à la fois, Davy se tortilla en gémissant. Son gland pleurait déjà de joie. Marshall répandit le fluide d'un coup de pouce et passa à l'autre mamelon.

— Alors, qu'en penses-tu ? marmonna-t-il. Te soumets-tu à ma domination ?

David planta les ongles dans ses épaules.

— Je réfléchis encore, haleta-t-il avec difficulté. Je crois que... Aaah !

Marshall avait resserré sa prise sur son objectif. En même temps, il se laissa glisser, déposant une pluie de baisers sur le sternum, le nombril, où il s'attarda un moment. Lui n'avait guère de sensations à cet endroit-là, mais Davy devenait vite surexcité quand son amant enfonçait la langue dans son petit trou plissé – évocateur. Basant sa stratégie sur les gémissements étouffés qu'il provoquait, William cibla son attaque… un peu plus bas.

Une queue d'homme – quel organe ridicule, vraiment ! Le Grand Architecte de l'univers devait avoir un sens de l'humour franchement tordu ! Mais quand ledit organe se trouvait attaché à un amant adoré, il devenait une jauge parfaite de la passion.

Il était rare que William rende hommage à de tels attributs. Au cours des années, c'était surtout Davy qui lui offrait du plaisir avec sa bouche, vénérant son corps de la tête aux pieds. Marshall, beaucoup plus réservé, proposait parfois du bout des lèvres de rendre des caresses – qui lui paraissaient indignes – mais Davy refusait, ce qui lui convenait parfaitement.

Aujourd'hui, pour une raison qu'il ne parvenait pas à comprendre, ce qu'il avait sous les yeux devenait un objet de vénération. Il fit rouler le prépuce et frotta le gland humide contre ses lèvres, se délectant du cri étouffé de David. Il resserra les doigts, et insinua délicatement la langue dans le méat.

Davy s'accrocha ses cheveux.

— Oh, ouii ! souffla-t-il, éperdu.

Ragaillardi, Will engloutit le membre de son amant, caressant toute sa longueur de sa langue. Davy gémit de plus belle et souleva les hanches pour accompagner le mouvement. Il était aux anges, cela se voyait. Pourquoi diable William avait-il jusqu'ici trouvé cette caresse dégradante quand il lui arrivait de l'accorder ? Il n'aurait su le dire. En tout cas, un verrou de censure intérieure avait enfin cédé en lui et il prenait un réel plaisir à satisfaire l'élu de son cœur.

Il se sentait tellement différent qu'il avait presque l'impression d'être devenu un autre.

Le commandant William Marshall et son sens de la dignité, des responsabilités, avait disparu, car il n'avait pas sa place dans cette cabine. Il ne restait que Will, l'amant qui aimait désespérément Davy, qui voulait l'entendre gémir, qui voulait le voir se tordre et s'abandonner complètement.

— Oui, oui, s'il te plaît ! Encore ! bredouilla Davy à point nommé.

De sa main libre, Will soupesa les bourses douces et glissa les doigts en dessous pour remonter jusqu'à l'ouverture, qu'il testa de l'index. Son geste déclencha l'orgasme de Davy. Will ne se détourna pas et un chaud liquide au goût salé pulsa au fond de sa gorge. Après un dernier soubresaut, Davy frissonna en étouffant ses cris... avant de retomber lourdement, rassasié.

Marshall se redressa, un peu sonné. Il remplit son verre à la bouteille de vin posée sur la console et avala une grande gorgée pour se rincer la bouche. Il s'étendit ensuite près de son amant et tira la couverture sur eux deux. Que c'était étrange ! Il n'avait pas joui, mais il savourait le plaisir de Davy, par osmose, comme s'il s'agissait du sien. Avant de s'endormir, il sentit son amant refermer les bras sur lui.

Combien de temps somnola-t-il dans cette étreinte chaleureuse, si agréable ? Quelques minutes... peut-être davantage. Il n'avait pas réellement perdu connaissance, il se laissa juste bercer par la mer, avant de réaliser qu'il n'avait pas totalement atteint son objectif. Certes, il avait satisfait Davy, mais, à présent, il était prêt à être récompensé de sa patience.

En ouvrant les yeux, il vit le visage de Davy tout près du sien.

— Seriez-vous prêt à poursuivre dans la débauche, M. St John ? demanda-t-il courtoisement.

—Absolument, capitaine. Dire que je m'inquiétais ! Pourtant, je vous connais, je sais que vous avez de la suite dans les idées.

Davy prit Marshall par les cheveux et l'attira pour un long baiser vorace. Ensuite seulement, il chuchota contre ses lèvres :

— Je suis tout à votre disposition pour d'autres débauches, monsieur.

Au lit, Davy était toujours drôle, joyeux et inventif. Il avait une remarquable – et contagieuse – capacité à savourer le plaisir. Marshall admirait sincèrement qu'un homme ayant subi tant d'épreuves et de douleur n'ait pas sombré dans l'amertume. Il était béni d'avoir un tel amant, même s'il ne comprenait toujours pas ce qu'il avait fait pour le mériter.

D'un œil attentif, il étudia la cabine, dont l'étroitesse limitait sa créativité.

— Dans ce cas, décida-t-il, j'ai l'intention de t'explorer des pieds à la tête sans manquer aucun centimètre carré de ta personne.

Il passa aux actes sans attendre, serrant Davy contre lui d'un bras sous la tête tandis que sa main libre redessinait les contours de son corps nu et abandonné. Davy ouvrit les lèvres, dans une incitation flagrante à recevoir un autre baiser. Au même moment, Will insinuait les doigts entre ses fesses. Malgré l'étroitesse des lieux, Davy réussit à accrocher une de ses jambes à la taille de son amant pour mieux s'offrir. Très vite, Will se perdit dans le goût et la sensation, la chaleur intérieure. Davy sursauta en poussant un petit jappement surpris.

— Tu as les doigts glacés ! se plaignit-il.

— Je vous présente toutes mes excuses, monsieur. Mais vous risquez très bientôt d'avoir encore plus froid.

Il se remit debout et fit pivoter Davy, le positionnant en travers du hamac, les reins dépassant du rebord, les jambes pendantes sur le côté. William récupéra l'oreiller et le glissa sous sa nuque, puis il considéra son œuvre d'un œil enflammé.

— Es-tu bien comme cela ? demanda-t-il.

Davy fit semblant d'hésiter. Il fixa Will déjà entre ses cuisses largement écartées, un bras sous chacun de ses genoux. Si Marshall le lâchait, il s'écraserait sur le plancher, mais il avait confiance : jamais son amant ne le laisserait tomber. Alors il ouvrit les bras, les alignant le long du hamac avec un sourire.

— C'est parfait, merci. Et toi ?

Will avança d'un pas, ce qui pressa la croupe de Davy contre son bas-ventre.

— Je suis en position d'attaquer mon festin, dit-il. Le buffet est tellement tentant que je ne sais par où commencer.

En admirant le corps étalé devant lui, il ne put résister au plaisir de caresser les cuisses musclées ouvertes de façon si tentante. Il fit crisser ses ongles en remontant vers l'aine et nota le frisson de Davy. Son regard était si intense qu'il devenait presque une caresse. Davy ferma les yeux sous l'effet du plaisir quand Will titilla ses mamelons. Il haleta, ouvrant ses douces lèvres roses.

— Wiiill… souffla-t-il.

— Que veux-tu que je fasse ? Dis-le-moi, Davy…

Will se pencha pour embrasser cette bouche qui le rendait fou et se perdit dans le baiser. Malgré son précédent orgasme, Davy était à nouveau excité et lui y répondait au centuple.

— Que veux-tu ? répéta-t-il.

Davy se cambra, écrasant leur sexe l'un contre l'autre.

— … moi, marmonna Davy entre deux gémissements étranglés.

— Pardon ? Je n'ai pas entendu.

— Baise-moi ! Au nom du ciel, Will ! Il y a tellement longtemps…

Il tenta de lui empoigner les reins pour le forcer à l'action, mais ses bras manquaient de longueur. Will se mit à rire sans bruit.

— En clair, tu tiens à être séduit jusqu'au bout, c'est bien cela ?

— Oui !

Et ses tremblements de plus en plus fébriles réclamaient 'vite !' Will ne perdit pas de temps à récupérer la fiole de pommade dans un sac de toile suspendu au crochet qui soutenait le hamac. Il embrassa à nouveau Davy en dévissant le bouchon, il plongea l'index dans le pot et oignit abondamment son sexe. Ensuite, il prépara aussi Davy pour faciliter sa pénétration. Il sourit en voyant son amant se tordre sous ses doigts et contracter ses muscles internes.

— Un peu de patience, M. St John !

— Damnation, je n'ai pas envie d'être patient. Je ne peux pas ! Will, prends-moi ! Tout de suite !

Sa voix était à peine audible, ses paroles furent pourtant comme de l'huile jetée sur le feu. Will fit un gros effort pour contrôler son excitation. Il s'était juré, il y avait bien longtemps, de ne jamais, sous aucune circonstance, causer à Davy la moindre douleur. Aussi prit-il son temps pour s'assurer que son amant soit prêt à le recevoir, détendant en de longs va-et-vient attentifs l'étroit fourreau qui frémissait sous ses doigts. Pour distraire l'attention de Davy, il continua à l'embrasser profondément.

Quand il le pénétra enfin, il était au bord de l'explosion et l'étau soyeux, brûlant, qui se referma sur lui le rendit presque fou de passion. Il s'enfonça jusqu'à la garde d'un seul mouvement puissant. Davy chercha à accompagner le mouvement, ce qui agita sauvagement le hamac. Will savait qu'on les appelait parfois 'berceaux de sodomites', mais, jusqu'à ce jour, il n'avait pas compris pourquoi. En vérité, le hamac mettait un corps à la hauteur idéale pour être empalé par un homme debout – et son balancement, accordé à celui de la mer, ajoutait une touche d'un érotisme indéniable.

Le temps parut s'arrêter. Will ignora combien de temps il resta là, à savourer des sensations exquises tandis que les oscillations le poussaient peu à peu vers l'orgasme. Par chance, ils avaient déjà connu un soulagement un peu plus tôt, ce qui lui donnait le temps à présent de profiter de cette expérience nouvelle, sans urgence. Il croisa les yeux de Davy, à la fois rêveurs et enflammés, et eut la sensation que leur âme fusionnait aussi complètement que leur corps.

— Je t'aime, Davy. Je t'aime, je t'aime…

Étrange ! Il avait l'esprit libre – libéré – tandis que son corps palpitait, s'ajustant à celui de son amant comme les deux parties d'un même tout qui se retrouvaient.

— *Je t'aime !* répéta-t-il.

— Will... souffla Davy

Il s'interrompit, comme si la voix lui manquait. Il avait les lèvres rouges et gonflées, son beau visage mouillé de sueur brillait à la lumière de la chandelle. Il s'accrocha aux poignets de William et fit un nouvel essai :

— Plus fort, Will. S'il te plaît...

Impossible de répondre à ce désir. Le hamac bougeait et Will ne pouvait utiliser tout son poids, même en se penchant en avant. Davy le comprit sans qu'il ait à s'exprimer.

— Damnation ! haleta-t-il. Par terre, alors. Mets-moi par terre ! Plus fort. Plus fort !

Il se redressa et planta ses ongles dans les reins de son amant. La tentation de baiser 'plus fort' était irrésistible. Will jeta sur le sol glacé les couvertures de son hamac et empoigna Davy pour le faire descendre de son perchoir. Il tremblait tellement qu'il bascula et tous deux s'écrasèrent lourdement, retenant à grand-peine un cri de surprise. L'impact les imbriqua encore profondément l'un dans l'autre. Davy referma les jambes autour de sa taille et souleva les reins du sol pour s'accorder à ses coups de boutoir. Tous deux, pantelants, entamèrent la course éternelle de l'amour. Pour étouffer ses gémissements de jouissance, Davy mordit Will à l'épaule, une petite douleur qui ne fit que l'éperonner.

— Je t'aime... je t'aime... je t'aime... je t'aime...

Il rythmait ses coups de reins de ce leitmotiv qui ressemblait à des sanglots tant il avait le souffle court. Puis l'orgasme lui tomba dessus avec la force d'un ouragan, ce qui parut déclencher celui de Davy. Un liquide chaud jaillit sur son ventre. Et Will pressa la bouche contre le cou de Davy.

Il lui fallut un moment pour retrouver la réalité. Conscient d'écraser son amant, il roula sur le côté, en le gardant bien serré dans ses bras. Il ressentait un profond sentiment de chaleur et de bonheur, comme après avoir ingurgité une soupe brûlante en plein hiver, ou un grog, mais en meilleur. Il était nu, glorieusement nu, sans se soucier de son rang, de sa dignité, sans avoir peur – du moins, pour le moment. Il savait à présent ce qui comptait réellement dans sa vie.

Il repoussa les cheveux blonds pour mieux voir les grands yeux bleus.

— Je t'aime, dit-il encore. Davy, je t'aime plus que tout au monde !

— Moi aussi, répondit son amant, le regard lumineux et humide. Je t'aime et je t'aimerai toujours, dans le bonheur et dans les épreuves, tout au long de notre vie.

Fils de vicaire, William Marshall reconnut la formule, à la fois familière et nouvelle. Les mots lui parurent parfaitement adaptés, même s'il n'avait jamais pensé les recevoir un jour, en particulier d'un homme. Pourtant, Davy n'avait fait qu'exprimer ce qui existait dans leurs deux cœurs.

— Oui, reconnut-il. Nous sommes ensemble pour le meilleur et pour le pire.

Davy eut un petit rire un peu triste.

— À mon avis, nous avons déjà connu les deux. Embrasse-moi, Will, s'il te plaît…

Il obtempéra avec joie.

Fin décembre, il faisait froid dans la cabine, surtout par terre. Très vite, ce fut pour leur chaleur mutuelle qu'ils se serraient l'un contre l'autre. Et Will tendit le bras et récupéra la couverture du hamac de David.

— Nous devrions aller nous coucher, remarqua-t-il, à contrecœur.

— Nous serons très bien ici si nous y mettons toutes nos couvertures, rétorqua Davy.

Ils essayèrent. Avec la moitié de la literie en dessous pour les protéger du plancher, l'autre en cocon sur eux, c'était presque confortable.

Le capitaine William Marshall s'inquiétait encore :

— Mais les hommes…

— J'ai parlé à Barrow tout à l'heure, intervint Davy. Nous avons jusqu'au matin, Will. Comme cadeau de Noël, ce n'est pas grand-chose, mais nous avons quelques heures à passer ensemble, si tu veux bien. Toute la nuit !

Parfois, la joie avait le tranchant d'une lame de couteau. Will ne put retenir des larmes. Davy referma les bras sur lui, posa les lèvres sur ses joues et remonta la couverture autour d'eux.

— Joyeux Noël, mon amour !

LES LIEUX

Cap Horn : cap situé à l'extrémité sud de la Terre de Feu, généralement considéré comme étant le plus austral d'Amérique du Sud.

Devonshire : ancien nom du Devon, comté du sud-ouest de l'Angleterre.

Downs : région de la Manche sur la côte Est du Kent, entre le pas de Calais et l'estuaire de la Tamise.

Drury Lane : rue de Londres, mais aussi le célèbre théâtre s'y trouvant.

Honfleur : ville portuaire de Normandie (Calvados).

Baie d'Hudson : une des plus grandes baie du monde, située au Canada, à proximité de l'océan Arctique.

Îles-sous-le-Vent : ancienne colonie britannique des Petites Antilles qui exista de 1671 à 1816, puis de 1833 au 1er janvier 1960. (*À noter, il existe actuellement un autre archipel du même nom, en Polynésie française.*)

Île de Wight : sur la côte sud de l'Angleterre, dans la Manche, face à Portsmouth, dont elle est séparée par le Solent.

Kingston : capitale de la Jamaïque, île des Antilles.

Lands' End : promontoire de Penwith, en Cornouailles, le point extrême sud-ouest de la Grande-Bretagne.

Lizard Point : en Cornouilles, point le plus au sud d'Angleterre.

Plymouth : ville située au sud-ouest de l'Angleterre.

Portsmouth : ville de la côte sud et l'un des trois plus importants ports militaires d'Angleterre.

Spithead : partie orientale du Solent, devant Portsmouth.

Spithead Harbor : anse protégée des vents, souvent utilisée pour ancrer des navires de la Royal Navy.

Solent : bras de mer entre l'Île de Wight et l'Angleterre, très fréquenté, car donnant accès aux ports de Southampton et Portsmouth.

St. Catherine's Point : point le plus au sud de l'Île de Wight.

Weymouth : ville du sud de l'Angleterre, dans le Dorset, face à la Manche.

LES PERSONNAGES HISTORIQUES

Aubrey, Sir John 'Jack' : personnage de fiction, officier de la Royal Navy qui, parti simple matelot, devient vice-amiral – interprété par Russel Crowe dans le film *Master and Commander : De l'autre côté du monde*

Barnfield, Richard : poète anglais (1574/1620) qui fit scandale avec des vers ouvertement homosexuels.

Collingwood, Cuthbert : premier baron Collingwood, (1750/1810), vice-Amiral officier de de la Royal Navy considéré comme le successeur de Nelson au commandement de la flotte britannique.

Hardy, Thomas Masterman : (1769/1839), officier de la Royal Navy sous les ordres d'Horatio Nelson, qu'il assistera durant son agonie.

Lagrange, Joseph Louis : comte de Lagrange (1736 /1813), mathématicien, mécanicien et astronome italien, qui passera l'essentiel de sa vie à Paris, où il élabore le système métrique avec Lavoisier pendant la Révolution, enseigne les mathématiques de l'École normale et à l'École polytechnique avec Monge. Très en avance sur son temps, il introduit le concept de potentiel de vitesse en mécanique des fluides et travaille sur la théorie des probabilités.

Monge, Gaspard : comte de Péluse, (1746/1818), mathématicien français qui joue un grand rôle pendant la Révolution, d'abord politique, ensuite en inaugurant un nouveau système éducatif ; il participe à la création de l'École normale et de l'École polytechnique, où il sera professeur de géométrie, et de l'École des arts et métiers.

Nelson, Horatio : premier vicomte Nelson, duc de Bronte, (1758/1805) vice-amiral de la Royal Navy qui s'est illustré pendant les guerres contre la France, notamment à Trafalgar, où il remportera une victoire décisive.

Pellew, Edward : (1757 /1833) premier vicomte Exmouth, officier de la Royal Navy pendant les guerres de la Révolution française et de l'Empire napoléonien, qui terminera sa carrière amiral.

Pitt, William 'le Jeune' : (1759/1806), homme politique et premier ministre britannique (même si le terme n'était pas encore utilisé).

LES GRADES DES OFFICIERS LA ROYAL NAVY
Amiral
Capitaine
Commandant
Lieutenant-commandant
Lieutenant
Sous-lieutenant

GLOSSAIRE DES TERMES DE MARINE
Affaler : faire descendre (des voiles), c'est le contraire de 'hâler'.

Bâbord : partie du navire située à gauche en faisant face à l'avant (opposé de tribord).

Ballast : lest (ce peut être des pierres, de l'eau de mer, ou tout simplement l'approvisionnement d'un navire, caisses et barils) permettant de gérer la stabilité et/ou l'assiette.

Bordée : Équipe d'hommes de bord. Ensemble des canons d'un des côtés du navire et, par extension, leur décharge simultanée.

Route faite par un navire entre deux changements de cap, en gardant le vent du même côté

Bosco (argot marin) : maître d'équipage.

Commissaire de bord : homme chargé de la gestion des aspects administratifs.

Coursive : terme générique pour désigner les passages étroits du navire (couloirs).

Dunette : pont surélevé à l'arrière d'un bateau, au-dessus du gaillard arrière.

Écoutille : ouverture rectangulaire pratiquée dans le pont pour accéder aux entreponts et aux cales.

Épissure : tressage d'éléments de cordages entre eux, pour les mettre bout à bout.

Gabie : voir hune.

Gréement : ensemble des cordages et poulies qui servent à manœuvrer les voiles.

Gaillard : pont surélevé à l'avant ou à l'arrière du navire.

Hune : plate-forme intermédiaire en haut du mât.

Mâts : Le grand mât, ou mât central.

Misaine : mât avant d'une goélette, d'un brick ou d'un voilier de plus de deux mâts.

Artimon : mât situé le plus en arrière du bateau.

Beaupré : mât à la proue du navire, incliné vers l'avant au-dessus de l'étrave.

Perroquet : ensemble mât, vergue et voiles situé au-dessus des huniers.

Nid-de-pie : poste d'observation, placé en hauteur du grand mât, où se tient l'homme de vigie – voir aussi hune ou gabie.

Pont : 'plancher' du navire.

Poupe : partie arrière d'un navire.

Proue : partie avant d'un navire, au-dessus de l'étrave.

Quart : Division du temps à bord par tranches de quatre heures. Période de service d'une bordée.

Sabord : terme d'architecture navale désignant une ouverture dans le flanc d'un navire, par laquelle passent les fûts de canons, les avirons ou simplement une prise d'air.

Tribord : côté droit du navire (opposé de bâbord).

Série Royal Navy, tome 1

Un officier, un gentleman… et un sodomite. Si les deux premiers titres inspirent honneur et respect, le troisième pourrait coûter la vie à David Archer. Il réalise sans espoir son attirance pour le nouvel aspirant, William Marshall, lorsque ce dernier défie en duel le prédateur sexuel du bord – et le tue.

Marshall considère la Royal Navy comme sa seule chance d'échapper à ses modestes origines. Pendant que d'autres passent leurs jours de congé à ripailler, il étudie avec acharnement. Enlevés par un renégat, les deux amis et leur capitaine deviennent les pions d'un jeu sadique. Pour protéger celui qu'il aime, David Archer choisit d'affronter ses démons et de se soumettre à de nouveaux abus. En apprenant ce sacrifice, Marshall réalise que ses sentiments dépassent la simple amitié. Amoureux pour la première fois de sa vie, il tient à exprimer sa passion pour Davy.

D'abord, ils doivent s'évader. Ensuite, il leur faudra trouver le moyen de préserver leur secret sans le payer de leur vie.

www.dreamspinner-fr.com

LEE ROWAN écrit depuis l'enfance, mais elle n'est devenue professionnelle qu'au printemps 2006, en publiant son roman *La Rançon*, qui a gagné le prix littéraire Eppie. Dame d'un certain âge, Lee a de l'expérience, tout en restant assez jeune d'esprit pour se montrer intrépide. Lectrice acharnée, mariée à la même femme depuis des années, elle est surveillée de près par un groupe de chats et deux chiens qui lui font abandonner son ordinateur pour sortir prendre l'air, au moins une fois par jour.

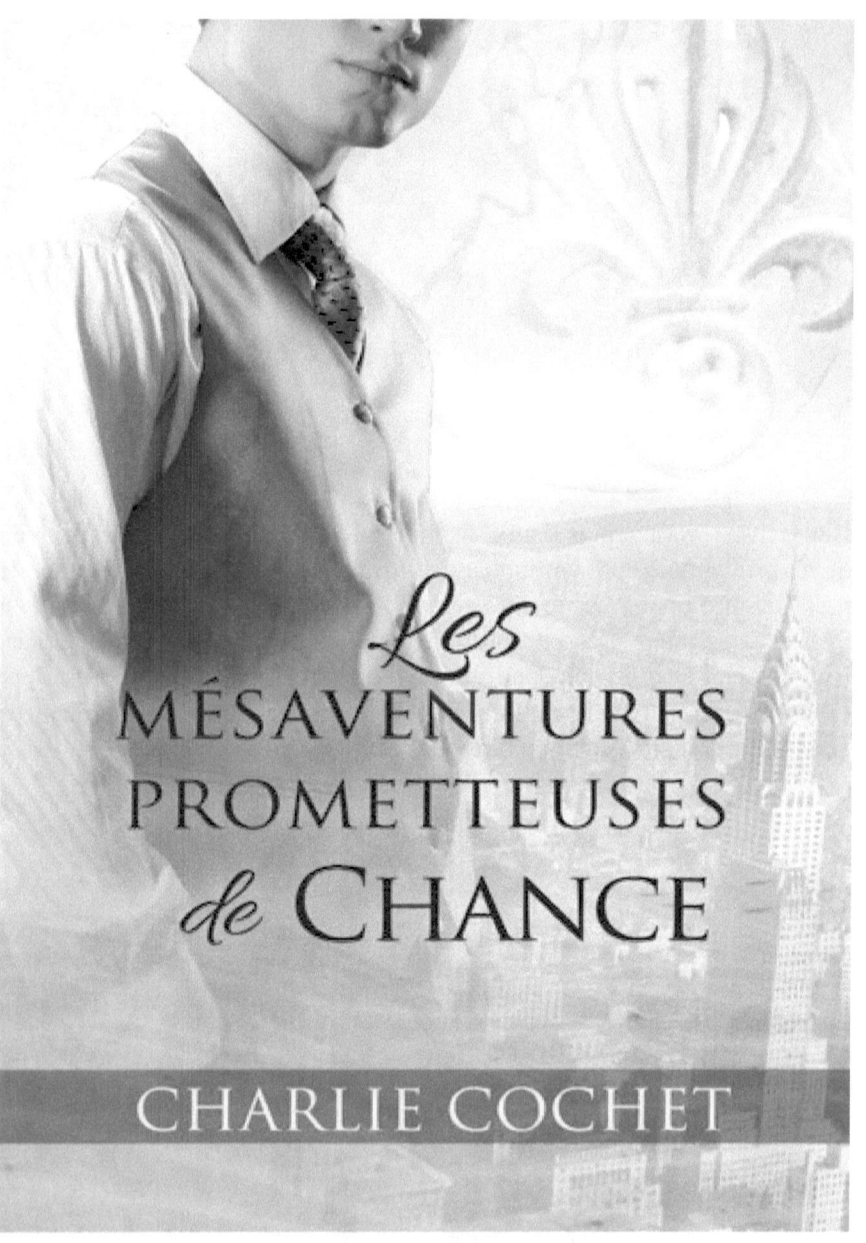

Les
MÉSAVENTURES
PROMETTEUSES
de CHANCE

CHARLIE COCHET